KUWEI
酷威文化

图书 影视

（下）

舒虞 著

四川文艺出版社

CONTENTS

Chapter 11	日光大亮	001
Chapter 12	他一直在等她	059
Chapter 13	久别	111
Chapter 14	重逢	145
Chapter 15	今夜尤其漫长	199
Chapter 16	只许你因我皱眉	231
Chapter 17	漫天流言	259
Chapter 18	自证清白	281
Chapter 19	耳根软	315
Chapter 20	早点喜欢我	347

Chapter 21	程弥，二十笔	375
Chapter 22	尘埃落定	405
Special Episode 01	他的秘密	433
Special Episode 02	执念	439
Special Episode 03	黎明知晓	447

日光大亮

Chapter 11

陈招池那通电话挂断后,程弥没发怔多久,很快反应过来,去翻"红毛"的电话。

听陈招池的声音他伤得不轻,厉执禹肯定也好不到哪里去。"红毛"是厉执禹的兄弟,平时形影不离,厉执禹的事问他没错。

但她拨通后,电话那边长久不见有人接听。

"红毛"会不会也一起出事了?

一遍过后,程弥没再打过去。

隔天一早,饭桌上和去学校的路上,程弥暂时没跟司庭衍说起陈招池半夜打来的那通电话。

正因为了解司庭衍,所以程弥十分确定不能跟他提起。司庭衍看起来冷静理智,但实则一直很偏激。偏激对他来说不是失控,反而是他清醒着让它拽着下坠。

陈招池这通电话要是让司庭衍知道了,他肯定会做些什么,而且不会拉上她,也不会听她的话。

程弥不想冒险,不想让司庭衍把他自己搭进去。

看来最近也需要随时提防,她只能在学校和家里两个地方之间往返。

到学校后,程弥和司庭衍在二楼楼梯口分开。

她回到教室没多久早读铃声打响,班里每天早读都会有科代表上讲台领读,但今天铃声响了两遍也没见科代表上讲台。

昨天读英语,今天语文。

前面一个女生随口跟同桌说道:"班长今天怎么还没来啊?"

程弥他们班的班长是初欣禾。

女生的同桌抽出语文课本放上桌:"不知道,是生病了吗?没见她迟到过。"

"肯定不是迟到。"那女生说,"你忘了她妈是我们年级主任,初欣禾迟到不得被她妈骂死。"

过会儿班主任魏向东从教室门口进来,带着他那物理教案在门板上"啪啪"甩了两下:"班长不来你们早读就不读了是吧,练习题都收一收,该做题的时候做题,该读的时候读。都把语文课本拿起来读啊,上回你们读到哪儿接着读下去。"

说完他转身出教室,跟外面的人说话。

站(4)班教室外面的人不是什么生人,就是高三年级主任,初欣禾的母亲。

年级主任在奉高是出了名的威严,没见过她的人,听人描述会觉得她长相凶神恶煞,但实则不是。

能生出初欣禾这样一个漂亮女儿,本身肯定容貌出众。年级主任鹅蛋脸,脑后绾髻,会笑,但浑身笼着疏离感,和她对视会倍感压力。

此刻她跟魏向东两个人在外面大概是在说初欣禾。

程弥没怎么去在意,直到早读到一半,后面郑弘凯的同桌和过道那边的男生交头接耳。

郑弘凯这同桌暗恋初欣禾,另外一个男生腿越过道踢了踢他,调侃他说"你女神来了",又说赶紧去救人,不然初欣禾要被年级主任教训了。

程弥闻言下意识地扫了眼窗外,结果这一看不仅看到初欣禾,还看到了"红毛"。

"红毛"没跟初欣禾站一起,不知道在跟魏向东和年级主任说什么。而初欣禾则是没吭声,垂着眼站在年级主任面前。

下课铃声正好在这时打响,走廊上逐渐人多。

初欣禾不意外地被她妈叫走了。

程弥盖上书从教室出去,发现"红毛"也在等她出来。

程弥朝他走过去,走到"红毛"身边后,"红毛"跟她说:"我刚过来

Chapter 11 日光大亮

学校的路上拿手机看,才看到你昨晚给我打了电话。"

程弥:"没事。"

"红毛"问她:"你是不是要问我厉执禹打架的事?"

"红毛"难得有脑筋转这么快的时候,程弥说:"你怎么知道?"

"你那个点给我打电话,还能是问什么事啊?""红毛"问,"不过你怎么知道厉执禹打架这事?"

陈招池打的电话,但程弥只模糊地随口道:"他来找我问过司庭衍的手谁弄的。"

说到这个"红毛"便气闷:"厉执禹也不知道哪根筋搭错了,司庭衍根本理都不理他,他是不是有病?为了他弟跟不要命了一样。"

说到一半又想起程弥跟司庭衍的关系,他瞥了程弥一眼:"我脾气躁,你多担待点儿。"

现在别的事要紧,程弥没回他这话,问:"厉执禹现在怎样?"

"住院了,伤得挺重,就昨晚醒过来一会儿,那帮人下黑手。"

厉执禹伤得挺重,但"红毛"就面色看起来有点熬夜的疲惫。

程弥:"你昨晚没跟厉执禹一起?"

"没。""红毛"估计也觉得厉执禹不够义气,有点恼,"他说都没跟我说。他让急诊打电话给我才知道他出事,从床上蹦起来去的医院。"

"红毛"继续说:"那群人都道上混的,厉执禹也认识点人,就没让我掺和这事。"

厉执禹这人竟然还挺义气,在兄弟这事上脑子拎得很清。

程弥问"红毛"厉执禹怎么找到陈招池的:"他怎么找到人的?"

"红毛"靠在走廊上,回头看她:"你说巧不巧?那人的兄弟里有跟厉执禹认识的,一起喝几瓶酒什么人都交代了。"

"报警没有?"

"报了。""红毛"说,"但没用,那帮人根本就不怕。"

"而且厉执禹也把人伤得不轻。打架这事,输的人住院,赢的人进局子,现在两方都受伤,暂时还没个结果。"

程弥听这话,问:"对方也住院了?"

"红毛"回她："住了，俩带头的人都住院了，所以现在抓不进去。那几个没冲前头没事的，都被抓进去了，但那地儿没监控，估计也就进去被拘留几天。"

程弥略微皱眉，想起昨晚陈招池还有力气给她打电话，现在却在医院住院了。

"红毛"没注意到，叹了口气："这半个月厉执禹刚被他爸喊回去，回来就出这事，我看这回他不想走都没辙了，好在还是因为司庭衍惹的事，不然他爸能六亲不认。"

这还是程弥第一次听到司庭衍跟他亲生父亲相关的事，平时在家就连司惠茹也没提起过。

程弥也就自然而然地问了一句："司庭衍他爸会过问他？"

"当然，厉执禹要不是他爸同意，他能在这儿？他爸也一直想接司庭衍回去。"

不难猜，是司庭衍没同意回去。

楼道那里初欣禾走了上来，没往教室走，朝女生厕所走去。

程弥和"红毛"在这个位置只能看到她的背影，亭亭玉立，长发高束，只一个背影都能看出几分清傲。

她没穿校服，穿着一条白裙。

"红毛"将视线从她的背影上收回来，看回程弥："能不能帮个忙？"

他不说程弥都知道他要拜托她什么，想让她帮忙安慰一下初欣禾。

果然，"红毛"说："你们女孩子之间好安慰点，我一个大男生都不知道怎么安慰她。初欣禾昨晚在医院待了一晚上，瞒着她妈跑出来的。年级主任那凶样，刚才我送她回来都替她捏把汗，她今晚回家估计也没好日子过。"

程弥的视线落在初欣禾的背影上，直到她拐进女生厕所。

"红毛"走后，程弥去了女厕所。

她进去的时候初欣禾正在洗手，镜子里面色清冷，眼眶却是红的，没哭，是憋的。

昨晚在医院她没少憋，刚才也没少挨骂。

有人进来，初欣禾手背装不经意地去擦眼睛，却因为手背是湿的，反倒弄得眼睛睁不开。

程弥也走过去洗手，递给她一张纸巾。

初欣禾抬眼看她，眼睫上挂着水珠，不是泪珠，两秒后她接过程弥手里的纸巾，道谢："谢谢。"

她身上就一条裙子，没穿任何外套。

奉洵的天气已经渐渐转冷，现在又还没到中午暖和的时候，初欣禾挨一整晚冻，指尖被冻得有点苍白。

程弥刚才过来顺手带了自己之前放教室里的一件外套，递给她："穿上吧。"

初欣禾没拒绝，接过外套："李峻扬让你来的？"

程弥把"红毛"的话带给她："厉执禹那边没事。"

初欣禾的眼睛跟她妈一样，有点疏冷，她看向程弥："我知道。"

早读时间，女厕所来往的人不多，空荡荡的有些阴凉。

上课铃声从走廊传来，刺耳又急促。程弥跟她说："别太担心了，回去上课吧。"

初欣禾点头，关上水要走，又忽然停下，跟程弥说："你最近小心点郑弘凯。"

他们都是（4）班的，初欣禾自然认识郑弘凯。

"怎么了？"程弥问。

初欣禾聪明，知道跟厉执禹起冲突那帮人跟程弥和司庭衍肯定有很大恩怨。她说："昨晚，他去找跟厉执禹打架的那个人了。"

郑弘凯去找陈招池了。

其实程弥也不算特别意外，郑弘凯在跟她彻底闹开后，就没再来过学校。

他因为程弥落到如今这步田地，就他那狭隘心思，不恨程弥才怪。

而上次程弥在烧烤店外看陈招池跟他一起，就知道恶会和恶相勾结，郑弘凯会跟陈招池走到一起。

程弥对初欣禾笑了下："谢了。"

午夜十二点。

酒吧里灯色摇晃,电音炸裂。

郑弘凯从沙发上起身,手越过桌上给对面的陈招池倒酒,嘶哑的声音在满场沸腾里响起:"哥,你厉害啊!还能从医院跑出来!"

陈招池没穿病号服,脸上青紫交错,有伤口暴露在空气里,但没让他显得狼狈,反倒更添几分暴戾和不好惹。他腿没废,还能走,医院就没能关住他。

陈招池像和平时一样,又像不一样了。

近段日子他严肃又狂躁,脸上不见笑,今晚却像以前一样挂上了笑,但明显只笑在皮面上,总让人感觉有点瘆人。

今晚坐在这儿喝酒的还是往常那批人,黎楚、戚纻淼、郑弘凯和其他几个熟面孔。

戚纻淼自从上次跟陈招池联手用谣言诋毁程弥后,就跟陈招池搭上了,偶尔晚上会一起聚会。她比黎楚还要早进陈招池的这个圈子。

她坐在旁边,没什么兴趣听他们说话。

黎楚则被陈招池搂在身旁。

郑弘凯和陈招池碰杯,问他:"昨晚我去医院时警察在那儿问情况,今天来了没有?"

陈招池看他:"你说呢?"

警察肯定会继续来问情况,也会做伤情鉴定,这事说不定会被定为刑事案件,厉执禹错就错在打了他,既然动手厉执禹就也得承担后果。

郑弘凯狗腿道:"厉执禹那个浑蛋,我看他不爽很久了,今天终于出了口恶气。"

陈招池没说话,面目在某一刻变得有些阴沉。

本来他对郑弘凯一直不怎么爱搭理,突然把话对向他:"你不也讨厌程弥?"

郑弘凯从鼻子里哼气:"我何止讨厌,真恨不得弄死她。"

他咬牙切齿地泄愤,却被陈招池接下来的话一噎。

"什么时候?"陈招池听着像漫不经心,眼睛却是看着他的。

郑弘凯差点没接上话:"再看呗,还没想好。"

今天的陈招池像对郑弘凯很有耐心:"不挺容易?"

陈招池戳郑弘凯的痛点,当着这么多人的面说:"你不就碰了她一下,就被她搞成这样?人废了,学校也回不去,所有人都骂你,今天回家不还被你爸揍了?"

说着,陈招池示意他手臂上的伤。

这个年纪的男生爱面子,一下子被戳中痛处,郑弘凯放下袖子挽尊:"滚!学校是我自己不去!"

气急败坏和对程弥的愤怒却已经写在他的脸上。

陈招池说:"急什么,有这火气留着给程弥用。"

这话音一落下,周围每个各怀心思的人面色都不约而同地顿了一下,包括黎楚和戚纭淼。

黎楚很快又恢复自然模样,戚纭淼的眼风淡淡瞥来。

陈招池跟郑弘凯说:"你不是被她害的?那就报复回来。"

电音震闹,似在煽风点火。

"你不是不爽司庭衍?这样还能对付他,一箭双雕,多爽。"他笑了。

郑弘凯有那么一瞬被陈招池看得头皮发麻,但更多的是心火混着愤怒一起往上涌。

谁都没再说话。

这时,这里最不待见程弥的戚纭淼却突然开了口:"陈招池,你恶不恶心?"

陈招池闻言,晃眼看向了她:"怎么,帮你整程弥你不应该挺开心的?"

"用这种下三烂的手段吗?"

陈招池看着她,一个字一个字地说:"要让人痛不欲生,就是要用下三烂的手段。"

他说:"戚纭淼,你没多高尚,你之前做的那些事也好不到哪里去。你之前不也造谣来着,如今谣言即将成真,你别跟我说你不开心?"

戚纭淼沉默,和他对视着。

这时郑弘凯开了口，因为戚纭淼，他开口解围："喝酒，喝酒。"

周三云层高挂，偶漏出几缕日光。

司庭衍和程弥相继从六楼的洗手间走出来。一前一后，两个人与一个个同样穿着黑白校服的同学擦肩而过。

到三楼的时候，程弥直接往下走，司庭衍则是向右，往自己班级走去。

高二（1）班教室走廊外，傅莘唯拉了拉戚纭淼的袖子："你怎么了淼淼？怎么今天看起来这么心不在焉，在想什么呢？"

戚纭淼没什么兴趣回答她这话。她下课后就从自己班里来到（1）班，结果司庭衍不在，但她没走，一直在这里等。

即使她知道她造谣程弥那事别想瞒过司庭衍，司庭衍不可能待见她。

又等了会儿，上课铃声响了，戚纭淼必须得回去了。她跟傅莘唯说："算了，走了。"

结果她刚说完，转身就看到了司庭衍。

戚纭淼发散的神思在这瞬间凝住，从昨晚的犹豫到现在的笃定，她此刻几乎没怎么犹豫地走向了司庭衍。

"哎，"傅莘唯在后面喊她，"你不是得从那边上楼？"

戚纭淼没理她，径直朝司庭衍走去。

司庭衍也注意到她了。

最后两个人相交，戚纭淼停在了司庭衍面前。她看着司庭衍："我有个事要跟你说。"

司庭衍没特别大兴趣，绕过她。

戚纭淼回身跟着他："关于程弥的。"

司庭衍停了下来，目光有点凉薄地看向她。

老城区楼群拥挤，人、车不绝，繁闹和破旧有点违和地互相拉扯。

这么多可玩可去的地方，程弥这两天却只来往于两点之间——家里和学校，上下学也是和司庭衍坐公交车，清吧那边的工作也请假了。

下午放学，程弥从教室出来到楼上找司庭衍。

司庭衍今天不用去实验楼上竞赛课，还没打算走，在座位上做题。

程弥进他们教室，经过讲台前，走去司庭衍的课桌那里。

司庭衍的同桌也还没走，捏着笔在奋笔疾书。虽然低着头写字，但程弥知道她是谁，之前来找司庭衍就碰到过几次。

傅莘唯跟以前一样不正眼瞧她，但明显注意力在程弥身上。她一来，傅莘唯脸色肉眼可见地不开心起来，将笔装进笔袋，和本子及练习册一起装进书包，然后拉上书包链起身走了。

程弥扫了她一眼，但没多注意，又看回司庭衍："要回去没有？"

司庭衍说："先坐下写作业。"

还不走，程弥便就近拉开司庭衍前面同学的椅子，在他前面坐下来，又从书包里拿老师分发的习题出来，拿笔做了做。

奉洵高中就家远的几个同学内宿，全校没几个，大多是走读生，没一会儿教室的人便走得没剩几个，只打扫教室的同学还在。

打扫教室的同学关上窗后结伴离开，教室里一下寂静到无声。

程弥正在草稿纸上写算，教室里司庭衍的声音突然在她身后响起："姓陈的找你了？"

程弥的笔尖顿了一下。她眼睛抬起了一下，像是能看到司庭衍那般，两秒后垂下眸，没反驳，没狡辩，也没试图隐瞒，没用。

她问："怎么知道的？"

司庭衍落下不是很有分量的一句话："套你的话知道的。"

戚纭淼只告诉司庭衍陈招池和郑弘凯那些准备对付程弥的龌龊心思，没提起过什么陈招池找过程弥。

程弥放下笔，转过身子，然后去看司庭衍："原来是在套我的话啊。"

司庭衍看着她的眼睛："有想过告诉我？不然你不会这么容易松口让我问出来。"

程弥不得不承认，司庭衍在某些方面真的很了解她。

这样说话不方便，她没说什么，回过身子，将笔放回桌上后从椅子上起身。

司庭衍的视线一直没离开她。

程弥将椅子推到了桌下,椅背贴合桌沿。她靠在前桌的椅背上,面对着司庭衍,眼睛看进他的眼睛里:"司庭衍,你比我聪明,有些事我告诉你,你能理解的对不对?"

司庭衍似看穿她一样,垂下眼,这种情况下还能思路不断地做题:"你怎么就知道我会理解?"

程弥看他这样,知道他对她接下来要做什么已经猜得七七八八了。

她看着他,寻常话语,但语气是温柔的:"要理解的。听话,司庭衍。"

司庭衍抵抗不了这样的程弥,沉默了。

几秒过后,程弥开始跟他说自己的打算:"不出什么事,单凭他们的一张嘴,派出所不会立案。"

程弥说:"所以必须让他们做点什么,才能把他们送进去。"

司庭衍抬眼看她:"所以呢,你要拿自己制造后果是吗?"

窗外绿荫成片,日光今天就没怎么出来露过脸,天色很阴,司庭衍的声音几乎要和这冷灰天色融为一体。

程弥被他看穿,却很冷静。

其实陈招池报复人无非是用那些下三烂手段,她能想出陈招池会怎么报复她。她说:"陈招池肯定会找人弄我,我必须让他们留下犯罪证据。"

司庭衍看着她。

"不然——"

只会像当年黎楚那样,被欺负了,整个人生都随之支离破碎,而坏人陈招池却逍遥法外了这么多年。

程弥没说下去。

司庭衍也没说话,但程弥能隐约感觉到他周身气压越来越不对劲。她抚慰他道:"不用担心,我就是死,也不会让他们那龌龊事得逞。到时候我会有办法,拖到警察过来。"

教室里一没说话声便陷入寂静。

听程弥说完,司庭衍也没开口。

而程弥既然打算告诉司庭衍，便是要和他商量。她不能把司庭衍推出去，她自己的事得自己背着。

程弥说："听我的话好不好？"

程弥原本以为司庭衍在这事上不会那么容易被说服，至少不会是现在这副平静模样，一句话都没说，也没跟她生气。但司庭衍确实没再说什么，开始收拾东西。

程弥有点意外，他同意了？

司庭衍收好东西，从椅子上起身，态度是不容拒绝的，却是在回家这事上："走了。"

他没再提刚才的事。

程弥没从他脸上找到半点儿能露马脚的情绪，对他笑了一下："我收下东西。"

她去收习题和笔。

黎楚自从上次半夜离开程弥的房间去找陈招池，就没再回过家里一次。

黎楚跟陈招池混在一起，陈招池他们私下里说什么、做什么，她肯定一清二楚，但也没打电话过问过程弥一句。

隔天，程弥和司庭衍放学回家，黎楚竟然意外地回来了。

她窝在沙发里看电视，手里撕开一包薯片吃着。听到开门声，她转头看了他们一眼，又回过头去。

程弥走在司庭衍前面，司庭衍在她后面被堵着，跟她说："进屋。"

程弥的手这才从门把上松开，她走进玄关。司庭衍在她后面把门带上。

程弥在玄关换好鞋，将书包递给司庭衍。

司庭衍知道她要过去跟黎楚说话，接过她的书包回房间。

客厅里在放一部肥皂剧，光现在电视里在放的那个片段，都能看出狗血纠葛。

挺奇怪，黎楚平时不爱看这些，看得比较多的是电影，这种肥皂剧她八百年都不看一眼。但今天，她坐在沙发上看着。

程弥看了她几秒后，缓步过去，拿过扔在沙发上的电视遥控器，在黎楚旁边坐下："你什么时候爱看这些了？"

黎楚没看她，照旧看着电视，但没沉默不理人："人的喜好会变。"

程弥和她一样看着电视。

两个人肩并肩坐在沙发上，电视机里女主角哭声凄厉。

程弥看着女主角那张梨花带雨的脸，突然问黎楚："你这头黑发，是陈招池逼你染的？"

黎楚自从江训知去世后，发色万年奶奶灰，因为江训知说她这个发色好看，喜欢这个颜色。

黎楚很白，奶奶灰在她头上很衬她那份漂亮。

但上次在烧烤店外碰到，程弥就发现黎楚换掉了她那头当命一样守护的发色。

听程弥问是不是陈招池逼的，黎楚说："用不着，我自己挺乐意的。"

程弥手里把弄着遥控器："是吗？陈招池没叫你换掉那发色？"

客厅一瞬安静，黎楚没说话。

这时黎楚的手机突然振响，振动声搅破凝滞的空气。她从电视上收回目光，拿过手机看了眼，没再跟程弥说什么，将手里那包薯片往程弥手里一塞，起身离开沙发接电话去了。

程弥低头看了眼，烧烤味的。薯片里她很喜欢的一个味道。

玄关响起关门声，黎楚去走道外面接电话了。

电视机里争吵声还很歇斯底里，程弥关了电视，起身回房间。回到房间后，程弥发现黎楚已经回过她的房间。

不是房间被翻得很乱，相反，房间比她早上走的时候还要整齐，而且像是空荡了一点，不管是桌上的香薰，还是随手搭在她椅背上的衣服。

程弥走去衣柜那边，拉开柜门，果然，她帮黎楚挂在里面的衣服也被收走了。

程弥微皱眉，心里悄然冒出一丝异样。她关上衣柜门，环视屋内一眼，没看到黎楚的行李。

玄关传来开门声，应该是黎楚回来了，但程弥的手机在这时有来电。她看了眼手机，是最近打工那个清吧的老板打来的电话，程弥按了接听，走去窗边接电话。

清吧里人手不够，就两个驻唱，她请假，另一个也请假了。老板实在找不到人，问程弥今晚能不能腾出时间过去一趟。

现在陈招池他们指不定就在外面哪里蹲着等她，程弥虽然在等他们找上门，但现在时机还没成熟，她不会傻到自己出去惹火。

她跟清吧老板说了抱歉，说没办法过去。清吧老板又来回几次试图说服她，最后见无果估计是也恼了，草草挂了电话。

程弥知道，这份工作是丢了。

跟清吧老板打电话的时候，程弥的耳朵随时留意门外，没听到有开门声，黎楚回来后应该还没出去。

程弥想出去跟她谈谈，房门没关，她从房间里出去。

但走出房间，她还没寻找黎楚的身影，走廊尽头窗边那一幕先刺进了她的眼里。

程弥慢慢停下脚步，眼睛看着那边。

走廊尽头那扇窗，司庭衍手里拿着喝了半玻璃杯的水。而且他不是一个人在那里，黎楚站在他面前，正仰头要去亲他。

一点都不意外，司庭衍一脸漠然地避开了。

随着司庭衍侧过脸，一同侧过来的还有他的视线。程弥的目光和他正正对上。

司庭衍没做任何心虚的事，自然不会和程弥解释什么。

程弥自然也不会误会他。

司庭衍没再往黎楚脸上投过任何一个眼神，也没跟她说什么，从她面前离开。

而程弥的目光早已经落在了黎楚身上。

黎楚回过头，视线和程弥对上，那双眼睛的双眼皮如一把薄刃，目光依旧是平时那样，让人感觉有点犀利。

她看向程弥的目光里，没有半点愧疚。

司庭衍往程弥这边走过来，牵着她的手腕要带她进屋。

程弥还是看着黎楚，跟他说："我跟她聊一下。"

司庭衍看着她，没说什么，地方留给她，进了房间。房门被关上那一瞬间，房间外的走道空气似被冻住，声息也都像被按下暂停键。

尽头的窗户框出一方灰白天色，楼层远近簇拥，枯枝弯杈伸向天际。

黎楚站在那里，就那么看着程弥。

站了一会儿后，程弥朝尽头窗口旁的黎楚走过去。

黎楚连半分惧色和愧疚都没有。

程弥走了过去，停在她面前，语气没羞恼，反而冷静和放松："黎楚，你信不信我真会跟你急？"

黎楚一缕侧发自耳后掉下，她笑了一下："信啊，你这么喜欢司庭衍。"

"我和你是朋友，"程弥说，"但他，我并不喜欢分享。"

黎楚的视线定在她的脸上一秒，又移开："是吗？"

然后她看向窗外："那你有没有想过我为什么亲他？程弥，你想没想过，我反而是那个更应该跟他在一起的人？"

程弥说："你要说什么？"

黎楚从窗外收回目光："也没什么，只是想告诉你江训知大学的时候，签了器官捐献自愿协议书。"

程弥知道她还没说完，没打断。

黎楚那双唇薄情地翕动了几下："他出车祸后能用的器官都捐了，但其实完好无损的也就心脏和肾，最后各项指标都和某个心脏病患者匹配了。"

这句话还没说到尾，程弥已经知道黎楚要说什么。

果然，黎楚接下来道："你应该知道我要说什么了，就是你想的那样，江训知的心脏当年是移植给的司庭衍。"

即使知道是这么一个答案，可当黎楚把这句话一个字一个字地说出来时，程弥心口还是在那一刻不可避免地紧窒了一下，即使她知道黎楚还没拿出证据让她信服。

Chapter 11 日光大亮

可对江训知和黎楚的那些愧疚早悄无声息地扎根在血液里,他们的名字哪怕只是一起冒个尖儿,就能把程弥的五脏六腑都搅烂。

痛悔的情感正耀武扬威,程弥却还是从中探出一丝理智,语气没混乱:"心脏移植这事司庭衍没跟我说过,惠茹阿姨也没提过,我要怎么相信你说的是真的?"

黎楚深深地看她一眼,然后从兜里拿出手机,在屏幕上点了几下,将手机扔给她。

那是个短信对话框。

手机屏幕上不仅那串手机号码眼熟,备注更是老熟人。

程弥认识江训知的母亲,黎楚小时候在孤儿院待过一段时间,江训知的母亲是那里的阿姨。而程弥每天都会跑去那里陪黎楚,一回生二回熟,她也吃了不少江训知的母亲和江训知给的糖果。

而黎楚的手机里,这条短信就是江训知的母亲发给她的。

时间是在两年前,江训知刚走后不久。

孩子,你问的阿姨会告诉你,但叔叔和阿姨希望你以后的日子好好过着,要顺利和平安,训知一定也是这么希望的。

跟在下面的那条,便是江训知父母回答的黎楚问的问题。

训知的心脏是捐给了奉洵一户姓司的人家的孩子,心脏移植很成功,现在过得很好。

程弥脑子"嗡"一声响,她突然想起两年前她出事那会儿,司庭衍当时正在嘉城的医院住院。她出事的时候,也是江训知去世的时候。

当时司庭衍会知道她跟陈招池的事,就是因为心脏病在嘉城住院。

黎楚说:"很巧,黎烨衡和司惠茹认识,这你知道,所以司庭衍的心脏移植这事我们都知道。你当时进了看守所,出来的时候这事也已经过去了,所以谁都没跟你提过。"

说完这些，黎楚已经不欲再跟她说什么，抽走她手里的手机。

黎楚没再多说一个字，跟程弥擦肩而过。

不多时，屋内响起一阵开门声，又关上。

黎楚走了，房间里恢复寂静。

程弥在房间里坐了会儿，起身去司庭衍的房间。打开司庭衍的房门，他正坐在床上，手里拿着操纵控制器，面对贴墙那面机器人壁柜。

程弥打开他的房间门后，司庭衍抬眼看了过来。

司庭衍的眼睛乍望去让人感觉似乎冷静到波澜不惊，但其实只要盯久了，就会发现那双平静眼睛下暗念险藏。虽然他基本上不会让人看出来，但人本性趋利避害，对危险有本能反应。

这是司庭衍，和江训知相比，除了都长得不赖，再翻不出半点儿相似之处。

程弥看着司庭衍，司庭衍同样看着她。

对黎楚所说的司庭衍心脏移植这事，程弥不会沉默猜疑。她想来问清楚这件事，要问司庭衍当年是否做过心脏移植手术，如果做了，供体又是不是江训知？

程弥指尖从门把上松开，想走进房间才注意到脚下前边有个东西。是个银色小机器人，程弥还没见过。

她蹲身想拿起来，指尖还没碰到，银色机器人忽然被掉头。机器人往房间里走，或者说，是被司庭衍强制迫使脱离她的触碰范围。程弥看了司庭衍一眼，腹诽，连机器人的醋都吃，不让它分走她的一点注意力。

程弥起身，朝司庭衍走去。

司庭衍这时也从床上起来，没看程弥，把机器人放上书桌，没再让它出来见人。

程弥走到他身边。

司庭衍将控制器扔回床上。

程弥没预料到他接下来的动作，司庭衍拽过她，狂风骤雨般把她甩到床上，力道大到程弥甚至弹了一下。

程弥蹙眉,闷哼一声,房间里一瞬间气氛降至冰点。

司庭衍原本还有些束缚着的情绪,随着程弥的蹙眉,一瞬间在眼里阴沉沉淀。像是突然间有什么东西在这个瞬间被打碎了,一些程弥给过他的东西。

程弥这个蹙眉的动作彻底惹恼他,可他面上不露半点儿凶恶,只是看着程弥,不是恼怒的,反倒是冷静到让人感觉可怕。

司庭衍的声调是平的:"就算我真的接受过江训知的心脏移植,你也不可能离开了。"

司庭衍那话说出口后,程弥登时一愣,瞬间反应过来自己和黎楚的对话司庭衍听到了。也直至这一刻她才恍悟过来,司庭衍情绪失控的原因。

司庭衍笃定地直视她的眼睛:"所以如果我真的接受过江训知的心脏移植,你就不要我了?"

他说这话时,还是平常的神情和语气,脸上不露半点儿情绪,声调甚至冷到有点沉。

可就是他这么一副让人摸不透的姿态,说着几乎要被她弄低进尘土里的话,才让程弥的心脏一下垮塌。

程弥看着他的眼睛,异常温柔地说:"我怎么会不要你?"

程弥从没有过这个想法。知道江训知那事,她只是不适应,但脑中没冒出过和司庭衍划清界限的想法。

可司庭衍和她的关系,从一开始就是不平等的。

司庭衍忽然拿过旁边桌上那台银色小机器人,然后,一声刺耳碎响,机器人被砸地瓦解,金属碎片瞬间四溅。

"第一次因为黎烨衡,第二次因为你朋友,我什么都不是!"

她屡次三番放弃他!

有金属碎片溅擦过程弥的长鬈发,司庭衍阴沉的情绪在此刻终于有了丝裂缝。

程弥被他看着,司庭衍对她说:"你从来就没有对我坚定过!"说完,司庭衍离开了房间。

棚户区楼房高矮错落，电线发黄发旧。

这片区域马上要拆迁改造，人走得七七八八，生活气息不怎么浓郁。

陈招池住的地方是个两层自建楼，就一室，并不宽敞，一楼还是楼道，连个挡风的门都没有，不知道废了多少年的生锈自行车被扔在一楼楼道里。

二楼廊道那扇门里一张床摆在墙边，窗户挂在一旁。

黎楚刚在家里接了陈招池的电话后，就过来了。陈招池让她过来睡个觉，字面意思，来了之后陈招池真就只抱着她躺床上睡觉。

他的手劲很大，黎楚被他勒得喘不过气。她问："怎么不在医院里待着？"

陈招池打电话那会儿还在医院，刚出来的。

"闷。"他低下头，去亲黎楚的颈肉，"身体检查完了就出来呗，反正今天那帮警察来过了。"

换别人，现在这身伤肯定痛得连床都下不了。陈招池简直拿命不当命。

黎楚冷漠道："你就是走着走着突然死了也活该。"

陈招池听笑了："怎么，这么盼着我死？"

黎楚慢悠悠地翻他一个白眼："还睡不睡？"

"睡，当然睡。"

这字在陈招池话里大多数时候不纯洁，但今天没有。

天色渐暗，还没到天黑透，陈招池便埋在黎楚颈间睡过去了，呼吸稳匀，姿态放松。

随着她在他身边待得越久，陈招池越来越没有防备。

黎楚被他的臂膀箍在怀里，却没和陈招池一起温馨地坠入梦境。她睁着眼睛，长久地睁着，即使面前只有化不开的混沌暮色，也没任何动作，只那么一动不动地躺着，直到天边最后一丝光亮彻底堕入黑暗。

她才终于不再像一具玩偶，眼睫有了它自己的生命。

陈招池的气息歇一阵重一阵地拂在她的肌肤上，像拿刀在黎楚身上凌迟。

Chapter 11 日光大亮

这把刀已经在黎楚身上凌迟了无数个日夜，她被凌迟到几乎给了陈招池他们俩快血液相融的错觉。

这些刀子，都是要还的。

黎楚那只没被陈招池困住的手往枕头下摸去，动作轻松得像去拿一张纸。而握在她手里的，是一把刀。

黎楚躺在陈招池的臂膀里，拿到刀后动作没有任何犹豫，像是已经熟练了千百遍那样。

这时，身旁的人却忽然有了动静。

陈招池似乎是睡的姿势不舒服，略动了动。

大概是察觉到黎楚还没睡，陈招池的声音有点带睡的嘶哑："睡不着？"

黎楚手里的刀没有因为陈招池的询问有一瞬犹豫，陈招池的转醒对她也毫无影响。

现在刀就距离他不到半米远。

只不过因为天色漆黑，他什么都看不到。

黎楚回过脸，即使知道陈招池看不到但仍笑了一下："嗯，睡不着，带我出去玩？"

陈招池沉默片刻，轻应了一声。

就在此刻，刀尖猛然扎下，又狠又稳。

下一秒，刀尖在皮肉上划开细长一道血痕，刀把从黎楚手里脱手，"砰"一声狠砸上墙壁。

灯光亮起，黎楚整个人被陈招池翻身压在了身下，手臂被他抓在手里，力气大到像要把她的双手卸掉。

陈招池额头青筋凸起，而黎楚相反，平静得像摊水。

陈招池的手一把捏上她的脸，虎口卡在她的下巴处："黎楚，我给过你机会的。"

黎楚怎么可能不知道，甚至知道从把刀放在枕头下那一刻开始，她就已经在陈招池眼前败露。

她知道陈招池是装睡的，也知道他后来转醒那么一下是在给她机会，只要她收手，他可以不计较，可以装作不知道。

陈招池凑近她："但现在不可能了。"

黎楚半点求饶的意思都没有，对他笑了一下："是吗？"

她越是无所谓，越是轻松，越刺痛陈招池的眼睛。

陈招池用力，一下子捏得她骨头都要错位："我告诉过你，报复我的后果。"

黎楚无所谓："随便你。"

陈招池拍拍她的脸颊："终于演不下去了？你知不知道我就在等你露出马脚？挺义气的，黎楚，为了程弥来接近我，是不是要被恶心死了？"

黎楚被他压得动弹不得，笑："你也知道你恶心啊？"

陈招池没被激怒，说："你可别忘了江训知是程弥害死的。"

黎楚很平静："当年害死江训知的人不是程弥，不是我，是你。"

陈招池笑了一下："可跟我没太大关系，是江训知自己开车撞过来的。还有，要不是程弥打电话叫他来，他不来，能死？"

黎楚说："偷换概念得可以，如果你不每天对程弥动歪心思，能有后面这些事？"

她看着陈招池，说着说着笑了："你妈不要你是你活该，不，还便宜你了，你应该死。"

陈招池被激怒，黎楚的喉咙瞬间窒息。

她呼吸不上来，说不出话。

黎楚突然想起程弥，现在她应该在被江训知和司庭衍的心脏移植那事扰神。

告诉程弥那些，黎楚是故意的。她知道程弥一直盯着她，只有这么做让她分神，自己才能撒手做自己要做的事。

江训知死后确实捐献了心脏，也成功移植了。但那个人并不是司庭衍，而是当年跟司庭衍同病房的一个男生。

江训知的父母那条短信不过是体谅她，想给她一个小姑娘留点希望过好以后的日子。

其实真正接受江训知的心脏移植的那个男生，早在两年前移植完心脏的几天后去世了，黎楚记得那天是十一月十五日。

江训知彻底从这个世界上死去。

脖子被收得越来越紧，身体每一处都在逐渐窒息，黎楚的大脑渐渐空白。

这个世界很漂亮，可没有任何一个地方比去你身边更吸引我。

黎楚眼前逐渐模糊黑暗。

陈招池，去坐牢吧。坐了牢你就欺负不了程弥了。

可就在她气绝前的最后一瞬，陈招池忽然松开了她的脖颈。

陈招池目光有点沉："想激我？以为我不知道你在想什么？"

猝不及防下，空气骤然涌进。黎楚剧烈咳嗽起来，都快把肺咳出来。

陈招池看着她，语气比平时严肃："黎楚，我们都不是什么好人，我最懂你在想什么了。你想让我把你弄死了好去坐牢，程弥就没事了是吗？"

黎楚完全使不出力气，一句话都说不出来。

陈招池下床，不知道从屋子哪里翻出来绳子绑她的手脚。他居高临下地看着她："你想都别想。"

几秒后陈招池走了，出租屋门板"嘭"一声被摔上。

程弥知道，自己被黎楚骗了。

司庭衍跟她说的那些话，很明显是在告诉她，他没做过心脏移植手术。虽然两个人生疏两年，但黎楚依旧最清楚怎样精准拿捏她的软肋。

软肋容易让人失智，程弥一时踩进黎楚的坑里。她现在不用想都知道，黎楚这么做是要干什么。

黎楚很危险。

司庭衍离开房间后没再进来，但眼下找黎楚要紧，程弥要去找黎楚，立马回到自己的房间。

她现在不知道黎楚具体在哪里，拿手机在网上搜到陈招池和黎楚常去的那个酒吧的电话号码，打了个电话过去。

那边很快接听，是工作人员。

陈招池是他们酒吧的DJ，程弥问他在不在那里。

工作人员说不在，见惯女生搭讪陈招池，没多在意。

程弥道了声谢挂了电话，匆忙抓上手机和外套出门。她的命重要，但黎楚的命更重要。

他们这栋楼有个胖子出租车司机，黎楚每次回家程弥其实都在注意她，见过她坐过这司机的出租车两三次。

司机可能会知道陈招池的家在哪里。

程弥下楼，没见到司机的绿色出租车。

那胖子司机和蔼亲切，逢人笑得肉褶深深，有个妻子。程弥印象中他是住他们上面的楼层，在楼道里碰过几次。

程弥住三楼，返身进楼道，直接上了四楼。

这栋老居民楼有六层，一层几家住户。程弥不知道司机是哪家住户，就近敲开一家住户的门。

那里面有小孩咿呀玩闹的声音，很快脚步声靠近门扉，有人从里面打开了房门。

是个老太太，看到程弥这个陌生人敲她家门明显很疑惑。

程弥急问她："您好，请问一下，您知不知道出租车司机师傅住在哪里？"

发黄泛旧的甬道里，光线昏暗。

老太太说："你是说刘师傅啊？长一身肉笑起来眼睛眯起那个是不是？"

"对的，开着绿色出租车。"

屋里小孩打翻了东西，兵荒马乱，老太太急着回去："楼上呢，楼上呢，住的五楼，你到五楼去问问。"

程弥道谢，很快转身上五楼。

楼道窗口下车流鸣笛挤在一起，正是下班晚高峰，四处在躁动。

程弥又敲了两次门才找到出租车司机师傅家。

刘师傅的妻子刚下班回来，程弥敲他家门时她正在做饭。刘师傅的妻子跟刘师傅有一样的笑容，记得她是住在楼下的小姑娘，问她什么事。

程弥问她要刘师傅的手机号码："有点事要找刘师傅。"

平时楼里不少直接上门叫刘师傅拉客的，刘师傅的妻子直接把电话报给了程弥。

"你打电话给他，他会很快接的，"刘师傅的妻子又说了句客套话，"你要是有要紧事，他在附近会很快过来拉你的。"

程弥笑应好，打电话给了刘师傅。

刘师傅一看就平时特别积极接客，很快接了电话："喂，你好。"

程弥说："刘师傅你好，我是住你楼下的。"

刘师傅车上的收音机在响："什么事儿呢？要坐车呢还是……"

程弥说："我想跟你问个事，之前在楼下坐你的车，染奶奶灰发色那个女生你有印象吗？"

刘师傅没沉默凝想多久："啊，你是说那个长得很白的小姑娘？安安静静的，有颗泪痣，长得挺漂亮的一个小孩。"

程弥知道刘师傅说的就是黎楚了。

这栋居民楼染奶奶灰发色的程弥就见过黎楚一个，而且黎楚左眼下有颗泪痣。

程弥继续问："对的，我想问一下她之前是坐车去哪个地方？我有特别急的事要找她，但她现在电话打不通，我想过去看看怎么回事。"

"是出事了？"刘师傅问。

程弥应："不清楚，她之前是在哪里下的车？"

刘师傅可能是对那地方印象很深，没怎么回想："就那片老棚户区，之前路不怎么好走，进去还费了老大劲儿。"

程弥基本确定那是陈招池住的地方了，说："我担心她那边不安全，需要你拉我过去看看。"

刘师傅热心，一听程弥这话就问："姑娘你现在在哪儿呢？"

程弥没废话："我在楼下等你过来。"

"行，我就在这附近，马上过去。"

门窗紧闭，窗帘也被拉上。

陈招池的床是铁板床，黎楚的双手被绳子紧系在床头栏杆上。

无光无声，眼睛、耳朵、唇鼻，所有感官淹没在黑暗里。久了，黎楚甚至感觉不到自己的存在。神志飘忽，她什么都没抓住，在混沌里沉浮。

耳朵很安静，安静到楼下的车声都听不到一声。

陈招池住的这个地方，真的很危险。

左耳上有点干涸血迹，刚才吵架时陈招池的手卡在她的下巴上的时候，被他不小心弄到的，耳饰还挂在那里。

黎楚连手机都看不了，不知道现在几点，时间缓慢爬着，又似很快流逝。

她只躺在床上，看着她根本看不见的天花板，满眼漆黑，空洞望不尽。

可不知道过了多久，突然，视线里出现了一丝光，一丝从门板缝隙处漏进来的光，荧白色的光突然割裂了黑暗。

紧随而来的是匆忙的脚步声。

空气静止了一瞬，然后，一阵剧烈的拍门声响起，哐哐巨响。

黎楚听到了程弥的声音："黎楚！"

黎楚深陷浑噩里的思绪突然破开了个口子，又是一声呼喊，彻底将她的思绪拉了回来。黎楚的眼睛慢慢转向门，有了聚焦点。

门板被程弥不断拍打，程弥叫着她的名字："黎楚！在不在里面？"

紧接着黎楚身边的手机振动了起来，屏幕发亮，在床上嗡嗡振响。

外面程弥没再拍门，也没再叫她，应该是在凝听手机的振动声。

果然，黎楚看着程弥手里那道手电筒光从房门那里到了窗户这边，光线穿过窗帘隐约透进来。

程弥"砰砰"拍窗："黎楚！！"

黎楚莫名地眼眶有点发酸，喉咙发不出声音。她不是害怕，而是心里有点不是滋味。

拍动几下后，窗户晃动静止。光影从窗前离开，包括程弥还有她的脚步声，但只过了不到十几秒，程弥再次来到了窗前。

这里房屋破，到处都丢石放砖。

窗户传来被砸动声。

程弥拿着砖头砸窗，一下下去声音沉闷。

黎楚知道玻璃没破，只是裂了缝。

程弥没再叫她，只是砸窗，又一下下去，黎楚终于努力从喉咙里出了一点声。

她没有求救，没报平安，而是叫了程弥的名字一声。

"程弥。"

她离窗近，声音再嘶哑，玻璃窗那边的人也能听到。话音落地下一秒，窗户砸动声静了下来，两个人一窗之隔。

但这安静只维持了一秒，很快程弥反应过来，问她："你现在怎么样？没事吧？"

刚才陈招池掐她的脖子用力不小，冲击力过大，黎楚的嗓子还没恢复，声音很哑。她很平静地说："没事。"

程弥跟她说："你在里面能不能把窗帘拉开一下？"

黎楚说："没办法，我的手被陈招池绑着。"

外面的程弥静了一瞬，说："那也没事，你往旁边让一点，我把窗砸破，你别让玻璃溅身上。"

黎楚看着窗帘上那点光："你砸吧，不会弄到我。"

她这句话说完，窗外的程弥便没再废话，砖头猛砸在窗玻璃上。

陈招池这房子年头太久，玻璃窗样式也老，是四面往外支的玻璃，一小面玻璃有司惠茹家里一扇窗户大。

程弥只砸左下角那块，没去管其他那三扇玻璃。

她砸碎了左下角这面，大小就足够她翻窗进去了。

玻璃不怎么耐砸，没几下便碎掉，玻璃碴扑簌掉下，落在程弥的手上脚上。

窗玻璃一被砸破，程弥将红砖头顺边沿推过去，粗暴磨掉窗沿的碎玻璃，而后把砖头随手扔回地上，手伸进去扯开窗帘。

窗帘布被拽开,手机手电光亮一下无阻碍地照亮屋内,还有黎楚那张脸。

程弥的视线一下和黎楚对上。

黎楚扎在脑后的高马尾微乱,细发丝松散在发间,脸上几无血色,却不显得惨淡和狼狈,被吊紧在床头栏杆上的双手手腕反而露出几分倔强。

手机光亮晃动,程弥把手机抛去了床上。

而后她从窗口翻身跃了进去,因为窗框上还有不少碎玻璃,程弥爬进去时手背被碎玻璃划拉开一道细长口子。

黎楚看到了,平淡道:"脸被划花别找我。"

恍惚一瞬间,似回到她们以前斗嘴的时候。

程弥抬眼看了她一眼,很快双脚落地,笑了一下:"讹定你了。"

她说着走去黎楚身边,伸手去解黎楚手腕上的绳子。但绳结被陈招池打得死死的,程弥丝毫扯不开一分,脚腕上的也是,同样打了死结,解都解不开。

黎楚说:"陈招池是来真的,怎么可能让我走?"

所以他下手都极其用劲,不可能让她跑得掉。

程弥也没再白费力气,问黎楚:"灯在哪儿?"

黎楚示意她一下:"开关在房门进来右手边。"

程弥借着手机光亮摸去房门边,按下开关,房间里骤亮。两个人刚才一直处在光线微弱的环境下,强光突如其来,都一样不适应,微眯了眯眼。

陈招池这出租屋不算大,好在东西不算多,所以不是特别拥挤。一张床,一张桌子和一个柜子,旁边拉了张帘,透过缝隙程弥看到了锅碗瓢盆。

黎楚不会做饭,那就只会是陈招池了,陈招池竟然会做饭?

但程弥没问,也懒得问,走到那张桌子边:"陈招池这屋里有没有剪刀?"

"不知道,"黎楚说,"你翻翻。"

程弥打开桌子抽屉，里面跟这屋子一样，没什么东西。

第一个打开没有剪刀，她关上，又去打开中间那个，还是没有，最后拉开下面那个，才翻出一把随手扔在里面的刀。

有比没有好，程弥拿上这把折叠小刀回到床边。

刀锋锋利，她没三两下就把绳子挑开。绳子骤松，黎楚的两截手腕露了出来，不见白皙，被绳子磨得通红。

程弥手里的折叠小刀又去到黎楚脚上，把紧绑她的脚腕的绳子弄开。

手脚不再被束缚，黎楚动一下才觉筋骨酸疼。

脖颈那里还有手掐的红痕，程弥看到了，但现在不是问这些的时候。

这里不能久留，陈招池随时可能回来。

程弥和黎楚都没留时间矫情，程弥去扶黎楚："快点走，我让刘师傅停在楼下附近了。"

黎楚踩下床，跟程弥往门口走的时候随口问："住我们楼上那位司机大叔？"

"嗯。"

黎楚看到程弥来这里，一开始本来还想问程弥怎么找到这里的。

现在她不用问了，答案显而易见。

两个人离开陈招池的出租屋，楼下不远处出租车的车灯开着，黑暗里浮尘飘动。

结果程弥和黎楚还没从楼梯下去，迎面碰上从底下上来的刘师傅。

刘师傅看到她们两个："哎哟，小姑娘你们真的是吓死我了，刚才我在楼下听见那窗砸得哐哐响，差点以为你们两个出了什么事。"

现在这样的好人不多了，没跑就不错了，还爬上来看她们有事没有。

程弥对刘师傅笑了下："谢谢师傅，没什么事，我们赶紧下楼走吧。"

"哎，好。"刘师傅胖胖的身子转了个身下楼。

程弥跟黎楚走在后面，楼下绿色出租车的灯光显眼，三个人往出租车走去，而后打开车门坐进了车里。

不多时出租车启动，引擎声响，轮胎卷着满地灰尘离开。

刘师傅车上不会安静，收音机里电台女声悦耳治愈，偶尔夹杂几首抒情歌。

车窗外昏黄路灯灯光流水一样往后倒退，在她们两个脸上一明一暗，变幻不定。

程弥那边落了点车窗，夜风吹进来，两个人发丝拂动。刚才那地方不适合说话，但现在这车上很适合。

程弥没忘记刚在出租屋里看到的画面，黎楚的脖子上有手掐出来的红痕，她将目光从窗外高矮错落的灯火上收回来，看向黎楚："对陈招池动手了？"

她看到的只有黎楚的侧脸，黎楚头发松乱，但马尾照旧高扎，落了几丝绒发在后颈上。

黎楚听见她问话后，没转回脸，目光照旧落在窗外，薄唇动了动："还记得我以前跟你说过的一句话吗？"

程弥看着她，猜都没猜，就那么脱口而出直觉里黎楚所指的那句话。

"我比江训知还了解你。"

她说得这么快，又这么笃定，反倒让黎楚讶异了一下，回过头目光落在她的脸上。可转念一想又觉得不意外，她和程弥一直这样，谁在想什么对方都会摸得很透。

黎楚看着程弥："我瞒不过你。"

她对程弥遮掩要报复陈招池的事实，冷落程弥，口是心非，甚至拿谣言利箭对准过程弥。可她再怎么过分，再怎么面孔凶恶，都没瞒过程弥她接近陈招池是为了报复这件事。

程弥一直没怀疑过她，也信任她，因为她们彼此太了解。所以不仅是她瞒不了程弥，程弥也瞒不过她。

黎楚眼睫黑密，眼尾黑色眼线微扬，眼神有点消极，但是不颓丧，反而有些冷性的攻击性。她看着程弥："你也瞒不过我。"

如今发生的桩桩件件事情，从来不是程弥本愿。

程弥被迫惹下的那些债，她从来没埋头藏在后面过，也从来没把人推出去挡刀。她宁肯刀扎到自己身上，也不会让这些刀子去连累人。

两年前，她没做好，导致黎楚和江训知统统被拽下深渊。

程弥不可能重蹈覆辙，只能在旧事重演前，自己冒险去阻止噩梦发生。只不过这一次黎楚跟程弥闹翻去跟陈招池接近，陈招池再也拿不了黎楚威胁程弥。

可程弥的软肋多了个司庭衍。

有的事有了第一次不能再有第二次，再来一次他们灵魂都会垮掉，所以她要自己去对付陈招池。

就像她下午在司庭衍的教室里跟他坦承的那样，让她自己去解决跟陈招池那些是非恩怨。

在他们危及司庭衍之前，她只能冒险。

她这想法没瞒过司庭衍，自然也没瞒过黎楚。

可早早有人在陈招池找上她之前比她先动了手。

程弥对黎楚说："所以你赶在他们对我有动作之前去招陈招池？"

黎楚否认，看向窗外："怎么可能？陈招池没那么容易对付。"

言外之意便是她没有。

程弥却看着她："然后你就换过来，让他对付你。"

黎楚似乎不太想谈及这个，出租车正好在这时停到了楼下，黎楚推开车门出去："走吧，回去了。"

程弥看了她的背影一眼，直到黎楚将车门关上，也收回眼，把钱拿给刘师傅后推开自己这边的车门下车。

城市烟火气已经被逐渐变凉的夜风吹散了不少，晚饭时间一过，灯火也越来越稀少。

楼下没什么人，只有她们两个，不远处的路灯坏了，没有灯光，只夜色浓重。

黎楚走在程弥前面，程弥走着走着突然出声："还记得江训知跟你说过的一句话吗？"

程弥这话音落地后，黎楚的脚步慢慢停了下来。

楼下有棵两层楼高的树，被风吹得树叶声沙沙作响。

程弥看着黎楚的背影："你跟我说过的。"

黎楚身上套着件宽大的黑色外套，左耳上血迹干涸那处，戴着江训知送给她的耳钉。

那时候，江训知给她戴上耳钉后，摸了摸她的头，清俊双眼笑得很温柔，给她许了个生日愿望。

——我的酷小孩要百岁无忧，健康快乐地长大。

这句话让黎楚开心了一整年，现在是得惦记一辈子了。

程弥知道今天黎楚去找陈招池，肯定是想过就这么死在陈招池手上去找江训知的，所以才逃避这个话题。

程弥走了上去，和黎楚面对面，轻拥抱住她。

黎楚没说话。

程弥贴着黎楚的脸，跟她说："要听江训知的话。"

黎楚慢慢抬手，回抱住程弥，从轻碰到渐渐用力。

"在你活到一百岁之前，他不会想看到你去跟他见面。"

夜还黑着，也还长着，以后不仅有黑夜，还有白日。

她们都有长长久久，无数个白日。

今晚，程弥去找黎楚前，事先给司惠茹打了电话。这次她没瞒着大人，在电话里跟司惠茹坦白了黎楚可能有危险。

当时，司惠茹心急如焚到要和程弥一同前往。

但因为她在公司，回来路上又要花时间，程弥不能耽搁，便跟司惠茹说不用太担心，如果有事她会看着报警。

但万一她们两个没在零点前回来，让司惠茹记得报警。

程弥和黎楚赶在零点前回来了，回到家墙上挂钟指在十点多。

司惠茹一直在等她们，担心到吃不下饭，那桌菜一筷子没动过，色泽变暗不少，早凉了。

程弥跟黎楚一进门，沙发上坐立不安的司惠茹立马起身过去玄关处，拉着她们两个左看看右看看，得知她们没事后才松了一大口气。

程弥一进来，便看了司庭衍的房间一眼。

房门关着。

司惠茹去柜子抽屉里翻出药膏，拉着黎楚过去沙发上坐下，拿棉签帮她涂抹手腕上的勒痕。

程弥右手手背也被窗户碎玻璃划了道细血痕，司惠茹帮她消毒。

司惠茹问她们两个："是怎么回事呢？发生什么了？"

程弥本想如实说，这种事跟长辈说也好。

但黎楚截过了她的话头，跟司惠茹说："没什么，跟同学起了点小矛盾，解决了。"

这事让司惠茹知道，黎烨衡自然也就知道了。黎烨衡当年亲手给她们两个处理烂摊子，对陈招池这男生同样不陌生。

黎烨衡人情世故老练，如果黎烨衡知道她跟陈招池混一起，她那点接近陈招池的不成熟心思自然瞒不过他，父女俩肯定又要大吵一架。

黎楚不想被黎烨衡管。

但黎楚说完，司惠茹便说："我下午给你爸爸打了电话。"

黎楚一时无言，下午那情况紧急，事态传到黎烨衡的耳朵里肯定很紧张。

黎楚在想什么，一旁的程弥怎么可能不知道？她在旁看好戏。

其实，程弥也希望黎楚能被黎烨衡多管管。

黎烨衡虽缺席过黎楚的童年，但对黎楚这个女儿是好的。

黎烨衡跟黎楚母亲本是多年情侣，后因性格不合一拍两散。恰逢当时黎楚母亲意外怀孕，又因身体问题医生不建议人流，最后黎楚的母亲把她生下了，但骄傲使她从未低头去找过黎烨衡。

黎楚的母亲跟程弥的母亲程姿是朋友，那年黎楚的母亲怀孕是程弥的母亲照顾的她。

后来黎楚八岁的时候母亲重病，离鬼门关只差一步。程弥的母亲本想抚养黎楚，却被黎楚的母亲拦下了，说把黎楚送到孤儿院，告知她父亲，让她父亲自己来把孩子领回去。

她跟程弥的母亲说相信程弥的母亲能教好孩子，也会给孩子最好的生活，但是压力太大了，她只想程弥的母亲好一点。

黎烨衡可能不是个性格和她契合的好丈夫，但会是一个好父亲，黎楚送回他身边是好的，不仅如此，程弥也能跟着一起被照拂。

以黎烨衡的为人，只要她提一句，他会倾尽全力照顾这两个孩子。

黎楚的母亲为了孩子，终于在将死之际低头。

黎烨衡后来也确实把她们两个照顾得很好。只不过黎楚跟他一直不热络，也不爱被他管，父女每次对话不超过五句。

黎楚这次跟陈招池这件事，并不想被黎烨衡知道。虽然黎楚面上没表现出来，但司惠茹是温良小心的性子，看出她的想法，脸上有点歉意，可还是说："这事不小，要跟你爸爸说的，你爸爸其实一直很关心你。"

黎楚虽然有时候难搞，但不会故意让人不好过，也分得清好坏，没怪司惠茹。

"没事。"

她爸能拿她怎么办？

她们两个没事，这会儿司惠茹精神放松下来，才想起吃晚饭这事。她往厨房走去："我去把菜热一下，你们看会儿电视，马上就能吃饭了，小衍过会儿应该也要回家了。"

程弥本来正想去房间找司庭衍，闻言脚步一停顿，回头看司惠茹，略带疑惑地问："司庭衍去哪儿了？"

司惠茹刚走到厨房门边："在学校呢，今天又被老师留在实验室了。"

下午，他们两个明明一起回家的。

程弥微皱眉，才放松不久的神经又警张起来："他说的？"

"小衍打电话跟我说的。"

程弥手背上那道伤痕被膏药涂得发凉，此刻凉意毫无缘由地爬上手臂，一直冷到心脏。

短短几秒内，她的脑海里闪过无数东西。

她跟司庭衍说她去找陈招池、郑弘凯他们，以自己为饵抓他们的犯罪把柄。司庭衍当时听她说完后没有表示不许，没和她据理力争，而是有些违和地平静。

包括听到她说陈招池和郑弘凯他们对付她会用的那些烂招数后，司庭衍也是极其平静，一点可怕阴郁的表情都没显。

Chapter 11 日光大亮

他平静到程弥下午在教室里跟他商量的时候，心里都生出一丝意外。

但那时候程弥没多想，因为冷静是司庭衍的常态，他演到她都信了他，信他会让她去面对陈招池他们。

而最近几天司庭衍放学没准时回过家，说是留在学校物理实验室。如果不是今晚她和司惠茹聊起偶然戳破他随便撒的谎，程弥会一直被蒙在鼓里。

那些平时看似再正常不过的举动，眼下这一刻全破绽百出地摆在程弥面前。它们像不见影的小利刺，密密麻麻地扎在程弥的神志上，最后所有利刺都指向了一个答案。

司庭衍去找陈招池了。

意识到这个答案，程弥的指尖在那一瞬间发颤了一下。

明明下午他才被她惹生气。

程弥对上了黎楚正在看她的目光。

程弥知道黎楚也反应过来了，因为司庭衍跟黎楚一样，都赶在陈招池对她出手之前先有了动作。

程弥清楚现在不能自乱阵脚，还要去找司庭衍，她稳住心神，问黎楚："陈招池这个点平时会去什么地方？"

黎楚每天都跟陈招池在一起，不用怎么想便脱口告知："酒吧，他做DJ那家，还有台球厅和他那出租房。"

"今天他会不会回医院了？"

黎楚说："不会，今天警察来过了，他明天去。"

想了下，黎楚又说："不过平时这个点，他一般去酒吧多点。"

程弥却说："他今晚应该会早点回去。"

黎楚明白程弥这句话是什么意思，她被陈招池锁在出租房里，陈招池肯定会回去。

那头还没进厨房的司惠茹没听懂她们的对话，但已经开始紧张。她有些战战兢兢地走了过来，手下意识地在围裙上抓了两下："怎么了？"

找人要紧，程弥没时间再委婉措辞。她跟司惠茹说："阿姨，我们现在得去找司庭衍。"

她语气没平日里散漫，多了丝严肃。

司惠茹一听就知道事态不好，一下脸色煞白："小……小衍怎么了？"

"阿姨你别着急，也有可能没事，我们分头去找。"

司惠茹勉强稳住心神，点头。

黎楚也从沙发上起来准备出门。

程弥说："我去城东棚户区找，黎楚你去酒吧。阿姨，麻烦你跑一下台球厅了。"

司惠茹这节骨眼上还能想到她们两个的安全："不行，棚户区那边乱，阿姨过去。"

程弥从刚才起便一直在拨打司庭衍的电话，没等司惠茹话说完便脚步带风地往玄关走："棚户区那边我熟悉一点，我过去。"

城东棚户区。

曾经楼房拥挤，邻舍热闹；现在空房成群，人烟稀少。处处黑灯瞎火，路灯年久失修，锈迹满满地立在路边。

旁边是一排瓦房，离路灯最近那间以前是杂货铺，墙上有个泛黄的老式监控。

而这个监控，最近从没拍到过司庭衍。

不仅这个，附近某处建筑工地的监控，还有街外的监控，司庭衍的身影都从没在这些监控里出现过。

但其实，最近几天他都会出现在这里。

这附近哪里有监控、哪里没监控、哪里是监控死角，司庭衍一清二楚。他清楚的不只这些，还有这片每一处楼房、每一条路、每样东西。

几天来往的枯燥，哪处稍有变动司庭衍都一清二楚。

每天晚上八点左右，通向陈招池那栋出租房的巷道斜坡里，会有一个收倒附近居民垃圾的男人拉着垃圾推车经过这里，连这个司庭衍都尽收眼底。

陈招池每天从酒吧回来后的行径他更是熟知。陈招池会经过哪条路、哪间房、哪条窄坡巷道，司庭衍比经常喝得烂醉东倒西歪回家的陈招池本人还清楚。

今天也是，从家里出来后司庭衍便来到这里，一直待到夜色浓重。

晚上八点左右，不远处传来垃圾推车车轮的吱呀声，在昏暗的夜色里声音极其刺耳。声音越来越近，一直到巷前。

司庭衍也是这时候出现的，要路过这里去垃圾场。

男人肩颈上搭着条擦汗毛巾，抬眼看了他一眼。即使什么都看不到，只有个模糊人影。陌生人擦肩而过谁都不会上心，男人没注意他，拖着足有一人高的垃圾推车进巷。

那窄巷是斜坡，男人在垃圾推车车轮滚上坡后明显有点吃力。垃圾高堆在推车上，今天明显要比平时重很多，男人拉了两下又退了回去。

就在他想使尽浑身解数再次去拉时，推车后面突然多了一股力。

司庭衍在搭手。

男人回头望去，看到司庭衍的半张脸，连忙道谢："谢谢啊，小兄弟！"

司庭衍没说话。

在司庭衍的帮忙下，推车很快滚上坡，一路往上。

然而就在刚爬上一两米的时候，司庭衍撑于车后的手松了劲。

突如其来，前面男人没防备，一时臂力不支没抓稳垃圾推车。紧接着垃圾推车往后倒滑，然后侧向轰然倒地。

今天垃圾又多，一摔全倾倒出来，满车污秽湿汀的垃圾瞬间撒了一地。发酸的食物、肮脏的布料、看不清面貌的东西，各种东西混在地上散发着冲天的臭气。

男人也摔在地上，看着满地垃圾暗骂了一声。

巷子不算宽，有的垃圾堆得有半膝高，满地发臭。

这里没路灯，眼睛都是在摸黑，更何况没带任何打扫工具，男人根本无从下手。而且这里基本没人会来，这堆垃圾挡不了什么人，男人也就打算明日再来打扫。

男人沾带上满身污秽臭气，一瘸一拐地拖着垃圾推车走了。

司庭衍则是一点污浊不沾，站在昏暗夜色里眸色冰冷。他漠视地上那堆垃圾，没停顿一瞬，转身离开。

离这里五十多米处有栋烂尾楼，已经搁置了好几个年头，围在上面的建筑安全防护绿网被风雨冲刷得七零八碎和褪色。

夜风渐凶，呼呼穿房过巷。

司庭衍知道在一分钟后，某张常年挂在烂尾楼边沿的绿网，将会不堪风力掉下。他走到烂尾楼旁侧那条贴墙小道的时候，绿色防护网还钩在楼沿半掉不掉，而小道路面上有个下水道井盖。

三天前，井盖被住这破楼里的流浪汉撬走卖掉换钱，现在上面空荡荡的。

又几阵风吹过，在烂尾楼上吊了好几年的破碎绿色防护网终于不堪重力被风吹下。

如司庭衍脑内一堆数据估算中的那般，绿色防护网从楼上掉下，准确无误地落在了没有井盖的井口上面。

绿网面积过大，没掉进下水道里，覆盖在上面。

隐约有水声传来，却又听不真切，被不远处的建筑工地上传来的施工声覆盖。

司庭衍像只是路过一样，走了。

酒吧里流光溢彩，音响震耳。

陈招池今晚没带黎楚过来，几个一起喝酒的狐朋狗友调侃道："今晚怎么没带黎美女过来？"

陈招池只沉眸喝酒，没理他们。

郑弘凯也来了，酒一喝上头手臂就大胆地往陈招池肩上挂，碰了下陈招池的酒杯："那女的不是对你挺真的？"

郑弘凯完全不知道他这句话里某个字刺到了陈招池，也没注意到陈招池听他说完这句话后，脸色变得有些阴沉可怕。

郑弘凯还在说："我看她挺黏你的，你去哪儿她跟到哪儿，就差整个人贴你身上了。"

有人搭腔："上回我去招哥家里，那东西摔一屋，我吓到大气不敢出，那女的跟不要命一样，还敢冲过去抱着招哥安抚他。"

"厉害。"有男的竖大拇指。

郑弘凯问陈招池："招哥，这女的这么死心塌地呢，是不是你把人甩了？"

陈招池的脸色已经像要杀人。

郑弘凯喝着酒，撞撞他的肩膀："要不要我给你介绍一个？那身材，那叫一个带劲——"

突然，陈招池将酒杯猛地往地上一砸。一阵巨响，玻璃酒杯砸在地上四分五裂，酒液跟着溅开。

陈招池生起气来很吓人，一群人瞬间被吓得大气不敢出。

陈招池酒量好，经常灌不醉。今晚从沙发上站起来身子却是微晃的，他满脸阴沉，抬脚狠狠一脚踹在郑弘凯身上。

郑弘凯被他从沙发上踹下去，整个人摔在地上。

陈招池看都没看他，从他身上跨过去，走人。

从酒吧出来，陈招池眼前晃影重重。

路灯灯光刺眼地扎向他的眼睛，像刀，那把黎楚在手里攥了两年，今晚毫不犹豫地捅向他的刀。

想到这里，陈招池恨不得把她杀了，让她死在自己手上。

急躁在胸腔中生出怒火，他几乎要把"黎楚"这两个字撕咬焚毁。

陈招池满身酒气地晃荡进棚户区那片，自建房和铁棚房混乱交错，处处伸手不见五指。穿路过巷，这片不算大，他绕那么几下就看到了他租的那破楼。

巷道斜坡笔直捅进去，尽头就是他那楼。但眼下巷道不畅通无阻，堆满垃圾，他没走近就闻到冲天臭味。

陈招池本就不爽，这下更是怒火中烧，一脚踹在墙上，嘴里不停骂着脏话。

酒精使他站不稳，晃悠几下后才站直，肢体跟从最简单的指令转身抄远道。烂尾楼小道幽深黑暗，并不安静，不远处的建筑工地大半夜还在施工。他直走进去，四周漆黑，但夜色隐约能见影。

地上摊着一坨东西，他若定睛瞧能看出是破防护网。

陈招池没去注意，直到一脚踩上。脚下骤然踩空，重力往下，第一秒反应过来时人已经坠下两米。

陈招池反应极快地抓住井沿边，手臂被生生一扯，几乎要断掉，整个人在空中被重力往下狠狠一拽。

陈招池微皱眉，骂了一声，双眼猩红，染着酒气，透着一股狠劲。但因本身跟厉执禹打架的伤还没好，手臂又开始渗血。

在陈招池还没使力上去的时候，手臂先承受不住，整个人彻底坠落。

烂尾楼旁井盖下面是下水道，水流深且湍急，钢筋隐约可见，险象丛生，不管什么东西掉下去都会被冲走通向污水处理厂。

小孩子失足掉落几乎必死无疑，但个子一米八、不缺胳膊少腿的成人肯定还能撑一阵，不仅如此，还会有力气呼救。

但如果一直无人搭救，人在冷风冷水里被冲刷浸泡，最终也只会是卡在附近井道里的一具冰冷尸体。

棚户区似荒地，即使有人求救也叫天天不应叫地地不灵，唯一能听到求救信号搭上手的便是在此废弃楼房里过夜度日的流浪汉。

流浪汉每天都会到西街捡垃圾，以此换钱饱肚，偶尔乞讨一日三餐，晚上会回烂尾楼睡觉。

现在是晚上十点多。流浪汉每天靠捡垃圾和乞讨换来的钱，经常连饱腹都不够，他每天晚上都会路过洗脚店。

他每次路过眼睛都会扫向洗脚店，每五秒一次的频率。洗脚店在一片城中村里，写着洗脚按摩的玻璃门外站着搔首弄姿的女人。

流浪汉留山羊胡，瘸着一条腿。

他今天拖着一大袋垃圾从快餐店出来，手里捏着个一次性饭盒，因为浑身太脏老板不让他在里面吃饭。饭盒里只有白米饭，他蹲在马路牙子边囫囵扒饭。

直到偶然间，他抬眼看到不远处地上的两张红钞。

路灯立在十几米开外，昏黄灯光铺了一路，来往的行人稀少，流浪汉左看看右看看，拿着饭盒起身一瘸一拐地过去，鬼鬼祟祟地捡起钱塞进破衣袋里。

回到马路边后白饭吃得寡淡无味，流浪汉还拿着这两百块钱回对面那店里加了个红烧肉。

他出来后没再蹲在马路边，像是担心有人找来一样，换了个地儿蹲着。盒饭吃完，将饭盒塞进垃圾桶里，流浪汉拍拍裤子起身，拖着瘸腿拉着一麻袋垃圾走远。

不出意外，流浪汉七弯八绕穿过几条小巷子去了洗脚店。

这次胸口都挺了几分，他大摇大摆地跟站玻璃门外的女人进去了。

抬头望天，天空是一个圆，不大，直径半米多长，陈招池浑身湿透，寸头仰靠在井壁上，刀疤横下的右眼盯着黑蓝天色，眼睛里神色是沉的。

脚下水流湍急，污水混浊，如冰凌扎在双腿上，不断冲击腿部肌肉。

陈招池没喊，没叫，没做任何呼救。因为没用，就这地方他喊到明早也不会有人发现，在没人来之前又喊又叫只会消耗体力。除非，这烂尾楼里那个流浪汉回来。

但随着他的漫长等待，过去的只有漫无边际的死寂。

陈招池轻晃一两下后又重新扎在水里岿然不动，手臂上刚掉下来时去抓井沿后扯裂的伤口在不断往下坠着血，顺着指尖蜿蜒往下滴，掉进浊水，眨眼被稀释冲远。热烫体温被冰冷水温驱散到逐渐降低，但陈招池面色上的狠厉一点也没松动。

他冷着张脸，可怕得像戴着恐怖面具，一动不动。

直到不知过了多久，井上传来窸窣声响，陈招池那张脸上才有一丝活人的生气皲裂。

他抬眸看向井上。

听声音，动静来源轻弱到重量不足百斤，脚步声不大，隔有一段不远不近的距离，像在钻草丛的声音，带着委屈焦急的呜咽声。

这声，陈招池可熟悉得不行，是狗在觅食的动静。不仅如此，陈招池还知道它是谁的狗。

是郑弘凯的。

那不是什么高贵品种，路边随便二十块钱都能买到的那种小狗。

这狗是流浪狗，已经被郑弘凯养了一年。前段时间郑弘凯在学校里惹是生非，被学校处分，又进拘留所蹲了几天，还是因为那种丢人的下流事，从拘留所出来后被他爸连人带狗赶出了家门。

一个学生，身无分文，游手好闲，自然住不起什么好房子。

还是因为陈招池在这里，还有借他的几个钱，郑弘凯才找到棚户区这片能让他容身的地方。

郑弘凯还挺喜欢他这狗，就算没地儿去还一直带着。

郑弘凯本身就是个"狗腿子"，爱抱陈招池的大腿，他这狗天天跟在他身后晃来晃去，一来二去，陈招池喂它几粒牛肉干它就跟陈招池混熟了。

听着这狗闹出的找食动静，估计是郑弘凯从昨晚到现在一直泡在不同酒吧里，喂都没回来喂过。

陈招池沉默着，像在想什么。只几秒时间，他脑内想好从这里活着出去的办法了。

陈招池屈指放唇上吹了声口哨，尖锐口哨声过后周围陷入一瞬安静。

陈招池都能想象出这狗竖起的耳朵。

再然后，井上很快传来四只脚疾速奔来的声音。

很快，一只右耳朵上带一块小黑斑的白狗出现在井坑上方，不大，还没及膝高，拼命对着井底下狂吠，疯狂对陈招池摇尾巴。

陈招池仰头看着，笑了一声，不带任何一丝庆幸激动之意，反而有些恶劣狡猾。

他从井壁上起身，没墙壁支撑后身子晃了晃，又站直，然后弯身去摸水底下的碎石子，水没过了他的肩膀。

陈招池最近因为他妈妈去世，已经几天没正眼看过这狗，也没喂过它。

这狗还在上面疯狂摇尾巴，因为发现陈招池上不来它又下不去，急得围着井盖团团转，嘴里不断发出呜咽声。

每次陈招池碰见它,总会扔给它几条牛肉干。但今天陈招池扔出去的不是牛肉干,是石子。

他臂膀猛地往后拉,手里的石子又狠又凶地甩掷上去,精准度准到吓人。

带水的石子甩出一道水线,狠狠砸在狗几乎瘦到皮包骨的身上。

隔着三四米距离,加上陈招池力气不小,狗被砸中后一下发出惊天吠叫,疼痛得不断跑窜。但它没走,只是疼痛地围着下水道急转。

陈招池冷笑一声,蠢。

他几乎是没有任何动作停顿地弯身,又从水底摸上来一颗石子。

陈招池盯着狗,石子在手里抛了抛,在狗快停下的时候又一个甩手扔了出去,又是一阵让人头皮发麻的痛吠。

即使在这种情况下它却还是没试图逃走,仍傻兮兮地围在井盖旁守着陈招池。

狗永远是最忠诚的,可忠诚错人了。陈招池不是个好东西,甚至觉得这狗此刻叫声不够大。

不够大,它就引不来它的主人。

这狗已经一天没吃东西,就郑弘凯这自己饱腹都成问题还要给狗买吃的德行,他今晚肯定会从酒吧回家喂狗。

一回家就肯定会发现狗不见,狗不见,他就会出来找。

郑弘凯住在附近,虽然不用路过这里,但也不算住得太远。

光听声,连陈招池都能听出是郑弘凯的狗,更别说郑弘凯自己,且这么大的动静,郑弘凯肯定会找过来。

这狗痛感已经过去,只委屈地小声呜咽。

陈招池"啧"一声,嫌太小声,又弯身从水下摸出一颗石子。

水温越发冷了,水流似乎也变得更急,他的手劲也跟着变重。

这一次石块不仅甩带上水线,还有他手臂上的血滴。

一下接着一下,直到上面奔来了一道匆忙至极的脚步声。

陈招池抬了下眸。

人来了。

人未近，声先到，郑弘凯大概远远就看到自己的狗被打成这样，气到火冒三丈，立马冲了过来。

正常人都不会往下看，郑弘凯自然也是，一口一句脏话，就是没去看井下的陈招池。

陈招池手里抛着碎石："骂谁？"

他冷不防出声，郑弘凯被吓一跳："谁？！"

陈招池手往下，手里那把碎石相继"扑通"落进水里："你说呢！"

这动作摆明在说是他干的。

郑弘凯也在这一刻认出他，满腔怒火顿时哑炮，同时很快被震惊取代。郑弘凯趴在边缘："怎么回事？招哥你怎么到下面去了？我去找根绳子拽你上来。"

陈招池："拽个屁，你拽得上去吗？"

都一百多斤的个子，更何况他现在没力气折腾，要留着点力气干别的。

陈招池不想跟郑弘凯废话："去搬张人字梯过来。"

郑弘凯问："去哪儿搬？"

陈招池一个冷眸上去："是不是没长眼睛，你去过我家多少次了？"

郑弘凯确实没去注意那些，又硬着头皮问了一句："放哪儿了？"

"楼下，那破自行车旁边。"陈招池说。

"行，我去搬过来，你等等。"郑弘凯说完，顺便夹上自己的狗走了。

陈招池靠回井壁上，腿部肌肉已经支撑到发酸，浑身骨头都在发痛。他知道今晚如果不是郑弘凯的这条狗，他必死无疑。

他没等多久，郑弘凯很快把那人字梯搬了过来，从井口往下放。

放好人字梯后，陈招池握住人字梯往上爬。

从冰冷污水中一步一步往上，湿身衣物让双腿变得很重，不断往下坠着水。

人字梯两米多高，上端离井口还有将近两米，陈招池一米八多，踩在最上面利用身高优势，双手往井口一撑跃爬了上去。

人字梯质量轻巧，人都能被冲走，更别说一把人字梯。陈招池腾空的瞬间,人字梯被冲移位。

陈招池一上来,郑弘凯便骂道:"哪个不长眼的把井盖偷走了?"

这话说明他认为陈招池是自己意外掉下去的。

陈招池却目光阴沉,看着挂在井口边缘的那张绿色建筑防护网。

郑弘凯顺着他的目光看过去:"招哥,怎么了?"

陈招池却突兀地问了一句:"楼上有动静没有?"

"什么?"

说出这句话的陈招池想起黎楚今晚那把要他命的刀。

今晚真是人人不如他愿。

郑弘凯这时反应过来:"你是说你那屋楼上?"

陈招池却没再听的意思,往烂尾楼小道外走去,不是回他那出租房的方向。

陈招池拖着满身泥泞,身上明显看起来还有伤,身子骨却跟铁打的一样。

郑弘凯看他这样:"不回去?"

陈招池却连头都没回,墙边堆着一把生锈钢管,陈招池直接抽了根出来。

"走,带你去找个乐子。"

棚户区和酒吧在同片地方,程弥和黎楚坐同辆出租车一起过来的。

酒吧离这些铁皮棚和自建房不远,从这片糟乱区域直穿过去也就五六分钟时间。但出租车进不来棚户区,继续坐出租车得绕一大圈大路过去,花的时间反倒比直接走过去多。

程弥下车,黎楚便也推开车门一起下车。

两个人一路深入,仿佛闯入无人之境,只看见零星几盏灯火。

黎楚最近经常在这片走动,对这里面很熟悉,走前面给程弥带路。巷子错综复杂,黎楚却闭着眼睛都能给程弥带路。

直到走到陈招池那出租楼楼下,两个人发现陈招池根本没回来过。

楼上还是她们之前走时的老样子。

窗帘胡乱堆着，一窗格碎玻璃，里面也没开灯，一看就没人。

程弥却很谨慎，不放过任何一个地方，还是上了楼，去楼上看到没人后才放心离开这个地方。

两个人从直捅出外面的巷子往外走，半道被高堆在半路的垃圾堵住，臭气让两个人都忍不住微皱眉。

黎楚说："走别的小路吧。"

程弥点头，两个人转身离开小巷。

黎楚带程弥绕去烂尾楼旁边那小路，每过一秒程弥便心焦一分，即使她脸上和言语上没表现出来。

两个人打着手机的手电筒，走进那小路后脚步渐渐放慢下来，她们看到了那个下水道井口。

程弥和黎楚对视了一眼，走过去。

底下是水，井口有混乱不堪的血迹，明显这里不久前刚发生过什么。

程弥将手机往井里照，底下井道不算特别宽，一把人字梯半倒卡在井道里。

黎楚也看到了："陈招池楼下的人字梯。"

程弥看向她，心情很复杂。

她理智没被心焦挤走，问黎楚："陈招池身边最近有哪些人？"

黎楚看她："你是想问谁能救他？"

程弥点头。

黎楚说："郑弘凯，或者他的其他狐朋狗友。"

可程弥感觉不对劲，摇头。

黎楚微皱眉，一时也没头绪。

她们现在紧要的是想想看陈招池会干什么。她们猜不出司庭衍的想法，但陈招池的勉强有迹可循。

突然，黎楚看着这栋烂尾楼想起了什么："还有一个，有可能是住这里头的男人。"

"什么男人？"

"一个流浪汉，以前我和陈招池跟他碰过面。"

那天黎楚来找陈招池,结果看到他在这里跟流浪汉瞎侃。

那天流浪汉没拖着他那麻袋去捡垃圾,在这里跟陈招池吹牛。当时陈招池把走近的黎楚一把拉到怀里,眼睛却是没看她的,笑看着流浪汉,说"是吗?有机会也试试"。

那时黎楚就在他怀里听着,还抬手不算轻地打了下他的脸。

声音挺大,"啪"的一声。

陈招池却似乎很受用,没生气,当着流浪汉的面就要亲她。

黎楚突然觉得自己演得真好。

她没在这段回忆上多逗留哪怕一秒,问程弥:"你说会不会是他把陈招池救起来的?"

程弥却在黎楚说出流浪汉的那一刻灵光一闪。

她突然问黎楚:"住这楼里的男人经常去什么地方?"

黎楚有点不懂程弥这句话,但还是说了:"他跟陈招池说过,经常去西街那边,晚上应该经常去一家叫丽美的洗脚店。不过你问这个有什么用?就算是他把陈招池救上来的,现在也不会去那些地方。"

结果她还没说完,程弥那头栗色大波浪鬈发甩过她眼前。程弥往外跑了出去:"我去洗脚店,你去酒吧那边看看。"

陈招池在四下寂静无人、失足掉进井底的时候,想过靠烂尾楼里那流浪汉求生。

但是,流浪汉没回来。

他脑中无法遏制地冒出一个想法。

路边出租车司机热情揽客,在看到陈招池拖着钢管上车后脸色惊变,却不敢吱声。

车子一路疾驰到西街,司机没敢再往里面开,匆匆放人下车后扬长而去。

夜色笼罩郊野上空,爬满整座城镇。

西街这一带靠近村镇,比较落后,各家灯火夜晚熄灭得快,但街巷里烟火气依旧浓厚。

丽美洗脚店在哪儿，陈招池不知道，只知道在隐蔽深巷处。

他抓了路过的一个人问后，和郑弘凯一起往指的方向走去。

郑弘凯不知道陈招池要去做什么，刚才在车上一路也不敢问，因为陈招池周身气压极低。

现在要去洗脚店，郑弘凯才小心翼翼地问了一句："招哥，要去洗脚店干吗？"

陈招池回了四个字："找人算账。"

"算账？找谁？"

转进乌黑深巷，陈招池没理他，没回他这句话，两秒后跟他说："程弥会去洗脚店，过去之后你就在那里蹲她。"

陈招池说这话时脸上没一点笑意，很严肃。

郑弘凯对程弥那点厌恶仇恨，自从上次在酒吧里被陈招池煽风点火后，他这几天对报复程弥这事一直心思活络。

眼下陈招池又提，他说："真的假的，她会去洗脚店？"

司庭衍肯定在这洗脚店附近，程弥如果知道他在这里肯定会找过来。

当然，陈招池更多的是在放饵。

但郑弘凯这直白头脑不会知道陈招池那些花花肠子，只是一提"程弥"这两个踩践在他自尊心上的字，心火就怒烧理智。

郑弘凯说："最近她藏得真严实，蹲都蹲不到，我恨不得今晚就让她好看。"

他刚说完，一道声音在他们身后响起："已经跟了你们两条街，你们什么时候才会发现？"

声音冷漠，又不失冷静。

周围很安静，这声音突然又明显。

郑弘凯比陈招池更先回头，陈招池则是不怎么意外地回过身，像是知道身后人会出现一样。

陈招池确实是在利用程弥钓司庭衍出来，司庭衍如果在附近，听到他们两个要去对付程弥，不会放过他们，而且不会等到日后。

但他确实不知道司庭衍已经跟在他们身后这么久。

隔着几米距离，司庭衍背后是巷口夜色，气质和陈招池相比一个天一个地。

但有一个共同点，他们都像是本身就活在黑暗里。

陈招池手里的钢管垂在身侧，他看着司庭衍。

司庭衍眸色阴冷地看着陈招池，陈招池也是，情绪沉在眼底，面色严肃到可怕。

郑弘凯在旁边感到有些喘不过气。

一个陈招池就够他受，现在来俩。

陈招池这阵子一直是这样，阴晴不定，从没好脸色，郑弘凯隐约听身边兄弟说是因为他妈没了。陈招池疯起来，他们谁都得死。

郑弘凯去瞥陈招池，却看到陈招池冲司庭衍去了。

一点客套场面都没有，陈招池直接拖着钢管上去，甩手就往下抡，又骂郑弘凯："去堵程弥！"

这一下下去，肋骨都会碎。金属没有重击上肉体，司庭衍往旁边让开。

陈招池手里的钢管砸上巷墙，发出一阵瘆人的金属砸墙声，钢管在墙灰上刺耳地拖出一道刮痕。

陈招池反应很快，这一下没砸到，手握钢管又很快朝司庭衍此刻的方向狠狠往下一甩，可司庭衍的反应同样冷静又迅速，躲身的同时也出手反击。

一旁的郑弘凯心里一阵震惊，完全没看清司庭衍手里拿的是什么，只看见陈招池受伤了。

与此同时，他更多的是愤怒，身体里那股所谓的兄弟义气烧起。

在陈招池一钢管又朝司庭衍甩下去的时候，郑弘凯抡着拳头就上去了。

程弥坐在出租车上，街道两旁的路灯流水般往后倒退。

路过一家酒吧，酒吧门前一团糟。

司机看着窗外连连摇头："现在的小孩子天天不学好，天天鬼混。"

车窗没能隔绝窗外每一声吵闹，砸进程弥的耳朵里，扯得她心脏一团混乱。她收回目光，问前面的司机："师傅，能不能快一点？"

司机的声音传来："姑娘，别着急，我已经开很快了。"

出租车从闹区逐渐到人烟稀少的地方，夜色跟着远山连绵。

半山腰有盏灯，那里是一座寺庙。

程弥从不信神佛，在那一刻却比任何人都虔诚。

佛祖，请保佑他无灾无难，事事平安。

司庭衍抓住郑弘凯的手反折，陈招池一钢管甩在司庭衍的背上。

沉闷重击下骨头在碎裂，司庭衍单腿跪地支撑住脊梁。鲜血从他的额际流下，滑过他白皙的皮肤，他眼里没有任何痛苦，渐渐发沉，郑弘凯被他盯得头皮发麻。

陈招池已经红了眼，要再次重击，郑弘凯拦住他："招哥，消消气，杀人要偿命，一条狗命留给他。"

陈招池被拦住，很不爽，缓缓看向他："你以为你动程弥，他不会动你？你心软了，可你会有今天，不是他跟程弥毁的？"

陈招池的短短几句话激红了郑弘凯的双眼。

最后陈招池轻飘飘地落下一句："昨晚戚纥淼还说你比不上他，留着他干什么？"

自尊心被踩进泥里，一点点狰狞地抖下灰土。

他郑弘凯有今天全是因为他们。

郑弘凯愤怒地握着碎酒瓶，双眼爆红。

程弥从出租车上下来，找去隐藏在深巷里的丽美洗脚店。

她拿着手机里的照片，问站在洗脚店外的女人有没有在附近见到这个男生。

手机里是第一次程弥在教学楼上拍下的司庭衍的照片，那时候她刚来奉洵住进他家不久，在教学楼上光明正大地拍楼下的他的照片。

女人看着手机里抬眼看向镜头的男生，五官好看到让人过目不忘。

但她没见过，摇了摇头。

程弥又问："那有没有看到右眼上有刀疤的人？"

女人又摇摇头，这时一个坐在门内涂指甲的女人探出头。

"你说的那个，是不是留着寸头？"

程弥："对的。"

女人还没晾干的手指了一个方向："我刚从那边回来，路上见到这个人了，手里拿着钢管呢。"

程弥心脏猛一沉。

"不知道人还在不在那里，你去那边看看。"

程弥道谢，长发飞扬地往那个方向跑去。

程弥穿梭在老街窄巷中，从一个地方到另一个地方。

可没有。

每一个地方都没有人。

她找不到司庭衍。

深夜寂静的街道，传来郑弘凯愤怒的闷吼声。

程弥在这一刻转跑过巷口，看见尖利玻璃捅进血肉。

那一瞬间，她眼里只有不肯弯下脊梁骨的人，和沾满晶莹血花的绿色碎酒瓶子。

程弥浑身每一根骨头都在坍塌，双腿在那一瞬间被抽干所有力气。

那一刻，司庭衍也抬眼看到了她，鲜血在他苍白脸侧滑下。

悲痛和疼涩充斥心脏，程弥戴着沉重的镣铐过去，腿是软的，到最后几步几乎是连跌带爬地去司庭衍身边。

陈招池的笑声嚣张远去，郑弘凯手里的酒瓶碎裂在地上，人惊恐逃窜。

程弥不管司庭衍那浑身血污，去抱司庭衍。

她越过他的肩膀，模糊视线里是郑弘凯逃向巷口的身影。

司庭衍在她怀里，身骨没有弱下一分，抵死不败地挡在她身前，反而像他在保护她。

程弥知道现在要撑住不能崩溃,她死死咬唇保持镇定,一手抱着司庭衍,一手从风衣兜里掏出手机。

她打了急救电话。

郑弘凯的脚步声消失在巷口,那一瞬间,程弥感觉肩上一沉。

司庭衍终于将下巴靠落她肩上,整个人靠在她身上。程弥死死支撑着,可她就一只手,司庭衍在往下坠。

程弥跟着不断下坠,死死抱着司庭衍,跪坐到满地血色里,把他抱到自己怀里。

耳边急救电话接通,刚才过来她记路了,程弥条理清晰地告知地址,然后告诉医生司庭衍的伤势:心脏病发作,头部被砸伤,腰腹被捅伤失血。

口齿清晰镇定,生怕会多耽误一秒,可她每脱口而出一个字,钝痛感都快拽着她沉坠地狱。

她讲电话的时候司庭衍一直看着她,程弥也紧紧盯着他的眼睛。

她打完急救又报警,到最后挂断电话,拿着手机的手彻底脱力。

程弥双手紧紧抱着司庭衍,眼眶涨到通红,去擦他脸上的血,不舍得一点血沾上他,不舍得他流一点血。

可她怎么擦都擦不干净。

司庭衍脸色苍白,血红爬在他的眉骨、脸侧,他的眼睛却还是和平常一样,不带一丝脆弱,一点都不惹人疼。

可程弥的心脏千疮百孔到不能再痛。

司庭衍的薄唇已经没太多力气,却仍跟她说了一句话,语气冷硬。

"你只能要我。"

这么好的一个绑住她的机会,司庭衍不可能不利用。

他要绑住程弥,把她死死绑在自己身边。

可司庭衍不知道他这五个字,每个字都像一把利刃重刺在程弥的心脏上,很痛,痛到程弥呼吸不过来。

她想跟司庭衍说什么,可司庭衍已经快和血泊融为一体。

在说完那句话后，司庭衍的眼睛逐渐被苦痛拖阖。

程弥低下额头，去贴司庭衍的，鼻尖抵着他的鼻尖，他的血糊上她的脸。

司庭衍已经陷入昏迷，面色苍白到易碎，心脏起伏越来越微弱。

程弥身子在颤抖，死咬着唇，咬出了血腥味，压下身体里逐渐溃堤的情绪。她把司庭衍从她怀里抱离，没去管浑身血污，袖子捋在臂间，给他做着心脏复苏，直到最后救护车来。

蓝色警示车灯闪在司庭衍白皙的脸上，白大褂们火急火燎地围着他。

司庭衍被抬上担架，血色瞬间沾红雪白。

这个夜晚很长，天色长久暗着。沉寂的棚户区像一摊死水。

陈招池靠在出租房走廊外，指间捏着烟，红点烧得耀眼，腰腹在流着血。

身后是破碎的窗，墙边满地玻璃碴，他没去开灯，窗内一片无尽空洞。在漫长的寂静过后，楼梯下传来脚步声。

不用回头，这脚步声陈招池闭着眼睛都能知道是谁。

是双黑靴，脚步声由下至上，由远及近。最后，那双黑靴踏上最后一层楼梯，停在了他的斜后方。

陈招池头都没回："回来了？"

当时程弥走后，黎楚去酒吧没找到司庭衍，就去了西街，但没找到程弥和司庭衍，也联系不到程弥，便回来了。

问陈招池最能知道答案，所以她来找陈招池了。

对于陈招池那句"回来了"，她没回应，只问："司庭衍在哪儿？"

陈招池照旧背对她，答非所问："我要是消失了，你会找我吗？"

黎楚看他的背影几秒，陈招池没回头。

她说："不会。"

陈招池笑了，将烟按灭在走廊上，回过身，恢复往常的吊儿郎当样，说："改天我要是真死了，你猜会是因为什么？"

听起来莫名其妙的话，黎楚却知道他不会无缘无故说起，但她没搭陈招池的话。

陈招池也没要她回答的意思，自己说了："只会是因为没意思。"

陈招池这人一直这么疯，黎楚相信这是他会做出的事。

但陈招池这两句话像只是随便想起跟她闲聊，没深聊下去的欲望，他翻过话题，问她："程弥来带你走的？这窗她砸的？"

黎楚不想跟他废话，说："我问你司庭衍在哪儿？"

话音落地，陈招池的视线落向她的眼睛，而后他起身，朝她走过去。

黎楚没躲。

她的手臂突然被陈招池扯过，背部撞上他的出租屋房门，然后下巴被陈招池捏住。陈招池目光不善地逼视她："黎楚，你眼瞎了？我的腰受伤了你没看到？还在这里向我问别的男人？"

黎楚倔强地看着他，不肯服软一声。

忽然，黎楚面前一暗，陈招池骤然俯身，她被陈招池压得严严实实。

黎楚反抗，身后的门板被他们弄出很大动静。

陈招池反而更用力了。

黎楚最后使劲一推，陈招池才被她推开。

陈招池笑，突然说："你不就是觉得我不会动你？"

黎楚知道她自己这么想是一回事，被陈招池看出来又是一回事。

陈招池最不喜欢被人拿捏了。一旦被人拿捏，他就反着来。

可陈招池这次没有，说："走吧。"

他没再看黎楚，回身去走廊边，又说了一句："姓司的应该被你那好姐妹程弥送去医院了，自己去找。"

说完他没再理她。

黎楚听他说完这话后看着他的背影。

两秒后她起身，没再逗留，下楼。

她走到一半，身后传来陈招池的声音："黎楚。"

黎楚停下脚步。

短暂沉默过后，陈招池问："喜欢过我没有？"

黎楚垂着眸，几秒后抬起眼。

她没有任何回应，直接下了楼。

手术室亮着红灯。

一开始手术室外只有程弥，后来司惠茹和黎烨衡也赶过来了。

昨天因为黎楚出事，司惠茹担心，打电话跟黎烨衡说了。黎烨衡同样担心女儿，忙完工作连夜飞回奉洵，结果就收到司庭衍在医院的消息，刚下飞机便直奔医院。

司惠茹早哭红双眼，到现在还泪流不止，被黎烨衡搂在怀里。

护士从手术室里出来，程弥立即上去，司惠茹和黎烨衡也是。

司惠茹是司庭衍的母亲，护士告知她司庭衍的病情，心脏病情况比较危险，要立即手术抢救，家属也要做好心理准备。

做好心理准备，便是生命极度危险。

司惠茹一向疼爱司庭衍，经受不住打击，加上一晚没睡身体疲累，身子当即一软，被黎烨衡搂在怀里。

司惠茹本来就身子骨弱，受打击太大，晕了过去，黎烨衡叫她几声无果，连忙抱她去急诊。

手术室外再次恢复安静。

瓷砖冰冷，白墙冷肃，到处弥漫着酒精味。

程弥坐在外面那排椅子上，什么都没做，眼睛一直盯着手术室的红灯。

不知道过去多久，黎楚也来了。她身上竟然也带点儿斑驳血迹，不知道从哪里弄来的。

她看了手术室一眼，在程弥旁边坐下。

"刚去了趟宠物医院。"她说。

程弥跟她说话，声音很平常："怎么了？"

"捡到只狗，受伤了，不送去医院会出事。"

黎楚是在陈招池的楼下捡到那只狗的，之前那阵子她一直跟陈招池混在一起，也知道那是郑弘凯的狗。

那狗被黎楚看到的时候已经奄奄一息，身上、腿上都是血，如果黎楚不带走它，它肯定活不过今晚。

黎楚便顺手把它带上，把它送去医院了。

程弥跟黎楚说："叔叔送阿姨去急诊那边了。"

"嗯，知道，刚才过来遇到黎烨衡了，惠茹阿姨在打点滴。"

程弥"嗯"一声，没说话了。

过了会儿，黎楚跟她说："不去换身衣服？"

程弥身上的衣服都是血，她摇了下头。

黎楚是懂程弥的，这种心情，就跟她两年前在手术室外等江训知一样。她没再说什么，沉默地陪着程弥。

一个小时过去，手术室的红灯亮着。

两个小时后也是。

甚至直到天边灰白渐现，急救灯还是红的。

程弥手心里掐出来的红印不断新鲜显现。

她挨过很漫长的时间，直到早上九点，手术室的门被打开。

医生从里面出来，程弥和黎楚起身，医生简短地说了几句。

程弥知道，司庭衍暂时脱离危险了。

程弥一夜精神没放松过，一直紧绷的神经在这一刻终于断掉，整个人骤然虚脱。脚下不由一软，她正在窗边，手扶上窗台。

黎楚在旁边看着，伸手去扶她。

程弥身子微微颤抖，指甲慢慢紧收。

司庭衍没脱离危险之前她要保持镇定，司庭衍还需要她，她不能倒下。

在得知他安全后的这一刻，程弥眼眶迅速通红，一阵风从窗外吹来，发丝拂上她的唇，眼泪突然从眼眶中掉下，被发丝拦断。

可就在下一秒，又一滴眼泪落下，发丝承受不住那点重量突然垮掉，泪水汇到下巴上。

无声的，却又汹涌溃堤的。

黎楚已经很久没看到过程弥哭。上次看见程弥哭还是两年前，她被他们从看守所里接出来，然后得知她母亲在她进看守所那段时间得病去世的时候。

程弥站在窗边,泪无声掉落。

随着窗外太阳从东升起,两个消息传到程弥和黎楚这里。

短短一夜间,陈招池醉酒飙车身亡,郑弘凯自首。

日光大亮,一切灰暗都结束了。

他一直在等她

Chapter 12

Chapter 12 他一直在等她

司庭衍还没彻底脱离危险，目前仍旧昏迷，从手术室出来后住进重症监护室。

重症监护病区不分黑夜白天，灯火二十四小时不灭。

司庭衍没被安排在挤乱拥堵的几人间重症病房，而是在单人间，和那片区域分隔开，环境清静。

这地方不是人人可住，是司庭衍的生父厉承勋一通电话安排的结果。

透过窗口，司庭衍安静地躺在病床上，心电监护仪上心跳稳定，屏上曲线弯折起伏，细线岌岌可危。

氧气罩下的面容冷峻苍白。

程弥、司惠茹、黎楚都在走廊上。黎烨衡工作很忙，从昨晚到现在电话一直没停过，几分钟前去了楼梯间讲电话。

司惠茹打完点滴便匆忙回来，多休息一会儿都不肯，站在外面一看见里面的司庭衍便不自禁地掉眼泪。

司惠茹从未结过婚，程弥也没见她跟什么家人联系过，像孤身一人，没有亲人，只领养了司庭衍这个儿子，儿子便是她的全部。

程弥在一旁，递了张纸巾给她。

司惠茹眼皮很红，看程弥递过来纸巾，伸手接过。

程弥看得出她现在状态几欲崩溃，但司惠茹没将悲伤情绪迁至她身上，强忍情绪，看着她的眼神还是和以前一样温柔。

"阿姨在这里就好，你快回家洗澡换身衣服，然后好好睡一觉。"

程弥的风衣上血迹斑驳，白皙脸侧也沾着血。

全是司庭衍的血，没一滴是她的。

这些本来应该都是她的。

她跟司惠茹说:"待会儿回去。"

黎烨衡打完电话从楼梯间回来,皱起的眉头还没平复下去,但走到她们面前后便完全恢复自然了。

"都回去休息一会儿吧,这里我看着。"

昨晚所有人都一夜没睡,不管是程弥、黎楚,还是司惠茹和黎烨衡,几人的眼睛都没合上过,程弥甚至到现在神经还是紧绷的。

走廊上传来脚步声,他们循声回头,是穿着蓝色制服的民警。两个民警一个比较年长,平头,一个比较年轻。

民警走到他们这边后问:"是司庭衍的家属?"

黎烨衡说是。

司惠茹说:"我是他妈妈。"

司庭衍是受害者,民警是想过来医院询问情况和做笔录,但司庭衍仍昏迷不醒。

问了一下司庭衍现在大概的情况后,那个年长些的民警告知他们:"这起案件的一个嫌疑人死了,一个自首了。"

昨晚还好端端的两个人,怎么就突然有人死了?

黎烨衡微皱眉:"死了?"

"嗯,"民警合上本子,"飙车。"

听到这个,他们都是一愣。

程弥问:"哪个?"

接下来的答案更是让人惊讶。

民警说:"姓陈,陈招池。"

程弥看了旁边的黎楚一眼。

一旁的黎楚在看手机,像是很平静,又像是丝毫不意外,这件事给不了她一点震惊。

司惠茹多问了一句:"警察同志,这些孩子是因为什么打架打成这样?"

民警简单地说:"因为女孩子。"

司惠茹一愣。

司庭衍从小就没和哪个女孩走近过,说话超过十句的都没有,更别说做朋友。

"案件具体情况我们还在了解中,如果后续有结果再通知你们。"接着民警看向程弥,"是程弥对吧?跟我们到所里做个笔录,把你看到的情况跟我们说一下。"

话说到这里已经很明显,司庭衍躺在里面是因为谁,大家都心知肚明。

走廊上有一瞬寂静。

程弥打破这种氛围,准备跟民警走:"嗯。"

民警刚要带她一起回去,忽然被司惠茹叫住。

司惠茹没有因为得知司庭衍是被她害成这样的对她恶语相向,也没有歇斯底里,而是对民警道:"能不能让孩子回家换件衣服后再过去?"

民警估计也觉得匪夷所思,看了司惠茹一眼,受害者母亲竟然没谴责这个女生,反倒贴心护着,这种情况下还能想到女生那身浑身是血的衣服。

程弥只是报案人,没参与这起案件,警察带她过去只是去做个询问笔录,问一下当时的情况。

民警看了程弥一眼,点头:"行,那待会儿自己过来派出所。"

说完他便带着年轻手下走了。

警察一走,没有其他人在,走廊上的人却显得更安静了。

黎烨衡问程弥:"陈招池找你的麻烦,为什么不跟叔叔说?"

因为她要是不让陈招池如愿,他们之间的仇恨永远没有尽头。就算黎烨衡有再大能耐,也无法让她彻底摆脱掉陈招池,报复只会永无止境。

程弥刚想回答什么,黎楚替她说了:"就这两天发生的事,光躲了,来不及说。"

黎烨衡向来不喜欢她们两个冲动处事,也希望她们稳重为主,少吃点亏。大人只以大人的行为准则行事,她们说实话只会得来一顿严肃教训,黎楚不想听黎烨衡的教训。

"那你呢?"黎烨衡突然严肃地看向黎楚。

她们心里那点心思怎么可能瞒得过黎烨衡?黎烨衡连夜回来便是因为司惠茹告知他黎楚出事。

他说:"不是躲着吗?昨天你干什么去了?"

黎烨衡生起气来很严肃,长辈威严压在她们两个头上。

程弥和黎楚在他对面,没说话。

黎烨衡说:"两年前出事后我就跟你们说过,凡事要先跟我说。你们是到了该有主见的年纪了,但这种大事关系到你们的性命,即使没办法,我就算不去工作也不会让你们两个出事。如果昨晚再危险一点,小衍的情况会是什么样?"

现在他都躺在重症监护室里生死未卜,再危险一点,就是连躺在这里的机会都没有。

司惠茹一向护着这些孩子,双眼还通红着,伸手便把她们两个护在身后:"不说了,她们两个昨晚没睡,让她们两个回家去睡一觉。"

黎烨衡看一眼司惠茹,没再说了。

这时走廊上警察前脚刚走,后脚有另一阵脚步声传来。

这次不是稀拉两道脚步声。

皮鞋声和高跟鞋声交错,从容镇定,却又步步生风,光听声音,来人的气场便如有形般扑面而来。

程弥侧头看去,入眼一片稳重深沉色调,大多西装革履。为首的男人一身黑色西装,五官轮廓立体,浓眉深目,眼睛黑而沉。

只第一眼,程弥便知道他是谁了,司庭衍和厉执禹都长得跟他有几分相似。

男人身上有岁月沉淀下来的高深莫测和游刃有余,这个年纪仍旧能窥出年轻时这张脸的风采。

他身后跟着几个人,身边是个女人,长相颇为大方漂亮,气质端庄矜贵，手里拎着黑色铂金包。

黎楚也第一眼认出男人是谁了："司庭衍他爸？"

"嗯。"

其实她们都不是第一次见到这张脸。只不过她们认识这张脸的时候还不知道司庭衍，再后来认识司庭衍了也从未把他联系起来过。

不仅认识，她们还知道他的名字。

厉承勋，东承集团总裁。

东承集团无人不晓，历史发展已久，形成商业、金融、文化、科技、地产等众多产业集团，涉及领域广，且一家独大，目前没有哪个集团可与它相提并论。

司惠茹的反应比程弥她们都要快，早上前一步。

众人很快来到他们面前，程弥那身血色太过惹眼，发丝上都隐约沾几丝红。即使她是站在司惠茹身后，很多人还是第一眼便注意到了她。

包括厉承勋。

他气场实在太过强大，让人看一眼便觉深重。

但厉承勋也只是一眼扫过，程弥知道只这一眼，她是谁他便已经心中有数。

和黎烨衡点头致意握手后，厉承勋看向站在他面前的司惠茹。

司惠茹面对人总是小心翼翼的，更别说在气场强大的厉承勋面前，况且厉承勋是司庭衍的生父。司惠茹低头愧疚地说："厉先生，对不起，小衍……小衍我没有照顾好他。"

厉承勋往重症监护室里看了一眼，司庭衍安安静静地躺在一堆仪器里。

他身后众人似乎都是屏着呼吸的。

但意外的是厉承勋开口并没刻薄责怪，反而是淡淡一句："他这性格怎么管，今天这事都会发生。"

他说出这句话后，程弥看了他一眼。

这人不愧是司庭衍的亲生父亲。

厉承勋是真了解他自己这个儿子，目光从重症监护室内收回，看回司惠茹,没有颐指气使,声音稳重低沉。

"已经发生的事改变不了,现在要紧的是小衍的心脏手术,这问题不能再拖下去。"

司庭衍是先天性心脏病,生下来便和别人不同,且他的心脏病问题不是稍动动刀子就能解决,从小到大一直很严重,随时会危及生命。但因为目前这方面医学发展不成熟,所以司惠茹也一直不敢冒这个险。

而这次意外使司庭衍的心脏病问题彻底爆发,再不动手术他撑不了多久。

程弥听司惠茹细声问厉承勋:"要去首都那边手术和治疗吗?"

而她面前的厉承勋没说是,也没说不是,只说:"这些听专家安排。"

这时走廊那头有穿着白大褂的医生匆匆赶来,程弥循声看去,是早上给司庭衍主刀的心胸外科的主任医师。

对方赶忙走至厉承勋身边。

"厉总。"

厉承勋这时候已经没再注意司惠茹,看向对方。

医生明显早被通知过,跟厉承勋说明了一下司庭衍的病情,又说拖着情况只会更糟糕,但手术风险也大。

厉承勋自然知道,这小儿子的身体状况他早就清楚。

他将身后从首都带来的专家介绍给负责司庭衍的这位主任医师,从首都带来的这位在心脏病这方面医术高超精湛,到时候司庭衍这心脏病手术就要交给他主刀。

重症监护室不能随便探视,厉承勋问了下身边的男助理:"大的在几楼?"

这时是他身边的女人开口:"十七楼。"

十七楼,程弥从来没去过那里,一般人也上不去。

程弥知道他们说的是厉执禹。

两个儿子现在都在医院里,且肇事者还是同一个人,如果不是陈招池已经绝命,程弥想如果他现在活着,也好不了多久了。

听身边人说完厉执禹在哪个病房,厉承勋说:"行,走吧。"

他又看向司惠茹："先走一步。"

司惠茹点了点头。

厉承勋他们如风来如风去，很快走廊上再次只剩下他们四个人。

程弥看着他们消失在电梯里的身影，收回了目光。

而后，她的目光落在了一层玻璃后的司庭衍身上。

程弥回家洗澡换了身衣服，到警局那边做了笔录。

黎楚陪她一起过去的，在外面等着。

程弥出来后，两个人都没听司惠茹的话回家，出租车径直开往医院。

两个人再次回到医院后，走廊上那排椅子上只有司惠茹一个人，黎烨衡估计又被工作电话缠身，到楼梯间里接电话去了。

司惠茹坐在椅子上，已经不再像早上那样泪水汹涌，只是眼神依旧是空洞的，眉眼安静，伤愁情绪笼罩全身，不知道在想什么。

程弥和黎楚走了过去。

司惠茹一开始还不知道她们回来了，直到她们两个走到她身边，司惠茹余光里注意到，突然回神。看到她们两个，她稍讶异："怎么不回去休息？"

"没事，不困。"

这种时候，她们没有任何一个人睡得着。

程弥在椅子上坐下。她虽现在看起来跟个正常人一样，已经洗去满身血污，情绪也早也平复，和平时状态无二，但其实脑中思绪还是乱的，紧紧缠着快要崩掉的细线。

在重症监护室里躺着的司庭衍，每多睡一秒，紧绑她的神志的线便会越来越紧。

程弥没看见黎楚在她旁边坐下。

黎楚看到司惠茹发白发皱的双唇后，才想起从昨晚到现在大家都一滴水未沾，连饭也没吃。而现在这里，也只有她还能替她们想到这件事了。

黎楚跟她们两个说："我去楼下带几瓶水上来，顺便买几个饭，你们有没有想吃的东西？"

"不用，"司惠茹连忙要起身，"阿姨去买就好了。"

黎楚没让："您坐着吧，我去就行。"

说完她便直接转身下楼了。

司惠茹争不过她，便重新在椅子上坐下来了。

早上太阳就探头那么一下，刚才在过来医院的路上，程弥听出租车上的收音机说这两天奉洵要下大雨。

程弥坐在司惠茹旁边，说："阿姨，这事怪我。"

她如实坦白，被责怪、被埋怨的心理准备她从来不用做。但即使如此，在出口那一瞬间，她整个人仍犹如从头到脚垮散了一遍。

从昨晚开始，她就像死了一遍又一遍。

因为那个人是司庭衍，不是别人。

司惠茹沉默了两秒，没说怪不怪她，而是说了一句："小衍他爸爸有句话说的是对的。小衍这性格，再怎么管今天这事都是会发生的。"

司惠茹照旧很温柔，看着她："程弥，阿姨不怪你，小衍也不怪你。"

程弥的心脏像被人抓了一把，她回过眼，对上司惠茹的视线。

司惠茹看着她，眼眶中的红色还没淡去："尽管阿姨不想小衍躺在里面，但阿姨同样不想看你躺在里面。"

一句话，让程弥的心脏瞬间胀满酸涩。

心性柔软的人向来要承受更大的悲苦。

司庭衍是司惠茹的全部，她疼司庭衍，但也疼程弥，疼黎楚。

如果今天不是司庭衍救了程弥，程弥也要遭受苦痛。她也会心疼，所以她谁都不怪，只要她的这些孩子都平平安安的。

程弥眼眶发涩，看向了窗外。

那两天，果然如出租车上的收音机说的那般，奉洵下起雨来。

重症监护室外光线很暗，很冷，走廊上一片白。

而司庭衍仍昏迷不醒，没有醒过来看她。

隔日早上黎楚下楼去买早餐。

Chapter 12 他一直在等她

医院住院楼是灰色的,雨丝淅沥,地面泥泞。

拎着早餐回来的时候,黎楚在医院外碰到了陈招池的朋友。和陈招池鬼混时,黎楚经常和他们一起喝酒,一眼便认出他。

对方明显在等她,朝她走了过来。

黎楚打着伞,看对方一直走到她面前停下,落到伞面上的细丝轻溅在她的鼻尖上。

两把黑伞面对着。

陈招池的兄弟告诉她,陈招池是开车直接飙下天台的,当场身亡。

黎楚其实知道,这人连死都轰轰烈烈地吸人眼球,新闻上报道了再报道。

男生又递给她一部手机。

黎楚认出来了,是陈招池的。

"招哥那天晚上喝酒扔我们那儿的,我们看里面有点东西,想着拿来给你看看。"

黎楚的视线落在上面,没去接,她说:"是他让你们拿给我的吧。"

陈招池从来都不体贴,即使死了,不在这世上了,也会要她一辈子记得他。

对方一下哑言,手机在两把伞的中间,很快落满雨滴。

男生又说,公安部门出具死亡医学证明书后,陈招池的遗体已经被运到殡仪馆,问黎楚要不要去看他。

雨伞上雨滴淅沥,满天灰暗。

黎楚一句话没说,也没去接手机,转身走进了医院住院楼。

奉洵殡仪馆在南,那天黎楚在北,朝北走去。

下辈子我会比江训知先去找你。

我怕我会忍不住欺负你,下辈子你见到我,要先告诉我,不要欺负你,我会听你的话。

我知道你恨我,我终于做了一件让你高兴的事,看在我死了让你高兴的分儿上,去殡仪馆带走我的骨灰,我喜欢你抱我。

黎楚，下辈子爱我。

这些东西，那天过后全都被尘封在那部手机里，再也不见天日。

殡仪馆里，尸体无人认领后将被火化，骨灰会保留三个月，直到有人来将它带走。

而直到最后一天，陈招池的那点骨灰由殡仪馆处理掉时，黎楚也从未踏至过那里。

黎烨衡回来这几天，程弥没见他的手机来电停过。以前他也忙，但没这么忙过。

关于公司的烦心事，黎烨衡一般不会跟程弥和黎楚说。

后来程弥和黎楚才从司惠茹和黎烨衡的交谈中得知，黎烨衡的公司最近出了点问题，而且问题不小，已经影响到公司存亡。

所以整日整夜黎烨衡都在打电话，有时候三更半夜都在打。

而昨晚，黎烨衡一反常态，没再听着手机那头的话眉头紧锁。

当时程弥在家洗完澡，回医院换司惠茹回家休息。

她刚去到走廊就听到黎烨衡在跟司惠茹说，厉承勋那边主动表示愿意帮忙，说明天一起吃顿饭。

司惠茹这几天脸上常罩着阴郁，听了自然惊喜，疲惫稍扫去一些。

"厉先生真这么说？"

黎烨衡说："是这么说，但有些原则性的问题，该守住还是要守住。"

这句话程弥听懂了，别说黎烨衡和司惠茹，连她都清楚厉承勋不会无缘无故地帮忙收拾烂摊子。

商人不讲情分，只讲利益，合作自然是因为有利要图。但对方要的利益不知道会不会触及底线，如果涉及底线，黎烨衡这种人还是会考虑坚守住原则。

程弥让司惠茹回家休息，司惠茹眼里一刻不见司庭衍都会心慌，一开始还想继续留在重症监护室外守着。

但她已经连续两天没合过眼，再不回去，司庭衍好之前她的身子会先垮掉。

这里又二十四小时有医生和护士,最后司惠茹还是被黎烨衡带回家休息了。

程弥一个人在走廊外,没在椅子上坐下,走去病房窗口旁。

隔着玻璃,他面色是冷寂的,呼吸也是,像随时会抓不住,抓住了,程弥会拼命攥紧。

如果不幸一点,发生她从来不敢去想的那种后果,没能把他抓住,那么程弥也会永远死攥着。

几十年后长眠于地,她还和他一起。

楼外细雨淅沥飘摇,冲刷着整座城市。直到远天黎明跃出地平线,暗夜被交替,程弥都没合过眼。她就这么在走廊上清醒地待了一整个晚上,一眼不离地看着躺在里面的司庭衍。

平时这个点黎楚会给她买早餐,但黎楚今天早上学校有场考试,她昨晚就回学校了。

不过黎楚没来,倒是有别人来了。

厉执禹穿着病号服,从电梯里出来。他的病房就在楼上,离司庭衍这里不远,他已经来过几次。

厉执禹每回过来都能碰见程弥,看见她一点也不诧异,径直走到程弥身边,往里面看一眼,问她:"醒过没有?"

程弥还看着司庭衍:"没有。"

程弥跟厉执禹的关系一直不咸不淡,虽然没有因为过去的恩怨针锋相对,但也不算熟。

程弥却突然问了他一句:"司庭衍小时候是怎么样的?"

厉执禹闻言,看她一眼。他没回她,他身上还有伤站不了太久,靠去走廊那边的窗边。

"你问司庭衍小时候是个什么样的人,如果我说跟现在一模一样,你信不信?"

程弥也回过身,稍靠在墙上:"信。"

对面这人,一身病号服都挡不住他身上那股傲气,家庭的基因确实挺厉害的。

厉执禹说:"不过有一点不一样,他小时候挺黏我的,我妈去世早,只有我能带他出去玩。"

程弥看着他:"确定不是你自己偏要带着他?"

她觉得就司庭衍这张脸,小时候肯定人见人爱。

厉执禹笑了:"确实。"

他两条手臂挂在身后的窗上:"不过有时候会烦,那时候小,只想着玩,会嫌他不能跑不能跳,我得看着他,完全没办法跟朋友一起玩。不过他不会让我欺负,知道我嫌他烦不是难过,而是反过来欺负我。"

这个程弥听过,之前她撞见过一次厉执禹和司庭衍的对话。当时厉执禹说,司庭衍抓了他最害怕的蛇放进他的被窝里。

"后来呢?"程弥问。

"什么后来?"

"放你床上那条小蛇。"

厉执禹:"我跟他道歉了,他去抓走了。"

程弥弯唇。

厉执禹估计也觉得好笑,在笑,过了会儿说:"不过他也挺乖的,心脏病发作的时候从来不哭,也不喊疼。"

程弥抬眼。

厉执禹也看着她:"我两岁那年他出生,我妈刚把他生下来,就发现他有严重的先天性心脏病。那时候医学没现在好,完全性大动脉转位手术不好做,很危险,他不过是个只能呼吸的小孩,做手术的时候我妈一直在哭。"

毫无预兆,程弥心里跟着空缺一块。

厉执禹继续说:"手术也不知道算做成功了还是没做成功,命保住了,但后面出现并发症,他一直断断续续地接受治疗。"

"没好好治疗?"

厉执禹看着她:"后来我爸破产,家里连吃口饭都成问题,更不用说治疗他的病,一直拖着,拖着拖着有些东西只会越来越糟糕,他的身体底子越来越差。"

司庭衍是被司惠茹领养的，程弥问："所以你们把他丢了？"

这正正戳在厉执禹的伤口上，他偏开头，半晌才转回来："是我妈。"

他说："常湄。"

后妈。

当年如果他没那么信任她，司庭衍不会走丢。

程弥知道常湄是谁。

厉承勋身边的那个女人，一身优雅气质。

厉执禹："小衍的医药费昂贵，家里当时条件不行，她认为他是累赘。"

对过去所发生的这一切，程弥有种无力感。

"后面的事你应该就知道了，他走丢，差点被人贩子拐卖，是惠茹阿姨救的他，一开始是送他去孤儿院，后来把他带回去养。"

这事程弥不知道，她问："你怎么知道的？"

厉执禹："当然是问他妈，我去过惠茹阿姨家几次。"

"后来你们怎么找到他的？"

厉执禹笑了下，说不清是嘲讽还是什么，但绝没有得意："我爸现在想找哪个人找不到？"

"司庭衍不愿意回去？"

厉执禹点头，看向程弥身后的窗，程弥知道他是在看司庭衍。他缓慢低声说了句，像是喟叹："但早晚得回去。"

程弥没听清："什么？"

厉执禹已经换了句话："我就说吧，你当时瞧上他没好事。"

程弥看向他："是他先瞧上我，还是我先瞧上他？"

厉执禹又笑，认命："他先瞧上你。"

今天遭的这所有罪，都是司庭衍自己选的，就因为程弥。

厉执禹想起什么："难怪我跟你在一起那天碰见他，我叫他他理都不理，敢情是对你一见钟情了？"

程弥笑了一下。

他不仅一见钟情,还是中意已久的暗恋,从三年前在嘉城那边的医院里开始。

她给了他一罐旺仔牛奶,他从此只喝旺仔牛奶。

这时厉执禹的手机突然响起,他拿出来看了一眼,微皱眉。

眉头还没松,走廊上的电梯门打开。

厉执禹看了过去,程弥也循声望去。

电梯里走出来一个女生,身后长发微卷,弯眉杏眼,红唇水润,却没有软绵感,一眼就能看出骨子里透出来的矜贵。

女生年纪跟他们相仿,一看便是名门闺秀。

厉执禹看见她,眉头皱得愈深了。

事实证明女生确实是来找他的,对着他道:"常姨说你在这里。"

看得出厉执禹不怎么耐烦,但没明显到让女孩子太难堪。他对程弥说:"走了。"

说完他起身过去,重新按开电梯门进去,女生跟在他身后走了进去。

程弥收回目光。

走廊上再次恢复安静,她回身去看里面的司庭衍。

白墙、白枕头、白被单,司庭衍陷在一片白色里,苍白沉静,五官却仍旧精致到扎眼。

程弥的目光在他脸上游走,一点点细细描摹。

突然,司庭衍的眼睫轻动了一下。

程弥目光微顿。

司庭衍的眼睫很黑、很长,盖在冷白肌肤上,没有动静。

程弥紧紧凝视那处。

时间像被无限拉长——下一秒,随着眼睫微动的,是轻微皱起的眉心。

那一下,让程弥心脏骤缩,她紧紧看着司庭衍,忘了呼吸。

漫长的几秒过后,司庭衍眼睫微动,睁开了眼睛,昏睡在黑暗里的眼睛慢慢见了光。

也像一束刺眼的光,刺进了程弥的眼睛里,她一时酸涩难当,湿润

Chapter 12 他一直在等她

薄薄一层覆上眼底。

她要去叫医生,却注意到司庭衍接下来的动作,于是停下脚步。

司庭衍清醒得很快,他的目光先是在近处搜寻。不管那里有没有人,程弥知道他都会继续往外找。

果然,司庭衍很快往外看了过来,准确无误地对上她的眼神。

他在找她。

程弥心头一软。

司庭衍的目光一如既往,黑色眼睛清澈,带着那些从来没从他骨子里消失的让人无法承受的东西,直直落进她的眼睛里。

两个人隔着玻璃对视。

程弥手摸上玻璃,指尖抚在他的脸侧的位置,摸了摸,微对他弯唇。

司庭衍看着她。

可他似乎有些疲惫,很快微皱眉闭上眼睛,但这次程弥看得出他不是陷入昏迷,是在隐忍什么剧痛。

心电监护仪上心跳开始波动,程弥立马要去叫医生。转身医生和护士们已经跑过来,很快进入重症监护室。

程弥的视线很快被阻挡,里面的帘幕被拉上。

半个小时后,医生和护士们从里面出来,而走廊那边电梯同时到达。

程弥侧眼看去,就看见司庭衍的父亲厉承勋。

厉承勋从电梯里出来,是一贯稳定从容的步调,这次身边没跟着妻子,只带了一个助理。

大概是有人通知他司庭衍醒了。

厉承勋虽然年纪跟黎烨衡相仿,但两个人的气场有很大不同,黎烨衡温润有礼,厉承勋则是犀利成熟,虽然面上有时温和到令人如沐春风,但实则带着让人不敢直视的棱角。

厉承勋在打电话,且医生从重症监护室出来后,看到他来了便慌忙迎上去,所以厉承勋没注意到程弥。

走廊空荡,他们说什么程弥听得一清二楚。医生说司庭衍情况有好转，但依旧不容乐观，手术还是要尽快。

讨论一番过后，厉承勋似乎往重症监护室扫了一眼。

窗上拉着帘幕，他什么都看不到。

程弥听到厉承勋问医生："休息了？"

医生说是暂时休息了。

厉承勋点点头，让医生多注意司庭衍，医生连连点头。

吩咐完厉承勋转身要走，注意到了椅子上的程弥。

程弥对上他的视线，她是小辈，先打招呼："伯父好。"

得体大方，她没有着急。

厉承勋对她笑了一下，竟是意外随和。他点头："跟你叔叔阿姨正好要一起吃个饭，要不要顺路送你过去？"

程弥也笑了下，想说不用麻烦，电梯门正好打开。

司惠茹来了。

程弥看向司惠茹。

司惠茹估计没想到厉承勋在这里，愣一下后远远朝厉承勋点了下头，然后匆忙走过来。

"厉先生，你来看小衍了？"

厉承勋说："他刚才醒过来了。"

司惠茹还不知道这个消息，一下喜上眉梢："小衍醒了？"

说着她迫不及待地要去重症监护室那边看司庭衍。

厉承勋也没阻止她，只说："医生说他休息了。"

程弥在旁边看着司惠茹生生停下了脚步："啊，这样啊，小衍是要好好休息的。"

明明是把司庭衍从小养到大的母亲，司惠茹却在司庭衍的生父面前，面对自己的儿子卑微得像是个外人。

可厉承勋又确确实实没做什么。

他温和有礼，甚至可以说得上体贴，程弥看他的目光再次朝自己落了过来，跟司惠茹说："这里二十四小时有医生和护士，有人看着，带上孩子一起过去吧，两家人正好一起吃个饭，我顺路送你们过去。"

司惠茹说不用："烨衡在楼下。"

厉承勋点头："那先走了。"

说完他和助理很快走进电梯。

程弥收回目光。

司惠茹是要来接程弥回家，程弥在这里守了一晚上，她跟黎烨衡想在赴厉承勋的饭局前，先过来医院接程弥回去。

家里连饭都做好放在桌上了，但厉承勋的邀约也不好拒绝，程弥自然也清楚，说："阿姨，我跟你们一起过去吧。"

"好，我们顺路去车站接黎楚一起过去。"

她又问起司庭衍，明显每分每秒都在惦记着："刚才小衍醒过来了，情况还好吗？有没有说什么？"

程弥刚才把厉承勋跟医生说的话记在耳朵里了，说："医生说情况有好转。"

她也没隐瞒实情："但要尽快做手术。"

司惠茹听到司庭衍病情有好转，脸上明显比中彩票还高兴："那就好。手术是要做的。"

两个人从楼上下去，在从住院楼出去的时候，程弥余光里瞥到一个熟悉身影。她望了过去，看到一个穿着奉高校服的女生。

女生高马尾，鹅蛋脸，细眉冷目，气质清高，是初欣禾。她没注意到程弥，在看着一个方向。

程弥顺着她的目光看过去，不出意外，果然看到不远处长椅上的厉执禹，他身边坐着那个刚才去找他的女生。

他们背对这边，根本没看到初欣禾。

初欣禾就站在那里没有上前。

程弥的印象里，初欣禾不是那种会乱吃醋的女生，反倒理智又克制。如果这个女生仅仅是个陌生人，她不可能是现在这副神情。

初欣禾平静面色里，有一丝异样的难过。很明显这个女生和厉执禹有关系，且非同一般。

可方才在楼上，程弥记得厉执禹似乎不是很喜欢那个女生。

没等她理清什么，初欣禾转身走了。

黎烨衡的车同时开到了楼下。

吃饭的地点是一家私人会所，离医院不近。

从医院出来，黎烨衡开车顺路到车站接黎楚。

黎楚昨天下午有节选修课要考试，考完试已经天黑，她便在学校过夜，今天早上才坐车回奉洵。到车站接上黎楚后，车开往私人会所。

路上司惠茹和黎烨衡在聊厉承勋，说着说着说到一个陌生名字。

司惠茹讶异地问黎烨衡："史老爷子？当年你在嘉城住院，来看过你的那位老人？"

到路口，黎烨衡打方向盘左转："没错，就是史老爷子。"

程弥和黎楚坐在后座，黎楚因为早起太困，仰面躺在程弥的腿上睡觉。

程弥很清醒，看着窗外不断倒退的建筑和树，一开始没去注意司惠茹和黎烨衡在说什么，直到司惠茹接下来说了一句话。

"厉先生就只要你介绍史老爷子给他认识？"

司惠茹口中的厉先生就是厉承勋，厉承勋是司庭衍的父亲，跟司庭衍有关的一切程弥都很难不去注意。

她抬眼看向前面的黎烨衡和司惠茹。

"是的，"黎烨衡说，"就只要我搭线让他跟史老爷子认识。"

其实他们口中这位史老爷子，程弥不算完全不认识，三年前黎烨衡因身体劳累过度住院，她去医院看黎烨衡的时候碰见过这位老爷子。

对方军人气派十足，是个军界人物，头衔不小，却没有架子，讲话直爽，和蔼可亲。

司惠茹说："老人性格这么好，厉先生又是个大名鼎鼎的人，要跟老爷子认识应该很容易的，怎么要通过你介绍？"

当年司庭衍跟黎烨衡同一间病房，司惠茹那时候跟黎烨衡已经认识，知道这位老爷子也并不奇怪。

黎烨衡回司惠茹："因为史老爷子不待见他。"

司惠茹诧异:"史老爷子不喜欢厉先生?他们两个认识?"

黎烨衡明显要跟司惠茹细讲:"记不记得明升集团?六年前合并到了东承集团。"

这些都是商界新闻,司惠茹不太了解,有点不好意思:"是不是以前是个很大的集团?跟现在的东承一样有名的?"

黎烨衡听司惠茹说完这话后,显然没有任何看不起,也没让司惠茹感到难堪,替她细心解释道:"那是以前了,明升集团是被厉承勋搞垮的。现在厉承勋身边那位贤内助,是明升集团的千金。"

司惠茹惊讶未止,又是一阵惊讶,但语气还是很温柔:"常小姐?她跟厉先生是夫妻,厉先生怎么会这么不顾情面地对她家企业下手?"

他们说的是常湄,也就是司庭衍的继母。

程弥微皱眉。她记得早上厉执禹说,司庭衍就是被常湄带到火车站扔弃的。她知道明升集团,如果按年数算,司庭衍被丢弃那年明升集团还没倒下,势头正盛。

既然常湄的父亲是商业巨鳄,常湄这个女儿理应不缺钱,可怎么会负担不起司庭衍的医药费,因为经济压力就丢弃司庭衍?

而黎烨衡的下一句话就打开了她的疑惑。他跟司惠茹说:"常小姐是明升集团明总的情人生的女儿,出生后明总没给她们名分。"

黎烨衡说得很委婉了,其实说白了,常湄和她的母亲在明升集团眼里上不了台面。

黎烨衡说:"明总对常小姐母女不是很好,没养着她们。"

意思就是一分钱都没给她们,程弥总算知道司庭衍这继母为什么没钱给他治病了。

"那厉先生怎么会娶常小姐?"

司惠茹这话是下意识说的,问完她发现,自己这句话分明就是把厉承勋归入到重视利益那类商人里头了。

因为她知道厉承勋便是利益至上心狠手辣那类人,不然也走不到今天这位置,但话这么说出口还是有些歉疚。

司惠茹说出那话的时候,程弥就知道她要道歉。

黎烨衡明显跟她一样,知道司惠茹要道歉,笑着开口拦住她:"没关系,当时很多人都是这个想法。"

"不过常小姐嫁给厉承勋那会儿,东承也还没彻底起来。"

"因为两个人有感情?"

"那不是。"黎烨衡说。

程弥稍低眼,发现躺在自己腿上的黎楚也醒了,在听。

两个人对上视线,继续听。

黎烨衡说:"厉承勋在商业这方面是个人物,很有能力,东承起来后他就得常小姐父亲明总赏识,那之后明总对常小姐也好起来了。再后来,就是我刚才说的,明升集团被东承集团吞并,没多久明总就去世了。"

短短几句话,一出好戏。

厉承勋和常湄夫妻联手,各取所需。

常湄是因从小就登不上台面,对抛妻弃女的父亲心存怨怼,为争一口气爬到父亲头上,拿走他的东西。

厉承勋则为东承事业,只为利益。

得体的商界名流,没有任何一个不心计诡谲。

厉承勋和常湄都是,都不简单。

这时司惠茹把问题绕了回去:"那这跟史老爷子有什么关系?"

车已经快到会所,黎烨衡便长话短说:"史老爷子跟常小姐的父亲明总是老朋友,年轻的时候一起生死奋战过,只不过后来明总退伍回家从商,但两个人关系一直很好。明总是因为厉先生走的,所以史老爷子不待见厉先生。"

说白了,明总就是被厉承勋和常湄气死的。

黎烨衡点了点头:"史老爷子是军人出身,一身正气,讲义气,不太看得惯厉承勋的这些手腕。"

"那……"司惠茹开始替黎烨衡担心了,"他要你介绍他跟史老爷子认识,老人家……"

"没关系,"黎烨衡笑了笑,"老人家心地善良,总归有办法。"

这时后座上的黎楚冷漠地开口:"你都不知道厉承勋要找史老爷子办

什么事,怎么知道有办法。"

黎烨衡从后视镜里看她:"你把自己照顾好,这些不用管,大人的事大人操心就好。"

车正好开到会所门口,下车后黎烨衡将车钥匙递给侍应生去泊车,带她们三个进去。

会所建筑风格中西合璧,环境高端奢华。

一行人穿过主厅,侍应生将他们引至一楼会员包房。

这家私人会所连走廊的每一块地砖都是精心设计,价值不菲,壁上灯饰精美。

不同于往日的酒店包间,侍应生推开包房门,里面不仅仅是吃饭的地方,还连着庭院露台。

餐桌上铺着白色桌布,碗筷酒杯有序地放置在上面,丝绒墙上有一个壁炉,旁边放着定制沙发和圆桌。

厉承勋已经到了,在沙发上翻阅文件,他的助理候在旁边。他们一进去,厉承勋便放下手里的文件,起身走过来:"来了?"

黎烨衡和他握手:"厉总久等了。"

厉承勋笑说:"刚到,坐下说吧。"

程弥和黎楚跟在后面进去。

屋内是长餐桌,厉承勋和黎烨衡面对而坐。

程弥在黎烨衡这边,和厉承勋是对角线,侍应生帮他们拉开椅子,她在椅子上坐下。

没多久,就有侍应生过来上菜,都是厉承勋点的,菜品繁多,样式精致,每一口下去都是金钱。

厉承勋说:"怕其他不合你们的口味,点的都是我们中式餐。"

蟹粉狮子头、鳕鱼、酱鸭、鱼翅、鸡汤……餐桌上交谈应酬是长辈的主场,程弥和黎楚就是被带来吃饭的,各自沉默用餐。

黎烨衡和厉承勋在谈公司合作上的事,谈到一半,包房门被侍应生打开。

程弥看过去。

侍应生的身后不是生面孔，常湄带着一个女生走了进来。

程弥看到女生的时候，视线在对方身上停顿了一下。她想起早上在医院走廊上，女生跟厉执禹说的那句"常姨说你在这里"。

是早上到司庭衍的病房外找厉执禹的那个女生。

程弥长得漂亮，早上在走廊那一面女生明显也记住她了，看到她后对她笑了一下。

程弥也微微一笑。

女生被常湄带了进来。

常湄端庄漂亮，一身黑色风衣，干练不失气派，进来后对他们点头微笑，而后在厉承勋旁边坐下。

厉承勋给他们介绍常湄："我妻子，常湄。"

然后他看似不经意，顺带介绍了女生："蒋恬，蒋熠老先生的孙女。"

这话音一落，餐桌上有一瞬寂静。

蒋熠，这桌上没一个人不认识，奉洵有头有脸的人物。

厉承勋又给女生介绍他们，先是黎烨衡。

女生很有名门闺秀气质，点头微笑道："黎叔叔好。"

然后是司惠茹，最后是黎楚和程弥。

厉承勋说："这两位姐姐是黎叔叔的孩子，年纪跟你差不多。"

女生对她们笑，像是厉家自家人一样。

程弥清楚女生如果只是蒋熠老先生的孙女，和厉家非亲非故，不可能会无缘无故地坐在这里。

而不管是厉承勋，还是常湄，明显都把她当自家人。

再加上女生早上去找厉执禹，还有厉执禹对她不耐烦却又无可奈何的态度，他无可奈何，因为是父母之命。

根本不需要厉承勋说什么，程弥便知道女生是以什么身份坐在这里了。

背景强大有头有脸的家庭，利益驱使下强强联合，子女商业联姻是再正常不过的事。

这个叫蒋恬的女生，就是厉承勋安排给厉执禹的未来结婚对象人选。

程弥想起在医院外面的初欣禾。

看来厉执禹这结婚对象不是近段时间才安排的，估计已经有很长一段时间，不然初欣禾不会是那个反应。

程弥心里隐约浮起不太好的预感。

厉承勋和黎烨衡已经在继续聊天，两个人的话题自然而然聊到了厉承勋一开始便想拜托黎烨衡介绍给他认识的史老爷子身上。

厉承勋跟黎烨衡说："史老爷子也是个和蒋老先生一样的人物，得请你帮我在他老人家面前美言几句。"

"厉总一表人才，老人家肯定打心底里欣赏。"

"那可不一定，"厉承勋还是和颜悦色的，"史老爷子为人坦荡真诚，瞧不起我这商人上不了台面的手段。你跟史老爷子关系好，就拜托你去让他老人家消消气。"

黎烨衡说："我当然乐意帮忙。"

不过美言也得找对方向，黎烨衡便问："厉总是需要我帮忙什么？"

厉承勋闻言笑了一下，有条不紊地说："小衍到年纪了，史老爷子有个年纪相仿的孙女。"

程弥放下筷子的手稍顿，如果说她方才只是预感，现在便是确定，今天这顿饭是专门请她的了。

厉承勋道："我要拉下这张老脸去给我这小儿子谈下以后的人生大事了。"

他这话音一落，不仅程弥，桌上的黎烨衡、司惠茹和黎楚皆是一愣。

但程弥知道，这话厉承勋是说给她一个人听的，看似风轻云淡，其实却是狂风骤雨。

桌上寂静，程弥不小心碰到旁边的酒杯，声响有点突兀得刺耳。

从会所出来，黎烨衡公司有急事，要急忙赶去机场，没办法送她们回去。

程弥得回去洗个澡，跟司惠茹和黎楚打车回家。

一路上出租车上分外安静。

回到家，程弥拿上衣服到浴室洗澡。

天气快要入冬，奉洵又是一贯湿冷，浴室里白瓷砖墙像一层薄冰。热水氤氲，瓷砖渐渐渗出水珠。

她洗到一半，浴室里通热水器的煤气没了。

火焰渐弱，花洒下水是冷的。程弥没从花洒下走开，也没叫浴室外的司惠茹换煤气。

长发湿透，贴着白皙后背，发尾勾在腰窝上。

她的肤色在灯色下泛冷，凉水几乎快和她融为一体，从她那双桃花眼一直往下，最后连绵到她的脚底。

她每分每秒都在想司庭衍。

程弥关上水，擦干水珠换上衣服。

从浴室出来，她回房间会经过司惠茹的房间。

程弥路过司惠茹的房间，司惠茹的房门没关，不知道她在收拾什么东西，手里拿着一本本子正在出神地抹泪。

程弥不小心撞见，司惠茹也很快抬头看到她，赶忙伸手去擦眼泪，然后脸上又是一贯的温柔笑意："快回房间里去睡一觉。"

有那么一瞬间，程弥想把自己跟司庭衍的事告诉司惠茹，破罐子破摔，或许能自私地阻止现在在发生的一切。

她看着司惠茹手里拿着的东西，问："阿姨，你在看什么？"

司惠茹低头去看，又抬头对她笑："小衍小时候的照片，你要看吗？"

她怎么可能不看？

程弥走进司惠茹的房间，司惠茹看她进来，朝她招手："来这边坐。"

司惠茹坐在床边，程弥过去在她身边坐了下来。

相册本已经有些年头，边角泛黄。

司惠茹已经看一半了，翻回到第一张照片。照片上，司庭衍还是个小孩，五官要比现在稚嫩许多，神态和现在很像，板着张小脸，但掩盖不住那点稚嫩，有点可爱。

他眉眼很出挑，是一个很好看的小孩。

"这是小衍七岁的时候，来家里照的第一张照片，当时他在玩模型，还不愿意让我同事照呢。"司惠茹笑着说。

又翻过一页，她跟程弥说："这是八岁的时候。"

司庭衍长高了一些。

"这也是八岁。"

程弥看得出来司惠茹很重视记录司庭衍的成长，那个年代相机还没盛行，很少人有，而司惠茹每年都会给司庭衍偷留下那么几张照片。

司庭衍在她的记录下不断成长，从一个小孩，到现在的少年。

即使有着严重的心脏病，但他也平安长大了。

翻着翻着，司惠茹惋惜道："他来家里的时候五岁多，我去孤儿院接他，院长给他拍了张照片，可惜那张照片弄丢了。"

程弥还从没跟司惠茹聊起过这个话题，问："阿姨，你怎么把司庭衍领养到家里的？"

她问起这个，司惠茹像陷入久远回忆，说："小衍一直过得很苦，我第一次见到他，他是在人贩子手里。"

这些程弥没听司惠茹讲过，但从厉执禹那里听过。

她问："是你把他从人贩子手里救出来的？"

司惠茹说是，想起什么，脸色有点落寞："我当年因为一点事……被我父母从家里赶了出来。"

程弥直觉司惠茹这句话里说的因为一点事，可能是一件大事，但自觉这个话题不能触及。

司惠茹自己却很快从那种落寞情绪里抽离，说："那天我在缝纫厂上班，想下楼去打杯热水喝，就在厂子后面的巷子里看到了小衍。"

那时正值缝纫厂员工午休后上楼工作的午后，附近一个人都没有。

楼房和矮屋中间分隔出一条小巷，裁缝机的声音此起彼伏地从三楼窗口传出，嗡嗡遍响在巷道里。

司惠茹在那里撞见了司庭衍。

那时候司庭衍五岁，双手被一条粗绳拴在一根排水管上，白皙脸上有通红的巴掌印，嘴角殷红。

他旁边是个男厕所,里面有水声,还有男人在嘘着小曲儿。

当时司惠茹第一眼就看出这小孩是被拐卖的了。

"小衍那时候也看到我了,"司惠茹跟程弥说,"但他就只看着我,没哭没闹,也没求我去救他。"

"我当时挺紧张的,很紧张,因为厕所里那男人快出来了,我甚至不知道要不要救他。"

可几番天人交战后,司惠茹跑过去解开绳子,带走了司庭衍。

司惠茹带着司庭衍躲在了附近一栋老楼的楼梯底下,男人从厕所出来后愤怒叫骂,踢踹声不绝于耳。

司惠茹把司庭衍紧紧抱在怀里,自己不断瑟瑟发抖。

"我在里面躲了很久不敢出去,后来才发现他还发着高烧,整个身体都是滚烫的,出去后就把他带回家了。"

回家后,她问司庭衍他的父母是谁,她送他回家,他一声不吭。

那时候司惠茹不过一个缝纫女工,连养活自己都勉强,更不用说再养一个孩子。她没能力收留这个孩子,万般纠结后把司庭衍送去了孤儿院,进孤儿院手续复杂,折腾一段时间后才顺利把司庭衍送进去。

但司惠茹心软,几乎每天都会过去看他。

"小衍性格孤僻,跟任何人都很生分,平时在孤儿院也只坐在角落里一声不吭。"

孤儿院里,经常有人前来领养孩子,很多孩子为了讨大人欢心,会表现得开朗可爱去讨好大人。

但司庭衍没有,他从来不去讨好前来领养的"好人"。

司庭衍长得好看,皮相喜人,不少领养的人见他长得好看,来一个他便受瞩目一次。

但那些人全因他有心脏病而露出惋惜的表情,转头接走了别的小孩。

司惠茹孤身一人过日子,每次带着一堆玩具吃食来看他,看到这幅场景心里便酸疼一阵,最后还是把司庭衍带回了自己身边。

司惠茹有点伤感:"小衍一直挺乖的,被我接回来后也从没怪过家里条件不好。"

她说着眼眶渐渐泛红,流露出一个母亲对儿子的不舍:"现在小衍马上要回去了,要去过更好的生活,我却有点……舍不得。"

听到这里,程弥心里"咯噔"一声。她看着司惠茹:"什么?他去那边做完手术,不就能回来?"

司惠茹垂下眼眸:"小衍的户口,几个月前就迁回他父亲那边了。"

程弥一愣。

司惠茹看回了相册上,心痛难忍:"是我背着他,偷偷跟他父亲那边办理了户口迁移。"

程弥的眼睫轻颤了一下:"为什么?"

司惠茹虽不舍,却是平静的,也没后悔:"为了让小衍生活得更好,他的身体、学业,都应该更好的。"

她指尖摸在儿子小时候稚嫩的脸上:"小衍的心脏病很严重,他只有回到那个家,才会有更好的医生来给他治病,才会有医生给他做成功率更高的手术。"

房间里格外安静。

程弥也是安静的。

司惠茹看向程弥,声音柔和至极:"他只有去到他爸爸身边,才能拥有更好的物质生活,接受更好的教育,还有比这里更好的很多东西。"

包括未来,他的路会一路平坦,无灾无难。

她给不起他的东西,他生父都能给他。

还有,永远平安健康,这是一个母亲对一个孩子最大的希望,司惠茹只希望自己的孩子能过得更好。

即使如此,司惠茹的眼眸还是愈来愈红:"小衍是厉家的人,终究是要回去的。"

这一切早晚避免不了。

程弥没在家里休息,回到了医院。

司庭衍没再昏睡不醒,上午醒过来一次,下午也醒了。但因为心脏病问题,还有身上重伤,没完全脱离危险,便一直住在重症监护室里。

司惠茹上午来过一次，但因为最近劳累，加上心里有事，中午彻底病倒了。

当时黎楚也在，程弥和她一起把司惠茹送到急诊，拿好药后黎楚送司惠茹回家休息，程弥照旧回到司庭衍那里。

下午的时候，厉承勋过来了，带着助理，还有从首都来的那个医生。

程弥在走廊上碰见他，厉承勋向来绅士，对她点头笑了一下，而后没跟她说什么，换上衣服跟医生一起进了重症监护室。

这几天，司庭衍的病房除了医生和护士，没有其他人进出过，不让探视。

十几分钟后，厉承勋从里面出来。

助理在门外等着时已经连着接了很多个电话，厉承勋换好衣服回来后他便上去汇报工作。

厉承勋接过他手里的手机，往电梯那里走去。

程弥坐在外面那排长椅上，厉承勋和助理从她面前路过。

因为里面的人，随着厉承勋的皮鞋砸在地上的声音，程弥的自尊在一点点瓦解。

直到厉承勋的脚步声停在电梯前，电梯传来楼层到达的声响。

程弥终于从椅子上站了起来，选择了最不理智的一种方法。

"伯父。"

走廊上空荡，声音出口带着回音。

厉承勋已经走进电梯，听见她的声音，按开了电梯。

程弥朝他走了过去。

即使是面对厉承勋这么一个气场强大的人，程弥也能做到从容不迫，不那么着急不堪。她说："我喜欢司庭衍。"

厉承勋看着她："孩子，你应该知道我知道。"

他说："我不仅知道你喜欢他，还知道我这儿子很喜欢你。"

只一句话，堵住了程弥接下来试图组织出来的措辞。厉承勋将西装外套递给助理："但你们现在不登对，不合适。"

他时间很急，没再有时间多说什么，手从电梯按键上离开。

程弥站在外面。

电梯门缓缓闭合，厉承勋最后对她说了一句话："如果以后你有能力站到他身边，我随时欢迎。"

重症监护室外，走廊灯火通明，不分日夜。

程弥紧绷的思绪同样不分昼夜，连凌晨降临，她都没有意识到。

眼睛里一天下来没见日光，也没见灯光，她整天只见到了手机屏幕光。

屏幕上方跳出一条短信，是之前签她做艺人的蒋茗洲发来的信息。

> 对自己接下来的规划有没有想法？没有的话，公司会替你安排，开始给你规划艺考。

程弥脑中被各种商业术语挤满，没有对这条短信多思考，滑了上去。

一天时间，她看了无数企业商业危机案例，认识了什么是潜伏性危机，明白了风险调控失准埋下的隐患具有巨大毁灭性。

挤进眼帘的文字多一个，她的绝望便多一分。

她越来越清醒地知道，黎烨衡的公司只有厉承勋这种强有力的后盾才能解救。

厉承勋根本不需要做什么，不用亲自动手逼迫她，不用威逼利诱，程弥便没有退路。

直到这一刻，程弥才知道自己多渺小。她毫无办法，也无能为力。唯一一个办法，短暂让她和司庭衍不分开的办法，便是去找黎烨衡。

她可以去找黎烨衡，告诉他她和司庭衍的关系，让黎烨衡不要跟厉承勋合作，阻止他去找史老爷子，自私地使他的公司面临巨大风险，走向破产，负债累累，再也翻不了身。

即使黎烨衡对她有恩，且是无比大的恩情，她也什么都不想管了。但如果她真这么做了，她没有显赫身世，没有极大名声；而司庭衍，即使他再聪明，性子再冷硬，他们终究只是涉世未深的孩子。

面对厉承勋，他们手无寸铁。

厉承勋有的是办法风轻云淡地逼他们走向陌路。

可程弥知道，这些"如果"都不会有。因为她清楚地知道，自己不会自私地把自己的快乐建立在别人的苦痛之上。

程弥滑动一天屏幕的指尖，慢慢停了下来，她突然想看看司庭衍。

程弥抬眼，视线透过玻璃，却意外对上了里面司庭衍的目光。

他醒了，在看她。

程弥面色平静，心脏却在那一瞬间一阵涩疼。

左手指尖在屏幕上滑动，画面停下来那一刻，一切尘埃落定。

那天晚上过后，司庭衍的病情逐渐稳定，脱离危险期后，隔天下午他从重症监护室被转进了普通病房。

司庭衍每时每刻在医院里的情况，医生都会反映给厉承勋。司庭衍从重症监护室被转进普通病房，肯定也经过厉承勋同意。

司庭衍还没从重症病房出来前，厉承勋安排照顾他的几个人已经等在外面。

从重症病房出来后，司庭衍直接被安置到十七楼。

十七楼，厉执禹也住在那里。

那里病床不紧张，没有哀怨成片的病人，也没有拥挤成群的病人家属。整一层病房没有二人间，都是套房，走廊外安静干净，病房里宽大整洁，配置齐全。

厉承勋安排的那些人把司庭衍照顾得很好，添水置物，整理打扫，照顾司庭衍，没有任何一处程弥插得进去手的地方。

因为无事可以让程弥做，所以她被排斥在这种忙碌环境外，好像她不应该存在在这里。

但她没在这种排斥氛围里退却，走进了病房。

整间房格外通敞透亮，病床在房中央，里面有沙发、桌几，还有浴室。

司庭衍现在不会再陷入昏迷，合眼是在休息。

他身上是病号服，额角贴着纱布，雪白纱布上渗出一点红。肤色苍白,透着冰冷,但架不住他五官精致到灼人视线,这点寡淡的白皙没消磨掉他眉眼间的半点好看。

一个阿姨拿着温热的毛巾在给司庭衍擦脸,手下力道一时没掌握好,不小心弄疼司庭衍,司庭衍眉心微皱。

他即使闭着眼睛没醒过来,那浑然天成生在他骨子里的矜贵冷漠气质,依旧让人发怵。

阿姨一下不敢再下手,不知道如何是好。

程弥进门时看见,走了过去,对阿姨伸手:"我来吧。"

阿姨来医院的时候,程弥便一直在重症监护室外。阿姨知道她跟司庭衍认识,将手里温热的毛巾递给她。

程弥从阿姨手里接过那方白色毛巾,她食指戴着戒指,阿姨递给她毛巾的时候不小心碰到,被凉意激得手指微缩了一下。

她看程弥一眼,这是得在外面冻了多久?

程弥却丝毫没去在意,看着自己已经几天没摸碰过的司庭衍,没立即给他擦脸。

她低身凑近司庭衍,在他的额头上轻亲了一下,自然而然,光明正大,当着屋里这些人的面这么做。

之后,程弥才起身,在司庭衍的床边坐下,温热毛巾碰上他的脸。

司庭衍从来不怕痛,程弥知道他刚才是知道她在,感觉不是她在给他擦脸才皱眉。

他要程弥。

程弥的手隔着毛巾贴在他的脸侧,稍擦拭一下后她将毛巾递给在旁边站着的阿姨。

她没走,坐在床边看他。

司庭衍转出重症监护室,医院通知了司惠茹,司惠茹本来身体不舒服还卧病在床,硬是打车从家里赶了过来。

就她一人过来,黎楚昨天送她回家后就回学校去了,司惠茹接到医院的电话后,一个人强撑病体匆忙赶到医院。

程弥去了趟洗手间,回来时司惠茹正好在病房里。

司惠茹坐在病床边,几天没见儿子,牵着司庭衍的手仔细端详他的脸色。

程弥站在门边,没进去打扰。

又站了一会儿后,她转身从病房离开。

已经连续三十几个小时没睡,程弥急需找个安静的地方休息一下。

而且,得是没有司庭衍的地方,不然她没办法思考,他可是个让人光看他的脸都会舍不得的人。

她从住院楼电梯下去,朝医院大门外走去。

医院是这世界上唯一一个人络绎不绝,却没有半点喜气的地方,到处都弥漫着沉重气氛。

医院外面马路上车水马龙,房屋鳞次栉比。周边二十四小时便利店、餐馆、旅馆比比皆是。不远处有家酒店,楼层很高,在一众四五层高的老楼里格外显眼。

程弥直接步行过去。

到了酒店,她拿身份证在前台开了间房。

前台人员递给她房卡,在六楼。

程弥接过房卡上楼,进房后没做什么,想先让身体放松一下睡一觉,直接走去床边,鞋脱在床边睡进了床里。

一直紧张着的思绪,在合眼后丝毫没有任何松懈,很清醒,清醒到程弥不断想起昨天厉承勋在电梯里说的话,还有蒋茗洲那则从手机屏幕上跳出来的短信,反反复复折腾不休。

睡不着,程弥索性从床上起来,进了浴室。

浴室门是面玻璃,把手上搭着条毛巾,门边放着台皮质圆椅。

她进去洗了把脸,落进乳白色盥洗盆里的水不带一点温度,凉丝丝地爬上程弥白皙的肌肤和眼睫。

她俯身太久,关上水起身那一刻有一瞬眩晕。

眼前黑点消失后,身体没怎么感到疲乏,但程弥在浴室门旁那张椅子上坐下了。

程弥没发呆,拿着手机在看,翻到蒋茗洲昨晚发给她的那条短信。但只看了一会儿,她便没再看。

浴室里安静了很久。

玻璃门半开着,程弥坐在对面。

棕色玻璃门反照出她的身影,她跷腿坐在椅子上。时间一分一秒地过去,短暂却又漫长,程弥终于有了动作。

她的手垂到身侧,单手给蒋茗洲回了条短信。

昨晚蒋茗洲问她对未来有没有规划和打算,言下之意她这个年纪,进入娱乐圈已经不算早了。

程弥发完短信后,将手机放回台上,决绝得像不再有任何依恋。

她出了浴室,盥洗台上的手机屏幕还未暗,短信框里刚发送的那句话映在墙壁上的镜子里。

十个字,言简意赅。

　　换个地方上学,准备高考。

最后随着程弥的脚步声走远,屏幕彻底熄灭。

从浴室出来后,程弥回床上睡了。到最后,她也不知道自己怎么睡过去的,再醒过来的时候,外面天色已经黑透。

疲惫使她这一觉没有做任何梦,不管好的,还是坏的,睁眼那一刻,脑子里空落落的没有东西。

屋里她睡前没开灯,只有漫无边际的夜色。

程弥没再睡,也没再想其他事,从床上下来。她进浴室里拿手机看了眼时间,居然已经零点,屏幕上有两个未接来电和几条信息。

一个未接来电是蒋茗洲打来的。

一个是司惠茹,她没接电话,司惠茹又发了短信。

　　程弥,阿姨回家了,你怎么不在家?

阿姨给你做了点吃的，你先别回医院，回家吃个饭，再过去看小衍。

信息是两个小时前发的，程弥回了这条信息，说过会儿回去吃。蒋茗洲的未接来电，程弥跟她说了抱歉，在睡觉没看到，又说晚点儿给她回电话。

她清完手机上那堆信息，没看到司庭衍的。

程弥没再在房里逗留，到楼下退房，从酒店出来走回医院。

医院在夜色里灯火通明，处处窗口亮着灯火，午夜楼下人少了很多。

程弥回到住院楼，电梯门在十七楼打开的时候，外面悄无声息。她顺着走廊走去司庭衍的房间。

程弥去到病房的时候，司庭衍还没睡。

她推开病房门，就见司庭衍靠坐在病床上。

看见这幅场景的程弥一点也不意外，而且知道司庭衍就是在等她自己回来。

她一个下午、一个晚上不见人，而且是在他睁眼之后。

程弥站在门口，问他："还没睡？"

即使人的情绪是无形的，但她隐约能感觉到司庭衍克制在空气里的阴沉。

除此之外，还有一些无声的情绪。

两个人已经连着几天只隔着那扇玻璃见面，碰不到，摸不着。

这扇玻璃一在他们面前碎掉，有些东西便漫进两个人之间的对视和呼吸里，缱绻缠绵，却又汹涌而来。

一个下午和一个晚上没见到她的不满，还有昏睡这几天没碰过她的躁郁，全藏在那双看似冷漠无欲的眼睛里。

程弥听见他说："你过来。"

他很直接，一点都不委婉，语气有点冷硬。

程弥站在门口看着他，对视间，她的手从门把上松开来。她走进病房，朝司庭衍走去。

司庭衍靠坐在病床上，面色有点苍白，左手手背上还留着针头，却一点也不显脆弱，和程弥对比，反而他气场此时更压人一筹。

程弥则还是原来模样，步调不紧不慢地走到司庭衍面前。

程弥也微抬眸，望进他的眼睛里。不知道为什么，她感觉此刻司庭衍眼睛里沉着某种阴沉到有些躁郁不安的情绪。

可没等她细究，司庭衍已开口："你敢说'分开'两个字试试。"

这句话犹如一根不见其利害的细刺，猝不及防间刺扎了程弥一下。

她愣了一下，终于知道为什么从进病房那一刻起，就总隐隐感觉到司庭衍情绪里带着异样。原来在她下午和晚上不在期间，他已经什么都知道了。

他知道黎烨衡的公司出了大问题，知道他父亲厉承勋要帮黎烨衡。

然后，他知道她要因此离开他。

得出这个结论，程弥心口一阵堵。

司庭衍紧紧看着她。

程弥如常，指尖渐渐回扣，抚上他的后颈。这是她的习惯，一个具有安抚性的动作。

可这证实了司庭衍的想法，他眼里那点暗色瞬间翻涌。

程弥的安抚根本不管用。

但让程弥意外的是，接下来司庭衍没有冲她生气。

两个人靠得很近，司庭衍语气冰冷，眼神也是，潜伏着危险。看似是他逼迫她，可程弥知道司庭衍在妥协。

他只要她在他身边。

"你考去哪个城市，我也考去哪个城市，我们在外面租房子。"他规划好了他们的未来，"我跟厉家没有任何关系——"

程弥的心脏传来绵密的刺痛感。她不能再听下去，司庭衍会被她打碎。

她的声音很温柔："以后，等以后。"

"以后"，这两个字犹如一把尖刀，生生扎向司庭衍。

程弥："以后会有的。"

司庭衍眼中暗冷渐深，程弥知道他会生气。

"等——"

一句话没说话，果然，司庭衍冷漠地阻断了她："闭嘴。"

程弥皱起眉心，把未说完的话说完："等我去找你。"

司庭衍声音里没有难过，没有受伤，只有强硬的漠然："我让你别说话。"

"以后我去找你，我们住在一起，我去找你谈恋爱——"

可司庭衍现在哪里听得进这些东西？对他来说，这件事，就是程弥在他和黎烨衡之间选择了黎烨衡。

司庭衍忽然抓住她的肩膀，眼底一片暗沉，逼视她的眼睛："你到底要因为他抛弃我多少次？"

这世界上，最不舍得司庭衍说这句话的便是程弥。

"黎烨衡是我叔。"她眼睛里有潋滟柔意，"我是喜欢你的，司庭衍。"

司庭衍看进她的眼睛里："你骗我。"

三个字，平静不已，他像在陈述事实。

程弥微张唇，一下心痛难当。

她要说什么，整个人忽然往后一倒，被司庭衍弄到床上，后背砸进白色被单里。而司庭衍眉心隐忍地动了下，微不可察，可程弥一眼看出来了，司庭衍应该是扯到了腰腹部的伤口。

"别起来。"程弥立马要起身扶他靠回床头。

可司庭衍像是预料到她要做什么。

程弥没来得及起来就双手手腕一紧，司庭衍扣紧她。他眼睛从下往上看，睨着人，带着一丝刺人的冷意。他变得有些阴沉："你不是喜欢骗我吗？为什么不再骗下去？"

司庭衍危险地说道："继续骗我，跟我在一起，说你喜欢我。"

程弥躺在被单上："我从来没骗过你。"

"那你为什么不要我了？"

程弥想要解释。

司庭衍的情绪在此刻暗涌到几乎铺天盖地，他终于爆发："因为你不

Chapter 12 他一直在等她

跟我分开，黎烨衡的公司会出事。"

程弥被他一堵，登时哑口无言。

司庭衍这句话是事实。

除去那些种种无奈，她确实是因为这样才跟司庭衍分手，可那是走投无路。

黎烨衡是她的长辈，自从她母亲去世便把她当女儿养的长辈，零花钱和关心从来不会少。现在黎烨衡的公司面临巨大风险，她不能做把自己的幸福建立在长辈痛苦上的事。

厉承勋虽从未逼迫她，但只是两三下便让她没了退路。

现在除了眼前另外一条能再次接近司庭衍的路，她别无选择。

可她同时知道自己现在怎么解释都没用，司庭衍听不进去，他看见过她曾经的少女心事。

她的少女心事，一直记在另一个心事里。

他比她更坚信，她曾经年少无知的迷恋。

司庭衍逼近她的耳下的疤，靠近她耳朵的地方。

司庭衍停在那里，气息直让程弥心脏发颤："你为什么还是不要我？"

程弥像被人掐住了脖子，一下鼻腔酸涩。

紧闭的病房门外突然在这时传来敲门声，"咚咚"两下，十分冷静。

隔着门，厉承勋的声音传来："病房不是你胡闹的地方，给你三分钟。"

程弥一愣，知道厉承勋是在跟司庭衍说话。

而司庭衍丝毫没动。

时间紧迫，程弥看着他的眼睛："我们现在没有办法，司庭衍，我们都需要时间，需要时间去让别人再也拿我们没办法。"

可对于司庭衍来说，他只要现在，不管以后。

而程弥在这个岔路口选择了黎烨衡，不要他。

"你还是选他是吗？"司庭衍完全没管他父亲在门外，声调是阴冷的。

程弥完全不知道司庭衍要做什么、会做什么，但知道司庭衍不会不管不顾的。

而她没猜错，司庭衍看着她的眼睛许久过后，松开了她。

他没再逼她。

只剩一分钟都不到，程弥不能再留。

司庭衍已经靠回床头，没再管她做什么。

离开之前，程弥稍俯身，抬手，五指摸上他的脸侧，像以往任何一次一样，指尖轻摩挲过他的脸侧。

一旦决定什么，程弥都是果断的，起身要走。

在她走到门边时，身后传来司庭衍的声音："这次你走，不管什么理由。"

他没看她，声音冷漠："我们再也别见。"

程弥将手放在门把上。

这时，病房门被从外面打开。

程弥将手默默从门把上收了回来。

厉承勋出现在门外，面色比平时多了点严肃，但也没摆脸色，看了程弥一眼。

他西装革履，一看便是刚应酬回来，身后还跟着常湄和助理。

程弥对他点了下头，从病房走出去。

厉承勋没说什么，走进了病房。

凌晨风起，卷涌过冗长过道，一切灼热尽散。

蒋茗洲的公司在另一座城市，两天后的飞机。

程弥从医院回来的第二个晚上，已经收拾好行李。

要走演艺这条路，到另一个城市生活，这件事瞒不过长辈，程弥没瞒着，实话告知了司惠茹和黎烨衡。

孩子想做什么司惠茹都支持，只是担心她一个女孩子在外不安全。黎烨衡则是不太赞同，认为这条路以后少不了要吃苦，但最后还是充分尊重她的意愿。

程弥昨晚从医院回来后，今天没再去过，白天到学校办退学手续，又回家收拾东西，司惠茹见状竟也没问什么。

Chapter 12 他一直在等她

三餐司惠茹从医院回来给她做饭，因为她要走，又给她准备很多东西带走，吃的用的大包小包。

"这个阿姨以前托同事带的，要是哪里不小心磕到碰到，拿这个抹一抹。还有这个，头痛感冒要冲两小包这个，喝下去就能好的。这个是我做的一点饼干，你带过去，路上可以吃。"

不多时，程弥的半个行李箱被司惠茹塞满，有点占空间，但程弥一样都没拿出来。

晚上吃完晚饭，她出了趟门，这一去就是三四个小时，回来已经十二点。家里没人，司惠茹去了医院，黎楚去了学校，家里一片漆黑和安静。

程弥一只手指尖松松散散地钩着提包，走进玄关，另一只手里还钩着一个黑色塑料袋。

她径直进了房间。

包包里装着银色金属和塑料碎块，进屋后程弥将包放上桌。

这是上次，司庭衍在房间里摔碎的那个小机器人。她今晚拿去修理，找了几家修理店，还进了家手机店碰运气，但无一例外修不了。

程弥半靠在桌上，拎回家那个黑色塑料袋里是两罐汽水，刚回来顺手从楼下超市带上来的，她伸手拿了罐出来。

蒋茗洲往她手机里发了些资料，程弥看着那堆密密麻麻的文字，单手拉开易拉罐拉环。气体"扑哧"一声，程弥虚握着易拉罐凑去唇边。

程弥看资料认真，之前和蒋茗洲签下的那些合同条款也是她自己一一过目，现在蒋茗洲发过来一些让她看的东西，她也没含糊，逐字扫过。

很枯燥乏味的一些东西，等看完的时候已经十二点多，她将手机扔回床上，然后从自己床上起身，换了身裙后，十分娴熟地走去司庭衍的房间。

已经几天没回来，司庭衍的房间被司惠茹打扫得很干净，唯独那床被有点乱，没叠。

程弥昨晚也在这里睡的。

她走过去，直接倒进床里。今天来回奔忙一天，身体有点发懒，躺下来神思却格外清醒。算算，她已经将近二十四个小时没见司庭衍。

程弥一旦决定什么都格外果决，所以也能克制住不去见他。

想起他昨晚那张脸，程弥翻身，去看他那面木壁柜书架。

她两条细丝一样的吊带挂在肩头，白臂放在被外，指尖垂落在床沿，目光落在书架上的那些书籍和机器人上。

司庭衍的东西摆放得很整齐，书籍和机器人陈列得一丝不苟。机器人大小不一，有的没有人形，反倒像一辆车，各种形状都有。

程弥因为司庭衍对这个有兴趣，曾经扒拉过几个机器人比赛视频看，机器人形状各式各样，在操纵者手里互相杀得火热。

当时程弥看着，竟也跟着有几分热血沸腾。

当然司庭衍不仅玩比赛，甚至他的大多数机器人不是拿来玩比赛，而是他手下弄出来的会学习的计算机程序，是高科技机器人。

她听司惠茹说过，曾经有公司要买司庭衍的某个机器人专利，然后进行研发并投入生产。但司庭衍没同意，因为那个东西在他手下不够完善。

在同龄人还在死读书的阶段，他已经在他喜欢的领域有所成就。

程弥睡不着，索性下床去到他的书架前看他那些东西。

其实进出他的房间这么久，一个一个早记住模样。她走到书架最左端，被顶上那层的一本书稍吸引注意力，抬手拿下那本书，随意翻看了几眼，专业书籍，全是一些晦涩难懂的知识。程弥指尖扣在书脊上，将书归回原位。

这时，眼睛忽然瞥到下一层角落里那抹暗红色。

在一个机器人后面，被挡住只剩边角，但能看出那是一角涂漆的红灰色塑料。这边角劣质的红塑料，在这一整排金属塑料里显得格格不入。

程弥看到，没怎么多想，手便伸过去了。她挪开前面那个机器人，后面那东西竟然是个变形金刚玩具。应该已经有些年头，塑料早已失去光泽，有几小处地方已经掉漆。

她猜，这是司庭衍小时候的玩具。

他怎么连小时候的玩具都要藏？

程弥拿在手里，笑了下，正想放回去，忽然看到变形金刚背面的划痕。

她微垂眸，视线落在上面，是歪歪扭扭刻在塑料上面的两个字——"婷婷"。

这一看就是小时候哪个小女生送的礼物。

程弥笑了一下，他怎么还藏别的小女孩的东西藏得这么深呢？她正要把变形金刚放回去，那一刻，一丝熟悉感忽然猝不及防地袭上心头。

程弥手一顿。

记忆里某个已经生锈蒙尘的片段，忽然被这两个字生生砸落下满满锈迹。

程弥怔住，两秒后，视线再次落回"婷婷"那两个字上。而这次这一眼，这两个字不再全是陌生，字迹虽歪扭稚嫩，但笔画走向有迹可循。

没人比程弥更了解自己从小到大的写字习惯，这是她的字迹。

意识到此，程弥满是难以置信。

几秒的时间，却仿佛一个世纪那么长。时间太过久远，她的脑子在那一瞬间生涩，但有些东西已经悄然探头。

十一年前。

那年程弥七岁。

那年是她儿时印象很深的一年，因为那年黎楚的母亲去世，去世前把黎楚送去了孤儿院。

程弥的母亲程姿曾多次不忍心，想把黎楚从孤儿院接回来，但黎楚很听她妈妈的话，不给程阿姨添麻烦，在孤儿院这里等她爸爸来接她。

程弥跟黎楚打小形影不离，黎楚在孤儿院，她自然是天天往那边跑，上学找，放学找，晚上睡觉也找，在孤儿院还吃过几顿饭。

她性格好，不嚣张跋扈，也不内敛安静，和孤儿院的阿姨们、哥哥江训知，还有那些小孩都相处得很不错。

直到那天，孤儿院里来了个小男孩。小男孩长着一张好看白皙的脸，不爱说话，脾气不好。

程弥第一次见到他，是在孤儿院的院子里。

那天是个午后黄昏，程弥去找黎楚。

她还没踏进孤儿院，远远便听见院子里的大树底下爆发出一声男孩的尖锐哭声。

那时孤儿院里有个六岁的小男孩是个小霸王，凡事要压人一头，嚣张跋扈、目中无人。程弥当时以为他又把哪个小孩打哭了，结果没想到是小霸王被人打哭了。

孤儿院里的大树底下，小霸王那张总气焰嚣张的小脸上布满泪水，一只眼睛乌青黑紫。而他对面是一个长得很白很好看，外表看起来比他好欺负一万倍的小男孩。

那两只眼睛却犹如小狮子一般，像随时要挠人的小爪子，手里紧攥着一袋糖果。

因为别人要抢他的东西，他便护得紧。

程弥一下子知道了，是小霸王要抢他的糖果，结果反过来被打哭了。都还是小男孩，小霸王被打，他那几个小伙伴也被吓到，和他一起哇哇大哭。

不多时，孤儿院里的阿姨便匆匆赶出来，看到小霸王脸上的伤，惊呼声此起彼伏，急忙把他带到里面去处理伤口了。

孤儿院树下只剩下小男孩一个人。

还有程弥。

程弥问他："你叫什么？"

小男孩不理她，冷淡地看她一眼，走了。

于是程弥跑去问孤儿院的阿姨，阿姨告诉她，他叫婷婷，大名司婷。

程弥说："我的女生朋友才叫这个名字。"

阿姨笑："是梁阿姨起的嘞。"

程弥懂了，梁阿姨不太识字。

阿姨告诉她："办手续的时候，梁阿姨问婷婷叫什么，他说了个'婷'字后就不说了，后面怎么问都不肯开口了。梁阿姨就会写这么个'婷'字，就叫这个'婷'了。"

程弥第二次再见他，是来孤儿院领养孩子的一对夫妇想带走他，却在不知道得知他的什么情况之后面露难色，带走了别的小孩。

黎楚当时生活在这里，程弥问她为什么没人要带走他。

黎楚说："他身体有病。"

"什么病？"

"不知道。"

程弥问她："你为什么不跟他玩？"

黎楚当时眼巴巴地等着江训知放学过来："他都不说话，还凶凶的，谁要跟他玩。他自己可能还不想跟我们玩呢。"

从来到孤儿院，小男孩一直一个人待着，不跟人说话，也不跟人玩。但不是没人跟他玩。

那天程弥生日，程姿买了很多棒棒糖，让她拿给其他朋友吃的，程弥给孤儿院里的小朋友都发了。大家都很高兴，只有小男孩在角落里无人过问。

而那天程弥在他面前停下了，笑着递给了他五根棒棒糖，问他："能不能跟姐姐说声生日快乐？"

自然是不可能，他连糖都没拿，别说跟她说话。

后来，程弥天天找他说话，找他玩，给他的吃的玩的和给黎楚的一样多。渐渐地，他会跟她说一两句话了，虽然还是冷冷的。

程弥以为他们熟了，直到那天，她想伸手去拿他的糖，却被他一爪子抓在了耳下，他下手很重，像只带刺的小刺猬。

大概他认为她是跟小霸王他们一样的人，要欺负他，抢走他的东西。

程弥当时还是小孩，被抓那么一下，痛到没忍住，掉了几滴眼泪，最后是阿姨来带她去处理伤口。

这事之后，程弥气到三天没跟他说话，直到第四天消气。她去孤儿院，他坐在树下，从她进来后就一直盯着她看。

程弥过去问他是不是在等她,他说不是。

她耳下贴着纱布,跟他说:"你要给我一颗糖,我们就还是朋友。"

他当然没给她,但在她伸手去拿他的糖的时候,没再凶巴巴了。

孤儿院里不时有家庭来领养小孩,每一个小孩都想被带走,被爸爸妈妈疼爱,于是在大人面前嘴甜又可爱,他却连话都不跟大人说。

即使因为皮相喜人,很多家长一来就注意到他,但也因为他的身体原因,没有任何一个人考虑过带走他,都是带走了别的小孩。后来连小霸王都被人带走了,他却还是在这里。

有一天他看别人被带走,盯着别人手里的变形金刚。

程弥注意到,问他:"你喜欢那个?"

他性子倔,被她当场拆穿,没理她,转过身去了。几天后程弥攒钱给他买了个变形金刚,还在上面刻了"婷婷"两个字。

当时黎楚还笑她了:"男生都把这个东西当宝,你还把它划了,你是不是笨啊?"

被黎楚说完,程弥去送礼物时竟有几分忐忑,但仍是把礼物送给他了。他一直防备心强,跟她也不算亲近,程弥甚至连他会不会收她的礼物都不清楚,更别说是个已经被刻了字的变形金刚。

可让她意外的是,他什么都没说,收下了。

再后来,程弥没再跟他碰过面,因为黎楚被黎烨衡从孤儿院接走了,而黎烨衡担心女儿不习惯,跟程弥的母亲程姿商量好后,那段时间也一并把程弥带过去住了一段时间。

直到一两个月后回来,程弥再去孤儿院找他,却已经找不到了。孤儿院里的阿姨说他已经被人带走了,又说这小孩拿了东西给梁阿姨,让梁阿姨拿给她。但梁阿姨这几天回老家了,让她过几天过来。

程弥对孤儿院的记忆便就此断层。

小孩子忘性大,不过一两个月,她便彻底忘记了这么一个人,直到面目模糊。可有人不同,有人不仅没有遗忘,还每一分每一秒都在靠其呼吸。

一个劣质变形金刚,他却从五岁一直珍藏至今。

飞往公司的前一天,程弥先上了另一架飞机,飞了趟嘉城。她没带什么行李,从机场出来后径直打车去了孤儿院。

时过境迁,沿路很多建筑早已变样,连街道名都变得陌生。

出租车上司机在放容祖儿的《小小》,几年前发行的老歌,旋律晃荡在车厢里。

我的心里从此住了一个人,曾经模样小小的我们。

程弥心里发闷,落下车窗,风吹过老楼大树扑面而来。

随着出租车离孤儿院越来越近,程弥耳下那块疤越是隐隐作痛,上面还留有司庭衍的新鲜印记。

从始至终,耳下疤都是因他一个人。

孤儿院前那条水泥路已经翻新,挂在大门旁的门牌也不再生锈,院子里仍立着大树。

你在树下小小地打盹,小小的我傻傻等。

程弥从车上下来,走进孤儿院。

她昨天事先联系过这边。

梁阿姨已经变得白发苍苍,江训知的父母早在他去世后搬家,而其他阿姨已经被儿女带去享福,这里只剩她一个老人。

比起当年,孤儿院里如今孩子少了很多,显得有点空荡。

程弥面目过于出众,梁阿姨到现在还记得她:"小弥还是个漂亮小姑娘啊。"

程弥问起司庭衍。

"你说婷婷?"

"这名字还是您当时起的。"

梁阿姨笑:"阿姨记得,你别看阿姨现在年纪大了,脑子可好使呢。

再说阿姨看脸记人,当时这小孩是长得真俊,脾气再好点,那可讨人喜欢得不得了。"

程弥不知想到什么,笑了一下:"脾气不好也讨人喜欢。"

"那是,这孩子是乖的,那个时候那帮孩子里就你跟他玩,他就一直记着。"

"你有段时间没来,"梁阿姨推推老花镜,指指外面那大树,"这孩子就天天抱着个玩具在那儿等着呢。"

程弥顺着阿姨的手指看过去。

梁阿姨又说:"他妈妈来带走他的时候,他交给了我一袋糖。"

程弥一愣:"他一直带在身边那袋?"

"可不是?你说他也不吃,就是不让人抢他的。"

梁阿姨说:"但他被他妈妈带走的时候给我了,我的印象实在太深了,那是这孩子第一次主动跟我说话。"

他说,程弥要吃。

因为她要吃,喜欢吃,所以他都要留给她。

小小的手牵小小的人,守着小小的永恒。

程弥从孤儿院出来的时候,日头挂在西边,一如他们第一次见面的时候。

夕阳如火,他们一面到永久。

他一直在等她,不管是十一年前,还是十一年后的现在。

而她回头看见他了。

第二天,程弥如约上了奉洵飞往另一座城市的飞机。

程弥的经纪人蒋茗洲虽然某些方面看起来很好说话,也温婉明理,但实际她最能下狠手,对于程弥丝毫不手软,程弥刚来这边的第一天便进入魔鬼式生活。

但不到三天,她就已经适应新学校和新环境,还有强度不算低的各种培训。

晚上她下课回家，整具身体都在泛着酸疼。

程弥住的地方是蒋茗洲找的，环境好，价位不低，附近交通便利。

回去的路上，程弥给黎楚去了个电话。黎楚那边很快接了，估计手机拿在手里，她说："大忙人，闲下来了？"

程弥走在人行道上，路灯盏盏，树影交错，她说："回家路上呢。"

"很累？"

"还行，"程弥问她，"你回家没有？"

"回了。"刚说完，黎楚云淡风轻地扔了个重弹出来，说，"惠茹阿姨跟黎烨衡要分开了。"

程弥一愣："分开？怎么回事？"

"不清楚，大人的事。黎烨衡不可能说，惠茹阿姨说是厉家要她一起去首都那边。"黎楚说完，停顿了一下，说了，"司庭衍他爸要带他回去了。"

这是迟早的事。

程弥的手垂在身侧，指尖挂着包包，她无奈地笑了下："他不肯吧。"

黎楚的声音从听筒那边传来："嗯，态度强硬，连惠茹阿姨劝说都没用。"

她的下一句话让程弥微皱眉。

"但是今天心脏病复发了。"

程弥抓着手机的手突然一紧："什么？"

"就刚才。"

黎楚说："他现在这身体，犯一次病都可能要命，现在在手术室里，转不了院，只能被迫在奉洵动这个大手术。"

一阵风吹过，吹得程弥心脏发紧。

"知道你想知道他的情况，"黎楚在那边说，"但不要太紧张，我现在在楼梯间里跟你打电话，阿姨他们都在外面等着，有消息的话我会告诉你。"

冬天，路灯光铺在地上像一层薄雪，枯枝一夜白头。

程弥深吸了一口空气里的凉意:"嗯,我等你的电话。"

一直走到小区门口,程弥却没有上楼。

手里的手机没有来电,持久安静着,屏幕光在黑夜里映亮她的脸,她在网上订了张飞回奉洵的机票。

网络不好,圈圈打着转。

没等页面跳出来,程弥已经拦下路边的一辆出租车,打开车门上车:"去机场。"

直到凌晨三点飞机起飞,程弥也没有收到黎楚的任何消息。

早晨六点飞机落地,程弥打开手机。

一条凌晨四点多的短信跳进屏幕里,是黎楚发来的消息,司庭衍手术很成功。

程弥紧绷的神经在这一刻终于松懈,身体在这一刻骤然活过来,浑身终于感觉到昨晚训练带来的酸痛感。

她给黎楚回了电话,黎楚那边无法接通,没信号。

或许是有某种预感,程弥从机场出去,直接拦了辆车赶往医院。到医院后,她直上电梯去十七楼,电梯门一开便朝司庭衍的病房跑去。

她在他的病房前停下来。

里面空荡荡的,病床上没有人,只一个护士在收拾床铺。

程弥停在门外,护士听到声音,回头看向她:"这间病房的病人转院了。"

程弥点头:"好,谢谢。"

她下楼,走出医院大门的时候,外套口袋里的手机振动。是蒋茗洲的电话,程弥接听了,耳边是蒋茗洲的声音。

"去哪儿了?要带你去见个人,赶紧回来。"

奉洵这座城市的风有点冷,吹得程弥鼻头微红。她面色和声音如常:"知道了。"

灰白天空,一架飞机滑过奉洵的上空,往北飞去。

程弥挂断电话,深吸一口气,鼻尖埋进围巾里,而后转身离开。

灰色日晚,你是一场热火。
我的眼睛从此失火,永远心跳。
红光遍天,我和你共吻在这场全世界高温里。
阵火过境,漫天大雨,徒留满地灰烬。
我的心脏从此为你浪掷,赴我下一场弥天大火。

久別

Chapter 13

五年后，201×年11月7日。

秋季退场，初冬寒凉。

轿车飞驰在三环路上，单向玻璃车窗外车水马龙，夜景繁华。程弥刚参加完一个盛典，坐在车后座上。

她身上着一条高奢品牌的春夏高定礼裙，吊带低胸，天鹅颈线条优越，胸前白皙醒目，高衩裙摆下半露匀称笔直的一双腿，腰身凹凸有致，把性感发挥得淋漓尽致，却不露骨到低俗，风情里带着矜贵的距离感。

路灯光流过车内，澄黄不断交替。

车内空气却安静到仿佛不流通。

蒋茗洲坐在程弥身侧，车上除了呼吸声，只有她翻动文件的声音。突然，她开口："你们雷教授很重视你，今天打电话跟我聊了聊你。"

程弥今年大三，在一所名校读中文专业，雷教授是他们学院的系主任，同时也是蒋茗洲的老同学。

蒋茗洲语气很平常，优雅大气，坐在副驾驶座上的程弥的助理却大气也不敢出。

程弥倒能从容应对，已经知道蒋茗洲要找她算什么账，目光从车窗外收回："是吗，雷教授说了我什么好话？"

蒋茗洲没从文件上离开视线，反问她："你没什么消息要告诉我？"

程弥笑了一下："是有个消息。"

她耳朵上的密镶钻石耳坠随着回头轻微晃动。

蒋茗洲闻言合上资料："哦？那讲出来我听听。"

程弥说："我要去国外交换半年。"

语气很轻松，却也很坚定，她是要去，不是想去，已经决定好。

蒋茗洲意外地没立即反对，而是问："哪个国家？"

她说："美国。"

程弥坐在前面的助理替她捏了把汗。

蒋茗洲继续问她："半年的时间，正常情况下可以拍几部戏？"

程弥说："一两部。"

蒋茗洲生气从来不是发怒，而是讲道理，点了点头，问："一个明星，靠什么才能让大众记住她？"

靠什么，在这圈子里混的人都知道。

程弥回答她："作品。"

蒋茗洲的发髻松散地绾在脑后，左脸旁一缕烫卷碎发："嗯，作品。"

她的话语依旧透着从容，却已然是不怒自威："到国外交换是半年，你在国外不拍戏不发歌，没有任何代表作，在大众视野里彻底消失，你现在的名气会不会跟着消失？"

四年前，程弥出过两首歌，火了，有了一批小粉丝。

两年前被大导演相中，出演其手下作品的女主角，一年前电影上映，现实题材反响极好，她因此名声大振，虽没有大红大紫，但已经小有名气。

事业正蒸蒸日上，她突然要出国半年，这期间没有任何动静，会彻底淡出大众视线，蒋茗洲认为她的名气会跟着消失。

程弥手里拿着手机，指尖摩挲手机边缘，却很有把握地回蒋茗洲："不会。"

蒋茗洲看向她。

"一年前我拍了两部电影，我在国外这段时间，这些电影会陆续上映，我不会消失在大众视野里。"她又说，"而关于专辑，在国外也能进行，再不济我再辛苦一点，来回两头跑，也能拍点东西。"

蒋茗洲却听笑了："敢情你去年那么拼命，通宵钻研剧本学表演，无缝衔接两个剧组，就是为了挤出这半年时间去国外？"

程弥不置可否。

蒋茗洲问她:"那你能告诉我为什么要去吗?或者说,为什么选择去美国?"

蒋茗洲说:"你们雷教授说很多国家的学校跟你们学校有文化交流,远不止美国一个国家。"

她去美国是有原因。

这对程弥来说没什么好隐瞒的,她要做什么向来坦荡。

程弥正想回答什么,蒋茗洲的手机在这时响起,她示意程弥停一下,接了电话。

程弥停下,没再说。

蒋茗洲这通是工作电话,聊了几分钟后才挂断。之前的话题被打断,蒋茗洲没再继续下去。

程弥明天还有课,今晚要住学校宿舍,马上快到她的学校,蒋茗洲没再跟她说太多,直接表明态度。蒋茗洲还是那副雅淡气质,不带怒意,也不强硬,却已经是一锤定音:"出国交换这件事再考虑一下,我不建议也不同意。"

程弥没说话。

蒋茗洲将手里的文件放到一旁:"以前你没考艺术学院,执意重读高三考本科中文系,我没反对过。"

程弥知道,是因为自己有把握不影响演艺事业。

该上的表演培训和声乐舞蹈她照旧会上,蒋茗洲给她接的戏她照样会拍。这条路上要吃的苦,她一点都不会偷懒。

只要她能挤出时间发展她自身,她要做什么蒋茗洲不会反对,会让她放手去做。但这次她是要出国半年,可能会因此影响演艺生涯,所以蒋茗洲不同意。

蒋茗洲说:"收收心,你现在是有名气,但销声匿迹太冒险,等你以后稳定下来再想其他事。最近有部电影要上了,你准备准备,后面行程会紧张一点。"

程弥出国交换这件事,在蒋茗洲那里便算翻篇了,没得商量。

程弥清楚蒋茗洲的性子,同样没浪费口舌,也没因此郁闷不满,状态自如。

手里的手机亮了一下,蛋糕店老板发来短信,问她什么时候过去取蛋糕。

程弥回"马上过去"。

这家蛋糕店在学校附近,回去的路上会经过,到那家店门口的时候,程弥让司机靠边停车。她跟蒋茗洲打了声招呼:"我去拿个蛋糕,这里离学校不远,我自己走回去就行了。"

蒋茗洲忙了一天,已经有点疲惫:"路上注意安全,有事给我打电话。"

"行。"程弥说完,推开车门下了车。

程弥之前不管去哪里都会被注视,因为她那张脸太漂亮。现在名气大涨,落在她身上的目光更多了,逢人就能认出她是谁。今晚这家蛋糕店老板也是,老板是个小姑娘,程弥刚进去她的眼睛便看直了。

程弥丝毫没架子,对她笑了笑:"我来拿蛋糕。"

她眉眼好看到浓烈,却又似一池春水,声音温柔。

小姑娘只不过跟她对视了一眼,脸一下便通红,手忙脚乱地去给她拿蛋糕。

在程弥临走前老板又鼓起勇气问能不能跟她合影,程弥凑去她的镜头下,和她留下了笑影。

程弥拎着蛋糕回宿舍,舍友们都还没睡。

宿舍已经熄灯,她们开着台灯,程弥那盏也被她们打开了,小台灯把宿舍照得通亮。

唐语阳是个白胖子,蹲在椅子上看综艺,薯片吃得咔嚓响,压根没听到开门声。

阮雪从上铺探身,骂唐语阳太吵:"吃吃吃,吃不死你,昨天还说减肥来着,你看你明天会不会胖十斤。"

骂完她听到开门声,循声望去。

程弥开门进来。

阮雪看到是程弥，一下子从床上坐起来："程弥，你回来啦。"

她声音不小，唐语阳本来看综艺看得入神，被阮雪这么一喊，也看到程弥了。她嘴里塞满薯片，含混不清地高兴道："你终于回来了！"

程弥很幸运，大学分到不错的宿舍，舍友性格很好，跟她关系不错，对她很好。

唐语阳说完被薯片呛到，咳嗽起来。

程弥笑着走进去，拿过她桌上的水递给她，问她们："今晚又要通宵？"

在床上的阮雪说："哪有，是唐语阳不睡，说要跟她综艺里的老公约会。"

唐语阳灌下一口水，跟阮雪斗嘴："你懂什么？你个书呆子。"

"那我们这书呆子可呆得有点厉害。"程弥笑说。

阮雪是她们宿舍年纪最小的，比程弥和唐语阳要小两岁，但也是她们当中智商最高的一个，是个学习天才，也不呆板，脑子和性格都很灵活。

阮雪听程弥帮她说话，辫子快翘上天，很得意："就是，就是。"

唐语阳哼哼两声，说程弥："我看你就是喜欢高智商的人。"

这话音一落，程弥有那么一瞬顿了一下，但很快恢复自然，问起不在宿舍的范玥："范玥去哪儿了？"

唐语阳说："洗澡呢，去澡堂了。"

程弥把手里的蛋糕和烧烤放上桌，又叫阮雪下来："下来吧，一起吃个蛋糕。"

阮雪和唐语阳对视一眼，默契地没问今天是什么日子。

程弥打开蛋糕盒。

唐语阳在旁边说："你今晚好漂亮，我蹲了一晚上盛典直播，被美死了。"

阮雪戴上眼镜，从她那床上爬下来，跟程弥控诉："我都快被她吵死了，隔壁宿舍的人都来投诉了，说唐语阳太吵。"

唐语阳："说得你好像没叫一样。"

程弥笑，拿手机看了一眼。

零点过一分。

她收起手机，用打火机点燃蜡烛。

宿舍门被打开，范玥回来了，看到屋里这景象，有点蒙："我们宿舍今天有人过生日？"

唐语阳朝她使眼色。

阮雪说："没啊，程弥买蛋糕给我们吃呢。"

程弥吹了蜡烛，又把它摘掉，没说什么。她拿刀切了三块蛋糕递给她们，又给自己切了一块。

四个人围在桌边吃蛋糕，阮雪想起什么，起身去自己桌上拿了几张表格回来递给程弥。

"这是张老师让我拿给你的，交换生要填的一些表格。"

张老师是负责交换生事务的，阮雪大三下学期也要去交换，她们是舍友，老师便托她把表格带给程弥。

程弥接过，笑："谢谢。"

"这有什么！"

蛋糕六寸，唐语阳已经吃了两块。程弥只吃了一块，虽然她吃不胖，但还是得严格进行身材管理。

她起身去洗澡。

程弥走后，唐语阳终于憋不住话："三年了，程弥都第三年在今天买蛋糕回宿舍了。"

阮雪说："这一看就是生日蛋糕。"

唐语阳："程弥不会真跟钟轩泽在谈恋爱吧？"

钟轩泽是一个男演员，跟程弥合作过，唐语阳以前粉过他一段时间，记得他的生日。

她说："他的生日就是十一月八日。"

阮雪比较聪明："应该不是，他们两个要是在一起了，今晚还出席同一个盛典，肯定会一起过。"

唐语阳沉吟："也是。那这……怎么回事啊？"

范玥在这时出声了:"肯定就前男友了。"

宿舍不带卫浴,去澡堂需要下楼,走几十米过去。

这个点洗澡的人已经不多,程弥洗完澡从隔间出来,身上是一条极贵、不太像睡裙的睡裙,穿去外面晃荡都没问题。

她从里面出来回宿舍,一辆车停在宿舍楼下。车子通体黑色,低调稳重,车标却极其醒目。

价位八位数的车,程弥想不注意到都难。

车应该已经停在这里有一会儿,这时后座车门被打开,一个女生从座上下来,绕去主驾驶座上。

程弥对艳情八卦不感兴趣,移开眼。

女生跑去主驾驶座车窗旁,车窗降下一半,里面的人被女生挡住。

程弥没去在意,往宿舍里走去,手里的手机屏幕亮起,是唐语阳发来的消息,问她要回去没有,没遇到人打扰她吧,有的话她们来找她。

他们不是艺术学院,程弥一个明星,在学校里经常会被打扰。

她回没有,收起手机,抬头无意识地晃过一眼,却让她脚步在下一秒顿住。

恍惚间,她像看到了熟悉的侧影轮廓。

她很快反应过来,目光挪了回去。宿舍门前那辆车车窗升起,她什么都看不到了。

程弥站在路边,目光落向挡风玻璃,依旧什么都看不到。再然后,车从宿舍门前离开,打着车前灯从她身边疾驰而过。

程弥回到宿舍,唐语阳、阮雪和范玥已经爬上床了。

明天还有早课,程弥也上床睡觉。今天忙碌了一天,身体疲惫,可神思格外清醒,她久久没有困意。一直到两点多,程弥实在睡不着,从床上下来,去了宿舍阳台上。

她靠在栏杆边,宿舍区大多数人已经睡了,灯火稀拉。

手机屏幕发亮,冷光映在她的下半张脸上。阳台上冷风刺骨,吹得她心神不宁。

许久，她按下那个熟悉号码，手机放到了耳边。耳边有短暂空白，没有任何声音，直到女声传进耳朵里："您拨打的电话正在通话中，请稍后再拨。"

程弥稍愣，想过可能提示空号，可能关机，对方可能不接她的电话，没想到会是在通话中。

他在跟人通话，大洋彼岸现在是白天，而她这里是深夜。

耳边提示音一遍过后，电话自动挂断了。又过了许久，久到程弥悬在屏幕上的指尖都有些微发僵，她再一次点了下去。

这一次耳边没再响起冰冷女声，电话接通了。一秒，两秒，三秒……程弥听着，一声一声砸在耳膜上，像永无止境。

五十四秒，五十五秒，直到五十六秒——

电话自动挂断。

耳边恢复漫无边际的寂静，许久后程弥拿下了耳边的手机。

他明明在，可不接她的电话。

从那天到现在，他没再接过她的任何一个电话。

这圈子里各种活动都在年底扎堆。那天一个盛典刚圆满落幕，两天后慈善夜紧跟而上。

慈善夜每年一度，极受外界关注，稍微有名一些的明星和名人都会受邀前去。

杂志举办方今年也向程弥发出了邀请，程弥工作上的事一直是蒋茗洲在管理和安排，蒋茗洲作为国内数一数二的大经纪人，自然也受邀在列，今年同样要亲自带程弥过去。

那天碰巧学校没课，程弥在家里休息。

工作性质的原因，程弥不适合常住学生宿舍，不稳定的作息会打扰舍友，所以在学校外有另一所住处。

房子在某个高档小区，小区安保做得很好，环境和地理位置都不错，离公司又近，十几分钟车程便到。

程弥昨天早上在学校上完课，下午飞至另一座城市参加自己代言的品牌活动站台，活动一结束又连夜赶回首都。

她早上七八点才沾上床，没睡几个小时，家里的门被助理李鸣敲响。

程弥睡眠没那么深，起身去给他开门。

李鸣很白，打扮大胆时尚，身上一件宽大的荧光淡黄西装外套，一头做了造型的白色头发。

他是来叫她起床的："还没起呢祖宗？快准备准备，我们要过去做造型了。"

慈善夜有红毯环节，有红毯的地方就有女星争奇斗艳，各家工作室都费尽心机地想出风头。

李鸣是程弥的助理兼化妆师，她的造型是他安排："昨晚我发你那套高定你看了没有？"

程弥刚睡醒，长发蓬松慵懒，她将头发一把钩去脑后，往屋里走："看了。"

她的语气微带笑，没有被吵醒的不耐烦。

李鸣跟在她身后进屋："今晚我们穿这个，跟前天盛典上那条不一样的风格，怎么样，好看吗？"

程弥虽然是明星，但对造型服装这方面也很感兴趣，目光不输李鸣，平时自己的造型服装或多或少有自己的建议。

李鸣曾经说过程弥如果不是明星，肯定是个一级造型师。所以李鸣喜欢跟她聊这方面的东西，也会问她的建议，就像现在问她今晚这身高定礼服怎么样。

程弥往浴室走去，准备洗漱："挺好看的。"

"宝贝你今晚就是气质型美女。"

程弥开玩笑道："那我今晚的气质就靠你了。"

李鸣在沙发上坐下："开什么玩笑？你的气质哪里需要靠我，我跟你说，你今晚就算随便穿个白T、牛仔裤上红毯，也秒杀一众女星。"

程弥的声音从浴室里传出："行了啊，夸过头了。"

"我这是实话。"

"对了，"过会儿李鸣在外面说，"你知道前天晚上你下车去拿蛋糕后，蒋总在车上跟祁总说你什么吗？"

祁总，蒋茗洲的丈夫祁晟。

程弥水流下的手稍停了一下，而后她恢复自然，随口问："说我不听话？"

李鸣跟她通风报信："蒋总说你很有自己的想法，看起来听话，但不会真任她摆布。"

程弥闻言不置可否，只风轻云淡地说一句："是吗？"

李鸣问："不过你真的要去国外？"

交换生那些资料程弥都填好了。

她说："你应该知道我不反悔自己做的每一个决定。"

李鸣说："也是。"

但李鸣还是很疑惑，她在这圈子里混得好好的，怎么突然要跑去国外？他问："不过你为什么非得去做这次交换？"

程弥正好从浴室出来。

为什么？很简单，因为她的男人。

这对程弥来说没什么难以启齿的，她靠在门边，笑了下："去追前男友。"

整座城市的灯红酒绿被冻在萧瑟冷风里，但繁华没有停歇，滚烫在冬夜里。

慈善夜的举办地点在体育馆，场地恢宏阔大。

馆内人声鼎沸，相机闪光灯频闪，快门声此起彼伏。

红毯上女星们百花齐放，风格各异地绽放在镜头前，美色尽态极妍。

程弥走红毯的顺序偏后，轮到她的时候整个红毯活动已经接近尾声，但人群越来越骚动，因为越往后，明星名气和咖位越大。

这种场合程弥早已经见惯，从容淡定地走上红毯。

她今晚一身抹胸黑裙，肩颈线条卓越，腰肢盈盈一握，裙摆曳地，脑后绾着髻。

众多记者用镜头记录她的一颦一笑。随着主持人介绍，程弥来到签名板前，礼仪递给她签名笔，程弥接过，侧身在签名板上行云流水地签下自己的名字。

红毯线外记者或蹲或站，闪光灯如簇拥的星火，刺眼地闪进她的眼睛里。

主持人采访完，记者拍完照，程弥在礼仪引导下走下红毯，被带去内场。李鸣早已等在内场，看程弥下来，连忙取下臂弯上的西装外套披上她的肩膀。

天气已经入冬，今晚温度零摄氏度。

李鸣说："我真是佩服死你们这些女明星了，这鬼天气我穿一件西装外套都哆嗦，你们这大冬天里露胳膊露腿的。"

"不过也是真漂亮，"李鸣把手机递给她看，"这是你的粉丝拍的图，说你长得太漂亮了，她都没修图，直接发上来了，现在网上一堆路人夸你好看。"

程弥这才刚从红毯下来，网上她走红毯的照片已经满天飞。

程弥看了李鸣手机上自己的照片一眼："是她拍得好看。"

李鸣说："你的粉丝要是听到你的这句话，得高兴到三天睡不着觉。"

程弥没看见蒋茗洲，问："蒋总去哪儿了？"

"应酬去了，一帮人凑上来跟她搭话。"

蒋茗洲在这个行业里名声很大，极其受尊重，不管是娱乐业老总还是明星，都会看她的脸色，寻找机会跟她攀谈上几句。

程弥点了点头。

李鸣说："蒋总已经在内场了，我们也过去吧。"

等候在一旁的工作人员带他们两个去内场。

偌大的场馆里灯光细碎璀璨，像一片星海，四周看台环绕，从上至下已经坐满各家粉丝。

场馆中央人头攒动，不少明星已经到来，在圆桌边入座。

在娱乐圈这个名利场里，明星排座有很多讲究，座位代表着名气和咖位，位置靠前的皆是大牌明星和老前辈，蒋茗洲手下大部分艺人在前排。

程弥被引至第二排一桌坐下，身边是跟她名气相当的几位小花。

大家平时相互认识，稍点头打过招呼。

这里面一位小花叫杜琳，跟程弥合作过，和她聊天："听我的经纪人说你最近有电影要上了。"

"顺利的话应该是。"

杜琳问："是医疗题材那部？"

程弥说是。

"恭喜啊，票房一定大卖，到时候我一定包个场支持。"

程弥笑了笑："谢了啊。"

杜琳言笑晏晏："不用谢。"

坐在这里无聊，没多久杜琳又跟她交头接耳起来："你听说没有？今晚影后秦鹃要过来。"

影后已经退圈多年，名声正盛时轰烈退场，如今突然要出山，这消息动静自然闹得很大。

晚上过来慈善夜的路上李鸣就跟程弥说过了，她说："知道。"

杜琳说："也有可能是主办方制造噱头炒热度，现在外面红毯都结束了，影后到现在也还没来。"

程弥端起桌上的香槟，笑了笑："应该是吧。"

没过多久，一切准备就绪后主持人上台，主持人介绍完晚会主题后，主办方上场致辞，宣布慈善夜开始。

慈善夜顾名思义做慈善，明星捐赠出私人物品用于拍卖，现场嘉宾举牌竞价，最后价高者拍下竞品，所出资金用于助力慈善事业。

第一轮拍卖进行得如火如荼，程弥身边的杜琳捐赠了一条手链，被一位男明星拍走，捐款一百多万。

程弥的捐物在第二轮拍卖，她捐赠了一套高奢品牌的高定礼裙，这身礼裙她穿着出席过一个晚会。

礼仪小姐上台呈上程弥那套高定礼裙，主持人介绍拍品："这是由程弥小姐捐赠的一套高定礼服……"

一长串拍品介绍下，不少人朝程弥这边看来。

介绍完拍品，主持人宣布开始竞价，高定礼服价格动辄几百万，起拍价极高。

"三百万。"

"三百五十万。"

"四百五十万。"

竞价在不断飙升，程弥从容不迫地坐在位子上。

这时内场入口隐约有骚动，似是有什么大人物出现在那里。台上竞价还在进行："七百五十万，一次。"

"七百五十万，两次，还有没有？"

"最后一次，七百五十——"

第一排有位公司老总举了牌："一千万。"

他这话音一落，满座哗然，大家纷纷惊叹着看向那位老总。

程弥身旁的杜琳也是，捂嘴惊讶道："天哪，程弥，这位方总出手好大方。"

程弥笑笑，没说什么。她认识这位老总，而且不陌生。这位老总自从她入圈以来，便一直对她有意思，已经多次向她表示交往意愿，程弥则从没正眼看过。

"一千万，一次。"

内场入口的骚动渐渐扩散到他们这些桌席间。有些人被吸走注意力，不明所以地往那边探头，但周围的工作人员人墙拥挤，众人什么都看不到。

程弥则没去注意。

"一千万，两次。"

最后，台上一锤定音："一千万，三次，成交！"

也就是在这时，引起内场动静的身影出现在了众人的视线里，阵仗有些大。再无人群阻隔，很多人纷纷看了过去，包括程弥。

她只是朝那边轻飘飘地掠过去一眼。

在看到不远处那个身影前，程弥的眼风一直是随意淡定的。直到下一秒，那个身影猝不及防地映进她的视线里。

转瞬间，程弥眼睛里的那抹淡然转为怔然。

影后秦鹃来了，主办方高层将晚到场的她引去第一桌入座。秦鹃一袭紫色刺绣礼裙，温婉动人，像一只尊贵优雅的天鹅。

而她身侧挽着一个男人。男人西装革履，身材颀长，气质矜贵，距离感深远，地位非富即贵，五官肤白冷漠，眉眼随着年月愈加浓烈盛放，好看到锋芒毕露，刺目到人人呼吸静止。

程弥身子僵硬地看着他。

"恭喜方知天先生以一千万的价格成功拍下这套拍品，感谢您的捐款，所有资金将用于慈善基金。"台上的主持人最后落下一句，"也在此感谢程弥小姐捐赠的品牌高定礼服。"

随着这话音落下，时间像忽然停止流动。

两秒后，男人那双黑色眼睛看了过来。

程弥一直看着他，和他的视线正正对上，耳边什么声音都听不到了。

那是一道跨越五年时光的目光。

司庭衍双眸漆黑，沉淀着犀利的冷漠，那双眼睛再也找不到往日看她的温度，冷漠而陌生。

程弥看着他，下一秒，司庭衍像只是随意扫过来一眼，不认识她那般转开了视线。

内场如黑色夜空，四处皆璀璨。程弥的目光隔着几桌人影落在司庭衍的身上。

首排中间那张桌上，司庭衍和秦鹃入座，身旁高层趋之若鹜。影后秦鹃的到来备受瞩目，座席间不管名气大小，人人交头接耳。

坐程弥身边的杜琳靠近她，小声议论道："秦鹃这么多年没出来了，没想到还是这么漂亮。"

岁月不败美人，时间没在秦鹃脸上留下纹路，反而将她那身姿色沉淀得越发有韵味。

旁边另一个女星接过杜琳的话头："秦鹃今年应该有四十多了？"

"四十一。"

"保养得可真好，身材一点都没走样。"

大家聊起秦鹃，自然会聊到她十几年前退圈那件事。

"也不知道当年她为什么突然退圈，我很喜欢她的作品，如果没退圈，她肯定有更多拿奖代表作，可惜了。"

十几年前秦鹃在名气正盛时突然退圈，大家都很匪夷所思，不仅在圈外，在圈内这也一直是个谜，众说纷纭。

大家聊起来了："不是说她结婚生子去了？"

网上那个地方有好奇就会有猜测，秦鹃退圈的原因在网上有千百种，结婚生子这个原因是最多人相信的。

"应该是了，很神秘，国内从来没人拍到过她，这些年她应该都在国外了。"

一直到这时，虽然大家言语间没明显提起她身后那个男人，但显然是好奇的。有人状似不经意地问："她身边那个男人是谁？"

秦鹃一进来就是全场焦点，她身边的司庭衍自然也会被注意，少不了被众人目光聚焦。有人的地方就会有八卦，眼下大家都很好奇，话题落到了他身上。

程弥只在司庭衍进来那一刻表露出错愕，周围没人发现过，她眼下的状态已经无懈可击。她身边的杜琳说："不清楚，秦鹃身边这男人我还是第一次见。"

"不知道是不是新人？"

大家一看就知道不是。

杜琳很快摇头："肯定不是，要是新人那些老总和主编怎么可能给这么大面子？"

那一桌的人举杯言笑，全是名利奉承的象征。

程弥抬眼看去。

司庭衍背对她，一身黑色西装和他的气质浑然一体，贵气到生出遥不可及的距离感。

这么多年再见面，其实有些东西没变，他那身让人难以揣测他的心机的冷漠一如既往，甚至变得愈加深重。

但这么久过去，一千多个日夜，怎么可能不在他们两个之间留下痕迹？有些东西终究是变了的。

司庭衍看她时的眼神，还有对她的感情，都是陌生的。

黑色丝绒桌布上放着金色香槟，旁边有人举杯与他寒暄。

程弥收回目光。

有女星说："他条件太好，我还以为他会是我们圈子里的人。"

条件说的自然是他的长相和身材。

杜琳也附和："我也觉得。看来秦鹃带来的这个男人是个大人物。"

这人在其他领域是佼佼者，更迷人了。

程弥没说什么，其实这么多年来，她对司庭衍并不是一无所知。

当年司庭衍去首都后跳级上高三，同时申请国外全球 TOP3 内的理工大学，而后八月顺利通过面试，十二月正式被录取。入学以后除了成绩优异，他极其受重视，在他研究的机器人领域同样混得风生水起。

这些，程弥都是从司惠茹的一通电话里得知的。

而她没想到，他先一步从大洋彼岸回来了。

第三轮拍卖很快开始，桌上交谈中止。

第三轮礼仪小姐呈上的第一件拍品是一套首饰，捐赠人是程弥同公司的前辈，也是蒋茗洲手下带出来的红人。她们捐赠这些东西蒋茗洲都会跟她们商量，那套首饰最后以六百万的价格被拍走。

内场气氛再次热闹起来，这期间程弥的目光每往台上望一次，都不可避免会经过司庭衍身上。

他在一众明星之间气质毫不逊色，只是坐在那里都格外惹眼。

脸上不动声色，可程弥不可否认难免受了影响，在他进来以后，那些近在她耳边的热闹都像隔着层膜，她的神思不再应付自如地游走在其中。

没过多久，内场入口那里又走进来一个人，盛装打扮，极其漂亮。但因为她的阵仗没秦鹃那么大，且这里又遍地穿着高定礼服的明星，她没有显得突兀，所以没有引起注意。

程弥一开始自然也没注意到，直到这个身影进入她的视野，她的目光落到了对方身上。来人是个老熟人，同样是多年未见的一位老熟人。

她一如既往地像只高昂头颅的黑天鹅。

戚纭淼穿着一字肩礼裙，一字领上一圈白色绒羽。她从内场入口进来，经过过道，朝最前面那一桌走去。

她还没走到那边，入座在那张桌边的影后先回过头找人。秦鹃看到戚纭淼，脸上浮现长辈式的笑，招手让她过去。

影后对戚纭淼是长辈，对司庭衍自然也是长辈。

戚纭淼去到桌边，秦鹃拉着她的手。再然后不知秦鹃对桌上的人说了什么，大家纷纷看向到来的戚纭淼，目光里全是赞许和欣赏。

坐司庭衍旁边那位正好有工作人员来叫走他，他起身，将座位让给了戚纭淼。程弥看见戚纭淼笑意嫣然地道谢，而后在背对自己的那倨傲身影旁坐下。

司庭衍对戚纭淼明显不陌生，对她的到来丝毫没有意外。戚纭淼坐下来后，便侧头跟他说话。

程弥照旧仪态优雅，全身上下唯一一处出现情绪纰漏的地方，大概便是轻动的指尖。

她不着痕迹地收回目光。

戚纭淼会出现在这里，程弥并不是很意外。

说来也巧，戚纭淼高中那位好朋友傅莘唯，跟程弥上的是同一所大学，而且是同专业、同班级。

傅莘唯以前被程弥按进女厕所水池里过，一直不喜欢程弥，她那张嘴又依旧多话，会故意说一些话硌硬程弥。

越是让程弥不舒坦，她越开心。

戚纭淼追司庭衍追去了国外，这些程弥都是从傅莘唯口中得知。

戚纭淼今晚本来也应该以明星的身份坐在这里，还在上高中那会儿，她便已经在为进圈做准备。可她最终没有走上这条路，而是追着司庭衍去了国外，在国外上大学，跟司庭衍在同一座城市，学跟他一样的专业。

她对司庭衍的喜欢是烈焰，轰烈又张扬。

台上慈善拍卖依旧在进行。

程弥看着台上，知道今晚影后秦鹃这么高调出场，不会空手赴宴。

果然，几件拍品过后，礼仪小姐呈上一件拍品单上没有的紫砂壶。

黑晶石瓷砖大舞台上，主持人介绍起紫砂壶。这件紫砂壶极其名贵，出自一位大师之手，是秦鹃的珍藏品。

这不比配饰和高定，是一件不可多得的收藏品，再加上捐赠者是影后秦鹃，竞价场面一度十分激烈。

起拍价六百万被叫至一千万，价格还一直在不断攀升。

"一千零五十万。"

"一千零八十万。"

"一千一百五十万。"

价格越喊越高，到后面开始以几十万慢涨。直到叫价差距突然从几十万变成三百万，场内众人一时震惊不已，包括台上的主持人。

"一千五百万！这位先生给出了一千五百万的价格。"

主持人口中的"这位先生"，在众人看过去之前，程弥先一步移去了目光。号码牌在他手里举重若轻，早已经被放下。

司庭衍给价给得十分利落，直接斩断后面的人还想竞价的意图。

这是今晚所有拍品竞价中出现的最高价格，这价格相当于一个大牌明星的代言费了，程弥她们这桌的人一时惊讶不已。

最后影后秦鹃这件紫砂壶自然是落进司庭衍手里。

所有拍品拍卖结束，慈善夜算是暂告一段落，后面还有嘉宾代表上台发言和进行舞台表演。上台的嘉宾代表自然是今晚的捐赠者，程弥是其中之一。

台上偶像男团表演结束后，接下来很快就轮到程弥上台。

未等程弥上台，前面先有了动静。

司庭衍和影后秦鹃起身离开，那边高层纷纷起身相送。戚纭淼跟在司庭衍身边，一大帮人浩浩荡荡往内场出口走去。

表演时间，大家都比较放松，座席间笑语寒暄，不断有工作人员走动。

她正想起身,可大概蒋茗洲知道她在想什么,早来到她身侧。这桌上都是人,不方便说话,蒋茗洲敲了敲她的桌,让她跟自己走。

程弥知道分寸,起身跟了过去。

跟上司相比,蒋茗洲的气质更像一个长辈,虽有她自己的一些强硬手段,但说话一直是优雅大气的,不会给人压迫感。

去到无人角落,蒋茗洲跟她说:"暂时先收收心,晚会结束后要找人再去找。"

她笑了一下:"忘了?这孩子我以前见过。"

"记得。"程弥说。

程弥差点忘了,蒋茗洲是见过司庭衍的,甚至帮他们两个收拾过烂摊子。

高中的时候,程弥被导演李深算计,蒋茗洲当时在场,全程目睹他们的年少轻狂。

蒋茗洲说:"接下来就是你上台了,你走了不太好。而且现在四处都是摄像机,你做什么都会被拍到,外面也到处是粉丝,人多口杂。"

程弥有分寸,点了点头,说:"我去个洗手间。"

蒋茗洲说:"去吧。"

洗手间在内场外,程弥从内场出口出去。但她没去洗手间,而是去了某一处走廊。

黑暗里她面色淡淡地站在走廊上,黑色裙摆曳地,肩膀那片白皙肌肤格外晃眼。隔着影绰树影,司庭衍坐进黑色轿车后座上。

而另一旁,司机拉开车门,戚纭淼跟他一起坐进了车里。

车尾灯很快在黑夜里亮起,消失在程弥的视线里。

慈善夜直至十一点多才落幕,满场沸热很快支离破碎,流向体育馆外四处。

体育馆外喧嚣拥挤,遍地是艺人团队的车,还有站在寒风中瑟瑟发抖的粉丝。

鸣笛声此起彼伏,人声嘈杂热闹。

深夜气温跌下零摄氏度，李鸣给程弥带了黑色长羽绒服，她穿上跟李鸣一起往体育馆外走去。

车停在西门停车场，两个人走到停车场，司机已经等在那里。李鸣拉开车门让程弥上车，她钻进后座。李鸣紧跟着上车，拽上车门，彻底隔绝车外低温。

他手里大袋小袋，都是程弥的粉丝塞到他手里的礼物和写给她的信。程弥有看粉丝的信的习惯，李鸣没将东西堆到后面，放在她的座椅旁边。

"粉丝让你最近没拍戏档期就多休息，然后好好学习。"李鸣笑，"哎，我说，他们比你自己还操心你的学习。"

程弥上的本科综合类大学，是圈内为数不多的一本文化生，文化成绩很能打，她的粉丝除了喜欢她的脸和性格外，还很欣赏她的能力，程弥的成绩格外让他们引以为豪。

程弥问李鸣："你让他们早点回去休息没有？"

李鸣说："当然，现在外面这气温根本就不是人待的地方。"

刚说完，李鸣又想起别的："哦，还有，他们让我捎话给你，说明天会到剧场看你的话剧。你今晚回去好好睡一觉，确保明天上台是最好的状态。"

程弥靠在座椅里，闻言点点头，笑说行。

司机缓缓启动车子，驶离停车场。

程弥笑完眼睛转向车外，车窗外不断有车灯交错闪过，那些灯光却没真正落进她的眼底，她眼里笑意渐淡。

眉间被脑海里那抹身影占据，略微泛起肃意。他的每寸五官、每个神情，都在无限拉扯她的每根神经，还有缓慢流过的每一分每一秒。

司庭衍今晚，就这么猝不及防地出现在了她面前。

在他出现的那一刻，程弥没做任何准备，没想到他已经从国外回来，以往面对各种变故总能淡定应对的她瞬间被打得措手不及。

能让她这样的人，也就司庭衍了。

而这么些年过去，司庭衍再站在她面前，待她已经不再熟悉和热烈，只剩一身冷漠和未知态度。

他这五年怎么过的，认识了什么人，做了什么事，心里在想什么？她被隔绝在远海重洋的彼岸外，统统不知道。

他跟戚纭淼现在是什么关系？她也不知道。

但程弥不会暗自神伤地去胡乱猜测他们之间的关系，她会自己去找司庭衍问清楚。

司庭衍就算在国外程弥都会去找他，更别说他现在跟她就在一座城市。

虽然她并不知道司庭衍会去哪里。

程弥从羽绒服兜里掏出手机，想打个电话给司惠茹。司惠茹是司庭衍在国内最亲近的人，他回国后在首都的住址，司惠茹应该知道。

但程弥看了眼时间，已经快半夜十二点。司惠茹一向睡得早，这个点肯定睡了。

已经太晚，程弥没打电话过去打扰她，只发了条短信等她明天回复。

第二天程弥还有课，今晚要回宿舍住，李鸣让司机把车开去她的学校。车到学校后，从西门开进去，一直把她送到宿舍楼下。

程弥跟李鸣道别，从车上下来，往宿舍楼上走去。城市还没供暖，天气太冷，每个宿舍都门窗紧闭，只能看到从窗口透出来的台灯的黄光。

程弥的宿舍在五楼，她从电梯出去还没走回宿舍，先迎面碰上一个熟人，傅莘唯刚打完热水准备回宿舍。

傅莘唯也第一眼看到了程弥。

程弥没怎么留意她，往自己的宿舍走去。

傅莘唯跟程弥同个专业、同个班级，宿舍就在程弥隔壁，跟程弥往同一个方向走。她高中时肤色很黑，眼下却白得晃眼，五官也比以前好看不少，因为整张脸都动过刀子，塌鼻子变挺鼻梁，脸也变小了。

她跟程弥其实不仅是同学关系，还是同行关系。

两年前傅莘唯靠着自己那张动过的脸进入娱乐圈，有点后台，脸整得也好看，在圈里混得还算不错，只不过没有像程弥过得这么风生水起。

像今晚的慈善夜，她就没被邀请前往。

傅莘唯和高中没什么两样，目视前方没看程弥，开口尖酸又刻薄：

"戚绲淼今晚去慈善夜了哦,跟司庭衍一起去的,你们见面了没有?"

程弥本来不想从她这里套话,但既然她自己送上门来,也就不客气了。她没被傅莘唯那番话激怒,答非所问:"戚绲淼跟司庭衍是什么关系?"

傅莘唯没程弥机灵,突然被她劈头盖脸地问这么一句,没立马反应过来,卡了下壳后才磕磕巴巴地道:"当……当然是那种关系啊。"

程弥一下子就知道了,司庭衍跟戚绲淼不是男女朋友关系。

他们两个如果是男女朋友,傅莘唯早抓住这个机会嘲讽她了,不会被她问住,傅莘唯犹豫的那么一下已经出卖了自己。

程弥停下脚步,终于正眼看她:"傅莘唯,有没有人跟你说过你不太会说谎?"

傅莘唯的谎话被她轻而易举地识破,一口气没上来,脸色憋得有点难看,眼睛怒视她。

程弥正好走到宿舍门口,已经不想再跟她说什么,就要经过她身前去打开宿舍门。

傅莘唯却被她一激即炸,口不饶人道:"他们两个就算现在还不是男女朋友,也快在一起了。"

程弥停下推开宿舍门的手,回头看她。

其实她能理解傅莘唯为什么这么厌恶她、针对她,除了有过往恩怨、两个人处于同个圈子有利益竞争,就是傅莘唯整容后一直被人说是照着程弥整的,还整得没程弥的十分之一好看,傅莘唯早因此而记恨她,说到底不过可怜人罢了。

傅莘唯不太友善地看着她,说出口的每一个字都像化成了刀子:"他们两个朝夕相处五年,天天都在一起,你跟司庭衍可是一天都没见过。"

程弥比她沉得住气,眼神平静地看她,点了点头:"嗯,我知道。"

她回话回得这么轻飘飘的,傅莘唯那些话瞬间像一拳头打在棉花上,反被她压了一头,脸色越发不爽。

程弥回过头,不欲再理她,要进宿舍。

傅莘唯玩起她那新做的美甲:"你还不知道吧?司庭衍其实来过我们

学校,就昨晚在我们宿舍楼下,你知不知道为什么?因为他跟戚纭淼送我回来。"

程弥脚步微停,隔着房门,能听见舍友唐语阳在宿舍里笑。

昨晚她从澡堂回宿舍,看到楼下那辆车里一晃而过的侧脸的时候,耳边也是唐语阳的声音。

她现在知道了,昨晚宿舍楼下车里的人就是司庭衍。

当时宿舍楼外灯光太暗,程弥根本没去注意车边那个女生是谁,现在看来昨晚从那辆车上下来的人就是傅莘唯。

傅莘唯意有所指:"戚纭淼现在天天晚上可都是跟司庭衍在一起的,他们昨晚都是一起回去的,一男一女,待在一起还能做什么?"

程弥没去打开宿舍门,听她说完。

傅莘唯抬眼睨她一眼:"戚纭淼这么漂亮,又追了司庭衍这么多年,司庭衍凭什么会在你这棵树上吊死?"

程弥知道怎么样最能让傅莘唯闭嘴,不接她的茬她就没劲可使了,说:"是不会。"

傅莘唯果然一下被她堵得找不到发泄口。

程弥对她笑了笑:"外面挺冷的,先进去了。"

她说完没再看傅莘唯,推门走进宿舍。

宿舍里唐语阳和阮雪在拿着手机大笑聊天,看到程弥进来,招手让她过去一起看好玩的。

程弥却没去注意,关上门后手停在门把上,刚听到的某些话没被外面的寒风吹散。

唐语阳和阮雪见她没应,又叫了她一声:"程弥,在想什么呢?快过来看。"

程弥回过神来,丝毫看不出有什么情绪变化,嘴角挂上惯常的笑意,走去唐语阳和阮雪那边。

翌日,程弥起床,昨晚发给司惠茹的短信,司惠茹已经回她了。

司惠茹满是震惊,根本不知道司庭衍已经回国的事。司庭衍没跟她说，司惠茹自然也不知道他的住处。

程弥猜，司庭衍是不想司惠茹来回奔波。司惠茹如果知道司庭衍回国，肯定会连夜买机票飞来首都。

司惠茹现在没住在首都，当年司庭衍病愈后出国留学，司惠茹便也离开首都回了奉洵。不过她住的不再是以前那套老房子，而是住在高档小区套房里，司庭衍给她买的。

程弥今天上午和下午都有课，下午第二节课上完，因为她晚上有话剧演出，蒋茗洲跟李鸣过来学校接她去剧场。

十一月，漫山枫红层林尽染，遍街黄色银杏。

车行驶在高架上，半个小时后到剧场。

剧场建筑已经有些年头，沉淀着浓重的历史感，庄严又肃穆。她走进剧场，舞台上剧组已经布置好布景，大型演出舞台会有比较复杂的布景设计，需要根据话剧的时代布置背景画和各类家具。

程弥出演的这部话剧是根据一名著名作家的小说改编，当时剧本刚面世便引起不小的轰动。

她那时正处于迫切学习期，想借这个机会锻炼自己。戏剧不比可以重来拍摄的影视剧，它是直接在台上表演，极其考验演员的舞台功底，可以磨炼演技和台词。

当时，程弥跟蒋茗洲沟通，蒋茗洲也认为这是一个不可多得的机会，让她去了。后来程弥通过试镜，拿下话剧的女主角，中间吃了不少苦，但也学到不少东西。

这部话剧的时代背景是 20 世纪 40 年代的旧上海，程弥在后台化妆盘发，换上一身旗袍，而后上台走台，磨合好灯光和音乐。

剧场里陆陆续续有观众入座，程弥和其他演员在后台随时准备上台。

话剧开场，程弥踩着高跟鞋上台，身姿曲线被一身旗袍勾勒得淋漓尽致，复古名媛盘发上是一个珍珠发卡。

舞台上灯光耀眼，底下座无虚席，一双双眼睛隐匿在漆黑阴影里。

她早适应这种被千百人注视的感觉，话剧从以前到现在也已经演过无数遍，人物灵魂也早已长在她的肢体里，所以她不会紧张和不安。

与此同时，第一排座椅的右侧过道传来几道脚步声，伴随奉承寒暄声。

这番动静很近，程弥随意晃过一眼，下一秒，眼睛却被意外投掷出一丝惊怔。

一行人西装革履，看起来像是在接待，却不知为什么会应酬到这种高雅场合里。

为首那个身影无比清晰地映在程弥的瞳眸里，那身程弥见识过的欲望被锁在黑色西装下，肤白鼻挺，眉眼淡漠，一张脸被雕琢得精致卓绝。

司庭衍身旁那个男人程弥认识，是这部话剧的导演的儿子。他脸上带笑，将司庭衍引至座椅前。

司庭衍解开身前的西装扣在座椅上坐下，正正对着舞台上的程弥，他的目光同时注视向台上。

程弥看着他，司庭衍也看到她了。

台上的程弥一身旗袍，五官姣好，白肤红唇。

司庭衍瞳孔很黑，盯着她，舞台上明亮的光线蔓延不进他的眼底，泛不起一丝温度。

司庭衍从出现在主舞台过道右端，到在一层首排观众席上坐下，这时间不过短短几秒。他突然出现在这里，让程弥有些许惊怔，视线一时没从他身上移开。

光线昏沉混沌，如天光被他摇晃到迷离。

司庭衍肌肤冷白到几乎一碰就要碎掉，一双黑色眼睫显眼到刺目，底下的乌黑眼瞳看着她，视线不移半寸。

程弥的目光和他对碰。

上下两层观众席，近千个座椅，他们的对视波涌在这几百双眼睛下。

而司庭衍那双眼睛如深囚牢笼，每一样情绪都紧锁在其下，他不想让人看到的情绪谁也看不到。

程弥捉摸不透他的心思，两个人中间空白的这几年，他深藏满腹心计的本领有过之而无不及。

话剧已经拉开帷幕，演员从踏上舞台那一刻起就是演员，程弥没在这种场合儿女情长,她自控力很强,将情绪里那丝惊怔收回,目光从司庭衍身上移开。

短暂一秒内,她入戏到另一个灵魂,从程弥变成了身穿旗袍的王小姐。

该话剧讲述在 20 世纪旧上海环境下,一个女人的爱恨情仇和她一波三折的一生。

舞台下安静无声,看戏剧是一种沉浸式享受,没有快门声,没有嘈杂讲话声,观众只安静地随着台上演员经历人物的命运跌宕起伏。

而今天坐在底下的所有观众,对程弥来说不再全是观众。今天她即使不看台下,也能注意到其中的某道目光,并且准确到某个方位。

而她站在舞台上,一颦一笑都会被台下观众尽收眼底。比如眼下交响乐响起的这一刻,她手心攀上男演员的手心,和男演员跳着交际舞。旗袍下腰身盈盈一握,被男演员的宽掌把控着。

台下观众沉默观赏,坐在第一排的司庭衍也是,光线半明半暗,他神色难辨,没有波动。

台上舞步翩跹间,程弥眼神定格在男演员的脸上。她本来就是一双桃花眼,再动一下情便是柔情蜜意,眼下她就用这么一双眼睛看着近在咫尺的男演员。

而这双眼睛,以前只会动情地看着司庭衍。

或许因为今天知道司庭衍在台下,程弥即使不分心,也能感觉到一种无形压向自己的压力。像是锐刺粘连在空气里,而满身神经被感应,意识骤然间被扯痛到紧绷。

程弥不知道是不是自己的错觉,因为中途下场,其他演员上台的时候,她扫了眼观众席。

司庭衍情绪并无波动,面色淡漠,甚至看都没看她一眼。

程弥收回目光,匆匆下台去换下一场的服装,再上台时身旁已经换了另一个男人。

男女之间无非那点事,暧昧和调情,爱与不爱,这部话剧的女主人公便是辗转在几个男人之间。

这一次这个男性人物比上一个男性角色有权有势，即使上一个男人对女主人公忠心耿耿，但程弥所饰演的女主角还是抛弃其做了后者圈养的金丝雀。

痴情和忠心就这么被践踏，被抛弃。

演到这里，即使在话剧当代背景下，这个情节跟程弥和司庭衍之间相差十万八千里，剧情深意也远不止男女谈情说爱，但程弥在此刻，还是不可避免地想到了司庭衍。

那年他们两个分开，她是说分开的那个。

而司庭衍无论如何也不肯放手，一丝她对他的情意他都不肯让它牺牲，执意要将她绑在自己身边，自尊为她粉身碎骨了一万遍，最后被她扒开执拗到血淋淋的双手。

她先一步往前走，把他自己留在了那个囚笼里，即使这不是她的本愿。可程弥心里一直很清楚，被她抛弃，不被她要，这一直是司庭衍不信她爱他的症结所在。

讲着最后一句台词，她正好望向观众席，收回目光的时候，目光难免滑过观众，对上最前排中间那道视线。

灯光和黑暗的朦胧交界处，司庭衍几乎要隐匿进黑暗里，灯光落到他那里只剩薄薄一层凉光，在他的五官上笼上一层遥不可及的漠然感。

他看着她的目光从始至终没变过，像从头到尾没注意到这段剧情里的那一层含义，神情并不在意。

他的情绪对程弥来说是未知的，两个人中间隔着五年的陌生感。

话剧演出时长三个小时，直到近午夜才散场，演出结束那一刻，底下掌声轰鸣。

剧组人员都回到了台上，一起牵手鞠躬谢幕，程弥也在其中。

而她俯腰直身间，前排的司庭衍已经在旁边人的陪同下起身，视线没在她身上有任何一秒停顿，不多时众人消失在出口处。

谢幕结束后，程弥没留下来跟大家一起拍大合照，连身上的旗袍都没换下，匆匆下台去找司庭衍。

程弥心里对司庭衍的那腔热意，不会因为他的冷淡止步。但她从后台出去的时候，已经不见司庭衍的人影，只看到导演儿子，那个刚才带司庭衍过来看话剧的男人，他坐在走廊的沙发上，神态看起来很懊恼。

他身边还坐着另一个男人，同样西装革履，戴着副眼镜，刚才也和司庭衍一起坐在台下看话剧。

走廊上，不断有观众从出口处陆续走出。

程弥正想走过去问他们司庭衍去哪里了，因为廊道上人多，脚步声、说话声杂乱，那两个人没发现她的存在。

程弥还没走近，便从他们口中听到自己的名字。

戴眼镜那个男人说："这就怪你自个儿了，好好的，提什么女人？"

导演儿子恼道："哪个男人不好色？我这不是看他在台下盯人盯得紧，想着投其所好，把程弥这女的往他面前带一带。"

程弥顿时停下脚步。

他们还没发现她，眼镜男说："有你那么说话的？说试过这妞，带劲得很。你这合作打水漂，怪谁？"

"我看他是看出了我没用过，"导演的儿子从鼻腔里哼出一声，"也是没想到，这归国公子爷居然好这一口。"

听到这里，程弥没给面子，走了过去。她突然出现在这两个人面前，两个大男人即使脸皮厚，脸上也瞬间一阵红一阵白。

其实导演这儿子不止一次来看程弥演出，每次来目的都很明显，对程弥有兴趣，想找她搭讪。

程弥心里门儿清，没得罪人，但也没正眼瞧过他。眼下应该是她眼睛瞧他瞧得最正的一次了。

程弥问他："司庭衍去哪儿了？"

俩男人没想到她竟然认识司庭衍，转念又觉得她可能是想去攀附男人，脸上即使克制了，但鄙夷还是不小心漏了一丝出来。

导演儿子说："走了，刚走，你现在追还追得上。"

程弥急着找司庭衍，懒得计较，转身便顺着人潮往外挤。

大厅吊灯璀璨，人流慢悠悠的。

程弥跑向剧院外面，高跟鞋清脆地砸在瓷砖上，不断跟人擦肩而过，也没管有没有人认出她了。

昏沉夜色下，剧场大楼古朴典雅。

程弥跑至剧场门口，那辆她在宿舍楼下见过的车正好闪着红色车尾灯开出了剧场大门。

程弥没做无用功，想回去找李鸣要车钥匙，回身便撞见李鸣出来找她。

"怎么回事？怎么跑出来了？"

今天来剧场是李鸣开车，程弥朝他伸手："车钥匙给我。"

李鸣一脸疑惑："你要车钥匙干吗？"

他跟程弥关系好，跟朋友一样，嘴上问着，手已经去外衣兜里掏钥匙。程弥没等他把钥匙递到她面前，李鸣刚掏出车钥匙就被她顺走了："借下你的车。"

等她走下阶梯，李鸣站在台阶上才反应过来："哎，你干吗去？！"

车就停在一旁，程弥一眼找到李鸣的车，还没走近便解锁。

穿着高跟鞋不能开车，程弥边往车那边走边脱下高跟鞋，走至车边后打开车门，拎着高跟鞋坐进车里。她熟练地启动车子，打转方向盘退出停车位，直往门口开去。

李鸣怕放她走会被蒋茗洲教训，也怕她出什么幺蛾子。他追下来，不断拍打她的车窗，看口型是让她下车。

程弥没管，对他回话会马上回来，而后踩下油门出了剧院。

她追出来算快，没多久便找到司庭衍那辆车。司庭衍应该有不少车，那晚慈善夜他开的不是这辆，但也价格不菲。

马路上车流密集，灯火如流水，程弥跟在他的车后面。

前面的车开得不算快，但也不算慢，程弥步步紧追在后面，跟着他东弯西绕，经过几条闹街，最后进入繁华地段。

CBD写字楼林立，楼厦繁华，灯火如璀璨明珠。

程弥这一路紧跟，且跟车跟得毫不隐蔽，知道前面车里的人肯定知道。可那辆车无动于衷,没停车,甚至车速都没慢下来过。

直到最后,车停在一栋写字楼下。

高楼耸立,人仿如蝼蚁,顶上一些楼层落地玻璃窗内还灯火通明。

程弥的车跟在后面停下,她从车里看了一眼,这里应该就是司庭衍办公的地方了。

车前不远处,司机从车里出来,同时后座车门被从里打开,司庭衍从车上下来。程弥推开车门下车,高跟鞋落地,前面的人仿若未闻。

夜风冷意深重,拍打在程弥单薄的旗袍上。她看着前面那个背影,声音散在风里:"司庭衍。"

往日的亲热,早在这五年的每一分每一秒里,被酿成了涩果。这三个字落下,如涩果坠落树梢,四分五裂了满地,痛涩直刺进空气里。

回忆被风裹挟着铺天盖地而来,但也没扯停前面人的脚步。

司庭衍仿若没听到她的声音,冷淡至极,往写字楼里走去。

程弥见状关上车门,踩着高跟鞋追上前,最后追上他,挡在了他面前。

她盘发上掉落一丝发丝,被风吹得凌乱,却丝毫没影响她的漂亮,反而弱化了一点她的明艳感,平添几分柔和慵懒。

程弥知道这样的自己落在司庭衍的眼睛里,因为他看着她。

她也看着他:"司庭衍,好久不见。"

夜色下不管什么地方都泛着冰冷,包括司庭衍的肤色,瓷白到仿佛手触上去都是一片凉意。

程弥突然在想,司庭衍当年心脏手术明明已经成功,为什么病感还是留在肌肤里?

听完她打招呼后,司庭衍看着她没说话。他的眼睛像深夜,寂静无边,但看似最风平浪静,也最可能危机四伏。

程弥追车追得匆忙,出来没带外套,现在只一身旗袍地站在风里,却没有被风吹得发抖,也没注意到旗袍顶上那颗盘扣掉了。

司庭衍眼睫下压着黑色眼瞳。

程弥看站在他身后的助理似乎想张口跟她说什么,这时司庭衍看似平静却强硬的声音响起:"这里没你的事。"

助理似乎有点怕司庭衍,顿时闭上嘴不敢说话了。

这是程弥相隔五年后,第一次这么近距离听到他的声音,淡漠里带着点清冷,话语的冷刺和以前相比更加锐利了。

而他用这道不带任何感情的声音,问了她一句:"多久?"

程弥思绪稍顿了一下,才发现他是在执着她的上一句话,执着于她那句"好久不见"。但这对程弥来说不重要,他回来了,分开再久也结束了。

她看着他:"多久也结束了不是吗?"

听完她的这句话后,司庭衍没让她就这么转移话题,眸色如覆薄冰:"是谁要这么久的?"

程弥哑然。

他在恨。

为什么他们会这么多年没见,是谁导致这么久没见的?

程弥的视线像以前的任何一次,慢慢描摹他的每一寸五官:"还在怪我?"

司庭衍听完后默然,面色不透一丝情绪,低眸看着手里的医疗器械模型。

程弥突然想起话剧导演儿子的公司便是在做医疗器械,这个模型估计是他拿给司庭衍观摩的,想跟司庭衍有什么合作。

这个医疗器械模型巴掌大,有点像一台显示屏。司庭衍骨节分明的五指掌控着它,最后"啪嗒"一声被他折断支架。

带着恨意,还有偏执的破坏欲,那清脆一声使程弥心脏轻颤。

最后,那个模型被司庭衍如扔什么肮脏东西一样扔进了垃圾桶。他垂着的眼睛再次抬起,目光落到了程弥的脸上。

"当年你要跟我分开,就应该知道我那句话不是在放狠话。"

每一个字,都像刀子扎在程弥的心脏上。

她知道他这句话是什么意思。

司庭衍当年说过,只要她走了,他们之间算完了。程弥后来走了,不要他了。

　　他们两个,从当年她走出他的病房的那一刻起,就结束了。

　　司庭衍说完这句话后,没再看她,跟她擦肩而过。

重逢

Chapter 14

那天晚上程弥回到车上,被车上空调暖气一吹,才发现自己的旗袍盘扣开了,又想起在车下的时候,司庭衍的助理似乎想提醒自己什么,但刚开口就被司庭衍打回去了。看来,司庭衍是早就看到她的盘扣开了。

这要放以前司庭衍肯定忍不住,也不会忍。看来这些年过去,他在她身上有长进了。

这是一个让程弥的心脏漫过一层凉意的认知。

她在车上坐了一会儿,浑身温度不见回暖。她开车回去后,李鸣抓着她好一顿问,问她怎么回事,又问她去哪儿了。

程弥没隐瞒,直说了,说她去找前男友。

李鸣吓得一晚上打开手机翻看,就怕程弥被偷拍到。

程弥隔天早上和下午有拍摄,同时下午学校有一节专业课要考试,她拍摄完便马不停蹄地赶回学校。

学校教学管理制度是学分制,程弥这节专业课平时成绩占比百分之六十,有三次闭卷小测,成绩作为平时成绩,今天是第二次考试。

平时考试是老师自己安排考试,没有期末考试那么正式,同班同学按学号从头往后坐。

程弥赶到学校的时候,踏进教室门的那一刻,不巧正好听到有人在讲自己的坏话。

声音很大,虽没点名道姓,但每个人都能知道她们是在说她。

傅莘唯和她舍友扎堆在教室后头课桌旁,没看到她进来,有女生说:"她这天天顾着赚钱拍戏,功利心这么强,弃考得了。就她这样可能一页书都没翻,还不如不来考,喜欢炒学霸人设呢,丢脸死了,不如不来。"

傅莘唯假惺惺地道:"怎么没分呢?要不是她作弊,老师上周说了选择题占十分,她蒙也能蒙十分。"

众人哈哈大笑。

这时路过过道的唐语阳听到这话,突然一把撞上傅莘唯的课桌。

傅莘唯将笔往桌上一摔:"干什么?!我的桌子碍你事了?"

因为傅莘唯太嚣张跋扈,唐语阳有点不敢跟她吵,又忍不住为程弥说话:"你怎么可以在背后说人坏话?"

傅莘唯站起来:"我就说怎么了?你管我,我爱说谁说谁,你的嘴是不是太贱了,管这么宽?"说着就要抬手,跟高中那会儿一样目中无人。

程弥这时拎着包包走近,抬手挡住傅莘唯的手,脸上是淡淡笑意:"发生什么了?"

程弥没再把唐语阳拉出来,对傅莘唯说:"我看语阳挺怕你的,要不你说来我听听?"

背后嚼人坏话,被当事人亲耳听到,着实有些尴尬,傅莘唯憋得一脸青紫。

老师这时正好走进教室,让大家把一切有关学习的资料放到讲台上,校卡放在右上角方便查看。

程弥不想再跟傅莘唯多说,手心贴上唐语阳的后背,稍搂着她往后面走:"走吧。"

她的位置就在傅莘唯斜后方,过会儿才发试卷,大家都坐着等。

前面一个女生笔芯没水了,转过身跟程弥借笔。

程弥从笔袋里拿出一支笑着递给她。

斜前方的傅莘唯和舍友在聊天,傅莘唯的舍友说:"晚上一起去玩吧,我们一起去做个造型。"

傅莘唯玩着指甲:"忙着呢,我就不去了,再说我这头发前几天刚做过。"

她的朋友了然般笑:"忙啊,忙着陪最近你老说的那个帅哥吗?"

傅莘唯一脸埋怨舍友胡说的样子,又明显很得意。

在此刻她稍微提高声音,生怕程弥听不见一样:"你胡说什么啊?那是我姐妹的人。"

程弥拉上笔袋拉链。

傅莘唯又阴阳怪气地说了一句:"不过我们几个人今晚要一起去吃饭。"

程弥瞥了她一眼,而后收回目光。

程弥偶尔有那么一天,工作上没有通告,学校里又正好没课。但难得有空闲时间,她一般不会全拿来补觉,会挤出一部分时间上表演课。

今天就是这么枯燥乏味的一天,早半个月前程弥就已经跟老师预约好上课时间,今天一大早便到公司赴约。

表演课从早到晚,直到夜色漫天,程弥才从公司出来。

今天她没工作,不用天南地北地飞,李鸣便没跟在她身边,放了一天假,程弥自己到停车场驱车离开公司。

时间已近午夜,她没打算回宿舍,车直接开往她在校外的房子,却在半路接到舍友范玥的电话。

范玥是她们宿舍里话比较少的一个,相比唐语阳和阮雪的开朗活泼,她性格要冷淡难相处一点,所以平时没事跟程弥的联系也少一点。

程弥知道她有事,接起电话:"范玥,怎么了?"

她将手机放在车里的中央置物盒上,范玥的声音响在车厢里。

"程弥,你现在在哪儿?"

"回家路上,怎么了?"

范玥的声音里带点儿无奈:"我朋友今晚弄了个局,我带唐语阳和阮雪一起过来玩,唐语阳现在跟人玩疯了,被灌了不少酒。"

程弥说:"你们把她带回宿舍。"

"阮雪是要把她送回去,但她现在发着酒疯,没人制得住她。"范玥跟她求助,"她比较听你的话,你看看能不能过来,有什么办法把她弄回宿舍?"

唐语阳那小性子要轴起来,确实没人拿她有办法。

程弥问那边的范玥:"你们在哪儿?"

"就学校附近那个水吧。"范玥说了个名字。

"行,我过去。"

学校和公司离得不远,夜晚车少,程弥一路畅通无阻,不到半个小时就到了水吧。

水吧外有收费停车位,她停好车后进去。

跟酒吧的震耳电音和群魔乱舞不同,水吧音乐要轻慢许多,娱乐活动不仅限于喝酒,里面有桌游,有台球,也有喝酒聊天的地方。

范玥在电话里说她们在台球桌那边,程弥一路找过去。

即使已经深夜,场子依旧热闹。

找到台球桌那边还有几桌人在玩,程弥往里走才找到了范玥她们。但未来得及开口叫她们,程弥先看到了另外两个人,那两张脸她并不陌生。

戚纭淼跟傅莘唯也在范玥她们那张台球桌上玩。

程弥脚步稍放慢了一点,扫视一眼,没看到司庭衍。

她说不出是轻松,还是失望。

她还没走到那边,戚纭淼先看到了她,像是余光先捕捉到她,然后目光准确无误地看向她。

戚纭淼白得像个瓷娃娃,那双丹凤眼随着黑色眼线微往上扬,一个眼神,身上的骄纵矜傲毕现。程弥的视线和她对上,气场势均力敌。程弥不紧不慢地走过去。

戚纭淼盯着她,一直到她在台球桌前停下。

比范玥和阮雪她们更先发现她的,还有桌边唯一一个男性,他是注意到身旁的戚纭淼的目光,然后顺着戚纭淼的视线望过来的。

他在看到程弥的第一秒,不知道为什么脸上浮现出了一丝耐人寻味的表情,程弥没闲情去探究。

她在台球桌边停下后,范玥和阮雪才看到她,阮雪看到她跟看到救世主一样,眼镜后一双眼睛发亮:"程弥,你快过来,唐语阳跟疯了一样,死活拽不走!"

程弥进来就看到了,唐语阳已经被灌酒灌得面红耳赤,还死拽着台球杆不放手。

那桌边现在就两个人手里拿着台球杆,一个唐语阳,一个傅莘唯,一看就是两个人对打,唐语阳输了,被傅莘唯灌了不少酒。

程弥来这里不想找碴儿,只想过来带唐语阳回去。程弥走去唐语阳身边,轻拽起她的手,把她几乎趴到台球上的身子拉带起来。

唐语阳被她轻拉起来还有点不高兴。

程弥无奈地笑道:"我们回去好不好?"

唐语阳迷迷糊糊地认出她了,不肯走,耍着小脾气,嘴噘得老高:"不好。"

她突然伸出手指,越过台球桌指去对面:"程弥你帮我打,打傅莘唯,她老欺负我,平时骂你,还骂我胖子——"

她话都没说完,傅莘唯先炸了:"你说谁呢?!"

唐语阳平时跟傅莘唯积怨颇深,但不太敢跟傅莘唯对着干,现在敢吱声也是借着酒劲,被傅莘唯一吼,弱弱地嘟囔了一句:"谁应谁就是。"

程弥看笑了。

唐语阳又转头找援兵:"程弥,你帮我教训她,你之前打台球好厉害的。"

程弥嘴角的笑有点纵容:"那我帮你打赢了,你就跟我回去了?"

她这话音一落,唐语阳点头如捣蒜,像个斤斤计较的小朋友。

"可以。"程弥嘴角微弯。

对面的傅莘唯脸色不屑。

程弥脸上是淡妆,随手将长发绑起,漏了几丝在脸旁,而后接过唐语阳手里的台球杆,看着台球桌上的台球问:"是哪些子球?"

阮雪抢先回:"1至7号是唐语阳的。"

规则不复杂,总共十五个台球,一方打1至7号的子球,一方打9至15号的子球。哪方先把己方子球全部击入球袋,再把8号黑色球先击入洞,哪方就是赢者。

唐语阳和傅莘唯这局已经开了一半,傅莘唯略微领先,但她上一杆没进球,接下来这杆便轮到程弥。

程弥拿巧粉蹭了蹭打球杆,而后弯身,压腕出杆,白球撞上子球,顺利落入球袋。她进了球,下一个球就还是她的,轮不到傅莘唯,她观察一下后稍微换个地方,又入一球。

傅莘唯的脸色已经隐隐不耐烦,她急着想看程弥失误,然后自己上场。但她没想到,程弥这一打,就是打到她连上场的机会都没有。

程弥把唐语阳那些子球全消灭掉,最后把 8 号黑球击入洞。

赢了。

她一气呵成,而后起身。

傅莘唯一张脸气得铁青,又不得不遵守游戏规则,被罚着喝了一瓶酒。她们玩得挺大,一灌一瓶,难怪唐语阳会发酒疯。

程弥一进来就帮唐语阳打台球,根本没来得及跟范玥的朋友认识,也是这游戏休息间隙,范玥才有时间跟程弥介绍朋友。

范玥的朋友是那个男人,长着一副纨绔二世祖样,却戴着一副斯文眼镜,然而在他那张长得还不错的脸上却也不是特别违和。

范玥跟程弥介绍:"这是史敏敬,我哥的朋友,也算是我的朋友。"

"这是我的舍友,程弥。"

史敏敬看着她的目光依旧有些玩味,但是笑着的,他朝程弥伸手:"你好。"

程弥微笑,和他握手打过招呼。

范玥接下来没再介绍,反倒是史敏敬跟她介绍,示意戚纭淼跟傅莘唯:"这两个是我朋友。"

程弥和戚纭淼再度对上视线。

傅莘唯不容人骑她头上,被罚酒,气不过又要跟程弥来一局。

而她被戚纭淼挡下了,戚纭淼走到台球桌边,也没问傅莘唯意见,拿过她手里的台球杆。

傅莘唯问:"淼淼,你干什么?"

戚纭淼看着程弥:"来吧。"

多余的话不用说,只一个眼神对视,双方就知道对方要做什么,戚纭淼要跟她打。"

程弥看着戚纭淼，戚纭淼也直视她。这么多年过去了，她们依旧水火不容，双方眼里依旧藏着同一个男人。

这时，一旁的史敏敬看见这架势，挑挑眉，抱臂看好戏。

范玥、阮雪她们则都有些不解。

程弥没说什么，视线从戚纭淼脸上移开，然后走到一旁，去拿靠在一边的开球杆。

程弥拿到手后弯下身，用冲杆开球，台球桌上的台球瞬间撞向四方。做完这些她起身，把开球杆放到一旁，换回打球杆，观察好后动作干净利落，白球撞上子球，一杆入洞。

她没去看戚纭淼，接下来又一球入球袋。

连着几声清脆碰撞声过后，在戚纭淼旁边的傅莘唯着急了："怎么办？她就剩三个球了，再把黑球打进去她就赢了。"

相比傅莘唯的急躁，戚纭淼冷静得多："怕什么？"

程弥在仅剩两个球的时候，台球撞上桌边弹开，没入洞。她没进球，轮到戚纭淼了。戚纭淼早在一旁观察许久，稍推开身旁的傅莘唯，俯下身子。

史敏敬嘴欠，故意笑着逗她："你行不行？"

戚纭淼说："滚。"

她出声的同时出杆，白球精准击中目标，一杆进球。戚纭淼台球也算打得不错，进完一球后又进一球，不多时她的台球已经被消灭大半。

傅莘唯在一旁看见这局面，脸上隐现一丝得意之色。像打败程弥的人是她一样，从中获得快感。

程弥在旁边看着，浑身是放松的，胜负欲丝毫没在她身上体现。

直到戚纭淼只剩最后一个球，而台球桌上她的子球还有两个，她仍是很沉得住气。戚纭淼仅剩的那个子球和黑球几乎卡在洞口，她一杆过去，子球和黑球入洞的概率五五开。

如果是先把子球击入洞，然后再将黑球送进去，那么戚纭淼就赢了。但一旦是规则上要放到最后击入洞的黑球先被击入袋，那么戚纭淼所做的一切都将功亏一篑，成绩会算到程弥手下。

戚纭淼微俯在桌面上，盯着白球，许久后一杆捅了出去，白球直奔子球而去。

或许是她操之过急，又或许是注定，白球轻撞上子球，却微弹开来，碰撞上旁边的黑球。然后在场所有人眼睁睁看着黑球受力，"扑通"一声猛滚进球袋。

顶上灯光在戚纭淼的长睫毛下投落下一片阴影。

戚纭淼输了。

努力的果实就这样落进了程弥手里。

不知是联想到什么，她的眸色忽然变得有点暗。

这时，一直靠在墙上默不作声的史敏敬突然出声："来了？"

出于直觉，程弥听到这句话后愣了一下，而后回头。

史敏敬话里带笑："正好，你来了我们这边正好四个人，上吧，我们这边全军覆没了。"

话音落下，程弥回望过去的目光，和司庭衍正正对上了。

两个人的目光碰到一起。

程弥的余光里，所有东西都虚化，只剩司庭衍一个焦点。

司庭衍也看着她，几秒后，率先移开视线。他的目光不再让她紧抓，程弥的视线落空。

司庭衍朝史敏敬走去，脱离她的视野，她的视线一下落在虚空里。但程弥脸色很平静，情绪没破碎出任何一个缺口，若无其事地把目光收回。

史敏敬抱臂看着司庭衍，脸上的笑有种说不出的调侃意味："玩不玩？输了的罚酒，一整瓶，一滴都不能少。不过，赢了可没什么好处——"

结果没等他说完，司庭衍已经绕去台球桌那边，拿过了倚靠在一旁的台球杆。一句话都没说，意思却已经表明。

程弥知道司庭衍摆明就是要和她交手。

一旁的史敏敬挑眉，而后像是看热闹不嫌事大一般，对戚纭淼仰了下下巴:"看着,司庭衍给你报仇了。"

可戚纭淼脸上不见一丝喜色,反而神色紧绷到有些严肃冷漠。

而程弥没把史敏敬那句话放在眼里。

上一个和她交手,被她打趴下的人,确实是戚纭淼。但这并不重要,程弥心里很清楚,司庭衍如果跟戚纭淼有关系,就不会再和她有瓜葛,更不会这么做,在这里跟她较劲。

一桌之隔,她看着对面的司庭衍。

司庭衍拿过巧粉擦蹭台球杆,没看她。

他要打,程弥也奉陪。

上一局是她赢,这局仍是她开球,她放下打球杆,去拿开球杆。程弥俯身,丝毫不拖泥带水,干脆利落地开球,一杆撞散所有台球。

两个人没有任何一句废话,旁边那几个人都跟着消声了,只看着他们两个。

开好球后,程弥却出师不利,第二杆台球便撞在了桌角旁。而她在打的时候,余光一直能感觉到司庭衍的身影,存在感过分强烈,程弥知道他一直看着这边。

她没进球,轮到司庭衍。司庭衍沉眸细致观察一番后,俯身,台球杆压在指节间,一双眼睛紧盯手下目标。

球杆捅出的瞬间,台球直奔桌角,直落进洞。

他想做的事,永远万无一失。

接下来连着两杆进洞,程弥本以为她接下来可能连上场的机会都没有了,下一秒,就见司庭衍故意将白球往别处不能进球的方向打。

明明他有那么多进球机会。

程弥一开始没懂,直到她仔细瞥一眼桌面,瞬间明白。司庭衍把她的球打成了不利进球的局面,故意给她使绊子,制造障碍。

他那一杆出得极其有力,清脆声响尤其刺耳,像是困兽无处可发泄,全疯狂爆发于此。

这一声也撞碎在程弥心上,她沉默,周围几个人也都陷入了微妙的安静里。是戚纭淼的脚步声打破了这凝滞,她的脚步里带着克制的火气,她没再看下去，转身走了。

傅莘唯追着她而去："哎，淼淼，你去做什么？等等我。"

两个人的声音渐远。

轮到她了，程弥没自乱阵脚，承受他排山倒海而来的情绪，找到一个缺口，进了一个球，再然后，没进了。

这一次轮到司庭衍，他力度和路径都是算计好的，直接控制死了她的路，把她的路堵死了。他宁愿不进球，就是要欺负她。

史敏敬在旁边看得心里门儿清，说："对人女孩儿温柔点。"

司庭衍跟没听到似的。

程弥被他堵得无路，但还是屏声静气地打，可既然司庭衍决定戏弄她，她哪有逃脱的可能。

她一球出去，毫无章法，毫无头绪地发泄。

"呀。"阮雪在旁边没忍住出声，程弥在她们当中打台球算厉害的，这是她第一次见程弥被人打到毫无办法。到最后，程弥只进两个球，而司庭衍只剩一个没进。

程弥的路只有自投罗网，死路一条。

最后，司庭衍毫不留情，一杆过去，黑球入洞。

程弥输了。

愿赌服输，她要去拿酒，才发现旁边放的都是空酒瓶。

史敏敬见状，看着她开玩笑道："我去帮你拎一打过来？"

这句话就是说说，他不至于没绅士到这个程度，女孩嘛，总得宠着。

结果就听司庭衍道："你身后不是有一瓶？"

史敏敬怀疑自己的耳朵出问题了："这酒酒劲儿可不小，这瓶我刚从这儿取的，打算今晚拿回家。"

程弥闻言，看向司庭衍。

司庭衍跟没看到似的："我说了就这瓶。"

他针对得不要太明显。

史敏敬还在犹豫，程弥却自己走了过去，伸手就去拿他那瓶酒。

史敏敬："来真的？"

程弥从始至终没失态，对他笑了下："输了，听赢的。"

司庭衍在旁边听了没反应，跟赢的那个人不是他一样。

阮雪走去程弥身边："程弥，别喝了，就是个游戏，这酒喝下去得醉了。"

范玥也这么说："算了，程弥。"

可她们不知道，是司庭衍在跟她较劲，不是她在跟游戏较劲。

程弥说："应该没什么事。"

她对阮雪和范玥笑了下："我酒量还行。"

程弥喝了，就那么站着喝的，酒瓶对着红唇，发丝钩了一丝在她的唇瓣上。司庭衍抬眼看着她，也没有阻止的意思。

史敏敬在旁边看了，啧啧两声："司庭衍你这不好吧，你这是要把人灌醉？"

司庭衍一言不发，眼瞳深黑，只盯着程弥。

喝完那瓶酒后，程弥竟然一丝醉态都没有。

阮雪要带唐语阳回宿舍，但唐语阳醉到走不了路。

她们两个身高差不多，但唐语阳要比阮雪这个瘦身板沉不少，阮雪自己一个人扶唐语阳出去坐车很吃力，程弥帮她一起把唐语阳送上了车。

阮雪和唐语阳走后，程弥没打电话给李鸣，没让他过来把车开回去。

几米开外的街道上，车灯流水般掠过她的视野。风吹过，没把满脑子酒精吹散，发丝拂上脸庞。

程弥一刻犹豫都没有，离开原地，但没往自己的车走去，转身重新进了水吧。

水吧里光色迷离，在放蓝调歌曲，节奏慵懒地蔓延在空气里。午夜一到，陆续有人离场，程弥和他们擦肩而过，往里面走去。

她还没走回台球区那边，到吧台那里，碰上坐在高脚凳上喝酒的戚纭淼，还有史敏敬和范玥。

戚纭淼脸色很臭，明显情绪不好，压着火气。

史敏敬那公子哥坐在戚纭淼旁边，偏身撑着额头看她，眼镜后那双眼睛带着玩味的笑。他左手晃着酒杯,但没喝,薄唇在对戚纭淼低语,大概是在逗她开心。

而范玥,坐在他背对的那一侧,平静脸色窥探不出一丝情绪。

只一眼,程弥便看出来了这三人之间的爱恨关系。史敏敬对戚纭淼有意思;而范玥,喜欢史敏敬。

程弥从他们三人身上移开视线,扫视吧台附近,没找到司庭衍。

她刚才一路进来没碰到司庭衍,他应该没走,还在水吧里。程弥朝范玥走过去,范玥看到她还有点惊讶:"程弥,你还没走?"

程弥说:"嗯,还有点事。"

范玥只跟史敏敬是朋友,跟司庭衍和戚纭淼他们应该不熟,程弥便没向她问司庭衍。

史敏敬在范玥出声叫她后,视线便已经朝她看过来。

程弥也看向他,即使头绪已经被酒精拽着逐渐昏迷,她嘴角仍能保持得体弧度,问史敏敬:"司庭衍去哪儿了?"

戚纭淼原本没往她身上看,她问完,戚纭淼一记眼风过来。

程弥的视线和她对上,没什么含义,不带任何挑衅,像戚纭淼看过来,她便看过去了。

戚纭淼冷冷收回目光,抿一口酒,一言不发。

她们这记对视,史敏敬在旁边看得一清二楚,在她们两个身上来回瞥了一眼。

然后他看回程弥,也没问她要去找司庭衍做什么,脸上带笑,往一个方向抬了抬下巴:"往那儿去了,你过去看看能不能找着人。"

他指的那个方向,墙上有出口箭头指示,不是指往程弥刚从那里进来的正门方向。

史敏敬可能经常光顾这家水吧,对这里很熟悉:"那儿有个侧门,也能出去。"

程弥对他笑:"谢了。"

"不客气。"史敏敬回话。

程弥问完自己想问的,没再停留,绕过吧台便往那个方向走去。

离开前,她听到史敏敬问他身旁的戚纭淼:"不跟上去?"

戚纭淼手里的酒杯不爽地猛放上吧台。

程弥没管戚纭淼会不会跟上来,继续找她的人。这家水吧不算小,一眼望不到侧门,她走到洗手间,走廊尽头连通着一扇玻璃门,有一对刚从洗手间出来的男女推开门往外面走去。

这里应该就是侧门了,壁灯柔光缱绻,笼着冗长走道,直到没入尽头那处黑暗。

夜色中像有一双蛰伏在黑暗里的眼睛,程弥顺着走廊走过去,推开门往外走,外面是条小巷,墙面斑驳。巷子里空无一人,冷风吹过,身后的玻璃门自动合上。

程弥走下两级台阶,巷口外是霓虹灯街景,车流汹涌而过。

在这片安静到能听到心跳声的寂静里,身后的玻璃门被打开,伴随一声悠长声响,像把猎物归捕入囊的哨响。

程弥回过头,就直直对上了那双一直盯着她的眼睛。

司庭衍站在台阶上,灯光从玻璃门内投落出来,落在他的半边脸上,皮肤透白,眼睫深黑。映着程弥的身影的眼睛里,光影没攀爬进他的眼底。

程弥怀疑司庭衍一直跟在她身后,抬眼和他对视,盈着酒意的目光半分没错开。

司庭衍没在原地停留,径直走下台阶,手里拿着酒杯,酒液里的冰块和玻璃杯壁碰撞出声响。

他没掩饰自己的心怀不轨,目标明确地往她走过来。

程弥没挪动半步,看他靠近。

他每一步都像稳操胜券,逐渐收紧他放出的那条长线,长线的尽头,死死绑着程弥。而这只猎物不跑也不逃,甚至在他靠近后双臂攀爬上他的肩颈。

他很满意。

程弥神思被酒精绕紧,窒息到恍惚,微抬眼睫,目光紧黏他看着她的眼睛。

司庭衍步步紧逼,直到把她逼退到墙上。

程弥双臂松松挂在他的颈后，指尖下垂。

两个人一句话都没说，他们之间那点空气逐渐压缩，他在逐渐靠近，但唇上触碰上来的不是他的唇，而是带着冰感的酒杯杯沿。

她的下巴被他一只指节分明的手掌控，然后，冰凉烈酒滑入她的双唇间，瞬间冰冻她的舌尖。

程弥感觉到了他的一丝隐忍恨意。像是要把他们之间这五年惨烈毁灭，破坏欲滔天，几乎病入膏肓。

酒液猛烈到几乎要麻痹她的神经，她本来以为司庭衍会继续，但没想到他停下来了。

墙边放置着一条废弃长柜，司庭衍将酒杯放上长柜，视线终于从她脸上离开，爬至她耳下那块并没有随着年月渐淡的疤痕上。

司庭衍眸色沉暗地盯着那处，而后俯身，双唇攀爬上她的颈间。程弥任他肆虐，眼睫轻颤，稍侧过脸轻擦着他的鼻尖。

司庭衍双唇往上走，直到来到她的耳下，软热混着烫息，轻裹住她的印记。

一阵麻意顿时席卷程弥全身，而同时颈后传来一阵彻骨凉意，几乎要透过她的神经冻碎她每一丝的知觉。

司庭衍指节混着冰块裹进她的后颈。

棱角分明的冰块被他修长骨感的指节把玩，握抚过她后颈的肌肤，每一根敏感神经在那一瞬间接连触碰，热麻一下从冰下那块肌肤爆发，狂潮般漫向四肢百骸。

程弥顿时浑身绷紧，指尖温柔地回扣他的颈后，将他拥向自己。

隔着陌生的熟悉，他们缱绻至死，像是某种久违的毁天灭地就要冲破囚笼。

司庭衍脸上没有难忍愤恨的风波，从始至终很平静，一双唇，五根指节，便将她彻底扯入水深火热里。

他不知何时已经从她颈间起身，观察她的每一丝细微神情。这是他的习惯，这么多年过去了，一点没变。

程弥看着他眼睛，视线落到他的唇上，凑吻了上去。可下一秒，司庭衍偏头躲开了。

霓虹灯泛着重影，冷风穿涌过巷。冰块融化的冷凉滑入脊椎，丝丝凉意爬上程弥颈后的每一寸肌肤，被风风干。

而始作俑者，侧脸冷漠地对着她，眼睫很长，鼻梁高挺，双唇略显薄情。

她已经很久没有近距离看过这张脸。程弥双手还挂在司庭衍的颈后，手腕贴合在他的颈侧。她的手从司庭衍的颈项上离开，摸上他的脸，将他的脸抚了回来。

温柔视线一下抓住了那双泛着淡冷的眼睛，程弥说："还想我？"

她红唇翕动，浸在黑夜里也红艳到惹眼，不管过去多久，照旧有让人失控的本能。她指尖轻抚他的脸侧，再次将他带往自己的唇上："为什么不要？"

司庭衍面色平静，眼睫低敛，视线落在她的唇上，眸色里情绪深藏。

两个人的呼吸越来越近，直到两双唇快相碰。

然后程弥只觉颈侧长发微动，司庭衍的手穿过她的头发，握住她的肩膀。他骨节修长的手还带冰感，每一根指节都泛着冰冷的白，握着她的肩膀，用力将她拖离自己的方向，把她弄回墙上。

程弥一下被拽离，肩胛骨抵上墙，和他扯开一段距离。

司庭衍不让她碰他。

程弥没有生气，但也没有卑微示弱，眼里只卷着缱绻酒意，就那么看着司庭衍，那丝柔意几乎要将司庭衍拽进去溺毙。

她说："司庭衍，就是不上我的钩吗？"

司庭衍丝毫不被她勾引，直视进她的眼睛："程弥，我要亲你，轮不到你来亲我。"

两个人的鼻尖近在咫尺，彼此眼瞳里对方的身影都十分清晰。两双眼睛勾缠着，一双目光里如带冷刺，一双眸色里沉着勾人的钩子。

许久过后，程弥先从司庭衍眼睛上移开视线，往下缓慢移到他的唇上。

司庭衍薄唇自然碰合，连唇珠都显薄情冷淡，把能搅弄起她的风雨的欲望锁禁在这双唇下。

程弥看着看着，伸出手去碰他的唇，看向他眼睛里："不想我？"

她的眼神和话语和五年前无异，像是他们从来没分开过。她是怎么做到这么若无其事，仿佛分开这些年在他们之间不存在的？

司庭衍眼色渐渐阴沉了一点："分开这一千七百九十五天，在你那里根本不配叫时间是不是？"

风吹过，吹散一点缠着程弥思绪的酒精。

她清醒了一点，也直视司庭衍的眼睛，指尖停在他的唇上。沉默几秒后，她开口，语气仍是不紧不慢："你怎么就知道它在我这里不难熬？"

停一下后，她对他认真道："司庭衍，我怎么可能不想你？"

司庭衍眼神的含义难以揣测，他仔细观察她脸上的每一丝表情，像是在揣摩她这句话的真假。

就在程弥以为他态度快软下来的时候，一阵咬痛猝不及防地从她的指尖传来，程弥毫无准备，眉心轻蹙一下。

司庭衍轻咬住她摸在唇上的指尖，隐约在忍耐什么。几秒后，他稍松开，语气里带着一丝不易察觉的委屈："你在说谎。"

他不信她。程弥没拿开被他咬过的指尖，承受他铺天盖地而来的低暗情绪。

司庭衍的眼睛在苍白肌肤的映衬下极其黑，紧紧盯着她，同时她后颈被冰凉指尖握上，让她离司庭衍近了一点："程弥，你什么时候能不再拿你那套谎话骗我？"

程弥稍愣，可又似乎不是特别意外。

两个人这局面早晚是要失控的，情绪早已被烫破洞。

她的呼吸融着他的，这种时候也没乱阵，看着他的眼睛："你想没想过，是我在被你牵着鼻子走？"

可她这句话在他那里每一个字都不够让他信服，他根本不用对此提出质问，直接抛出事实粉碎她这句话里的每一个字。

"来找我，跟我住在一起，会和我谈恋爱。"

程弥知道他在说什么，这是她自己说过的话。

五年前他们年少不成熟，分开时闹得极其惨烈，彼此各守阵地，谁都没有往后退一步。那时候在病房里，司庭衍一句话都不肯听她说，她说的每一句话，对他来说都是谎话。可他还是，一个字一个字记下来了。

她跟他说，她以后会去找他，他们会住在一起，她会去找他谈恋爱。

这些话同样在无数个辗转梦醒间，早深深扎根在程弥的每一秒呼吸里。只要一天没去找他，这些话就没有从她的生活里连根拔起的一天。

司庭衍说："这些话是你自己说出口的，你自己哪一件做到了？"

程弥被他握着后颈，看着他，虽没恼羞成怒，但语气终于被他激得带上一点严肃："司庭衍，我把整颗心掏在你面前，你都不会信是不是？"

可下一秒，司庭衍的情绪比她汹涌百倍，压抑到让人心脏发寒的情绪窒息般压向她。他面色没一丝苦痛，这样的阴暗情绪却让人更难以承受，他几乎要捏碎她的后颈，语气是不甘："那你为什么前三年给我打一个电话都做不到？"

他情绪爆发，程弥眼睫轻颤了一下，靠回墙上。

前三年，她未有名气之前，从未给他打过一个电话。

"程弥，是不是每次必须我主动出现在你面前，你才会看我一眼？"

这句话如一把利刃，直捅进程弥方才已经开始有一点僵硬的情绪，她的心脏漫上一丝酸涩。如果他晚回来一点多好，他能看到她先一步去找他。可他们之间，司庭衍走向她的步伐，总会比她快一步。

司庭衍心脏的归属权，一直都在她手里。可她的不也是被他死死捏在手里？程弥说："你怎么就知道，我不是每天想你想到要发疯？"

司庭衍没打断她，沉默地看着她。

程弥想让他听进去，目光紧抓着他的眼睛："我每天都想飞去美国找你，找你接吻，陪你一起去上课——"

话没说完，司庭衍的吻落了下来，阻止了她那张不断张合的唇："我说了，不要再用你那套谎话骗我。"

五年未触碰，即使是发泄，却在碰上那瞬间，两双唇一碰即热，下意识地唇舌勾缠。

司庭衍盯着程弥的眼睛，一把冷水浇灭这把烈火。

"在这些你所说的想我的日子里,你只做了你的大明星。"

她没给他打过一个电话,没去见过他。

程弥和他双唇擦碰间,粘连缓停,一瞬间哑然。

当时司庭衍想,只要她打一个电话过来,他就会原谅她,会回头自己走回去,踩断每一根都在叫嚣着不要低头臣服的脊梁骨,走回去找她。

可程弥没有。

司庭衍指尖感受着她颈后肌肤的温度,将她撤离一些。

程弥的唇停在离司庭衍咫尺处,被迫看着他的眼睛。

"你只是想着不能让厉承勋看轻你,怕找我会影响到厉承勋跟黎烨衡的合作,会影响到你这条辛苦往上走出来的路。"

原来他都清楚,程弥不狡辩,但是——

她说:"可最后,那个最重要的结果是谁?只有那个叫司庭衍的人。"

司庭衍说:"你知道我根本不介意你做不做明星。"

他不在意她的身份,他有能力,即使她不做明星,他也有办法让厉承勋无法拆散他们,可她不想要。

是她选了刀尖最多的一条路走。

"还有,你明明知道,只需要你一个电话,我就会回来陪你走这条见不得光的路。"

他自己想做什么,会正大光明做给厉承勋看。但为了她,他能答应她躲着厉承勋,只和她在暗地里交往。

可程弥没有。

因为程弥只怕万一出现纰漏,她并不想把别人拉进来,不想让别人替他们两个承担后果。她也不想因此被厉承勋看不上,挺直脊梁骨守信用,往上爬着,不违规,不越矩,彼此守着信条,做一个真正能站去司庭衍身边的人。

程弥理智地告诉他,和多年前一样:"司庭衍,黎烨衡只是我的叔叔,没有血缘关系的长辈,我们两个的感情不应该让别人去承担。还有,如果我真去找你了,你爸不会让我们在一起。"

这些话,程弥清楚每一刀都是扎在司庭衍身上,她想抓住旁边的一

Chapter 14 重逢

点东西支撑，摸到酒杯下意识地想握紧。

可酒杯被司庭衍挥掉，摔碎在地上，玻璃碎裂声刺耳，司庭衍居高临下地冷漠看她。

"所以你放我一个人，去让厉承勋给我安排婚姻，三年没给我打过一个电话，一面也不去见我。"

程弥眼睫轻颤了一下。

司庭衍直盯她的眼睛，声调泛着平静的冰冷。

"你怎么就这么自信，我还会一直对你犯蠢？"

司庭衍掌心握在她的颈后，两个人双眸离得极近。他这句话音落地，程弥紧盯他的眼睛："你给的。"

司庭衍还会不会一直对她犯蠢，对于这个问题，程弥心里是肯定的。她说："司庭衍，这全是你给的底气。"

她能对司庭衍爱她这件事这么自信，全来源于司庭衍对她的爱意。

司庭衍对她，从来都是明目张胆的独爱。即使爱意袒露更甚者，只会腹背受敌，成为最悲壮的败者。

可他从不掩饰对她的热烈，也不会将全属于她的爱意分一点给别人。

司庭衍对她从来不是偏爱，而是那双眼睛只看得到她。

听程弥说了这两句话后，司庭衍的视线紧抓着她的眼睛，久久没松开。

但对于程弥来说，信任司庭衍对她的爱意是一回事，眼下司庭衍会怎么回答她又是另一回事。

当年她态度极其强硬，两个人也分开已久，司庭衍还在跟她置气，对于她的这番话，他会怎么回应她程弥都不意外。

她原本以为司庭衍会拿话刺她，但让她意外的是，他没有。

司庭衍没有故作冷漠地否认，而是坚定地抛出了一个字："是。"

程弥没想到他会这么回答，稍愣了一下。

司庭衍将她弄得更近，只让她看得到他的眼睛，暗淡夜色在他这双眼睛下，显得越发黯然失色。他声调冷淡，却似乎在看不到的地方，浸着几近毁灭的病态执着："我这辈子在你这里，就走到头了。"

一句话直刺进程弥的心窝，她信他说的是真的。

司庭衍那双时刻凝着无形冰霜的眼睛，眼尾弧度却些微往下，形成一道让人看了会心软的弧度。

即使他从不表露脆弱，但程弥每次看了，跟别人会下意识地躲避他的冷漠眼神不同，她总想伸手碰碰。

她这么想也这么做了，伸手，指尖摸去他的眼睛上。

他黑色长睫在她温热指尖下，程弥目光往下走，落到他的唇上。

司庭衍的双唇在她面前，就是一种极致吸引，她朝他这双唇靠近，意图并不纯洁，掺着欲望勾着他："那就别走了，我让你在我这里。"

巷外街上车水马龙，喧嚣如水流一般涌过，吞没四周所有声响。但即使如此，在接下来这一刻，程弥还是捕捉到了一丝极其细微的快门声。

进入娱乐圈这一行久了，都会对镜头有着很高的警惕性，她缓缓停顿了一下，但没看过去，以免打草惊蛇。

她这个动作细微到几乎觉察不出，但司庭衍注意到了，他眼睫下的视线睨着她。程弥右耳上吊着耳坠，她只觉司庭衍微泛着凉意的指节，隔着她的耳坠贴合在她的颈侧。

司庭衍的指节没有直接触碰她耳下那道疤，隔着耳坠磨她，要离不离，要近不近，像是只要一越矩，就会将她拖入深渊。

程弥的心脏细微悸动，她眼下宁愿他直接一点，但司庭衍就是要跟她作对，偏偏不，抑制着他自己的渴望，却试图诱导激起她的。

"你现在亲我，我就跟你走。"

而方才闪过的那阵快门声，再次从空气里探头。

程弥眼里盛满司庭衍，渐渐地什么也听不到了。

只有他声音，他说的每一个字，唤动这五年来渴望他到奄奄一息的四肢百骸。像是万物复苏，每一根想念的骨头都在苏醒，每一丝思绪都被他占据，到最后泛滥成灾，星火燎原，理智被一把火烧毁，只剩下义无反顾且毫无阻隔的两颗心脏。

司庭衍看着她，也在这时提醒她："不过我要告诉你，右侧东南方位墙后有人在偷拍。"

程弥环上他的颈项，不管不顾地朝他贴吻过去。

这时有人从旁边水吧侧门走出来，脚步声停下，一道声音紧随着传来："你在对她做什么？"

这道声音犹如一场倾盆大雨降落，把满场火热浇灭，程弥的理智登时回笼。对方出现得突兀，不像是路过偶然碰见，倒像是直奔这里而来，目标明显就是他们。

而且这道声音程弥很熟悉，她转头看过去，就看到了站在门外台阶上的钟轩泽。

程弥跟钟轩泽认识，钟轩泽跟她一样是圈内人，两个人还合作过一部电影，近期就要上映。程弥对他印象很深的原因之一，是他跟司庭衍同一天生日。

但两个人性格截然不同，钟轩泽气质温润有礼，性格要比司庭衍容易接近得多。

他年龄比他们两个要大，只是略微皱眉，身上那丝成熟稳重便有了一点气势。

他看着程弥稍显迷离的眼神，眉间皱起，略显严肃，话是对着司庭衍说的："你给她下药了？"

程弥暗道不好，下意识地瞥一眼司庭衍，他冷冷凝视着钟轩泽。她只是自然而然地带过一眼，目光很快落回钟轩泽那边，想替司庭衍否认："他没——"

结果话没说完，被司庭衍冷冷打断："我是给她下药了。"

程弥诧异地回头去看他。

司庭衍看都没看她，盯着钟轩泽，但即使他视线没落在她身上，程弥只看他的余光都感觉到发寒。

钟轩泽问他："你要对她做什么？"

司庭衍却没应他，问了他另一个问题："你是她的谁？"

钟轩泽说："朋友。"

程弥夹在他们中间，听他们一来一往。

司庭衍直盯着钟轩泽，像把什么都看透了，突然问道："你在追她？"

他突然抛出这句话，程弥微愣了一下，不是因为他这句话的内容，而是她有点惊讶，司庭衍怎么看出来的。

不出程弥所料，那边的钟轩泽大方承认了："是。"

司庭衍的视线变得阴沉。

钟轩泽看了程弥一眼，又收回目光，去看司庭衍，有些刻意地实话实说道："我们现在是同事关系，但我确实是在追求她。"

程弥虽然喝了酒，头脑有些昏沉，但不至于傻到认为钟轩泽过来这么一趟，是故意过来说这么一句话挑衅司庭衍。

那躲藏在墙后的镜头还在，将他们此刻的一言一行全部收进镜头里。

程弥跟司庭衍眼下的肢体接触已经有些越线，如果被曝光出去，她会被推向风口浪尖。

而钟轩泽将舆论有可能对准她的枪口，转移到他自己身上，故意说司庭衍给她下药，把她从这场有失公众人物形象的肢体接触里摘得干干净净。

他又说他在追程弥，大家的注意力自然而然就转去他身上了，转移到他跟程弥的关系上。

程弥才意识到刚才自己有多莽撞冲动，方才满腔爱意烧得她理智全无，只想着要司庭衍。

可她忘了，她方才只要对着司庭衍吻下去，明天他们动情接吻的模样就会在公众的视野下疯传。舆论可能使她这几年来的每一个脚印变成功亏一篑，她跟司庭衍会回到起点，同时也对刚归国事业蒸蒸日上的司庭衍百害而无一利。

她这时才反应过来，原本的义无反顾登时被迫多加考虑，所以一时没对钟轩泽那番追求的话有所解释。

而司庭衍似乎也没想要她解释，听钟轩泽说完在追她后，终于松开她，撂下一句："那就抓好她了。"

他的声音平静无澜，分辨不出攻击情绪，听起来却像是一句警告。

程弥一直在他怀里，他甫一松手，她因喝酒而乏力的身体顿时一软，想伸手抓住司庭衍借力。

而台阶上的钟轩泽已经一个箭步到她身边,将她接住了。

程弥想抓住司庭衍的手一空。

钟轩泽搂着她,低头看她,有些担忧地问:"没事吧?"

程弥却没看他,抬眼看向司庭衍。司庭衍也看着她,他肤色冷白,将他眼里那分坚毅衬得越发冷漠。而后,他从她身上收回目光,没再管她,转身离开了巷子。

程弥看着他往外走的背影,终于忍不住去叫他:"司庭衍。"

司庭衍脚步不快也不慢,但就是没停下,他径直离开巷子,消失在她的视线里。

右边墙后的镜头已经消失,不知道什么原因已经走了。

程弥从钟轩泽的搀扶里脱身,要去追司庭衍:"他没给我下药,他是我的男朋友。"

她没说是前男友,说的是男朋友。

钟轩泽确实是在追程弥,但程弥跟他之间一直很客气,只是今晚钟轩泽跟平时不大一样,那份温和有礼稍微越了线。

他示意他们脚下一地狼藉的酒杯玻璃碎片和酒液,说:"你跟平时不太一样,我还以为他真在这酒里动手脚了。"

一个女人的动情,是能看出来的。

程弥听懂了他话里的意思,弯唇,直接说:"没有,他不需要。"

他根本不用对她下药,只是站在她面前,都能让她起兴致。

钟轩泽笑笑,没再说什么,松开她的手。

程弥起身就要去追司庭衍,这时又一个人赶到这里,出现在水吧侧门外。

蒋茗洲应该是刚到,叫住她:"程弥,你要去哪儿?"

她的声音成熟冷静,没有震慑和强迫。

程弥回过头:"去找司庭衍。"

蒋茗洲看着她,没对她这句话发表意见,只是道:"你知不知道狗仔一直跟着你,电话打到了公司里,索要公关费?"

难怪她会出现在这里,程弥没说话。

蒋茗洲继续循循善诱道："如果不是钟轩泽正好在这边，看到你了打电话给我，然后出来搭把手转移视线，你今天这事闹出去，人品会被怎么抹黑？"

"我知道。"程弥说。

这问题根本不用想，消息怎样劲爆，他们就会怎么捏造。

蒋茗洲说："狗仔可不会为你的情史负责，只会往喝酒乱性方向写，即使是个小网红都会被指责，而你是个明星。"

"刚才过来路上收到一张照片，"蒋茗洲停顿一下，算是比较温柔地说出这个可能，"他是在引诱你，你真跟他做了什么出格的事了，要怎么办？"

听到这句话，程弥看向她，笃定道："他不会真那么做。"

司庭衍虽然一直在引诱她为他做出格的事，但程弥现在很清楚，她如果被拍到接吻的照片的后果，司庭衍也替她想到了。

因为他承认了他给她下药，在本能想要把她拖入黑暗的那一刻，还挣扎出一丝理智护着她。

程弥问了蒋茗洲一句："现在狗仔让人去堵着了没有？"

蒋茗洲知道她要做什么："还想去找人，你能确定不被拍到？"

她提醒程弥："你最近可是有电影要上了，还有，你还没到恋情和丑闻不影响你的资源的时候。"

程弥踩稳有些发飘的脚步，往外走："嗯，我有分寸。"

蒋茗洲不太同意："你现在喝成这个样子，能有什么分寸？"

但她反对归反对，不会用暴力阻止程弥："程弥，不能失控，也不要再发疯，理智一点。接下来如果出了什么事，你自己担着。"

这些话一个字一个字落进程弥耳里，她没有回头，走出了巷子。这附近有个地下停车场，程弥追到那里，正好有引擎声从底下传来。

她走到停车场入口，车从底下开出，车灯明晃晃地打在她身上。灯光刺进程弥的眼睛，她微合了合眸，等眼睛适应光亮后，才直直看进车里。

隔着挡风玻璃，司庭衍坐在驾驶座上，史敏敬在副驾驶座上，而后座上还有一个身影，戚纭淼。

司庭衍透过车前玻璃看到她，没立即刹车。

程弥也看着他，站在原地没让开。

司庭衍的车疾速前进，直到在她面前两米处，猛然踩下刹车。刺耳的轮胎刮地声顿时回荡在停车场里，程弥仍是一动不动，视线一秒都没从他的眼睛上离开过。

挡风玻璃后的司庭衍目光平静，底下却是暗藏波澜。又是几秒对视过后，司庭衍从她身上挪开目光。

他干脆利落地打转方向盘，油门一踩从她身旁呼啸而过。

那天晚上程弥被狗仔偷拍过后，隔天网上一片风平浪静。

蒋茗洲说那天晚上保镖没堵着人，但也没再接到狗仔的敲诈电话，事情就像没发生过。

这样反倒更让公司提心吊胆，因为近几天程弥有电影要上映，而她被狗仔捏在手里的那些照片，肯定是在和司庭衍搂抱亲热，曝出来肯定不雅观。这个节骨眼儿如果出现负面新闻，只会对她接下来的工作有影响。

这么好一个索要公关费的机会，狗仔却一个电话都没打到公司，像凭空消失了一般。

接下来的两天，程弥行程爆满。

这天中午拍完广告，程弥立马飞往另一座城市参加电影首映礼，她是主演，不能缺席。

这部电影很受制片方重视，因为题材内容足够新颖和感人，受众年龄层也没有限制，很可能成为一部电影爆品。

经过市场评估，出品方和制片方在这部电影上下了血本。

下午飞机落地，城市中雨，满世界湿泞。

从机场出来，李鸣抱怨：“这什么破天气，还得赶过去做造型呢，怎么每回来这城市都会碰见下雨？”

程弥看了眼天，灰雾蒙蒙，她收回目光：“这城市多雨。走吧，去做造型。"

半个小时后,程弥到造型工作室。

出席首映礼,造型没有红毯造型那么隆重讲究,妆发和服装比较简单。

做完造型出来,城市已经华灯初上,雨不见小,冲刷着满城灯红酒绿。

程弥和李鸣赶往影城,首映礼在那里举行。一路交通堵塞,车停停走走,最后停在高楼下。雨点砸在车顶,车窗上雨痕斑驳,李鸣拉开车门,打伞下车。

他将伞面遮在车门上方,以防程弥淋雨。程弥穿着高跟鞋迈下车,风裹挟着雨丝扑面而来。

同时,大厦门前热烈的寒暄交谈声,也如暴风雨一样冲撞进她的听觉里。

某道声音穿过雨幕,被她的耳朵迅速捕捉到。

程弥十厘米的高跟鞋踩定在水里,她散着长鬈发,一袭银白丝绸长裙,裹着凹凸身线。

那道熟悉声音消失了。

她太过令人瞩目,门前那群人里有人注意到她:"程弥来啦?"

两秒后,程弥抬起长睫。

雨滴拍打在伞面上,她的目光透过伞沿不断往下坠的雨帘,落向两米外的大门台阶。

司庭衍站在人群中央,旁边是史敏敬、电影制片人、导演等人。风雨没有撕裂两个人的视线,直到程弥转开目光,看向站在他身旁的戚纭淼。

戚纭淼一身黑裙,白肤红唇,眼线高扬,气质里有一丝高高在上的攻击性。

而程弥,气场丝毫不比她低一头。

女总制片人叫助理下来接程弥:"小张,撑把伞下去接程弥。"

程弥笑着说:"不用。"

她在李鸣伞下走上台阶，最后站定在众人面前。

女总制片人三十多岁，妆容精致，长得很漂亮，跟程弥介绍："这是中恒外科手术公司的司总，也是我们这部电影的出品人。"

程弥顺着话看向司庭衍。

女总制片人说："司总人一直在国外，一直没介绍你们认识。我们这部电影里的手术机器人，原型就是中恒外科的手术机器人，所以司总的公司作为合作方，也投资了我们这部影片。"

程弥在电影还没开拍，拿到本子之前，就知道剧本里的外科手术机器人是以某家外科手术公司的医疗机器人为原型。

但这家公司由于国外国内某些有关医疗技术发展的问题，在未回国之前一直保持着神秘感，所以程弥在拍摄电影期间，也对这家原型公司的背景一无所知。

程弥一直知道，司庭衍在国外的科研研究方向就是手术机器人，而他又恰巧在电影上映这段时间回国。

所以在他回来时，她不是没想过某种巧合。只是当这种巧合真实发生在她面前，她还是有一丝难以置信感，但也不至于过分震惊。

总制片人跟司庭衍说她："我们电影的女主角，程弥。"

程弥没露半点情绪，朝司庭衍伸手，微弯唇："你好，司总。"

所有人的目光落在他们两个身上，司庭衍也看着她。

一秒，两秒，第三秒，他伸手。

司庭衍握上她的手，两手交握，他的指节硌着她的，视线有力地落在她的眼睛里："你好。"

身后雨幕滂沱，天空闷雷滚过。

总制片人又跟她介绍史敏敬："这位是中恒外科的史总。"

两个人的手分开，程弥看向史敏敬："史总，你好。"

史敏敬要亲和得多，笑着同她握手，看了司庭衍一眼，意有所指道："又见面了，程小姐。"

总制片人挑眉："认识？"

"有过一……"史敏敬不知想到什么，停顿了一下，笑着改口，"几面之缘。"

明明他们只见过一面,程弥看了他一眼。

总制片人开玩笑:"这样啊,确实,程弥今年名气可不小,想不认识她都难。"

说着话头引到了最后一个人身上,戚纭淼。

"这是我们影片的编剧'思禹期'——戚纭淼小姐,戚小姐同时也是中恒外科的研究人员,所以也是最近才回国。"

这番话让程弥很意外,她不知道戚纭淼就是这部电影的编剧。

显然,戚纭淼追去国外学了跟司庭衍一样的专业,以自己的能力挤进了他们的团队。

程弥比戚纭淼先伸出手:"你好,戚小姐。"

戚纭淼看她几秒,也伸出手:"你好。"

两个人收回了手,总制片人说:"那我们现在上去?再过一个小时首映礼要开始了,到各自的休息室休息一下。"

大家都没异议,一齐进大厦。

大厦富丽堂皇,灯光璀璨,众人进电梯。寒暄声中,电梯到达十五层,大家走出电梯。

程弥的休息室跟司庭衍的不在一起,双方在工作人员的带领下分道扬镳。

程弥进到休息室,刚坐下便有工作人员敲门,来跟她沟通首映礼媒体要采访的问题。沟通好问题,工作人员离开,李鸣在旁边沙发里玩游戏,休息室里只有他的手游特效声。

没人打扰,程弥想起司庭衍。

她演这部电影时,因为中恒外科的手术机器人没对外公开,所以不知道电影是以其为原型,也不知道中恒外科是电影出品方之一。

她不知道司庭衍是出品人,但司庭衍不可能不知道电影的女主角是她。

意识到此,程弥的指尖在扶手上点了点。

Chapter 14 重逢

下一秒,思绪被推门声打断,她抬眼看去,就见钟轩泽推开门进来。

钟轩泽看见她,表情不意外,对她笑了一下:"把我们安排到一个休息室了?"

钟轩泽是这部电影的男主角。

程弥也回他一个笑:"应该是。"

旁边李鸣都顾不上打游戏了,凑到她耳边:"这是要炒你们两个的CP的节奏?"

程弥没说什么。

钟轩泽走过来,在旁边的沙发上坐下,很快有工作人员进来跟他沟通采访问题。

程弥的电话铃声响起,她拿过手机看,是蒋茗洲打来的电话。

蒋茗洲今天有事,没陪同她来首映礼。

她没打扰钟轩泽和工作人员的交流,起身从休息室出去。

走廊上工作人员匆忙来往,不方便接电话,程弥走到人少的地方,推开一间空休息室进去。

程弥接起电话,蒋茗洲问她:"准备得怎么样了?"

她关上休息室的门:"差不多,刚才工作人员跟我沟通好台本了。"

休息室里一面落地玻璃窗,外面繁华都市夜景璀璨,四处皆是雨幕,像浸在水里的水晶盒。

程弥没开灯,借着夜色,走去右边的沙发上坐下。

听筒里蒋茗洲的声音传来:"嗯,那台本我检查过,那些采访问题都很规矩,有些问题的答案你能灵活变动一下。"

程弥连轴转两天,此刻陷在黑暗里,才觉浑身有点疲惫,指尖撑上额角:"行。"

"还有,"蒋茗洲没跟她废话,开门见山,"我也是刚刚才收到的消息,想必你那边应该知道了,你要上映的这部电影,出品方之一叫中恒外科。"

程弥揉太阳穴的手稍停,她知道对方要说司庭衍。

果然,一秒沉寂过后,蒋茗洲说:"最好保持一下距离,你还有把柄捏在狗仔手里。以你现在的咖位,公开恋情对你的事业没有任何好处,会限制你能拿到的资源。"

点到为止,她没再多说,换到下一个问题:"但在合适范围内,你可以炒炒搭档关系。"

程弥跷着腿,高跟鞋挂在脚上,她说:"你是说钟轩泽吗?"

"是,你们两个这次是二搭,之前已经有一批CP粉。因为戏里你们两个感情比较深刻,所以这次制片方宣发有意在你们两个身上制造热点话题。钟轩泽他们公司也和我们沟通好了,电影上映期间让你们两个绑绑关系,不过火就行。"

程弥打断她的话:"你不是说我现在的咖位不适合谈恋爱?"

"所以说在合适范围内,"蒋茗洲说,"我就知道你不同意,待会儿上台要是有媒体问关于你们两个的问题,你可以不配合,但记住不要把路堵死,不然电影营销不好做。"

她话里的每一个字,都清晰无比地落在这一室寂静里。

蒋茗洲在等她回复,手机通话里沉默蔓延。

程弥在黑暗里放松,指尖撑额,轻揉额角,又沉默几秒过后,准备开口拒绝。

这时,对面三米开外的黑暗处,突然传来一阵起身声响。

程弥动作一顿,这休息室里有人?

她抬眸,往对面看过去。对面传来声响的那处地方一片漆黑,落地窗外的夜色没有落到那里。她在讲电话的时候,对面一直坐着人。

程弥紧盯那里,听到了脚步踩在地毯上的声音。

手机那边蒋茗洲久久没听见她答复,叫她:"程弥。"

也是在这一刻,程弥看见司庭衍从黑暗里走出来,发凉的夜色映白他的半边侧脸,他眼神有点冷,朝她走过来。

程弥知道,刚才她和蒋茗洲的通话内容,他全听到了。蒋茗洲让她跟他保持距离,却让她跟钟轩泽绑绑关系。

蒋茗洲不清楚这边的状况,还在问:"程弥,我刚才说的话你听见没有?"

程弥将手机贴在耳边,视线紧紧看着司庭衍。

Chapter 14 重逢

司庭衍走到她身前,下一秒,她手里的手机被抽走。司庭衍没挂断通话,任蒋茗洲在那头叫她,手机扔在沙发一旁。紧接着,他没有任何停顿,弯身咬吻她的双唇。

"程弥,你在听电话没有?"

窗外风雨飘摇,冷风肆意,他们的吻却越来越热,温度在不断攀升。头晕脑热,唇齿交缠声热烈,声音融化成碎吟。

通话那边的蒋茗洲顿住,下一秒,她反应过来,声音带上一丝严肃:"程弥,你在做什么?"

司庭衍亲着她,冷淡看那手机一眼。

程弥也没想去按断,从一开始她的态度便很明确,她是要和司庭衍勾缠不清的。

礼裙肩带滑下肩膀,她迎合着他,下一秒余光却忽然注意到什么。她稍愣,眼睛早已适应黑暗,模糊光线里,对面还有一个人坐在沙发上,司庭衍却当这里仿若无人一般。

程弥伸手,"啪"一声打开旁边的一盏黄灯,休息室内灯光乍亮。

戚纭淼坐在对面沙发上,眼神里不再有平时的高傲,就这么看着她跟司庭衍接吻。

看清她那一瞬,程弥脑中"嗡"的一声。

氛围暧昧,戚纭淼身上衣裳不整,半边肩膀袒露着,白到刺眼。程弥的某根神经被这片白刺中,她伸手推开了司庭衍。

她脑子里某根弦突然紧绷,她没进来之前,戚纭淼跟司庭衍在这间休息室里干什么?直到她看到掉落在地上的那个安全套,脑海里那根弦突然"嘭"的一声,断了。

思绪突然出现短暂空白,程弥微张口,却发现一句话都说不出来。再然后,各种情绪涌上来,平时的镇定在慢慢被侵蚀摧毁。

她想到司庭衍投资的这部电影,戚纭淼是编剧。

她跟司庭衍分开的每个日夜,是戚纭淼在他身边。

司庭衍西装革履,衣裳齐整,就那么看着她。

可程弥已经什么都看不到了，她努力维持一贯的冷静，没再去看司庭衍，起身。

蒋茗洲不知道什么时候已经挂断了电话，程弥弯身去拿手机。

她想起司庭衍跟她说，他这辈子在她这里，就走到头了；想到司庭衍说，不会再对她犯蠢。

程弥将手机紧握在手里，情绪骤然崩塌，手机抓在手里朝司庭衍扔了过去："司庭衍！"

这是这二十三年来，程弥第一次在感情上情绪这么失控。

手机飞过去，司庭衍没躲开，机身堪堪擦过司庭衍耳下，最后在地上四分五裂。

玻璃窗外夜景模糊，休息室内落地灯光微弱，随时一碰可能便会碎裂，将满室笼罩在朦胧下。光线像一片细薄的刀片，将室内空间一分为二。

程弥站在明亮处，司庭衍站在明和暗的交界处。

程弥扔手机过去的力气不小，司庭衍耳下被手机割出一小道血痕。手机砸落在地上，机身溅出碎片，屏幕上爬满蛛丝。司庭衍皮肤白，耳下伤痕渗出的那点血迹，便红得尤其刺目。

程弥想问他是不是跟戚纾淼发生了关系，但刚张开唇，才发现一个字也问不出来。

她只是想想，光是想想，想到他有可能在戚纾淼身上做的那些事，想到他在国外这五年，有可能已经跟戚纾淼在一起很多个日夜，身体里躁动的情绪便已经滔天翻涌，瞬间占领每一丝尚能思考的理智。

因为她太在意，太爱，理智被冲毁，冷静出现裂缝。

到最后，在这爆发得满地狼藉的情绪里，她强撑住那么一丝体面，没有歇斯底里，胸口起伏都很细微，看着他，冷静地一字一顿道："既然你能接受别人，那我们也就别互相扯着了。"

司庭衍听她说完这句话，没有愤怒，也没有生气，相反很冷静，像是在享受此刻她身上的什么情绪。他没回应她那后半句话，突然问了一句："你接受不了别人？"

问这话的时候，他就那么盯着她看，她的半点表情他都没放过。

程弥也迎着他的视线，脸上妆容姣好，失控过后，镇静压在美眸红唇下。

是的，除了司庭衍，她接受不了别人。

休息室内一片死寂，不管是面对面站着的司庭衍和程弥，还是坐在沙发上的戚纭淼。

这时休息室的门突然被打开，走廊的灯光一下子涌进来。

史敏敬出现在门口，依次看到司庭衍、程弥，再到沙发上的戚纭淼，面对这幅场面，有点心虚地问："发生什么了这是？"

他话刚说完，司庭衍一个眼神杀了过来，淡淡的，却十分有杀伤力，冷淡里像生出利刺，落在他身上。

程弥也看过去，被打断是最好，她不想在这里待下去，站直身，往外走去。她走到门边，史敏敬稍侧身，给她让路。

程弥还能笑着跟他道谢，从他身侧经过。

史敏敬察觉到她那抹笑有点勉强，鼻尖细看居然有点发红，愣了一下。他可还没见过这样的程弥，便下意识地伸手想拦住她："哎，那个——"

程弥停住脚，看向他。

史敏敬看她几秒，不知道在想什么，最后收回手："没什么。"

说完他脱下外套，想去给戚纭淼披上，急匆匆地进去了。

程弥背对门口，没再停留，头也不回地离开了。

程弥回到休息室，休息室里只有李鸣一个人，钟轩泽不在。

李鸣一脸焦急紧张，看到她进来，松了一口气，立马从沙发上起身："去哪儿了你？"

程弥言简意赅道："到外面接了个电话。"

李鸣说："蒋总刚才突然给我打了个电话，让我出去把你找回来，语气很严肃，给我吓的，游戏直接下线。"

程弥在沙发上坐下，李鸣追问："你这是去哪里了？我出去找一圈也没找到你,手机也打不通。"

手机,手机刚才已经在那间休息室里摔烂了。

她忘了捡回来,但不想再回去,说:"回去重新买一部手机吧,手机卡你帮我挂失一下。"

李鸣一脸惊恐:"你的手机丢了?里面存的都是你的私人生活信息,让人捡走了多麻烦?我赶紧让人去找找。"

程弥坐在沙发上,没起身拦,说:"手机坏了,不用去找。"

手机碎成那样,肯定成废铜烂铁了。

李鸣毕竟跟了程弥几年,仔细一点便看出了她状态不太对劲,问她:"你出去这么一趟,发生什么事了?"

程弥说:"没事。"

"真没事?"

程弥在短短几秒内调整好情绪,看他,笑了一下:"真没事,工作人员来过没有?"

李鸣被她忽悠过去:"没呢。"

又像突然想起什么,休息室里只有他们两个人,他凑去程弥身边,问她:"钟轩泽跟那个傅莘唯关系很好?"

傅莘唯也出演了这部电影,演钟轩泽那个角色的妹妹,是个很讨喜的角色,所以李鸣也认识她。

"怎么这么问?"程弥问李鸣。

李鸣说:"她刚才来找钟轩泽了,应该是不知道制片方把你跟钟轩泽安排到一个休息室了,刚才进来看到我脸色有点别扭,然后两个人就一起出去了。"

程弥说:"她跟钟轩泽在电影里是哥哥妹妹,对手戏不算少,戏外关系好很正常。"

李鸣却微皱眉:"但有点奇怪,他们两个看起来又不像很熟的样子。"

程弥的注意力不在这里,她只轻描淡写地两个字带过:"是吗?"

没过多久,钟轩泽回来了。他前脚回来,后脚工作人员也进来,首映礼马上开始,工作人员来带他们去影厅。

Chapter 14 重逢

首映礼很快开场，影厅里人头攒动，座无虚席。

首映礼到场观影的，大多是业内人。除了影片主创，便是邀请一些媒体、影评人等，后续有利于影片的宣传和提高热度。

众星云集，电影里的主要角色都到场了。程弥跟钟轩泽被引至影厅，两个人并列在座椅第一排坐下。

制片方和出品方的人也陆续进场，戚纭淼最先进来，身边不见司庭衍跟史敏敬。她已经恢复如常，脸色冷傲，保持着一身骄矜。

程弥从她身上收回目光，落回正前方。

戚纭淼是出品方公司底下的人员，还是编剧，座位自然也在前排，隔几个位子在程弥旁边坐下。

几分钟后，影厅内迎来第一次小高潮，影后秦鹃来了。秦鹃会出席首映礼，大家都不知道这个消息，影厅里一时热闹不已。

坐钟轩泽旁边的一位男演员说："谁请来的这位大咖？给我们这电影捧场。"

众人往旁边看去，程弥也是。

注意力有些过分，第一秒便把她的目光捕落到某个人身上。众人前拥后簇，笑脸相迎，司庭衍在人群里丝毫不比秦鹃这位大明星逊色，极其显眼。

程弥一看见他，只一眼，方才在休息室里碰见的那些不愉快，又恼人地从角落里探头。她移开眼，没再去看，不用别人说，她都知道秦鹃是谁请来的。

司庭衍跟秦鹃本来就认识，两个人之前一同出席过慈善夜。

钟轩泽旁边那男演员在说："看来是出品方请来的人，制片方宣发团队捡大便宜了，这不又能炒热度了？"

首映礼阵仗越大、热度越高越好，能给影片起很大的宣传作用。

程弥左边有几个空位，众人往这边走过来。

余光里人影越来越近，在快到程弥身旁时，众人止步。

根据座位安排，最后司庭衍落座在座椅上，跟程弥的座位一座之隔。

史敏敬坐进他们两个人之间的空位,坐下来后,跟程弥打了声招呼,程弥点头回应。

首映礼开始,一些必要环节过去之后,影片很快放映。

这部影片讲述的是在心脏外科手术机器人临床试验期间,两位心脏病患者主人公相遇的故事。两个主人公命运相似,家境贫困,患有一样的严重心脏病,可被送去参加手术机器人临床试验的原因截然不同。

程弥所饰演的女主角,父母在担忧害怕会因这场临床试验失去女儿的同时,却又煎熬地想给女儿生的希望,最后把女儿送去进行医院手术机器人的临床试验。

而钟轩泽饰演的男主角,他的父母则是打着临床试验失败,儿子去世,他们能索赔巨额赔偿款的主意。

两位处于未成年叛逆期的主人公便是在这种契机下相遇,因手术机器人组未知风险太大,对照组患者爆满,而机器人组患者寥寥无几,最后女主角自告奋勇,和男主角一起进入手术机器人组。

后又一起经历重重磨难,在彼此拉扯救赎中,两个灵魂相遇、碰撞,到最后生死相融,一起在手术机器人的救治下获得重生。

影片开场基调浓重压抑,整个世界笼罩在一片哀伤灰霾下。

程弥在这部影片里打破她以往的银屏形象,留着光头,却依旧美得动人心魄,眼睛在巨大的幕布上说着话,以另一个人的灵魂活生生存在着。

所有观众很快入戏,影厅里寂静无声。

从两位主人公被送去参加手术机器人临床试验,触及亲情情节时,便开始隐隐有啜泣声响起。

程弥坐在座椅里,看着自己曾经在摄像头前真实经历过的每一刻喜怒哀乐,余光里总能注意到那个身影。隔着一个座位,他专注地盯着屏幕,脸庞随着光影变亮变淡。

某一刻,幕布乍暗,影厅里陷入昏暗。

男主人公因父母对其的漠视和痛恨,性子里长满逆刺,在某一天陷入崩溃情绪,并把这种情绪施加在女主角身上,以此发泄和寻找慰藉。

Chapter 14 重逢

老城区破旧居民楼里,夕阳淡到快被黑色吞没,只剩微弱光色。

二楼某扇窗口屋内无灯,男主人公紧紧勒抱着女主人公,脊梁弯着,整张脸埋在女主人公的肩颈里。

暗亮的天色映下窗口拥抱的剪影。

两个人痛苦、脆弱、不堪。

影厅里四下无声,光线昏暗,程弥余光里的一切东西也模糊不清。

宽大银屏上,光线晦暗,人影相拥,在这一刻他们的灵魂合为一体。

司庭衍整个人陷在黑暗里,分辨不出任何动作和情绪。

直到几秒过后,银屏里的黯淡渐渐退去,像汹涌危险的浪潮退潮,有什么东西已经挣脱镣铐,光线亮起。

程弥身边那个座位没人,史敏敬不知道什么时候走的,位子空着。

隔着空座位,司庭衍的眼睛如黑潭一般,盯着电影银屏。

程弥也是,目视前方。

双方侧脸对着侧脸,谁都没有转过头。几十厘米的距离,空气在他们两个中间凝结,无声紧绷。

临近电影结尾,被推进手术室前,两位主人公手分开,分别进了手术室。

外科手术机器人,系统虽有一定自主性,但并不是完全脱离人为控制,而是优化了一些传统开刀手术带来的问题,医生能借此完成更精准和完美的手术。

和医生相比,手术机器人具有很多优点。医生做手术需开刀,会留下狰狞刀疤,而手术机器人是机械臂穿过病人的胸腔,只在人体上留下单孔切口,创伤较小。

除此之外,手术机器人机械臂灵活度极高,在落刀、缝合上要比人的手灵巧和精准得多,一定程度上降低了手术风险。

手术机器人进行手术时,医生会坐在主控台操纵手术,机器人接收到指令,会翻译成机械臂细微和精准的运动,然后反馈到躺在移动平台上的病人身上。

宽大影厅里,银屏上血红一片,手术机器人的机械臂灵活落刀,人人屏息凝神，盯着电影屏幕。

直到手术的最后，系统显示屏上，心率曲线有序正常地跳动着。随着这一秒的到来，一个家庭松了口气，科研团队松了口气，医务人员也松了口气。

手术成功了。

影厅里所有的观众，也跟着落下了心里的大石。程弥也一样，即使她早已经知道结局。但她现在坐在这里，格外清楚电影里的科研团队，便是司庭衍的科研团队，那台手术机器人，就是由司庭衍用无数个日夜研发出来的。

他坐在她旁边，目不转睛地盯着屏幕。

影片的最后，屏幕上打下了一行字。

谨以此电影记录国内手术机器人行业的成长与壮大，中恒外科科研团队的ATCM手术机器人正处于临床试验第三期，条件符合的人员，希望您可以积极参与ATCM手术机器人的临床试验。

影片彻底落幕，这里都是业内人士，看完掌声响起，对电影赞不绝口。

影厅内灯光亮起，一切在黑暗里滋生的情绪无所遁形，程弥能感觉到司庭衍有些阴沉的低气压。周围氛围热闹，偏偏他们这里像结冰一样，一个眼神一句话都没有。

观影结束，接下来便是主创人员上台互动交流环节。作为主演，程弥和钟轩泽最先被请上台，其他主要配角紧跟其后。

《手术》这部电影，内容沉重引人深思，主持人就内容对主演们进行提问，程弥接过麦克风发表了点看法。

接着和观众进行互动，有大咖到场，话筒自然第一个交到大咖手上，便是秦鹃。

秦鹃站起来发言捧场，讲了一点自己整场电影看下来的想法，最后让大家多多支持电影，话题到此收场。

这部电影除了手术机器人这个热点，另一个热点便是在两位主演身上。因为两个人男帅女美，演技也出乎意料地好，整部电影看下来格外赏心悦目。

在经过漫长的交流，还有和观众的轻松互动后，在场有媒体开玩笑地问道："两位老师已经是二搭了，我朋友就特别喜欢你们，想问一下两位老师拍戏的时候有没有产生点情愫？毕竟电影里是这么深刻的感情，也有比较亲密的接触。"

这句提问通过话筒，传向影厅各处。不管是站在台上的程弥，还是坐在台下第一排的司庭衍，都听得一清二楚。

上一个观众的问题是程弥回答的，此刻话筒还在她手里。对于这个问题，她思考了一下，但没在面上表现出来，很从容淡定。她笑了一下，对着话筒，眼睛没去看台下的司庭衍，但知道他一直在盯着她看。

"我和钟老师戏里合作得很愉快，钟轩泽是个很好的演员。"

这个回答避免了被人讲她拍戏不认真，也没正面回应是否产生情愫这个问题，没给电影宣发团队制造障碍。很滴水不漏的一个回答，但程弥知道，她这句挑不出毛病的话，每一个字司庭衍都会觉得是刺。

这是一个双人问题，钟轩泽自然也要回答。他接过程弥手里的麦克风，笑了笑，笑容有点和煦。

"情愫是有，毕竟在戏里总接触，程弥也是个很好的演员，"他顿了一下，继续笑说，"导致我有一段时间完全出不了戏。"

这句话从他口中说出来，半开玩笑半带认真，分辨不出真假，但一出口，底下还是响起了一阵起哄声。他这句话，在接下来电影上映的这段时间里，肯定会频繁出现在大众面前。程弥不知道钟轩泽在想什么，虽然平时私底下追她，但不会这么高调。她看了他一眼。

首映礼很快结束，人员陆陆续续离开影厅，程弥他们合影后也从台上下来。

今天是总制片人的生日，她借此机会组了一个饭局，就在这栋大厦里设宴。

程弥回到台下，司庭衍已经不在了，总制片人已经陪同他们先一步上楼。

程弥是主演，不能拂总制片人的面子，有几个领导还没上去，在等他们，程弥和他们一起上楼。

一行人坐电梯直上高层，场地是一家西餐厅，装潢精致又奢华，服务生引领着大家去到包间。包间很大，推门进去，壁灯泛着暖色，里面已经坐着人，红酒杯互碰。

总制片人在圈内处于高位，这场生日宴请的人不是很多，都是一些有头有脸的人物，还有《手术》电影剧组的演员。

屋内两张铺着白桌布的长桌，上面放着烛台，细小黄光晃动。

总制片人坐在主桌上，司庭衍也在那一桌。

史敏敬不知道什么时候也回来了，跟司庭衍坐在一起，旁边是戚纭淼。傅莘唯不知道什么时候先上来的，沾了戚纭淼的光，坐在她旁边。

程弥看都没去看司庭衍，但余光似乎对他太熟悉，即使不看，也总是第一秒捕捉到他的身影，但她还是没看过去。

总制片人招手让她过去，示意她坐在对面："程弥，来，过来坐下。"

程弥对她笑了下，走过去，服务生帮她拉开椅子。

司庭衍坐在总制片人旁边，她坐在总制片人对面，两个人稍抬眼，目光就会相撞。

总制片人抬起酒杯，对她和她旁边的钟轩泽说："演得真不错，才小小年纪，前途无量啊我们两位大明星。"

钟轩泽说："过奖了。"

"不，是真演得挺好的，不信你们问问我们出品方，他们也很满意。"

总制片人只是随口一说，并没多放心上，可她话音落地，长桌上却莫名陷入一种怪异的氛围。大家各怀心思，桌上史敏敬、戚纭淼和傅莘唯都看了司庭衍一眼。

钟轩泽也被笼罩在这种氛围内，因为他上次在水吧外见过司庭衍，程弥也说了司庭衍是她男朋友，他的目光也在司庭衍和程弥身上来回转了一下。

在总制片人还没察觉到这丝微妙气氛之前，史敏敬先打破了尴尬。他总是笑意盈盈，即使鼻梁上架着副眼镜，也显得不正经，纨绔气息挡不住："是啊，演技特别好。"

他端起红酒，对程弥他们点头笑了下："多谢了，这电影有你们这帮好演员，我们这次投资是不会亏了，还给我们团队的手术机器人宣传了一波。"

"当然，"史敏敬话锋一转，在这种场合也没多正经，笑着看了眼他旁边的戚纭淼，"我们戚大编剧也是位大功臣，这剧本写得那叫一个好。哎，我以前怎么没发现你还有心思这么柔软的一面？"

戚纭淼很克制，没骂他什么，但也没翻他白眼，看起来心情一般，没理他。

这时总制片人左边的秦鹃发话了，把戚纭淼介绍给在座的一些业内人认识，笑："是，我们小戚虽然是个理科生，但心思很柔软，很会写剧本。之前在国外啊，她把剧本拿给我看，我就觉得她有天赋。"

程弥终于知道，之前那场慈善夜戚纭淼是以什么身份去的，还有秦鹃为何那么宠爱她。

原本总制片人问的那个问题，该发言的人是司庭衍，可他从头到尾一声不吭。

包间内还有另一桌，总制片人吃到一半起身，到另一桌敬酒。

因司庭衍跟程弥、程弥跟戚纭淼那点混乱关系在，桌上气氛一直不怎么热络。

总制片人一走，担子自然压到制片方副总身上，副总是个二十多岁的小姑娘，见这气氛总莫名其妙有点尴尬，便提议玩个游戏，想活跃气氛。

红酒杯、刀叉、牛排，场合端庄优雅，又不是在夜店，玩小游戏和这种场合有些格格不入，但大家都心照不宣地没拂她面子。

史敏敬问："玩什么游戏？"

副总说："挑个简单的，就玩个拍7令吧，大家轮流念数，逢7或者7的倍数，还有数字里带有7的都不能说，输了就出局，玩真心话。"

史敏敬没什么玩不起的："行。"

但由于这桌的人不是有权就是有名,大家都放不太开,场面又太正式,一两轮下来,问题和答案都很无趣。

后面大家都没怎么认真玩,司庭衍看似也不上心,面色格外冷淡,但轮到他打头的时候,他直接跳了个数:"69。"

他这数一落,旁边的史敏敬直接暗骂一声,好在司庭衍旁边的长辈秦鹃能反应过来,没说出 70,拍了下掌。

很巧,秦鹃和程弥中间隔着的那两个人,刚才已经出局,秦鹃拍完掌后,下一个绕过去就轮到程弥。

7 的倍数已经过去,她没怎么设防,理所当然地道:"71——"

说完,突然反应过来,停住了。

她输了。

史敏敬看着很无语,说司庭衍:"你这心黑的,让人怎么答?这下面 71 到 79 全带 7,人一不小心就被你绕进去了。"

司庭衍只看着程弥,没有理他。

程弥也早已反应过来,抬眼看向司庭衍,他是故意的。

程弥输了,长桌上一扫方才的尴尬,大家不再像刚才那么兴致缺缺,都来了兴致。

程弥身上有大家感兴趣的话题,但大多数人不知道她和司庭衍那层关系,关注点放在她跟钟轩泽身上。刚才在首映礼上,钟轩泽前脚才刚承认对她有兴趣。

大家都想问,却没人出头,最后是傅莘唯直接问出口:"你有没有对他有意思的人?"

她问完,不少人下意识地抛去感激的目光,大家都很好奇。

这话过于直接,但从一直跟程弥不对付的傅莘唯口里问出来,程弥一点都不觉得违和。

桌上人都看着她,这没什么不能说的,她没隐瞒,笑了笑:"二十三了,怎么说也不可能没有。"

傅莘唯知道了今晚戚纭淼在休息室里发生的事,替戚纭淼打抱不平,想加深程弥跟司庭衍之间的矛盾,却没想到她这么回答,紧接着抛出另

Chapter 14 重逢

一个问题:"那人有没有在这桌?"

这问题劲爆,大家面面相觑,觉得有好戏看。

对于傅莘唯的这个问题,程弥可以不回答的。但不回答,会显得欲盖弥彰,像是在刻意隐瞒,反而显得她跟钟轩泽之间有猫腻。

她回答这个人在场的话,又会被人拿去做文章,这桌跟她闹绯闻的只有钟轩泽一个人,而坐这桌的基本都是圈内人,很多双眼睛盯着她。

所以她只有一个答案。

她双眼不小心瞥过对面司庭衍放在桌上的手机,又想起自己那部碎裂的手机,还有休息室里发生的一切。突然,头脑一热,她抬眼。

司庭衍一直紧盯着她。

程弥和他对视上,看起来像是冷静的:"没有。"

她有意思的人,没有在这桌。

后面出去一趟的总制片人回来,看到这幅糟糕的场面,脸色变得铁青,直接给那个副总小姑娘甩了脸色。

总制片人和这位副总并不对付,这在圈内不是秘密。这个副总是总制片人的丈夫塞进公司里的小情人,总制片人一直不待见她。现在她控场控不住,本想活跃现场,反倒弄巧成拙,把场子搅得稀烂,总制片人脸色差得要撕了她。

饭局结束的时候,已经接近半夜。

程弥从餐厅出去,李鸣没跟她一起上来,在楼下大厅等她,她打算下去找他。

观光电梯上空无一人,玻璃外是繁华都市,程弥走进去,像掉进满世界璀璨里。红酒后劲微泛上来,她微靠在轿厢里的扶手上。

就在电梯门快合上的时候,一个身影走到电梯前。

程弥随意抬了一眼。

电梯门打开,司庭衍泛着阴冷的脸出现在视线里。

她微顿了一下。

司庭衍走进电梯。

很快电梯门合上,程弥站直了身子,两个人站在轿厢两端,沉默不语。红色数字跳动,电梯不断往下,玻璃外夜景辉煌。直到最后电梯停在一层,两个人都没有开口说一句话。

电梯门开,李鸣就在大厅里,等在不远处。

程弥往外走,高跟鞋鞋跟砸在地面上,声音格外清脆。就在她快踏出电梯那一刻,手腕忽然被微凉的指节扣住,整个人被拽回了电梯里。

鞋跟太高,她一下没站稳,却没跌落到地上,被司庭衍紧紧箍进怀里。

紧接着,他按了关门键。

外面的李鸣察觉不对劲,赶过来,但等他赶到电梯前,电梯门就这么在他眼前关上了。

程弥没挣扎着从他怀里出来,知道他有多执拗,只抬眼和他抗拒着。

"去找你的戚纭淼。"

电梯往上,外面景色一览无余。

司庭衍不说话刺她,按了第五十层。

"你要对我做什么?"

司庭衍将目光挪回来,眼睛里是不动声色的冷,冻得人冷进骨子里:"你说我要做什么。"

程弥之前在这里住过一次,第五十层是酒店。司庭衍要做什么,显而易见。

观光电梯疾速往上,俯瞰这座城市,高楼大厦鳞次栉比,灯景车流如网交织。

程弥对司庭衍说:"司庭衍,如果你不是非我不可,跟谁在一起都可以,那也没必要和我发生任何关系。"

司庭衍最能掌控情绪,方才那丝波动已经被他压抑进冷漠里。

可程弥觉得他身上让人喘不过气的情绪,比之前哪次都来得强烈,比在慈善夜、剧院、水吧和今天的电影首映礼上,态度都要来得更阴沉压抑。他说:"是你。"

"是我什么?"

"是你不是非我不可。"

Chapter 14 重逢

两个人对话一来一往,剑拔弩张,几乎没有任何停顿。

只一句话,程弥一下便明白他这趟无名火的来源。因为她在餐桌上说的那番话,她说她有意思的那个人不在他们那桌。

这句话有可能直捅了司庭衍的心脏。

那人不是司庭衍,不在这桌,那还有谁?

即使彼此都清楚,这番话这么回答是理智之举,但仍是不可避免地直刺向两个人一碰即炸的雷区。

意识到此,程弥脸色微顿,正想开口说什么。

这时,司庭衍无比镇静地松开她,敛住再次被她拽去失控边缘的燥火,按了某一层电梯楼层。

一系列动作来得突然,却又淡定平静,程弥一下没反应过来。

电梯缓停在第五十层,电梯门外光景刹停。

她出于直觉,往外扫了一眼,看到了某名方才参加过首映礼的娱记。那娱记正往电梯这边走,在程弥看向他的下一秒,他也抬眼看到了他们。

此刻,司庭衍已经跟程弥分开。

程弥目光不着痕迹地滑过司庭衍的侧脸,她这才发现司庭衍耳下被她的手机扔刮出来的那道伤痕完全没处理,还在微微往外渗血。

他目视前方,没再看她,脸色冷淡至极。

电梯门开,那位娱记停到电梯门前,司庭衍和他擦肩而过,走出电梯。

程弥没动,娱记走进来,对她笑了一下,她也轻回一个笑。娱记按了负二层停车场,电梯门很快关上,继续往上,停在了方才那家西餐厅的楼层。

娱记八卦消息灵通,虽参加首映礼后没来参加饭局,但肯定知道总制片人在这里开生日宴。果然,他开口问程弥:"程弥,生日宴都要结束了吧,你刚来?"

程弥笑了一下:"落了点东西,回来拿一下。"

司庭衍还真什么都想到了,戏都安排得逼真。说完她出了电梯,直走回餐厅里,去了趟洗手间后才出来,碰到追上来的李鸣。

李鸣一脸紧张:"刚才怎么一回事?吓死我了。"

"没什么，走了。"她接过他手里的外套。

李鸣紧跟在她身边，小声说："我没看错的话，刚才那是投资的那个司总？"

他跟程弥久了，一开始就觉得他们两个一碰上，两人之间那种气场不太对劲，此刻小心发问："他不会就是那个……你之前要追去美国找的前男友吧？"

程弥闻言，余光瞥了他一眼。她没说什么，李鸣却知道答案了："蒋总知不知道？"

程弥走进电梯："你觉得她可能不知道？"

李鸣紧随其后，想想程弥已经当明星好几年，这几年都是单身："那你俩……以前就……？我就说呢，你俩一看就有猫腻。"

程弥没说话。

李鸣好奇的问题实在太多："刚才我在后台听工作人员说，这个司总就跟我一样大，真的假的？他看起来确实比我还嫩，但才二十一岁，已经爬到这个位置，也太可怕了。"

程弥到现在满脑子都还是司庭衍，急需空出一点位置清醒，她揉了揉太阳穴，转开话题："车到外面了没有？"

隔天程弥学校有课，上到下午，蒋茗洲一通电话过来，通知她去拍摄杂志。

程弥接到这个电话有点意外，一是蒋茗洲绝口不提昨晚她接电话时跟司庭衍接吻的事，第二便是拍摄杂志本身。

蒋茗洲不提，她也装聋作哑，只问拍杂志的事："之前不是说这本杂志难上，我们大概率上不了？"

蒋茗洲之前跟程弥提起过这件事，这本杂志是著名的顶级时尚刊物，在时尚圈极其有地位，出了名的难上，必须有一定知名度和代表性的作品的明星，才有机会被邀请上杂志。

蒋茗洲手下几位大咖就上过，那边之前跟蒋茗洲透露了点风声，这一期有意邀请接下来大热电影的女主角拍封面，程弥便在名单里。

但同期有另一部热度趋势跟《手术》差不多的电影,这个剧组的女主角资历比程弥老,且上过这本杂志封面,已经是位大明星。

所以当初蒋茗洲跟她说过,拍摄杂志这个机会大概率是对方的,现在却落到程弥头上了。

蒋茗洲语气很从容淡定:"这是好事,代表杂志方看中你的时尚表现力。对我们来说,这是很好的时尚圈资源。"

程弥翻了翻手里的书页:"嗯。"

电话那边蒋茗洲问她:"今天的课快上完没有?"

"嗯,下课了,还在教室。"

蒋茗洲:"那边是突然打电话过来通知的,傍晚开始给你拍摄,你现在收拾好赶过去,我让李鸣去接你。"

"行。"

程弥坐在过道旁,同学们零零散散地往教室外走,有人拿手机偷拍她,这状况过于常见,她早已习以为常。

挂断电话后,她带上课本离开教室。

余晖未灭,晚夜未暗。

程弥赶在天黑前到了拍摄地。

拍摄中途,杂志编辑总监来摄影棚跟程弥打招呼,然后在旁边看着她拍摄。

一直拍到晚上十一点才收工,杂志编辑总监邀请程弥一起吃个饭。杂志编辑总监叫史慧谨,年纪不过二十多岁,很年轻,是位大小姐,气质矜贵又有艺术气息。

她对程弥笑了笑:"你一直拍到现在,还没吃晚饭吧?正好我这边攒了个局,有没有荣幸请程小姐一起吃个饭?"

程弥明天早上有个广告拍摄,凌晨还得赶飞机过去,于是只能推辞:"史总监邀请我是我的荣幸,但我这边明天早上有个广告要拍,现在得赶去机场。不知道史总监明天下午有没有空,我请你吃个饭?"

她话说完,像是有什么人过来,史慧谨看向她身后,看到来人后,眼眸泛起笑意。

程弥顺着她的目光回头望去,就见蒋茗洲往这边走过来。她有点意外,蒋茗洲怎么过来了?

蒋茗洲走过来,史慧谨朝她伸手:"蒋总,好久不见。"

蒋茗洲嘴角含笑,同她握手:"史总监,最近过得怎么样?"

"挺好的,一切顺利,"史慧谨松手,眼风带向程弥,"刚才我留程弥一起吃个饭,她说明天有个广告拍摄,不太方便,可惜了。"

三人各有姿色,站在一起格外赏心悦目。

蒋茗洲脑后照旧绾着髻,颊边一缕卷碎发,她闻言看向程弥:"明天早上的广告帮你推掉了,走吧,跟史总监一起吃个饭。"

为了一个饭局推掉广告,程弥有点不解,但在这种场合下没多问。她只笑了笑:"好。"

附近有家高级餐厅,饭局组在那里。

这家餐厅不像一般餐厅有客就接,只接待有头有脸的人物,内里装潢极其奢华,服务态度一流。

蒋茗洲带着程弥,跟她提了一嘴:"这是史总监的丈夫开的餐厅。"

程弥跟她往里走,风吹过,她的耳坠大幅度晃动:"她结婚了?"

蒋茗洲点头:"嗯,美国人,闪婚。"

后面程弥又从蒋茗洲那里得知,史慧谨的家庭有军界背景,父亲和爷爷皆是军界赫赫有名的人物。

当时听到这话时,程弥并没多想。

去到包间,她才知道蒋茗洲为什么要推掉广告带她过来了。包间里已经来了不少人,全是叫得上名字的面孔,都是时尚圈的大腕。

所以这顿饭,蒋茗洲自然不是真来吃饭的。

程弥在这个圈子已经不算短,知道今晚这饭局又是一场难熬的应酬。因为酒桌上涉及利益和人情,难免要敬酒和被劝酒,她又太有姿色,经常会被注意到。

不过蒋茗洲一般会帮衬她,也不会让人太欺负她。程弥自己也聪明,所以她很少在酒桌上吃亏。

今晚酒桌上一个老总对程弥有兴趣，想劝她喝酒，却被蒋茗洲过于紧张地拦下来了："不好意思，陈总，程弥这几天不能喝酒，我这个经纪人替她喝了。"

程弥看了蒋茗洲一眼，她依旧端庄优雅，看不出在想什么。

这时圆桌另一旁，史慧谨却忽然道："是吗？程弥这几天不能喝酒？"

她看向程弥："刚才在工作室，我还跟程弥喝了香槟呢。"

明眼人能看出这话带着针对性。台被拆了，自然不能再圆下去，蒋茗洲看了程弥一眼："是吗？"

程弥敛去心里那点不适，目光从史慧谨身上收回，拿起酒，笑了笑："陈总，我敬您一杯。"

晚辈不敬酒是不给对方面子，有第一个就有第二个，这些喝下去的酒都是实打实的白酒，喝到一半程弥有点不适，起身去了趟洗手间。从洗手间回来，她绕过走廊转角，一眼便看见站在走廊上说话的史慧谨，还有史敏敬。

走廊上铺着花纹繁复的地毯，壁灯荧荧。

史慧谨站在史敏敬对面："二哥，我挺好奇的，什么样的女人能让司庭衍这样？"

史敏敬还是那副玩世不恭样，笑了笑："你悠着点，他就在那儿盯着，回头要找你算账，背地里阴你，我可不管。"

程弥慢慢放缓脚步，突然间，什么都反应过来了。

史敏敬跟史慧谨是兄妹，两个人的父辈有军界背景，当初厉承勋要给司庭衍联姻，想结交的史老爷子就是军界的人物。

史老爷子有个跟司庭衍年纪相仿的孙女，而史慧谨就是二十出头的年纪，听她的话，她跟司庭衍也是认识的。

只一秒程弥便明白了，史慧谨就是司庭衍当年的未婚妻。难怪方才在包间里，对方那么关注她，还针对了她一下。

这时，史敏敬跟史慧谨也发现了她，两个人一齐看过来。

程弥刚才是从包间的一扇门离开，他们不知道她去了洗手间，也就没预料到她会出现在这里。

他们的交谈被她听到，史敏敬却一点也不尴尬，反倒有些看热闹不嫌事大，跟她打招呼："巧啊程小姐，我们挺有缘的，又遇到了。"

程弥对他笑了笑："嗯，是挺巧。"

史敏敬摸了摸鼻子。

史慧谨脸皮跟她哥有的一比，跟什么都没发生一样："喝太多酒了？"

程弥："有点。"

"还可以？"

"不碍事。"

史敏敬要走了："行，那你们进去吧，白酒都少喝点，先走了。"

史敏敬走后，程弥跟史慧谨一起回了包间，两个人都没提司庭衍。

饭局散场已经是凌晨两点。

程弥今晚后半场喝了不少酒，有点走不稳路。她的住处离这里不算太远，蒋茗洲完全可以把她送回家，但蒋茗洲没有，她把程弥带去了附近的酒店。

今晚蒋茗洲突然到场，帮她推掉了明早的广告拍摄，转而带她去参加饭局，如果只是为了这个饭局，推掉一个条件不错的广告拍摄，根本不划算。

程弥很清楚，蒋茗洲今晚不仅是为了带她来参加饭局，之所以现在把她带来了酒店，是要把她送到一个人那里去。

两个人心里都跟明镜一样，却都没有戳破半句。

蒋茗洲开好一间套房，带她上楼将她放到床上后，帮她拂了拂发丝，然后走了。

飘窗外是林立的高楼大厦，凌晨光影依旧辉煌。程弥神思被酒精缠绕，却久久没有堕入混沌，她无比清醒，一直盯着卧室门口。

直到某刻，外面的客厅玄关传来开门声。

果然，不多时，司庭衍走了进来。

程弥早就猜到了。

卧室里没开灯，恍惚间像回到五年前两个人分手的那个晚上。那时候是在病房，他等她回去等了一晚上。

程弥半躺在床上没动，就那么看着司庭衍。

司庭衍走过来，将房卡放上床头柜。程弥离床头柜近，隐隐约约闻到了房卡上蒋茗洲的香水味。

这张房卡是蒋茗洲给他的。

蒋茗洲不同意她跟他在一起，所以司庭衍不知使了什么手段，让蒋茗洲自己把她送到他面前了。

程弥看着他，问他："怎么过蒋茗洲这关的？"

她浑然不知现在自己是什么模样，长发微卷，双眸迷离，双唇红到似欲滴血，身上套着一件衬衣，身线凹凸有致，两条长腿白到晃眼。

卧室里没灯光，夜色给司庭衍白皙的肤色镀上一层冷光，他的每个欲望都在深渊凝视，全面苏醒。他丝毫没停顿，俯身，指尖直接翻进她的衬裙衣摆："她要想没人拿她有办法，就得不留把柄在人手上，可她不是。"

把柄这种东西之所以叫把柄，就是因为它不可能那么轻而易举地被人抓到。

程弥懂了，蒋茗洲有把柄在司庭衍手上："什么把柄？"

司庭衍指节滑过她的身体，战栗细细密密地从四肢百骸爬出，微凉空气随着起伏钻进衣摆。他双唇轻启："你不需要知道。"

其实司庭衍不说，程弥也大概知道。

蒋茗洲能在圈里游刃有余这么久，自然有她自己的一些手段，总有两三件见不得人的事。而这些被埋进灰土里的勾当一旦面世，足以毁灭她现在手里握着的所有东西。

程弥问出口了："就因为昨晚那个电话？"

昨晚在休息室里，蒋茗洲在电话里让她跟司庭衍保持距离，还让她跟钟轩泽炒关系。

司庭衍眸色明明很冷静，却如锁链，要将她绞紧至窒息："她不让你跟我在一起。"

蒋茗洲不同意程弥跟他在一起，他就让蒋茗洲自己心甘情愿地把她送到他这里来。

程弥问:"所以从回国后你就一直盯着我?"

司庭衍从一回国就不是在耐心至极地钓她,让她自己上钩,而是埋好网,设好局,狠绝地放网收网,不会让她脱离自己的手掌心,即使现在他们还在吵架,即使她还是让他不开心。

司庭衍还是原来那个司庭衍,一点都没有变。

听完她问的话,他问:"你怕我吗?"

这句话,司庭衍十六岁那年也问过她。可没等她回答,他的指节已经滑下,勾去她背后要解开排扣。

程弥可还没忘记他还惹她生气着,后背紧压在床被上,去抓他的手。

司庭衍眼睫很黑,凝视她一秒后,低身吻她。

"你怕也没什么办法,程弥,我说过你只能要我。"

即使她不爱他,也只能要他。

程弥在某一刻有些吃痛,只是一个吻,她都能感觉到司庭衍这些年对她的欲望越发病入膏肓。

她摸去他的下巴,司庭衍离开她,程弥看着他的眼睛:"司庭衍,你讲道理一点,你能要别人,我也能要别人。"

司庭衍指节分明的手滑向她的腰侧,握上,往自己这边扣了一下。

程弥整个人往下滑下一截,两个人瞬间短距离内对视,酒气氤氲。

司庭衍:"你再说一遍,我要听。"

程弥反应过来了,他在享受她因他而吃醋,享受被她在意的感觉。她一下气极:"所以为了让我吃醋,你就去碰别的女人是不是?"

司庭衍盯她良久,她这副样子,他在暗地里滋生已久的欲望要缠进她的每一寸肌肤里。

他没有解释,起身去床尾。

程弥一口气堵在胸口,看着他。

司庭衍从下至上地看她:"我碰不了其他女人。我没有兴趣。"

说完,他将她拉向自己,一吻入夜。

今夜尤其漫长

Chapter 15

深夜像欲望泛滥的沼泽，让人四处无法呼吸。灵魂被拖着往下坠，直至沉溺纵情至死。程弥十指抓紧白色床单，指尖在床单上掐出无数条褶皱。

司庭衍抬起眼睛看她。

程弥微仰头颈，长发铺散在身后，眼眸迷离半合。

司庭衍伸手，比她有力几倍的指节穿过她的五指，交叉扣住。程弥也紧紧握住他的手，生生在他的手上掐出红痕。

她红唇微张，低下眼睫，桃花眼润着薄薄一层水雾，勾缠上司庭衍的视线。司庭衍也紧盯她这双眼睛，一点一点吻过，来到她面前。

程弥衬衫半掉未掉，挂在手臂上，双手环搂上他的颈项，将他压向自己。

司庭衍比她先一步，夺吻过她唇间的气息，骨节修长的指节搭在她的颈侧，感受她跳动的脉搏。

五年空白被强行撕开了裂缝，像撕开天幕的电闪雷鸣，狂风暴雨下燎原的星火却滚滚不熄。

程弥十指穿过司庭衍的黑色短发，将他紧紧拥在怀里。

许久过后，卧室门外突然传来一声巨响，门板"嘭"一声砸在墙面上，又弹开。满室暧昧突然被打破，可司庭衍跟程弥没有因为这声巨响停下。

紧接着是很快的脚步声走至主卧门外，对方没有拍门，戚纭淼略带酒气的声音在外面响起："司庭衍，我找你有事。"

程弥近距离看着司庭衍的眼睛："她怎么来了？"

司庭衍看起来极其冷漠的一张脸，此刻染着别样的颜色。他注意力明显没在外面，薄唇张合："你问我，我问谁？"

她微张唇，气息轻漫进空气里："那她怎么知道你在这里？你是不是知道她为什么过来找你？"

司庭衍沉沉看着她的眼睛，很淡定，一点都不慌乱。

这时卧室门旁壁柜上的手机嗡嗡振响起来。

司庭衍刚才进卧室，手机随手放在了壁柜上。卧室里没开灯，只能看见落地玻璃窗外无边的夜色，壁柜上的手机屏幕荧光发亮，声响嗡嗡震荡在空气里。

手机振动不停，戚纭淼颇有司庭衍不接，她就打到他接的架势。

可现在的他们谁都不愿放开彼此，司庭衍不想放开程弥，同样，程弥也不想放开司庭衍。

司庭衍抱她起身。

程弥双臂搂在他的颈项上，整个人身子腾空，和他配合默契，双腿缠上他的腰。

司庭衍抱她到卧室门前，程弥后背贴上门板。门板发出一阵细微晃响，一门之隔，戚纭淼就在外面。

女生天生敏感，即使隔着一扇门，戚纭淼还是一下捕捉到了那丝游浪在空气里的暧昧。

程弥感觉到外面的人动作似乎凝滞了一下，在那两秒内，周围是悄无声息的，空气四周像凭空出现绳子，将这方空气里的人绞紧到窒息。

沉默几秒过后，戚纭淼的声音比刚才严肃得多，她突然开口："司庭衍，你开门。"

她的语气听起来像是本该在这里面的人是她，好像在说每日每夜跟他在这里面纠缠的人是她。

程弥听得心里微泛起不舒服，她跟司庭衍鼻尖碰着鼻尖，看着对方。

程弥眼神不狠，但说出口的每个字都是狠的，可因为缠着情，声音让司庭衍的欲望在血液里极速偾张。

"司庭衍，你如果还跟她不清不楚，我们今天就算玩——"

一句话还没有说完，她被他的动作折磨到失语。司庭衍不让她有想跟他结束的想法，即使是说说也不行。他说："你别想有这个想法。"

手机还在振动，程弥紧咬着双唇，挤出两个字，说完了没说完的那句话："玩完。"

司庭衍眼神变了，但没有愤怒。他想将她沉到其中，她再也别想爬出来。他说："程弥，这两个字这辈子都别再让我听到。"

"我要说了，你能拿我怎么办？"

司庭衍："我不会放过你。"

他说完，伸手终止了手机的振动。

电话接通了。

太过突然，外面的戚纭淼似乎没预料到这么顺利，嚷着要司庭衍开门，让他出去的话语突然静止。

他这个人在什么东西上都能玩出花来，前后不过一个小时，程弥已经见识到他有多能折磨人。

司庭衍像是在宣示主权，缠吻进她的颈侧，颈项是她的敏感处，他无比熟练地衔吻住一处，弄出声响。声音不轻不重，通过电话传到了门板的另一端。

几乎是同时，门外传来手机狠狠摔碎在地上的声音，在这漆黑夜里撕开了一道狰狞的口子。戚纭淼声音在发抖，她被司庭衍刺激到爆发："司庭衍！我爱了你这么多年，为什么你就是看不到我？"

门外的戚纭淼是在发酒疯，酒气透过门板缝隙飘进来一分。但与其说她在发酒疯，不如说她是在发泄情绪："你为什么就是要犯贱爱她？！"

程弥将她的每个字都听得很清楚，有种说不上意味的酸涩漫上心头。她和司庭衍贴得很近，司庭衍说不会放过她，她问他："你还想怎么不放过我？今天让蒋茗洲把我送来，以后呢，还有什么招？"

司庭衍回答她："你跟别的男人在一起，我就搅黄，要是让他碰你一下——"

他停顿了一下，才说："我不介意毁掉我自己的前程。"

这时，戚纭淼在外面大喊："你回来不过几天，见了她一面就忍不住。她呢？她五年都没去找过你。"

她什么难听的话都说尽了："你再怎么摇尾巴，她看你了吗？！"

司庭衍不语，不知道是想到什么，脸色在那一刻爬上一丝沉默的阴影。

程弥知道司庭衍这一刻在想什么。

她心里酸疼满胀，相隔因年少气盛作废掉的那五年，她跟他一样，也疯，疯到急于融进他的身体里。程弥指尖扣紧他的后颈，将他拥向自己的方向。

"你不是要毁掉自己吗？"她说，"我把自己赔进去给你。"

司庭衍几乎没有任何犹豫，也握住她的后颈压往自己，两个人的吻火热交融。

戚纭淼很少对司庭衍这么强势，以往都是跟在他身后，今夜大概是酒精浇上心火，情绪在不断烧腾。她歇斯底里地叫道："我昨晚要脱光衣服坐在你面前，都比不上她的经纪人打给她的电话重要，没有她的经纪人让她跟你保持距离一句话重要！你为什么就不能看看我？"

这时另一阵脚步从门口匆忙赶至套房内，是史敏敬。他看不下去，大概是去拽抱戚纭淼了，要将她连拖带抱地抱出去："戚纭淼，我们走。"

戚纭淼却像是打开了他的手，"啪"的一声很响："不用你。"

说完，她没有再留下，高跟鞋踩在地上，噔噔声渐远，离开了套房。

不多时，外面恢复安静，史敏敬也走了。

而他们之间的每一寸空气，却发热到快要熔化，程弥快呼吸不上来，对司庭衍说："只能看我。"

司庭衍的目光就没有一刻不在她身上："你不让，我也只会看你。"

细小的感觉逐渐汹涌，程弥想起戚纭淼那句他回来不过几天就忍不住找她的话，勾着司庭衍，放任所有媚色放浪："是谁说跟我算完的？"

司庭衍享受着，冰凉的神色难得有丝笑意："我说的，可你被我威胁过吗？"

程弥一愣。

司庭衍看着她："程弥，我对你没骨气。"

他脊梁骨很硬，硬到谁都打不断，也别想让他跪下。可他对"程弥"

这两个字,从来都没有抵抗力,即使是她先不要他,也不受他对两个人的未来近乎决绝的态度威胁,他还是自己踩折所有尊严走回来找她了。

他话音一落,这句话烙印般直扎在程弥的心口上,和铺天盖地漫过四肢百骸的热烈汇合。

两个人隔了五年再次火热贴吻,狂风骤雨里海浪呼啸,他们紧拥彼此,几乎要和对方一起堕入毁灭。

今晚的夜尤其漫长,每一分每一秒他们都清醒,直至满地凌乱,也贪婪到不肯闭眼入睡。

程弥的酒早醒了,可她比喝醉酒时要更迷糊,人犹如踩在梦里,浑身没有多余的一点精力逃脱司庭衍的摧残。程弥印象里清醒的最后一瞬,她埋在司庭衍的颈侧,他抱她去了另一个房间。

程弥这一觉睡到下午,睁眼时卧室里没人,司庭衍不在。

她难得有睡到自然醒的时候,刚醒就有电话进来,蒋茗洲打来的。

程弥接听。

蒋茗洲问她:"起了?"

程弥"嗯"了声。

她没提昨晚司庭衍跟她提过的那些关于蒋茗洲的事,蒋茗洲同样闭口不提。

蒋茗洲没问太多,只问:"现在有精力接活儿没有?"

"什么活儿?"

"个人广告,不是跟钟轩泽拍的那个,这个资源比推掉的那个好。"

蒋茗洲昨晚突然通知程弥把广告推掉了,她还不明所以,经过一晚,所有疑惑都有了头绪。她跟钟轩泽那个广告,大概率是司庭衍搅黄的。

她直接问:"司庭衍安排的?"

"正好,你不也不想跟钟轩泽炒情侣关系?"蒋茗洲又说,"你这个主儿是个控制欲强的人。"

蒋茗洲让程弥跟钟轩泽在电影上映期间炒关系,司庭衍不让,自己垄断了程弥的所有资源。

广告程弥应承下来了。
挂完蒋茗洲的电话,这个点她担心司庭衍在忙,没打电话,给他发了条短信。

钱烧得慌吗?司庭衍。

手机还没从手里放下,司庭衍很快回她短信。

我乐意。

看着这三个字,程弥无声勾唇,眼神无意间扫了下,瞥到胸上红痕,目光在身上过了一下。
司庭衍真挺能的,一处能看的地方都没有。
她又发一条信息。

昨晚一点都不温柔,就这么走了,不怕我跑了?

司庭衍又很快回应她,但没回答她的问题,给了她四个字。

床单湿了。

这四个字只过一眼,程弥就知道他在说什么。
看着他的答复她没扭捏,没不好意思,也没落下风,她继续回。

在国外这五年没有我,你怎么做到这么熟练的?

几秒后,司庭衍的短信又跳进来,他也很直接。

每天晚上都梦见你。

这句话跳进来，程弥的心跳短暂性停跳了一瞬，每个字都直撩拨她的心脏。

眼下这个瞬间，和五年前的某个时刻重叠到了一起。以前司庭衍也说过类似的话，告诉过她，他经常会梦见她。

现在他告诉她，分开这五年他还是这样。

程弥笑了笑。

两个人短信一来一往，她想撩拨一下他，打了几个字发过去。

梦里的我跟昨晚一样？

她等了十几秒钟，司庭衍没回，又等了会儿司庭衍依旧没回。

他可能是在忙了，程弥也没怎么放心上。她还有工作，李鸣给她发消息，说已经在她家等她，让她赶去收拾行李准备去机场。

程弥要起身下床。这一动才发现浑身酸疼，每根骨头都像被碾过一样。

程弥缓两秒后才踏下床。她昨晚是临时被蒋茗洲送来的这酒店，身边没带一件行李，司庭衍倒是挺周到，给她准备好了衣服。某个大牌的吊带贴身亮片裙，是她的风格，款式不错，他的眼光竟然还挺好。

司庭衍对她很熟悉，那裙子程弥穿上后很合适。

她走去镜子前，简单收拾好自己，离开了套房。

她打开门从套房出去，很不巧地正面碰上一个人。

傅莘唯正从对面某间套房出来，和程弥迎面撞上。看来昨晚戚纭淼跟史敏敬他们聚餐她也在，而且她应该知道程弥跟戚纭淼昨晚那点事。

傅莘唯一直不喜欢程弥，平时见她都没好脸色，今天看见她，脸色比以前还要更臭。

程弥一向没怎么搭理她的恶意，只当没看到。

两个人往电梯间走，傅莘唯比程弥先一步走进其中一台电梯，直接关了电梯门。

程弥懒得跟她挤，根本没去在意，走到另一台电梯前。

程弥只有半天时间，行程也被安排得满满当当。

下午拍完广告，因为要上节目给电影做宣传，又马不停蹄地赶去电视台彩排节目。一直到近凌晨，彩排才结束。

程弥跟李鸣从大楼出来，钟轩泽跟他们离得不远，没多久便跟她步调保持一致。

门口还有粉丝在等候，程弥刚出去，两三个女生便围上来，看着她的眼眸里沾着喜爱和紧张，问她能不能给她们签个名。

程弥停在她们面前，对她们笑了笑："怎么不行？"

其中一个女生是个长着泪痣的大眼睛女孩，很白，长相漂亮可爱。她侧挎着一个黑色帆布包，看程弥对自己温柔笑了后，耳朵有点红，紧张下一举一动都很可爱，有点小慌乱地把照片、信和笔递给她："我好喜欢你的。"

程弥接过，觉得她很可爱，跟她说："谢谢你，就当是来见个朋友。"

签下自己的名字后，程弥又问她："你叫什么？"

女生第一次这么近距离看她，被她的五官惊艳到语无伦次，两秒后才反应过来告诉她名字："小苏。"

程弥说话一向从容，笑起来也温柔，但因气质原因还是显得有点距离感，不过她有意让面前这两三个女孩子放松，签名合照完，女生们又磕磕巴巴地问她能不能抱一下。

风吹过程弥身后的长发，带起她身上的香水味，她稍弯身给了面前的小妹妹一个拥抱。

这些画面一一落进停在不远处的某辆车里的人眼中。

司庭衍在主驾驶座里，目不转睛地看着那里。

他离大楼门口有点距离，看她像在看一部默片。她的举手投足，每次唇瓣张合，每个笑，都能让他的灵魂听教。

门前不止那几个女生在等程弥，还有明显冲着她跟钟轩泽来的，要跟他们两个合照。

这个要求她自然不好拒绝，拒绝会被人抓把柄。

程弥比一般女孩子高一点，站在女生后面对着镜头，钟轩泽在她旁边。

按下快门时,钟轩泽忽然搂过她的肩。程弥微有不适,但没在脸上表现出来。

车里的司庭衍盯着钟轩泽,眸色渐暗。

拍完楼前人群散去,司庭衍的车却没立即离开,有几个女生路过他未紧闭的车窗。

夜色昏暗,他不在路灯下,惹眼的五官溺在黑暗里,女生们没被这份惊艳惊扰。

长着泪痣的女生路过车窗,在说程弥好漂亮。

"她写了爱我哎。"

"你要不要脸,是你叫她签的。"

"哼,她就是爱我。"

司庭衍闻言,看了她手上的签名照一眼,没有愤怒,没有生气,羡慕一闪而过,又归于冷静。

程弥从电视台离开,上车后拿出手机。

她明天得正式录制节目,所以今晚只能留宿这座城市。

司庭衍后来回复了早上的消息,但没接着她的问题,而是告诉她,他也来了这座城市,有合作要谈。

程弥从下午到晚上都在忙,根本没空看手机,现在看到这条消息,立马回复他。

我下班了,你还在忙?方不方便打电话?

但这条短信直到她回到酒店他也没有回复。

地下停车场里,停车位拥挤。

司庭衍打方向盘,车跑在车道上,往西侧开去。还没跑到尾,前面转弯处出现一辆车,车头转弯得干脆利落。

然后司庭衍跟那辆车便正面碰上了。两车各占一边车道，挡风玻璃后双方的视线在第一时间对上。

钟轩泽跟司庭衍差不多同时离开电视台，能在这里碰上一点也不奇怪。

双方眼里都没有任何过激情绪，却隐隐带着火药味。直到两车狭路相逢，就快擦肩而过，双方却都停了下来，主驾驶窗口互对着。

钟轩泽先开的口："公平一点。"

停车场里灯光冰冷，水泥墙面灰扑扑的。

司庭衍直视前方，断了他的想法："已经结束了。离她远点，你没能力抓好她。"

钟轩泽一只手搭在车窗上，侧头看向他："你也得给机会。"

司庭衍冷漠地看他一眼："她的机会都是我的。"

钟轩泽依旧很礼貌："之前在水吧外，你不是让我抓好她？"

司庭衍看着他："希望你知道，那是警告，不是在给你机会。你再碰她试试。"

说完，司庭衍踩下油门，车从钟轩泽的车旁呼啸而过。

程弥回到酒店房间，手机屏幕上消息栏仍是空白的。

她今天一天下来身体疲惫，想放松一下身体，也得运动一下，换上泳衣拿上衣服去酒店泳池。酒店泳池是室内无边泳池，高层巨幕落地玻璃窗，可以远眺高楼大厦。

泳池水面如暗色璀璨的珠宝，四周装潢高档，泳池边上放着几张皮质躺椅。波光粼粼下有几束灯光影影绰绰，让人身体陷在混沌里有种安全感，不知不觉放松。

水温适宜，程弥游了一会儿后，空荡泳池内传来手机铃声，她来到泳池边，拿过手机看了一眼，是司庭衍打来的电话。

程弥接了，手机放到耳边，昨晚在她耳边一整夜的声音透过听筒直落进她的耳朵里。

司庭衍问她："在哪个房间？"

程弥将手搭在泳池边沿，说了个房间号，又跟他说："我现在不在房间。"

"你在哪儿？"

"泳池。"

程弥看向一整排落地玻璃窗外面，楼厦灯火璀璨。可她看到的不是这满城繁华，而是司庭衍。

一天没见，她更想他了。

司庭衍听完没挂电话，程弥听见他那边有电梯声响，也没再游回泳池里，等他过来。

"几楼了？"话音刚落，她听到了脚步声。

这个点是凌晨，泳池里就她一人，程弥看向泳池入口。很快，近在耳边的脚步声和门口的重叠上。

司庭衍一眼找到她，程弥的目光和他正对上。

今晚的司庭衍没西装革履，穿着黑色卫衣，肤色被黑色衬得过分白皙，浑身沾带疏离感。这是他回国这几天，程弥第一次看见他穿便服。

她身上穿着黑色泳装，泳池里的水轻漾上她白皙的肌肤，长发湿透，发尾散在水里。

程弥直勾勾地看着司庭衍，司庭衍同样双眼不离她，往她这边走过来，但也没有一点急躁。

程弥看着他走到自己面前，司庭衍黑色眼睫垂下看着她，手机拿离耳边。

程弥将手机推回泳池边，一边手臂顺势抬手往上勾。似乎是有感应一般，司庭衍也在同时逼近她，程弥抬起的手臂恰好攀上他的颈项。

司庭衍吻上她的双唇，程弥指尖描摹到他的脸侧，指根贴在他的耳后。

触上又弹开，程弥轻退离了些，去看他的眼睛："一天没见，想我没有？"

几秒间，程弥的视线比司庭衍高了。司庭衍下水，她双臂攀在他的肩膀上，他的指节搭在她黑色的泳衣后。

司庭衍眼瞳很黑，落向她右边的手臂。

"晚上零点那会儿，电视台楼下钟轩泽搂了你这边儿手，你在对镜头笑。"他说，"没有在想我。"

程弥听他说完，微讶，不知道他怎么知道那时的事情。但很快她恍然大悟，问他："跟我一晚上了？"

她又微抬眼睫，直接剖开他的坏心思："不跟我说，想让我愧疚吗？司庭衍。"

跟她一晚上，故意不让她知道，增加她心里的愧疚感，程弥还是了解司庭衍的。

而她浑然不知这些是司庭衍故意让她看穿的小把戏。

司庭衍不否认，也不怕她知道，直接要求她："今晚不许拒绝我。"

"我什么时候拒绝过你了？"

司庭衍跟她算得很清："昨晚。"

他不说程弥都想不起来，细想一下才记起昨晚司庭衍要碰她，她一开始别的那一下腿，当时因为气他跟戚纭淼不清不楚。

他真记仇得要死。

程弥说他："这么记仇？当时我生着气呢。"

她给予他的每一丝情绪，他都记得一清二楚，她不过不让他碰那么一下，他就死死记住了。

程弥说："我不让你碰有用？你现在不是要回来了？"

"所以你不要费劲拒绝，我会要回来的。"

司庭衍说话时目光沉静地落在她光洁的颈上，程弥也不说话，让他看。

程弥双臂搭在他的肩膀上，一丝湿黏发丝缠上手臂，往下滴落水珠，她心满意足地看着司庭衍。

她是他的领地。

程弥回答他之前那句话："我不可能会拒绝你，你也要一直招我。"

她说完这句话，竟然止住了司庭衍的动作，他抬眼看她。

泳池的水将他们两个人圈在其中，水面细碎光影晃动在司庭衍白皙的肌肤上，以及他深不可测的眼睛里。

"你跟我保证这句话你不会收回去。"他说。

程弥不知道司庭衍为什么会这么想，说："我想让你招一辈子，还需要跟你本人保证吗？"

空气在发烫，只眼神相触，都能把对方加沸。

这时，游泳池外突然响起脚步声，还有女生略微尖锐的怒骂。程弥和司庭衍对视一眼，她明显热情退却一点，想退开一些。

司庭衍却不肯，无比冷静，继续咬上她的双唇，直接拖抱她进泳池底，与此同时水面上模模糊糊传来一道声音。

"钟轩泽，你是不是废物？！你到底有什么用啊，让你追个女人你都追不到！"

程弥没想到司庭衍会直接把她拽进水底，气息不稳，憋了一会儿便想从水里出去。司庭衍先她一步，没让她呛着，将她托出水面。

水波"哗啦"一声响，她长发全湿透，湿答答地挂在额后，艳美全露，骨相和五官完美到淋漓尽致，已经卓绝到无可挑剔的地步。

路过泳池外面的声音早已消失，但尖锐的抱怨还留在人的脑海里，程弥刚才在下面隐隐约约地能听到人说话，声音很模糊，但仍是拼凑出了内容。

不过，她当时一心一意都在司庭衍身上，现在才腾出空当回味那句话。

钟轩泽追她原来是有人指使的？

她没回头去看外面，因为人早走了。

司庭衍明显也听到了那句话，正对入口，目光下意识地往外面瞥了一眼。

程弥问他："听到了？"

司庭衍收回目光，眼底一片漠然，明显不想聊钟轩泽："上去了。"

即使分开这么久，但程弥没忘了司庭衍那偏执疯狂的心性，对于那些觊觎她、跟她挂钩的人，他有不让她知道的满腹心计。她没动身，长睫上还挂着细碎水珠，看着司庭衍："不要浪费你的力气去对付人。"

司庭衍看向她。

程弥知道，他被她猜中了。

"我跟他不会有什么关系，只是同事。"她试图掐断他的想法，语气温柔，"别干坏事，不值得。"

司庭衍似乎被她说服了，就是要问她一句："那谁值得？"

程弥说："姓司的。"

三个字都让司庭衍盯她很久。

从相遇到现在她对司庭衍说过的情话可不少，信手拈来，而司庭衍似乎永远吃不腻她这套。

泳池不时有人来往，不太方便，司庭衍让她上楼。

程弥说："你不是挺敢的？"

司庭衍接她的话："你要在这里的话我也不介意。"

这里是公共区域，程弥也不开玩笑了，没再招惹他。两个人从酒店游泳池离开，一起回她的房间。

浴室里热气氤氲，瓷砖挂满水珠，整个世界只剩下程弥被司庭衍牵扯着眩晕。

司庭衍晚点有一个会议，没太过火，套房里有门铃声传来，应该是他叫来的人，他从浴室里出去了。

程弥围上浴巾从浴室里出来，坐回大床床尾。

不一会儿，司庭衍从外面回来了。

套房装修风格简约冷淡，地面墙面四处皆是深啡网黑色瓷砖，顶上吊灯璀璨，程弥看着司庭衍朝她走过来。

他让助理送了衣服过来，但手里还拎着其他东西。程弥问他："什么东西？"

司庭衍到她身边，在她对面的沙发上坐下，递给她一个纸袋："我妈之前到首都，给你带的东西。"

程弥顿了一下，微讶异："阿姨给我带了什么东西？"

"一些你喜欢吃的。"

程弥接过司庭衍递过来的纸袋:"阿姨什么时候去首都的?"

"我刚回国那会儿。"

程弥想起之前司庭衍刚回国那阵子,她给司惠茹去过电话问她司庭衍的地址,但司惠茹还是从她这里得知司庭衍回国的消息,估计就是那会儿连夜赶去的首都。

程弥打开袋子,司惠茹给她带了一些奉洵那边的特色零食,以前在奉洵上学,程弥没事便爱吃这些东西。

她问司庭衍:"阿姨最近身体还好吧?没瘦吧?"

司庭衍说:"还好。"

程弥自知自己忙,也经常全国各地跑,时常不在首都,司惠茹估计是怕打扰她,才没自己把东西拿给她。

但是按理说,她那天打电话问司庭衍的地址,司惠茹应该能知道她跟司庭衍疏远了。

程弥抬眼看向司庭衍:"阿姨想缓和我们的关系让你拿给我的?"

她一边手搭上下巴,指尖点在颊边:"还是说,是你主动揽下这活儿的?"

她明晃晃地在猜测,兴致似乎很浓。

司庭衍直盯着她的眼睛,直接肯定了她心里的猜测:"我自己要拿给你的。"

他说得直白又坦荡。

程弥盯着司庭衍半晌没挪眼:"阿姨来首都的时候,我们还没和好吧?"

司惠茹极其疼爱司庭衍,得知他回国肯定会马不停蹄地到首都看他,不可能等上个几天。司惠茹来的时候,司庭衍跟她的关系应该正处于冰点。

司庭衍被她说中,但一点也没有被她拆台的窘态。

"你的东西不管怎样都会回到我手上,早晚有什么关系?"他看着她,虽没有任何动作,却像虎视眈眈一般。

程弥被他这个眼神紧抓着,也看他良久,说:"包括我这个人?"

司庭衍没怎么想便回答她:"你知道这是我唯一一个目的。"

程弥很喜欢司庭衍那双眼睛,很好看,特别是当他看她的时候,她总忍不住对他见色起意。

她跷着腿,脚尖趾甲点着红,抬起手,细细的指尖碰去他的眼睛上。她细细描摹,像贪恋不已:"当时还在怄气,为了我这个目的,把那口气吞下去了?"

司庭衍没躲,任她触碰,问她:"你觉得呢?"

他肯定没有。

程弥说他:"后面还欺负我,我可还没忘记呢司庭衍。"

想起后面心态被他折腾到那么狼狈,程弥就想逗他,拆他的台:"当时气都还没消,怎么就还替我收东西了?"

但她这招对司庭衍没用,他不受她逗弄的影响,脸不红心不跳的,反过来认真回答她的这个问题:"因为我还想着你,你必须跟我还有以后。"

程弥根本斗不过他,在跟他对视下心跳攀升十几个数后,她指尖发烫,要收回目光。这个举动让司庭衍不喜欢,程弥还没抽离手,就被他抓回。

"你干什么?"程弥被他紧抓着,"我想吃阿姨给我的这袋子东西,你从首都特意带过来的呢,不吃多可惜。"

他们现在是在别的城市,这些东西肯定是司庭衍特意从首都带过来给她的。

程弥突然想起司庭衍小时候,被司惠茹从孤儿院接走后,把他那袋不肯让人抢的糖果全留给她了,因为她喜欢。

程弥说:"是想着我喜欢吃,一定要带给我吃,特意大老远带过来是吧?"

司庭衍的手机在这时响起,助理来通知会议准备好了,他看了程弥一眼,松开她的手。

他起身,程弥问:"干什么去?"

司庭衍："我去外面客厅开会，你睡觉。"

"今天真体贴啊司庭衍。"程弥知道他要忙了，无所畏惧地拱火，"等你回来睡觉。"

司庭衍眼风淡淡地扫过她，然后出去了。

程弥坐在床上，眼里满是笑。

两天后，电影《手术》全国上映。

如市场评估那般，电影《手术》刚搬上银幕，短短几天内票房大卖，网络上反响热烈，讨论度极高，甚至超出了预期。

《手术》虽是医疗题材，却也不乏亲情和爱情，主题虽沉重压抑，最后结局却是走向重见天日的救赎。不管观众从哪个点切入讨论，无论是国内手术机器人产业的崛起，还是男女主人公之间深刻的感情，都能找到有笑有泪的深刻故事线。

随着电影爆火，各位主演的名声高涨到另一高度的同时，影片中的原型中恒外科心脏手术机器人也得到社会空前未有的关注。

在票房和口碑飙升的过程中，有人喜有人忧，制片方和出品方不用说，自然赚得盆满钵满。演员则是名气越来越高，不管主角配角，都被推到了大众面前肆意讨论。

程弥连着几天被议论上热榜，精湛演技和出色五官被频频讨论，各种资源陆续找上门。她实在长得太漂亮，讨论度高到几乎把其他人的锋芒都盖住了。

钟轩泽的境遇跟她差不多，同样获利极多，资源源源不断。

就连傅莘唯一个配角都不乏讨论度，她在电影中的角色很讨喜，借此吸了一拨粉丝。但名气大增的同时，看见她的人多了，必定会带来负面消息。

程弥和傅莘唯身为女主角和女配角，加上两个人长相有一点相似，自然少不了被放在一起比较。

时隔几年，傅莘唯陷入了跟戚纭淼当年杂志换人风波一样的困境，她的五官跟程弥的长相被大众拿到了一起讨论，那张脸被踩到一无是处。

大家都说她是低配版程弥，整容整到脸都僵了，照着程弥的脸整，处处学别人，却还没程弥的十分之一漂亮，是个垃圾赝品。

满网关于《手术》这部电影的议论里，拉踩傅莘唯的长相的言论占有很大一方位置。

程弥倒没什么时间去看网上那些东西，电影爆火使她的行程变得更加忙碌，各种剧本和资源也应接不暇。

而司庭衍也极其忙碌，程弥后来才知道之前他都是挤出时间去找她，他的忙碌程度不亚于她。且他也是电影的受益方之一，随着电影的热播，他的团队研发出来的手术机器人被推到了议论的高处。

多年以来在手术机器人这个领域上，市场一直被国外垄断，如今中恒外科手术机器人的横空出现，有望打破垄断的壁垒，对提升国内在这个领域上的自主创新能力有很大意义，所以极受大家重视。

司庭衍很忙，程弥也是，行程满到脚不沾地，两个人一时有几天见不了面。

这天程弥结束一场电影路演，在车上翻看蒋茗洲有意给她接的几个剧本，翻到一半手机铃声作响。她拿过手机看了眼来电，屏幕上跳着"黎楚"两个字。

程弥最近太忙，已经有几天没跟她联系，直接接听电话。

她刚接听，黎楚开口第一句话便是："应该忙完了？"

程弥又翻过一页纸，笑了一下："你怎么知道？"

"我在网上看你路演结束了。"

"这么关心我？"

黎楚对她这个问题不置可否，问她："要不要出来见一面？我也在A城。"

电影路演就是跑全国不同的城市，程弥这回便是来的A城，她不免讶异："你怎么过来了？"

黎楚说："褚申认识吗？"

程弥点点头，褚申是一名说唱音乐人，她的歌单里还有他的几首歌曲："认识，怎么了？"

"他是我的朋友,"黎楚说,"到这边开巡演,我跟着一块儿过来了。"

程弥今晚没什么事了:"把地址发给我。"

挂完电话后,黎楚很快发过来地址,程弥没大张旗鼓地过去,让司机将车停到路边,她想自己打车过去。

下车后,她仔细翻了下手机,没看到司庭衍的未接来电和短信。

巡演地点在某座线下体验大楼,附近人头乌泱一片。程弥坐电梯直上三楼,她没门票,黎楚站在入口等她,直接带她进去。

场地里面气氛火热,射灯频闪,舞台上的男人握着麦,嗓音蛊人,颓废又激昂,把场子炒得火热。

程弥认出那是褚申。

褚申一身麦色皮肤,身材精瘦又不失力量,耳朵上有显眼的黑色耳钉,左臂上满片刺青,张扬狂妄到晃眼。

程弥跟黎楚去到一旁,就见舞台上的褚申眼神追着黎楚看向这边,边从容说唱边挑眉往这边抬了下下巴。

褚申的下巴是准准指向程弥这个方向的,她问黎楚:"他是在跟我打招呼?"

黎楚点了点头。

程弥看出猫腻,褚申还真是给极了黎楚面子,自己还在演出,黎楚的朋友一来,他还不忘打招呼。

过了一会儿,程弥问起黎楚近况:"最近怎么样?"

"还行,全国各地跑。"

黎楚当年大学毕业后,不出意外成了一名摄影师,现在天南地北地飞。

她问完,黎楚说起她:"最近这部电影演得挺好,演技不错。"

程弥看她一眼:"去捧场了?"

这时身旁突然冷不丁跳出一个声音:"她都去捧场好几次了。"

程弥侧头看去,就见褚申走过来,朝她伸出了手:"程弥,初次见面,你好啊。"

程弥脸上戴着口罩，这里面光线也不算明亮，她讶异褚申怎么知道是她，而且似乎对她很熟悉。

褚申似乎看出她的惊讶，往黎楚那边示意了一下："她最近每去一座城市，就要去看一场你最近演的那部电影，大摄影师还跟银屏里的你合影了，包里一堆电影票票根，不信你问她。"

黎楚看着褚申："你能不能闭嘴？"

程弥信褚申说的是真的，笑了笑。

褚申就是中途休息下来一小会儿，很快又上台，这里很快又只剩她们两个人，还有不时经过的工作人员。

等褚申走后，程弥问黎楚："他跟你告白过几次了？"

黎楚想了一下："五次？还是六次来着，忘了。"

程弥猜得没错，褚申果然喜欢黎楚。

她问："有意思不？"

黎楚没怎么思考，很干脆利落地给出一个答复："就是朋友。"

话音刚落，舞台那边突然掀起一阵起哄尖叫声，疯狂到几乎要把房顶掀翻。动静很大很张扬，程弥和黎楚循声看过去。

接下来闯进眼里的这幕，让程弥的视线顿了一下。

舞台下气氛热闹如浪潮，电音炸裂在在场所有人的心房里。褚申单腿跪伏在舞台边，单手扣着台下某个女孩的下巴，女孩攀着褚申的颈项，两个人正在疯狂热吻。

这个场面已经足够让人惊讶，毕竟她刚得知褚申喜欢黎楚。但在看清跟褚申接吻的那个女人是谁后，程弥的神思当场卡顿了一下。

戚纭淼紧紧攀搂着褚申的颈项，行为大胆又张扬，跟褚申亲得忘我。

怎么会是戚纭淼？

程弥上次碰见戚纭淼还是她跟司庭衍和好那个晚上，那晚隔着门板戚纭淼在外面歇斯底里地发泄一通过后，两个人便再也没见过。

这几天跑路演，他们出品方没再跟过来，而她作为电影编剧，也没以这个身份出现过。

短短几天，戚纭淼五官浓妆艳抹了几个度，身上的刺更是隔空都能感受到。

程弥还没从惊怔中回神,她身旁的黎楚已经开口告诉她:"这世界真是小,这样都能遇到老熟人。"

黎楚语气很平静,看到他们接吻都懒得惊讶。

她跟戚纭淼是认识的,以前在奉洵,她们两个都跟陈招池在一起混过一阵。

程弥收回视线:"他们怎么在一起?"

黎楚点了点头:"褚申在上个城市勾搭到的。"

也就是说,是司庭衍跟她和好那天晚上之后的事。

黎楚给程弥解释时没什么起伏的情绪,虽然她平时不管碰到什么事都这副样子,但程弥能感觉到她话里是真的不在意。好像除了江训知,她再也听不到有哪个男人能让黎楚的声音和情绪有所起伏。

主舞台那边褚申和戚纭淼已经分开,程弥随意扫过一眼,窥见褚申起身时不经意地往黎楚这边扫过的一眼。

程弥知道,他已经输了。

从高调亲吻戚纭淼,以此博得黎楚吃醋的那一刻,他就已经打了败仗了,因为黎楚不在意。

内场依旧沸腾,后半场程弥沉寂许久的手机屏幕亮了。她拿起来看了一眼,司庭衍给她发了短信。

在哪里?

三个字,冲破两个人几天没见被迫冰冻上的冰幕,滚烫一涌而出,灼烫到程弥心口发热。

屏幕荧光映亮程弥的口罩,这里音浪强烈,她需要找个安静的地方回电话,但已经等不及。

你在 A 市?

地址发过来。

程弥复制地址，粘贴，直接发给了他。

下来，我过去接你。

程弥收起手机，刚想跟黎楚开口，转头就看黎楚一直盯着她。
黎楚问："在跟司庭衍发消息？"
程弥："你怎么知道？"
黎楚说："还有哪个男的能让你这样？"
程弥在跟司庭衍的这段感情里，看似她更悠然自在，更游刃有余，但只有黎楚了解，程弥被司庭衍捏得有多死。她嘲笑程弥："眼睛都发光了，我们的情场老手。"
程弥说她："行了啊。那我先走了，我们几天没见了。"
黎楚点头："去吧，我过会儿也要去机场了，明天有个活儿。"
程弥抱了黎楚一下，都没说下次见。她们是会再见面的，而且基本不会超过一个月，两个人就会见一面。

程弥离开，到楼下等候时在门口的人依旧还没散。她刚走去人少点的地方，面前就有一辆车停了下来，宝蓝色，造型拉风，牌子惹眼，已经惹得不少人看过来。

驾驶座车窗落下，史敏敬的脸露了出来，那副眼镜和他这车有点不搭："等司庭衍？"

程弥问："你怎么在这儿？"

史敏敬说："司庭衍让我过来接你，他那边刚下飞机，过来还有段时间。我刚好在这附近，他就让我先过来接你了。"

附近有人往这边不断探头，似乎是觉得程弥眼熟，即使她戴着鸭舌帽和口罩，但身段依旧打眼。这样下去她早晚被认出来，这么多双眼睛，她可能连司庭衍的车都上不了。

程弥走下马路，绕去副驾驶座，拉门上车。

史敏敬升起车窗，拉杆起步，车刚滑出没几米，程弥便问了他一句："有什么事要我帮忙的？"

史敏敬愣了一下,然后侧目看她,笑了:"聪明啊,怎么知道的?"

程弥说:"司庭衍不会让人接我,会自己过来接我。"

史敏敬打方向盘:"你是挺了解他,那为什么还要上我的车?"

程弥说:"那里人多,不方便我上司庭衍的车,你不是要去找他吗?正好把我送过去。"

史敏敬的脸侧了回去:"我是有事要让你帮个忙。"

程弥其实早猜到了,直说:"关于戚纭淼的?"

史敏敬惊讶了一下,回头看她一眼,猜到七八分了:"你刚才也去褚申的巡演了?"

程弥点了点头。

史敏敬笑了一下,笑容有点落寞,外面路灯流水般后退,程弥发现他的下巴上冒出了淡淡的青楂:"还真什么都瞒不过你。"

程弥:"我话先说在前头,涉及司庭衍,这个忙我不一定帮得上。"

"知道,"史敏敬说,"你尽管坐车上就行。"

他说:"你也看到了吧,戚纭淼那颓样,整个自暴自弃了。"

程弥一只手搭在车窗上,她说:"所以呢,你想让司庭衍去拽她一把?"

"嗯。"

他们都知道这意味着什么,程弥指尖垂在车窗内,点在车壁上:"那你有没有想过司庭衍把她招回来,他就得受着,得管着她,得跟她在一起?史敏敬,你怎么敢请我帮这个忙呢?"

史敏敬踩着油门,声音是从容的:"我没办法了程弥,只能这么做,只有司庭衍能把她拽回来。"

话音刚落,随着一声尖锐刹车声,轮胎尖叫着抓地。程弥整个身体从椅背上离开,又被安全带勒着撞回椅背上。

她抬眼看向前面,隔着不远不近的两米,近光灯相冲,对面那辆银色跑车通体锃亮。挡风玻璃后,司庭衍坐在主驾驶位上,第一眼先是看向了程弥。

程弥的视线和他对上,他眉眼间压着点阴沉,收回目光,压迫感直压向史敏敬。

两秒后,车里响起手机铃声,史敏敬的。他接了,没有发怵,很淡定,开口道:"我就问一句,你去不去看戚纭淼?"

程弥坐在副驾驶座上,没出声说什么,只盯着司庭衍。

司庭衍眉浓鼻挺,白皙肤色被车灯映到发凉,眸色里的锐利让人不敢直视。

"如果你不想你的车报废,最好放她回我车上。"

正值深夜,这里不是大路,街上空无一人,树荫黑影盘踞两侧。

两车车头互对,近光灯灯束打在对方的车上,程弥坐在史敏敬的副驾驶座上,听车厢里的通话陷入针锋相对的凝滞。

看这架势两个人在这之前已经争执过一轮,史敏敬肯定是拿司庭衍没办法,才赶在司庭衍接上程弥前截和,给他摆了这么一道,逼他看一眼戚纭淼,但现在半路被司庭衍堵上。

现在已经停车,程弥想自己开门下去,手去开车门却没打开,因为史敏敬的车突然往后倒退。

司庭衍步步紧逼,让史敏敬放程弥下车,他仿若没听到:"戚纭淼在你身上死心眼这么多年,你提不起半点兴趣,成。"

他左手握着手机放在耳边,另一只手臂挂在方向盘上:"但看她掉进火坑,你能不能行行好,拽她一把?"

程弥就坐在史敏敬身边,他说的话她听得一清二楚。

史敏敬说完,车厢里又乍陷入寂静之中,但这份凝滞还没维持一秒,就被司庭衍干脆利落地打破:"最大的火坑是我。"

程弥闻言看向司庭衍,知道他什么意思。他不爱戚纭淼,对于戚纭淼来说,他才是那个最大的火坑。

史敏敬却像听笑了,冷笑了一声:"你开玩笑?她现在出去堕落,能比在你这儿吊着一口气好?"

转头程弥就听司庭衍狠绝地下了判决:"是。因为在我这里,想要一口气吊着活命的机会也不会有。"

史敏敬看着知书达理,身上气质却是有些不正经的吊儿郎当,但今晚相比平时收敛了一点，多了丝颓废和严肃。他笑了一下，说司庭衍："不就是自私吗？司庭衍。"

史敏敬说完这句话，程弥都替他捏了把汗，但也明白他跟司庭衍有多熟悉了，才敢这么跟司庭衍说话。

车厢内再次安静，隔着挡风玻璃，程弥都能感觉到司庭衍压向这边的危险情绪。史敏敬说他自私，他承认得坦荡，声音里没有震怒，却一听就让人知道不好惹。

"是，你想让我牺牲自己的东西，做梦去吧。"

他这句话里每个字都让程弥心脏一跳，她目视前方，两辆跑车相对，程弥所坐的副驾驶座正对着司庭衍的主驾驶座，她牢牢锁视着他。

司庭衍从头到尾态度都很强硬，史敏敬看他这么强硬，没再废话，挂掉通话，将手机扔回中控台上，突然换挡，不再往后倒退，车头直冲向前，两车本就不远的距离一下子快缩减为负。

程弥上车后一直很淡定，此刻心跳有了起伏："史敏敬你疯了？"

史敏敬不要命地往前，司庭衍性子也强硬，谁都摸不透接下来会发生什么。

史敏敬却说："怕什么？你在我这车上，就是最好的保命符。"

直到两车快撞上，司庭衍的车突然急速往后退，他死死盯着史敏敬，眼神阴沉到可怕。

史敏敬长指有一搭没一搭地敲叩在方向盘上："看吧，他再跩也没办法。"

自己拿程弥对付他，最有用了。

说完，史敏敬突然一个急刹，程弥惯性往前，又猛一下被甩回椅背。

司庭衍往后撤退，史敏敬急刹，两辆车一下子拉开距离。

直冲向司庭衍只是史敏敬的一个假动作，想借此多出一点时间摆脱司庭衍，两车互对着他跑不了，司庭衍不会让他跑。

紧接着史敏敬利落地转动方向盘，跑车短短三秒内骤然掉转了个方向，汇上马路车流。凌晨车流不密集，史敏敬跟发疯一样，油门直踩，将司庭衍甩在身后。

当然，没多久，他在后视镜里就看见司庭衍追上来。

史敏敬乐见其成，这就是他的目的。他刚从褚申的巡演地点离开，现在又原路返回，要把司庭衍引过去。

程弥在他这里，他拿她要挟司庭衍做什么都轻而易举。

运气好连遇几个绿灯，史敏敬的车不带停地穿过几个红绿灯路口，司庭衍同样紧咬着不放。程弥怀疑史敏敬就算遇到的是红灯，也会停都不带停，直接闯红灯。

史敏敬就一个纨绔子弟，后面也证实程弥所想，在某个红灯倒数的路口，直接闯红灯飞速驶过十字路口。

程弥虽不至于气急败坏，但已经皱眉。他这是在拽上司庭衍的命开玩笑。她皱眉看向史敏敬："史敏敬，不要命了？"

说话时没忘扫一眼后视镜，司庭衍同样直冲路口，程弥的眉心皱得更深了。

史敏敬不紧不慢地说："怎么光说我？后面那个比我不要命多了。"

司庭衍开得比他还快，跟找死没什么区别。

两辆车前后追逐，距离或远或近，但追赶间司庭衍的车还是要快一点，车距在不断缩短，由几十米距离，最后拉扯到只剩几米。

程弥全程眉心没松开，史敏敬说得没错，司庭衍比他不要得多。史敏敬这时候才明白，对上司庭衍他毫无胜算。

最后在环江公路，司庭衍一个赶超，车头往右甩，轮胎剧烈摩擦地面，车身直接侧挡在史敏敬的车前，把史敏敬的车逼停到路边。

史敏敬早预料到，刹车没有很突然，但轮胎还是滑擦出一阵刺耳声响。

程弥看见司庭衍拿起了手机。

史敏敬的手机再次在车内振动起来，他很快接听。

他们两个还没张口，程弥先开了口，声音直冲电话那边："司庭衍，你是不是不要命了？"

她语气带点严肃，算不上好，是一路看他开车累积下来的躁意。

司庭衍脸上那丝不耐烦还没消失，要说史敏敬的话停下，他看着程弥。

史敏敬被司庭衍追上堵在这半道上，也没有多气急败坏，直面这场面，挑挑眉，乐得看好戏。他火上浇油地说："你就不怕同归于尽？我车上，你的女人也遭殃。"

司庭衍目光挪都没往史敏敬身上挪一下，还是落在程弥的眼睛上，他说："我们死在一起，我要怕什么？"

程弥从司庭衍的这句话里窥出一丝不明情绪，不是因为史敏敬，而是对着她的，但原因不明。他这句话程弥当然不信，以前陈招池想碰她，司庭衍就算自己命没了，也不会让她被伤害分毫。

史敏敬已经清楚无论怎么样，司庭衍都不会去看戚纭淼，也不再落锁不让程弥下车。

车早停稳，程弥自己打开车门就能下车，但现在他们已经歇战，程弥心里那点被司庭衍开车弄起来的小火也还没下去，便一时坐在史敏敬的车上没动。

史敏敬对司庭衍说："你就是死，也不会去看戚纭淼是吧？"

程弥没说话。

史敏敬停了一下，继续说："你喜欢戚纭淼会死吗？你为什么就不能喜欢她一下——"

他说这句话，根本没把副驾驶座上的程弥放在眼里。

每个字都如细小沙砾磨在程弥的耳膜上，这句话她一个字都不想让司庭衍听到。她坐在副驾驶座，抬手，指尖轻按下方向盘的喇叭。

车喇叭乍响，直接掩盖中止掉史敏敬的话。

"史敏敬，闭嘴。"程弥淡淡地道。

她不是圣人，不会让司庭衍去爱别人。

挡风玻璃外，司庭衍眸色像车外黑夜，凝视着她。

史敏敬那句话没再说下去，程弥便停了手。她想回司庭衍的车上，打开车门要下车。

史敏敬将手机扔回了中控台上，开着扬声，一条手臂挂上了窗沿："司庭衍，能不能有点良心，戚纭淼这些年都为你做了多少？一个人跑去国外，理科明明不太行，也绞尽脑汁地学跟你一样的领域，又写了剧本，一个剧本给我们团队出了不少力吧，你现在翻脸不认人了？"

程弥推开车门的手停了一下。

司庭衍很快回话："把人放进团队的是你，送人到我面前被伤害到心灰意冷的是你，自己玩过火了，别把烂摊子甩我面前。"

程弥听懂了这句话，稍微想了一下，便知道为什么戚纭淼这些年会有机会待在司庭衍身边了。她摔上车门，往司庭衍的车走去。

车里的史敏敬更知道司庭衍这句话什么意思。

史敏敬比司庭衍大两届，跟司庭衍上的同一所顶尖学府，虽然是个花花公子，但学问上确实也是个天才，后来跟司庭衍一起共创手术机器人团队。

他也是戚纭淼到国外找司庭衍那段时间认识她的，因为对戚纭淼感兴趣，后来擅自主张地让她进了团队。戚纭淼虽不是天赋流，但实力确实有，人才不怕多，司庭衍也没管他，也没搭理过戚纭淼。

中途史敏敬还使过手段，故意不阻拦戚纭淼追司庭衍，反而给她制造机会。虽然戚纭淼也只是利用他制造了很多接近司庭衍的机会，但他乐得陪她玩。戚纭淼问他司庭衍去哪里了，他告诉她；让他给司庭衍的工作室的钥匙，他也给；包括那次电影首映礼，她要去休息室献身，也是他帮忙。

史敏敬心里很清楚司庭衍不会接受戚纭淼，抱着让她去给司庭衍虐一虐的心思。等哪天戚纭淼被打击到撑不下去，难过了、痛苦了，他也就有机会乘虚而入了。

司庭衍跟程弥和好那天晚上，戚纭淼能进司庭衍的那套房，就是他放戚纭淼进去的。

戚纭淼当时在史慧谨的餐厅喝多了，有点醉，难得有点弱意，闹着要找司庭衍。史敏敬很清楚不能放她进去，他知道司庭衍跟程弥在一起，男人女人凑到一起，更何况司庭衍蓄谋已久，还能在里面做些什么？

他有过一瞬犹豫，但还是放戚纭淼进去了。

可他错了，戚纭淼不是那种会让他乘虚而入的人，不是会示弱的女孩子。即使是被司庭衍伤到遍体鳞伤，她也不会哭哭啼啼，而是大声吼回去。她好面子，不爱低头，也就不可能有机会让他乘虚而入，反而会更让他找不到缺口。

现在戚纭淼真放弃了，不玩了，以这样一种偏激的方式结束她这段感情，这一切都是史敏敬造成的。如果一开始不是他的所作所为，戚纭淼不会有这么多接触司庭衍的机会。

史敏敬的车留在原地。

程弥回到司庭衍的车上后，司庭衍没在原地停留，踩油门离开江边。

几天没见，他只看她一眼，她浑身细胞都在叫嚣着发软。

司庭衍从她上车后便和平时没什么两样，仿佛她刚在史敏敬的车上感受到的他明显冲着她的那股脾气，是她的错觉。

司庭衍没问程弥酒店地址，车停在江边某处隐蔽处。隐蔽处黑影重重，不远处江上倒映着城市的琉璃光彩。

司庭衍直接解开程弥的安全带，没有让她留在副驾驶座的意思，动作不算粗暴，但指节掌控性极强地握上她的后颈，将程弥同时凑过去的吻扣到他的唇上。

热吻里，程弥说起从在史敏敬的车上便一直缠绕她的心脏的那句话，她复述他的话："想让你牺牲你自己的东西，去做梦吧。"

程弥双臂攀着他的颈项，故意说："什么是你的东西？"

司庭衍不回答她，盯着她。

程弥轻闭眸，问他："我们两个的感情，还是我？"

司庭衍看着她脸上的每一个细微神情，终于开口："你的身体，你的心脏，你所有的笑，还有哭，全部都是。"

她的人，她的情绪，全部都是他的，只会是他的。谁都不可能让他放弃这些东西，包括程弥自己。

程弥微低颈，鼻尖碰他的鼻尖："你今晚不去看戚纭淼，连口气都不吊着她，怎么到你这里你就双标了？我不看你的话，你还会强迫我看你，让我吊着你的无数口气，到你这里，你就不说它不好了？"

司庭衍说："不一样。"

"怎么不一样？"

司庭衍静止几秒后说："你就算不爱我，不知道有我这么一个人，从来不看我，我这一辈子也都会被你吊着。"

程弥的心跳被他牵控，随着他话里的每个字起伏。

"非得走我这条路吗？"她问。

司庭衍没说话。

窗外有人影渐近，滑过后座车窗，最后经过主驾驶位。影子映在车窗上，司庭衍没去看，开了口。

"我只要你。"

离得近，程弥的唇微贴上司庭衍的，心跳不稳，气息黏着他。

司庭衍的声音一下毁掉了她的神志。

"你这条路，我会一路走到黑。"

只许你因我皱眉

Chapter 16

司庭衍的车没在路边停多久，一会儿后开往程弥昨晚落脚的酒店。

程弥今天赶飞机赶活动，几乎体力尽失，到酒店后没多久，便在司庭衍身边坠入混沌好梦中。

进入梦乡前，程弥用最后的力气想，今晚的司庭衍有些不同寻常，腿都被他弄疼了。

楼外夜色很浓，司庭衍没睡，看程弥一会儿后，手从她的颈下抽出，起身沉默地离开房间。

半个小时后，房门传来房卡感应的声音，司庭衍回来了，手里拿着车钥匙，还有装药的袋子。他进屋，将装药的袋子放上柜子。

程弥睡得很安稳，人陷在白被里，半边脸埋进枕头。

司庭衍从进来后眼睛就没离开过程弥，回床上重新把她弄到他怀里。

程弥在他怀里，他就那么一直看着她，目光描摹了她的五官千百遍，完全不犯困。

直到外面黑夜转淡了一点，程弥从熟睡里转醒，感觉到腰上有力的禁锢，迷糊睁眼，就看到司庭衍盯着她看。

程弥不知道时间，以为自己睡过去没多久，稍仰脸看他，微勾唇："怎么还不睡？"

司庭衍看着她，眼底映着她的媚眼红唇。他很突然地道："我梦见你流血了。"

很突然，他的声音却很冷静。

其实他没睡，今晚也没做那个梦，但程弥不知道。

程弥听完他这句话，没太当一回事，双手环上他的腰身，歪靠进他怀里，仰脸吻抚他的唇："流什么血？你的梦里我美救英雄了？"

司庭衍否认，盯她的眼睛盯得很紧，像是要抓住她接下来有可能出现的每一丝试图逃离的情绪，试探道："是我让你流的血。"

随着这话音落地，程弥的视线从他的唇往上走，落向他的眼睛。

她没有震惊到神色俱变，脸上没有出现司庭衍不想看到的情绪，看着他："舍得吗？让我流血。"

司庭衍却没回答她这句话，松开了她。

程弥看他从床上下去，拿过放在柜子上的袋子。

她看一眼那袋子，不知道里面装的什么，没多留意，目光重新落回司庭衍身上。

司庭衍没再回到床上，走去床尾。程弥微靠在床头，双腿自如舒展地搭着。

司庭衍握上她的脚腕，指节搭扣在她的脚踝上，没有将她扯过去他那边。他抬起眼，直视进她的眼睛里。

眼瞳很黑，衬得他的肤色更白了。

他告诉她，梦里她哪里流血了："这里，还有你的手腕。"

程弥一下子听懂他话里的意思，梦里她的手脚都被他束缚，但她不清楚他为什么会突然跟她说这些。

司庭衍说："不怪我，是你要走的。"

程弥沉默一会儿："所以呢，你困住我不让我走了？"

司庭衍没说话了。

程弥突然想起之前她问过司庭衍，在他的梦里，她是不是跟他们和好那天晚上一样。

这个问题司庭衍没回答她，当时程弥也没放在心上。但现在她突然意识过来，他当时没回答不是因为在忙，而是她在他的梦里，大抵跟他闹得不怎么愉快，是他在强迫，她不愿意。

司庭衍自始至终没变过，对程弥的迷恋病到没救。

司庭衍跟程弥坦白，程弥没怪他。她多少了解司庭衍，他对她妄念再多，可从来不伤害她。如果他真舍得这么对她，他们中间就不会隔着这五年了，他不会陪她兜转这么久。或许在五年前他还是个高中生的时候，就会拖着她折磨到同归于尽了。

可他没有，五年前在他的病房里那场分手，他失控过，疯魔过，可最后也是他把快被他拖进悬崖的她拽了回来。

他怎么会觉得她不要他，不愿意跟他在一起呢？

程弥从床头起身，长发从肩头滑下。她凑去司庭衍面前，把他拥向自己的肩颈里。

"司庭衍，你都在这儿了，我还要去哪里？"

司庭衍突然开口："你今晚见到戚纭淼了？"

程弥一开始不太清楚他为什么这么问，指尖插进他的黑色短发里摩挲："嗯，是见到了，怎么了？"

"我没打电话让你上史敏敬的车，你没那么好骗，为什么上他的车？"

程弥对他问出的这句话没准备，手一顿。

司庭衍一问这话，程弥一下子觉察出了不对劲，知道他为什么这么问了。司庭衍果然了解她，知道她没那么容易被忽悠，今晚不可能无缘无故地上史敏敬的车。她稍松开他，眼睛回到他面前："是要问我为什么会上史敏敬的车？"

司庭衍也盯着她："你知道他想做什么，是不是？"

随着他话音落地，程弥仔细端详他的表情，虽然她早已揣测出他问这些话是什么意思。

她今晚上史敏敬的车前，确实知道他要做什么。史敏敬不会无缘无故地跟她套近乎，她在褚申的巡演上见过戚纭淼，都不怎么需要动脑子，就知道史敏敬要做什么。他要用她去逼司庭衍拉戚纭淼一把。

她能想到的，司庭衍不可能想不到。而她坐上了那辆车，无意间像是坐实了她要帮史敏敬的事实。

"又要推开我是吗？我就没有你那点好心重要。"

司庭衍猜测到程弥要把他推开。

程弥不会坚定选择他，这个认知从没从他心底里被血淋淋地挖出来过。

在要离开他、舍弃他这事上，程弥哪怕只一个细微行为，都是在他的理智即将挣脱牢笼的边缘试探。

程弥终于知道今晚在史敏敬的车上隔着挡风玻璃，感觉到司庭衍冲着她的那阵脾气是为什么。程弥确实上了史敏敬的车，也确实知道史敏敬的目的。可她的目的不是司庭衍所想的这样，司庭衍远远低估了他在她这里的分量。

司庭衍问她是不是又要把他推开。

程弥没生气他那安全感在作祟，也没就他这个问题给出回答，而是看着他的眼睛，语气从容，却又每一个字都缱绻认真。

"我爱你。"

三个字，直击司庭衍的要害。

司庭衍没听她说过这句话，也似乎从没想过她会对他说这句话。

她猝不及防地告白，司庭衍眉眼间那点刺人的神色轻顿了一下。

程弥恍惚间，觉得此刻的他竟然有点乖巧。

拿司庭衍最有办法的，永远是程弥。

她目光晃到他耳下，那里有个伤痕。这是之前她被司庭衍刺激到情绪失控，掷碎自己的手机，手机在他的耳下割下的伤痕。

司庭衍完全没处理过它，任它流血，结痂，成疤，故意留下她留在他身上的印记。

程弥看进他的眼睛里："我再怎么好心泛滥，也不会泛滥到跟别的女人共享我的男人。"

程弥说了两句话，可仅仅用了一句，就已经让司庭衍所有气全消了。不管是真是假，司庭衍都愿意为她"她爱他"这三个字低脊臣服。

即使事实不是这样，她不说这三个字，不爱他，他一辈子也都会跟在她身后。

程弥没等到司庭衍回应，他起身，从药袋里拿了冰袋，到洗手间注水。回到床边后，他拽过她的腿，把冰袋敷上她的腿。程弥没往后缩，也没自己动手，是司庭衍弄疼的，他就得伺候。

突然，司庭衍说："程弥，你赖不掉我了。"

程弥微靠在床头，发丝勾缠在光洁的手臂上，她说："说得好像我不告白，你就会放过我一样。"

她那么看着他，又逗他："不说说，要怎么赖着我？"

她问完，司庭衍没有立即回答，房间里静了一瞬，但程弥知道他接下来那句话完全没犹豫。

"我会耗死在你身上。"

程弥有点想亲他。但她暂时没动作，顺杆爬："那你会乖吗？"

"会。"

他睁眼说瞎话。

程弥故意动了下腿，试图抽回。果不其然，她这个举动能刺激到司庭衍，他紧握住她的脚踝，力气大到她脚骨疼，不肯让她跑。

连这一点肢体动作都不让她拒绝。

程弥皱眉，但没吭声。她知道这些都会落在司庭衍的眼底，他见她疼，力气渐渐小了，没再弄疼她，但还是没松开。

程弥发笑："喏，说谎被发现了，司庭衍。"

他明明是恶魔，才不乖，凶得要死。

司庭衍也没否认，抬眸淡淡看她一眼，又落下，视线重新落回她的膝盖上。

半个小时后，司庭衍给程弥冰敷好上完药。

程弥早在这个枯燥过程中犯困，歪躺回床上，往上抬起一条手臂："男朋友，陪我睡觉。"

司庭衍拽住她的五指，指节紧拢住她的，上床顺势将她拽拥进怀里。

清晨五点多，程弥放在矮几上的手机铃声大作。

司庭衍醒了，但程弥没有，她昨天太累，半夜又醒过来一阵。铃声轰炸下，她的眼睫难得颤都没颤一下。

司庭衍到桌边，接听了电话。

电话那边是李鸣，刚接通他就问："程弥你起床了吗？我们准备准备去做妆发，蒋总那边跟那家媒体沟通好了，提前采访，然后这边工作结束了我们立马赶飞机去拍个代言物料。"

他说完一大通，刚喘口气，就听到音色透着淡冷，但不失年轻的声音。

"二十分钟后下去。"

李鸣一愣，司庭衍的声音太过特别，且他总跟着程弥，多少知道程弥跟司庭衍私底下经常见面。他愣了一下后才反应过来，舌头有点打结："好……好的。"

司庭衍挂了电话。

程弥醒来的时候，她的行李箱摊开在地上，司庭衍帮她把东西都收拾好了。她看了一眼，发现东西归类的布局特别熟悉。

司庭衍在沙发上工作，程弥说："你倒是对我的东西摸得很清。"

连她放东西的习惯他都一清二楚。

司庭衍抬起眼睛，视线落在她身上。司庭衍肤色里的白透着一丝冰冽，他问她："胸口上为什么有疤痕？"

程弥愣了一下，两秒后开口："没什么。"

李鸣急着等她下去，司庭衍便也没再问。

等程弥起床穿好衣服后，司庭衍送她下了楼。

《手术》上映以来，票房大卖，热度沸腾。

这阵电影热浪维持很久，直到电影下映，热度依旧高涨不下。片中演员也因此获益不少，名气、咖位跟着水涨船高，资源不断找上门。

电影票房和口碑超出预期，结束院线放映之后，制片方举行了庆功宴。

程弥当天通告扎堆，直到傍晚余晖散尽，她才匆匆落地首都，赶往庆功宴现场。

庆功宴地点在首都五星级酒店的宴会厅，这种场合不像盛典那么正式，但风格也不能过分休闲。毕竟不是剧组聚餐，制片方、出品方等都会到场。

李鸣在车上帮程弥补妆，去宴会路上堵堵停停，一个小时后车才停在酒店楼下。程弥下车，酒店楼下已聚集了不少媒体，还有等候的粉丝。

Chapter 16 只许你因我皱眉

庆功宴已经开始，门口有工作人员在等程弥，她一到场，工作人员立马推门，要带她去里面入座。

两扇实木门被推开，吊灯璀璨，推杯换盏，觥筹交错。

台上制片人正滔滔不绝，程弥只往里面扫一眼，就知道司庭衍还没到场。

电影主演围坐一桌，傅莘唯、钟轩泽他们已经到场，程弥被引至这张桌入座。

刚坐下，她拿出手机，无比熟练地点开司庭衍的对话框，对话框停留在几个小时前他们的对话上。司庭衍是电影出品方之一，今晚的庆功宴他也受邀在列。

几个小时前司庭衍说到机场接她一起过来，但今天他比她还忙，公司实验室出了点小问题，他一时走不开。

但其实他来不来不重要，参加这个庆功宴对他来说没什么大作用，毕竟他的行业领域跟娱乐圈没有直接的交集，这次电影合作还是比较特殊的情况，双方互利共赢。

程弥打下几个字，发送。

是很想你，特别。

她指尖接着下意识地碰出四个字，忍不太住，又停顿了一下，按下删除，换了句话。

不过还能忍，我估摸了一下，能撑到你工作结束。

宴会厅正热闹，程弥刚发完信息想按灭手机，这时手机屏幕亮起，司庭衍的信息跳进来。

程弥刚想抬起的视线停下。

不用到那个时候。

程弥纤长五指握着手机，食指搭在手机侧边，明明机身发凉，她却感觉手指在发烫。司庭衍的又一条信息跳进来。

到了。

这时宴会厅大门突然被从外打开，程弥心里有预感，抬起眼睛。原本注视在手机屏幕上的灼热视线，一下子准确无误地对上推门的工作人员旁边的司庭衍。

史敏敬也来了。

司庭衍跟她一样，门刚打开，第一眼就找到她，视线落在她身上。周围人群哄闹，欢声笑语。而他们对彼此的想念，在这个对视里短暂被解救。

司庭衍一到，制片人很快起身迎接。他跟程弥坐的不是同一张桌，程弥的目光一直跟着他，看他在她斜前方那张桌坐下。

她抬眼能看到司庭衍，司庭衍抬眼也能看到她。

今天的庆功宴，遍地人物，在一些人眼里是个攀权附贵的机会，宴会上自然少不了敬酒环节。

程弥中途去了趟洗手间。

宴会厅里，制片人接受一堆人敬酒后，走到演员这桌，先是笑着跟钟轩泽交谈了几句，碰碰酒杯。

聊完，制片人又问钟轩泽："程弥怎么不在？"

钟轩泽说："去洗手间了。"

制片人点点头，笑脸正想转向傅莘唯。

这时程弥刚好回来，制片人余光注意到，一下回头，酒杯生生掉转了个方向，朝向了程弥。

傅莘唯当场唰一下黑脸，没控制住垮掉的脸色。

总制片人很漂亮，笑起来眼角有淡淡细纹："程弥最近是不是很忙？工作都堆成山了吧，要注意多休息啊。"

程弥已经走过来，端起酒杯，笑着回应："还行。"

傅莘唯端着酒杯的手，在别人看不到的地方，指甲几乎嵌进肉里。

庆功宴十点多结束，宴会厅大门敞开，人流散乱，有的已经离场，有的还没结束交谈。司庭衍就是后者，他们是投资方，大家都想巴结讨好。

演员同样不容易脱身，在公众视线里，在场这些人最受瞩目，也免不了被拉住说话。

司庭衍没走，程弥知道他其实是在等她。他对人际交往不感兴趣，也有资本随时走人，但没有这么做。

在程弥放下手里的酒杯后，司庭衍、史敏敬他们告辞，往宴会厅外走去。

程弥看着司庭衍的背影，两个人中间隔着几道人影，一前一后。

一行人从宴会厅出去，走廊上有媒体和粉丝。

李鸣在外面等程弥，她一出来他立即跟上。

程弥跟他刚走几步，粉丝走上来递给她礼物和信件，他们两个停了脚步。在跟粉丝合照时，有女生在闲聊，说研发手术机器人的那个司总，真的很帅哎，跟网上照片一样。

接过粉丝的信件和合照后，再抬眼已经不见司庭衍，程弥跟李鸣进了电梯。

等电梯门合上，李鸣突然叹了声气："唉，人家的二十一岁，全球名校本硕连读后提前毕业，年纪轻轻事业有成，钱这辈子想花都花不完。"

李鸣站在程弥的斜后方，程弥抬眼看向映在电梯壁上的他："怎么，你就这么羡慕司庭衍？"

李鸣说："我这不叫羡慕，叫仰慕好不好？高智商天才呢，正常人的二十一岁现在还在大学里抠脚，他不仅上完学了，还事业有成。"

程弥笑了一下："我的男朋友，你怎么知道的事比我还多？"

李鸣当然知道她在开玩笑，笑嘻嘻地说："你男朋友的背景在网上也快被扒干净了，现在还有谁不知道？我跟你求证个事，他真的是东承集团那位厉承勋的儿子啊?"

程弥的重点却在前一句,有时候被大众记住并不是什么好事,她微皱眉:"他的背景都被扒出来了?"

"被扒得差不多了。现在不仅娱乐圈,哪个领域长得好看的人都有粉丝,就司庭衍那张脸,他的背景被翻出来分分钟的事。"李鸣停顿了一下,"对了,你俩首映礼有媒体拍到你们的合照,钟轩泽也入镜了,当时网上都在说你跟司庭衍看起来有情侣相,长得还挺配的。就是没什么人敢站你们两个,觉得你们两个不熟,就司庭衍这挂,你可能八百辈子都勾搭不上,你们两个凑一起一看就冷门,站你们两个怕被冷死。"

程弥听完,笑了一下,已经在掏手机:"是吗?"

李鸣说:"网友眼睛真不行,真情侣就放他们面前,他们都能错过,假的反倒嗑得挺起劲。"

两个人说着说着,已经到地下停车场。停车场灯光白炽刺眼,照着冰冷的水泥地面,这里面有一辆车等着程弥。

出电梯后,程弥跟李鸣分道扬镳。

程弥的手机屏幕亮着,停在一条博文的评论页面上,就是那条说他们两个不熟的评论。而评论中不熟的两个人,却在这停车场里进行天衣无缝的会合。

程弥准确无误地找到司庭衍的车,轻车熟路地打开他的车门,钻进他的车里。

她还没上车,朝着车走近的时候,挡风玻璃后的司庭衍便一直在看她,视线跟着她,直到她打开车门进来。

司庭衍今晚虽然在应酬,但酒都让史敏敬喝了,是他开车。程弥坐进车里后,没立即系安全带,直接侧身过去,双唇黏上他的,一触即燃。

程弥的主动让司庭衍很受用。

她就知道他很喜欢。

程弥轻语:"三十二个小时没见,想我没有?男朋友。"

"你算错了,三十二个小时过八分钟。"

程弥笑了一下:"算这么仔细呢,一分钟都觉得不能忍?"

司庭衍亲她:"你不要说话。"

他嫌她浪费时间呢。

程弥咬了他一下。

司庭衍修长指节贴在她的腰侧,感受她的温热。她是注射进他的灵魂里的稳定剂。

他的指节有点冷,程弥打寒战,手机掉落在地。

屏幕上的网友评论亮在这方被暧昧充斥的空气里。

真的长得有点配哎。

这两个人一看就不熟啊,根本就不认识,八百辈子搭不上的那种,太冷门了,嗑不起来。

程弥知道她刚才上车,司庭衍看到这些评论了。他伸手,扣在她的颈侧,指腹故意蹂躏掉她粉饰在斑驳红痕上的遮瑕。

他是在宣示主权。

对面角落那辆车,在程弥上去十分钟后,终于有了动静,驶出停车位,离开停车场。

坐在车里的傅莘唯看得一清二楚,很是气愤:"司庭衍有病啊。"

旁边同样看完全程的戚纭淼沉默不语。戚纭淼是电影编剧,今晚的庆功宴,她自然也来了,只不过没跟司庭衍和史敏敬一起过来。

傅莘唯的手机差点摔车窗上:"他是眼睛瞎了吗?是你在他身边陪了五年,那女的连个影都没见到,他什么意思啊?程弥这贱人都甩掉他了,他还上赶着舔她。"

她替戚纭淼打抱不平:"我真是憋屈死了,你这五年为了他把自己都搭进去了,太不值得了。"

傅莘唯从高中起就一直牙尖嘴利,戚纭淼不喜欢的人,她的嘴巴能臭到把人诅咒进十八层地狱。但其实她脾气没戚纭淼差,戚纭淼有大小姐脾气,生起气来不像傅莘唯,戚纭淼是动真格,会把气撒到旁人身上。

所以高中那会儿,他们这些朋友面对戚纭淼有时候其实很小心翼翼,怕哪句话不小心就让她炸了。

但眼下戚纭淼看起来很冷静,像没在生气一样。傅莘唯见状有点不舒服,就她一个人在吐槽,得不到任何回应。她有点担心这个牢固的密友圈出现破洞,试探地问:"淼淼,你不讨厌程弥吗?"

结果证明是她多虑了。

"你觉得呢?"下一秒戚纭淼还是跟往常一样,一个白眼飞过来,"这种话你还得问我?我恨死她了,恨不得让她从司庭衍面前消失。"

高中那时的戚纭淼,可是连有人追司庭衍都不肯。

傅莘唯附和她:"就是,这女的就是贱,司庭衍在国外,她不肯去。现在回来,明明他快是你的了,她就跑出来晃悠。"

戚纭淼突然问她:"对了,我上次发给你的剧本,你看完了没有?"

戚纭淼在国外期间写了一个剧本,跟《手术》一起卖的版权,因为《手术》的成功,她现在名声也正大热,新的剧本制片方已经在筹备开拍。

傅莘唯点头如捣蒜:"看完了,特别好看,我挺想演的,这几天已经跟经纪人说了,去跟制片方那边谈谈。"

戚纭淼脾性的确很差,连朋友也很怵她,但其实她也就性格不好,别的没什么大缺点,对朋友是真的好。

"这个本子制片方那边问我意见了,有没有觉得合适的演员,我推荐了你。"

戚纭淼会推荐她,傅莘唯完全没想过,因为她根本就没想过利用戚纭淼这个编剧身份给自己搭桥。她愣了一下后,才说:"真的啊?"

戚纭淼无语:"我平时对你是有那么不好吗?你是我朋友,我有好处当然会先给你。不过也得你演技好,你自己挺争气的。我跟制片方提你,他们觉得你不错,没给我丢脸,你要是给我丢脸我才不提你。"

傅莘唯难得有点不好意思,表情真挚:"真的吗?"

戚纭淼不太擅长夸别人,小脸冷冷的,但还是点头别扭地表示赞同。

傅莘唯笑笑,是真的在感谢戚纭淼:"我会尽力演好的。"

戚纭淼看向她,顿了几秒,像是在考虑什么,最后还是说了:"我又没说剧本现在就是你的。"

傅莘唯一愣。

戚纭淼说："我是推荐了你，但我只是个小编剧，哪有什么决定权？制片方那边有三个人选，除了你，那两个人里一个是新人，另一个就是程弥了。制片方那边本来也觉得你比较适合这个角色，但资源这种东西有时候就是资本至上，再加上程弥的名气现在又比你高，我昨天听他们的意见，他们应该会挑程弥。"

"名气"这两个字直扎傅莘唯的心口。她今晚本来就对程弥不爽，庆功宴上总制片人过来敬酒，因为程弥直接忽略她的一幕，到现在还如细针般密密麻麻地扎在她的心脏上。

现在她看合眼的资源又跟程弥撞车，撞了就算了，结果制片方又因为名气选程弥。她有些躁意，也很不爽："她怎么也看上这本子了？烦死了。"

戚纭淼说："跟利益挂上钩的东西，哪有不争的？"

因为天气冷，傅莘唯动过刀子的鼻子有点红："之前《手术》我试镜的就是女主角，后来被她拿走了，她为什么什么都要跟我抢？"

"你别光吐槽，吐槽有什么用？我只是推了你一把，后面这本子能不能拿下来，还是得靠你自己。"

这句话已经够明显了，戚纭淼让她去争去抢，把角色从程弥手里抢过来。而她要抢回程弥的资源，可以走的两个途径，第一个是拼关系、拼名气，第二个是毁掉对方的名气。

第一种是程弥拿下这个资源用的手段，她背靠大公司，名气也高。

像她，只能用第二种了。

戚纭淼明显跟她想到一块儿去了，两个人对视一眼，戚纭淼开口："你之前不是留了让她身败名裂的一手吗？"

电影下映的后来几天，程弥的热度也居高不下，凭借那张脸及演技，粉丝的体量翻了至少三倍。

她的名气一涨，资源也接二连三地来。

新剧还未开拍，蒋茗洲却已经跟她商量着定下了后面的几个剧本，还有各种盛典、节目和活动，代言自然也不缺。

缺点便是忙到脚不沾地，她跟司庭衍经常只有短暂的两个小时见面时间。

一切都很风平浪静，直到这天节目拍摄结束，程弥离开演播厅，跟李鸣要水，李鸣却没给她。

他神色焦急，一直左右张望，赶紧牵过她的手腕要带她下楼："水我们待会儿再喝，先下楼离开这里。"

程弥不明所以："怎么了？"

"网上现在都是你的负面新闻，蒋总他们现在忙着公关，你今天录节目的行程是公开的，很多记者应该很快就要到了。他们就跟苍蝇一样，到时候你被沾上可就甩都甩不掉了。"

程弥没停下来打破砂锅问到底，反应很快，先去按电梯："什么丑闻？"

有工作人员路过，对程弥窃窃私语，李鸣支支吾吾没说，想进去再说。

程弥朝他伸手。

李鸣会意，将手机递给她。

两个人走进电梯，程弥站定在电梯里，指腹点亮手机屏幕，推送词条已经显示出几个字。

影帝深夜酒店……

程弥在点开词条前，万万没想到这个人便是自己，更没想到这些陈年旧事会被人翻出来。

她点进去后，博文展开，标题映入她的眼里。

《惊天爆料！三年前当红小花程弥远赴美国，深夜酒店会面有妇之夫影帝祁晟！》

底下附带两张动图，第一张动图，是祁晟半搂着喝得半醉的程弥进房间，监控录像右上角显示，半夜 00：15：21。

第二张动图，是祁晟从房里出来，正在打电话，半夜 00：50：58，前后 35 分钟。

看着这两张动图，程弥手指一顿，目光落在祁晟身上一时没移开。

而网上的舆论已经不能看，两位主人公都是有热度的人物，一位是影帝，一位是当红小花，话题热度已经攀升到最高。

我说呢，就一个头像图火起来的十八线网红，难怪从这以后路那么顺呢，出道以来各种资源捧，顺到混娱乐圈跟去玩似的。

狼心狗肺，祁晟是她的经纪人的老公吧，她这也下得了手？？

蒋茗洲对她很好吧，都没让她吃过苦，尽心尽力捧红她。她现在在背后刺人，蒋茗洲杀了她的心都有吧。

啰，祁晟、程弥，这种人还不封杀吗？

程弥没再去看这些糟心言论，这些东西越看只会越自乱阵脚，现在网上关于"程弥"这两个字的言论，都只会紧绑着恶意。

蒋茗洲现在肯定焦头烂额，这一出事便是公司里的两个红人，而也不仅仅是他们两个，还牵扯到蒋茗洲自己，这问题已经涉及道德，严重的话可能会影响公司和演员接下来的发展。

但程弥现在的顾虑都不是这些，而是司庭衍。

她看了眼时间，那几条爆料新闻是半个小时前发的，就司庭衍对她的关注度，他肯定看到了，但她的短信和电话都没动静。

电梯直下，到达一楼。

轿厢停稳后，电梯门往两侧打开，像裂缝不断横扩，这道裂缝外簇拥着血盆大口。

大厅里有很多记者，人声混乱不堪，有保安在维持秩序，但无济于事。

李鸣迎面撞上这场面，惊讶到目瞪口呆，但所幸脑子转得够快，站在按键旁边，立马去关电梯门。

"这帮人来得怎么这么快？"

记者就是在堵程弥，时刻注意着她这条鱼的动向，就怕她漏网，这会儿一看到她，所有人都如恶兽见食，一哄而上。

程弥倒知道急不来，就看命了。如果运气不好被这帮记者逮到，她只能保留体面，硬着头皮去应对。

她脸色比李鸣平静，在想应对方法，却没办法做到百分百专注，始终有一分注意力跑去手机上，余光里在注意司庭衍有没有给她打电话，给她发短信。

而李鸣已经紧张到手抖，按关门键按到手快抽搐，最后还好来得及，电梯门在那帮记者扑到门前时适时关上。

李鸣骤松一口气："我要是连带你甩开那帮记者的活儿都做不好，蒋总是真的要炒我鱿鱼了。"

程弥在听他说话，但没说什么。

电梯显示屏上的红色字数在往上飙，李鸣一口气还没松到底，电梯速度突然变慢，然后停下了。

"不会吧？追上来了？！"

程弥也有点意外，抬眼看向电梯门。

电梯门打开，从她这个角度看去，细长缝隙间露出了站在外面的人的一截手腕，肤色白皙，腕骨弯出锐利的一道弧线，指节修长，又看起来很有力量。

程弥只看一眼，心跳突然变得很快，像是有什么东西快要随着心跳脱腔而出。

电梯门逐渐往两旁打开，随着门缝愈大，程弥看见的不再只是一截手腕，她看到了司庭衍的黑色利落短发、精致完美到不显一丝瑕疵的唇鼻，最后是那目光准确无误地落在她身上的黑色眼睛。

而她整颗从刚才就因为他跳动不安的心脏，稳稳当当地落在了他那只握起来很有安全感的手里，司庭衍将她从电梯里拽去他身边。

司庭衍语气冷静，但其中掺杂着让人生寒的阴冷，对李鸣说："我带着她，你去引开记者。"

李鸣已经跟司庭衍打过几次照面，但每次总会被他的气场压制住，明明两个人是同龄人。他连忙点头："好，我现在马上下去。"

程弥知道他什么意思，兵分两路，她跟司庭衍对视了一眼。

司庭衍拽着她往尽头的楼道跑去，程弥紧了紧他的手。

两个人没走旁边的楼道，那条楼道通大厅，肯定有记者在那里堵人。他推开通往侧门的楼梯间门，灯火通明下，楼层的空荡和落寞无所遁形，绿色的出入指示牌安静地亮着。

两个人下楼，到一楼的时候，还未近楼梯间门，外面脚步声嘈杂，交谈声混乱。

司庭衍停下来，程弥也是。

这种时候她跟司庭衍如果被媒体拍到，不是一件好事，司庭衍肯定会被一起推到风口浪尖。舆论是狂风骤雨，只要出现在浪尖上，谁都没办法全身而退。

程弥跟司庭衍说："去楼梯下面。"

但司庭衍不会让程弥去直面这些巨浪，几乎是在她开口的时候，他已经牵过她往楼梯下走去。

他们站进阴影里，不远处的楼梯间门同时被推开，两三个娱记拥了进来。

程弥背靠墙上，被司庭衍困在他跟墙之间，这是他的下意识动作。

"就她的助理下来了，程弥肯定还在上面。"

"那边的楼道老包去了吧？"

"人都过去了。"

"就不信还不能堵到程弥，她现在热度可不小，就看我们哪家能争取发第一手资讯了。"

两个人面对面后，司庭衍便一直在看她，程弥也是。听到娱记的这些话，司庭衍的眼神明显多出了一丝刺人的犀利。

记者们聊聊笑笑，几个人兵分几路，直到上面不再传来脚步声，楼梯间里一时安静下来。

两个人呼吸交缠，眼睛互相逼视着。

司庭衍紧紧看着她，眼神带着一种要穿透人心的力度。

程弥以为今天这个新闻让司庭衍生气了，她伸手，右手穿过他的颈侧，纤指扣合上他的颈后，指节微动地轻抚他的肌肤。

"你听我说——"

司庭衍的声音跟她的同时响起："你来美国了。"

"三年前的十一月八日。"

十一月八日，他的生日。

在这种焦急、误会丛生的情况下，程弥完全没想到他的注意点会是这些足以被忽略的小细节，她有些愣怔："司庭衍。"

像是怕她想不起来一般，他将确凿的证据摆到她面前："监控视频里的酒店是我学校附近的酒店。"

程弥敢确定，那几张动图没人观察得比司庭衍仔细，她没打断他，听他说。

司庭衍的视线一秒都不肯从程弥的眼睛上移开："视频右上角的日期是十一月八日。"

这个日子和她来到美国这个事实放到一起，狠狠在他某个病入膏肓到鲜血淋漓的执念上撕开了一道口子。

这五年，司庭衍想程弥想到快要发疯，即使她不见他，不来找他。

他以为她始终没来找过他，但现在这个认知被猝不及防地打破。

司庭衍贪婪地抓紧这点希冀，即使她不是来找他，他也想把这个可能变成事实。

司庭衍看似在问她，但程弥知道，他是在逼她承认，承认她去美国的这一天是因为想他，也只能是因为他，她不可以有其他答案。

旁边有扇窗，窗户没关，外面正下雨，雨丝飘摇进来，沾上他们两个人。

谁都没有离开的意思。

程弥反问他："三年前的十一月八日，我在美国没有活动，也没有拍摄，能让我在这一天跑去美国的还有谁？"

果然，司庭衍说："从你这句话问出口开始，它的答案就只能是我了。"

他的长睫落下，这是他站到这里后，目光第一秒离开她的脸。

司庭衍的视线落在她的左胸口上，黑色眼睫在他眼底投落阴影，这里处于光线死角，他的肤色被夜色爬上，显得更凉淡。

明明他说得很平常，但程弥知道，他说的每个字都是他骨子里那点执拗在作祟。

她心脏里的爱意，即使不是他的，他也会把它占为己有。

司庭衍抬眼再次看回程弥眼里。

按理来说，任何两个人分开五年，只会让双方感情变淡，但司庭衍有时候不经意间露出来的癖好和心思，能让程弥感觉到他的执念比以前更甚。

她不知道司庭衍这五年是怎么过来的。

雨丝发冷，程弥双手稍用力，拥司庭衍入怀里。

"我去美国，答案不可能是别人，没有第二个男人能让我这么做。"

司庭衍在程弥拥他进怀里那一刻，夺过主动权，像担心得而复失，将她嵌进怀里。

"这五年我一直在想，希望你想到我那么一下，"他停顿了一下，声音听起来有点孤单，"然后来看我。"

她真的来找过他。

程弥被他的手勒到骨肉发疼，可她完全不想从他怀里出来，想就这么融进他的身体里。

外面下着雨，她却炙热燃烧在他怀里。

"司庭衍，连我自己都低估了爱你的程度。是，三年不到，我没忍住，去看你了。"

回到车里，程弥才想起司庭衍完全没过问她跟祁晟的那几张动图的事，反应了过来。

司庭衍不会是为了证明她去国外是去找他,对这个明显会影响他这个证明的猫腻问都不问的人。

她侧头看向驾驶座上的司庭衍:"为了这点甜头,你选择睁一只眼闭一只眼,都不过问了?"

他却直接说:"你不可能做这种事。"

他明显很相信她。

程弥笑了一下:"你怎么就知道我不会做这些事?"

"你不会做插足别人婚姻的事。"

这句话乍听很正常,但程弥却隐约听出了里面的意思。

虽然司庭衍相信,但程弥还是解释了:"网上那事就是误会,监控视频确实是真的……但我跟祁晟没做什么。"

司庭衍明显很喜欢听她解释,不知道是喜欢她这副跟男朋友解释的态度,还是喜欢她解释的这番话。

网上的流言蜚语眼下对程弥毫无影响,即使她知道后面还有场仗要打。她逗司庭衍:"不过如果对象是你,我会不会插足,可就说不定了。"

司庭衍:"这种假设不会有。"

程弥撑着下巴:"喜欢你的人这么多,我总有个对手吧,为什么这个假设不可能会有?"

可司庭衍似乎不喜欢听她说这个假设,没看她,侧脸好看又冷漠。

"你的对手只会是你自己。"

程弥跟司庭衍没回家,她让司庭衍送她到公司,司庭衍陪她一起过去。

蒋茗洲在公关上一直很有一手,程弥不担心她的能力,只不过需要回公司一起商量对策。

可能是因为知道她在司庭衍身边,蒋茗洲放心地没打电话让她注意安全。

今天一出事,公司上下跟着气氛低迷。程弥从公司正门进去,沿途看到的每个人说话声都小了不少,踏过的瓷砖都像透着冷意。

蒋茗洲他们从刚才出事,就一直在会议室里商量对策应对这场危机。

程弥径直去到会议室,推门进去,会议桌边几个人都面色凝重,蒋茗洲在主导会议。即使出了这么严重的事,她肯定是最焦头烂额的那个人,但仍是得体优雅的,说话从容又冷静。

"网上流传的那几张动图,外界已经将它定性为出轨事件,公众对于此类事件一直是零容忍——"

程弥推门进去,几个人都看了过来,蒋茗洲也是。

蒋茗洲知道程弥跟祁晟是清白的,三年前她跑去美国看司庭衍,还没见成,就被酒店里的酒吧服务生无缘无故地下了药。程弥当时打了电话跟同在酒店的祁晟求救,祁晟赶来接她,将她带去自己的房间,后又联系蒋茗洲从国内赶过来。在这个过程中,祁晟担心有心人有机可乘,让助理进去房间看了昏迷的程弥一整夜。

司庭衍也来了,没放程弥一个人。

蒋茗洲看见他们两个,让司庭衍也进来。这人是程弥的主儿,对她的事最上心,心思又聪明,说不定能帮着出谋划策。

"正要给你打电话,都进来吧。"

会议桌旁的其他人明显不知道程弥跟司庭衍是什么关系,几个人面面相觑。

程弥跟司庭衍进去,在会议桌旁落座。

蒋茗洲继续之前的话:"公众对出轨一向容忍度很低,这次当事人还是两位有名气的明星,祁晟的知名度和国民度很高,程弥最近的名气也被电影推到巅峰,所以我们这次面对的社会舆论压力很大。"

照这种形势下去,话题三天都不可能平息,火团会越卷越大。

有人说:"但我们不能沉默,沉默就是默认,我们这圈子里出轨的公众人物,基本上没有一个有好下场的。"

蒋茗洲点了点头:"是,如果默认,对他们以后的路影响很大,如果祁晟跟程弥还要在这行混下去的话。"

她停了一下,看向程弥:"我们可能还是需要站出来澄清,不然以后污点会跟着你们一辈子。"

程弥点了点头,赞同她的意见。名气小还能糊弄过去,因为知道的人少。但祁晟跟她的名气不算小,所以最万能的沉默应对法没用。

"但是现在在外界看来,我们还没有证据,程弥跟祁晟在公众眼里看来就是证据确凿的出轨。"

这时候一直沉默的司庭衍突然说了一句:"你出来说话最有用。"

他直指结论,没再让他们浪费时间。

程弥看了司庭衍一眼。

司庭衍则看向蒋茗洲:"你是他们在这件事里最该同情的人。"

这三个人里面,在公众看来蒋茗洲是最大的受害者,她说的话他们目前最愿意相信。

有人惊讶,因为这时候蒋茗洲站出来说话,毫无证据地帮程弥跟祁晟澄清,可能会消耗公众同情心,反过来指责她不争气。

但蒋茗洲是跟司庭衍一样的意见,知道他什么意思:"是的,现在我出来说话最有用。但这个发言不能是一味维护,因为跟网友对着来,只会让他们产生逆反心理。"

现在她还能利用网友对她那点同情心引导大家理智一点。

"这个我待会儿自己去发。"蒋茗洲看向程弥,"程弥,你不要发声,让公司替你发声。你不是要道歉,现在说话只会引来骂声。"

会议紧急又有效率,十几分钟后,蒋茗洲的账号发布博文。

蒋茗洲表明今日发生的风波,三年前当时她也在场。程弥当日是被害陷入昏迷,祁晟将她送往房间休息,两个人并无不当行为。这件事她在场,所以清楚,谢谢大家对她的关心。但如果程弥跟祁晟真有越界行为的话,她和大众一样对他们零容忍。

因为蒋茗洲理智的发言,公关到此缓解了一部分骂声,但现在的网友不好糊弄,仍有人不接受,因为他们没有放出令人信服的证据。

言论一时混乱不堪。

祁晟为了程弥吃里爬外,逼迫蒋茗洲替他们说话。蒋茗洲也太惨了,还得帮小三澄清,公司的号一看就是被祁晟拿了。

蒋茗洲也太不争气了。

人还是要事业的，这一损损两个大将，谁舍得啊？

别了吧，我看蒋茗洲这话挺理智的，她说了啊……如果程弥跟她老公真有问题，她也不会接受的。

赞同。

……

程弥没去看网上那些言论，会议结束后，就跟司庭衍一起离开了公司。

祁晟暂时不在国内，就算在国内，平时也很少来公司，从头到尾没露面。

从公司出来，程弥坐上司庭衍的车，回了他的家。

京城少雨，空气不潮润，阵风凛冽，满路枯枝灰杈。

司庭衍从国外回来后，住处在某片价格不菲的别墅区。程弥来他这里不止一次两次，回到他的别墅后，轻车熟路地摸进二楼浴室洗澡。

她奔忙了一天，浑身不舒服，在热气氤氲里蒸掉所有疲倦。洗完澡从浴室出来，她到司庭衍的卧室，里面安静空荡，不见他人，他应该是去忙了。

司庭衍主卧的风格走简约风，主打灰白冷色调，装潢设计迥异独特。看着很没有人情味，但程弥经常一进他的房间，心就能跟着静下来。

主卧里只亮着一盏壁灯，光线不晃眼，程弥一身白色浴袍，走到落地玻璃门旁的单人沙发上坐下。

落地玻璃门外是宽大露台，玻璃围栏围着原木色地板，远处是烂漫的无边夜色和沉睡灯火。

程弥跷腿坐在沙发里，袍角从膝盖滑落，垂挂在小腿边。

今天的事发生得猝不及防，那些陈年旧图突然在网上爆炸，爆料人不明，也没跟公司索要过公关费，躲藏在网络后面掀起巨风海潮。

这种手法在这个圈子里其实不少见，这个世界就是在为利益生生不息地转动。人的蛋糕一旦被动，就会起歹心，利用一些或虚或实的黑料搞垮竞争对手，以此牟取对自身来说最大的利益。

这段时间程弥的咖位一直在往上爬，她拿了不少资源，自然不可避免地会让人眼红，会突然被人在背后下黑手。她跟蒋茗洲其实都没太意外，只是她们都没想到居然会是爆祁晟跟她有婚外情。

想到祁晟，程弥微皱眉头。

她拿过手机，今晚她其实没怎么看手机，略翻了一下，经过蒋茗洲那场及时又处理得当的公关，网上对她的骂声渐渐变得没那么汹涌。但因为没有明确的证据，所以没能完全熄火，还是有些网友的炮火仍对着她。

程弥身处娱乐圈，深谙行业规则，知道今晚这场澄清过后，她不出来说话，低调行事，后面新鲜事一更替，她这件事会渐渐被人淡忘。

所以今晚她面对这场危机也算成熟，没跳出来愤怒地力辩自己清白，在证据确凿的情况下，站在舆论对立面只会显得是在辩解，惹网友不满。

程弥目光落在手机屏幕上，上面的字却没进入她的眼底，她在复盘三年前在美国发生的那件事。但因为她那晚无缘无故地被下药，陷入过短暂昏迷，所以脑子里的片段是断续混沌的。

不过她清晰地记得她在对服务生毫无防备，喝下服务生送过来的酒后，一察觉出异样，就反应很快地给祁晟打了电话求救。她为什么打给祁晟，因为两个人在同一个酒店，他是能最快救她的人。

程弥的指尖有一搭没一搭地敲着手机机身，回过神来后，她给运营商打了个电话，想找出三年前的通话记录。虽然找到她当时跟祁晟的通话记录，也不能很有力地说明他们两个没什么。

但她这个想法落空，运营商明确告诉她，只能查询到六个月的通话记录。

挂完电话，李鸣的消息跳进来，因为今天这件事，大半夜的个个都没睡。

程弥，我刚从公司出来，蒋总今晚真是大功臣，还好控制住舆论了，还省了一大笔代言解约费，今晚那些金主都没来解约，好险。

程弥看完他的短信，问他。

她还在忙？
这还用说？后面还一堆事儿呢，她今晚应该不会睡的，但是……我还有个坏消息要跟你说。
什么？

李鸣应该是斟酌了好一会儿，才把消息发过来。

有几个还没签下来的资源黄了，有剧本和代言，还有一个常驻综艺。

看到这条消息，程弥没感到太意外，今天爆出这件事的幕后推手，估计就是为了搞掉她手里这些还没到手的资源。

想到这个，程弥又想起三年前她昏迷后醒来，第一件事就是跟蒋茗洲去查了酒吧监控。好巧不巧，酒吧监控坏了，下药的服务生也凭空消失了，她被莫名其妙地坑了一把，完全理不清下药人的意图是什么。

也不清楚今天这爆料人怎么拿到的监控视频，他又是谁？
一筹莫展，程弥靠在沙发里，指尖按在秀气的一双眉上。
这时司庭衍从门外进来，程弥没入神，听见声响，抬眼看向他。
司庭衍朝她这边走来。
程弥的手从额头上离开，她一看见他，嘴角不自觉地泛上点笑意："你去哪儿了？怎么我洗完澡出来不见人？"
"书房。"
司庭衍走到她面前，程弥双臂搂上他的颈项。
她没让那点忧愁完全捆绑她的情绪，眉心舒展："去书房做什么？"
一缕半湿长发松松勾缠在她的浴袍领口上。

深沟晃眼，肤色像涂满月光，唇似夜里的一朵红玫瑰，她很好看，好看到让人心甘情愿被她蛊惑。而司庭衍也是一样的绝色，光是那张脸，程弥便克制不住。

冷色和艳色触碰。

短暂暧昧过后，程弥和他分开，语气漫不经心，又带着一点逗弄他的意味在："怎么办？我心情挺不好的，司庭衍。"

即使程弥就是那么一说，且是笑着说的，但仅仅因她说出了"心情不好"这四个字，司庭衍那些压抑在本性里的阴暗因子就被唤了出来。

司庭衍贴着她的额头，目光落在她的脸上。

她不开心，他就想让那些让她不开心的人，跟她的不开心一起陪葬。

他没说话，光线又暗，程弥没发现他这异样情绪。

夜色深浓，像白日烟火燃烧过后的满天灰烬。

风不知疲倦地穿过长夜，地板上的白色浴袍蜷出褶皱，上面沾着一根长发丝，被风吹得摇晃。

司庭衍声音低沉："我只许你因我皱眉。"

不会让她不开心，谁也不能让她不开心，除了他。

漫天流言

Chapter 17

程弥之前打算在明天签下来的一个合同，因为这次丑闻，对方取消了这次合作。

她的风头没过，之前那些主动找上门的资源，接二连三地黄了。但一些还在合作期间的品牌代言还在，隔天下午还需要拍摄广告物料。

程弥在司庭衍那里好眠了一个上午，下午有个拍摄，中午司庭衍送她去机场跟李鸣会合。

网络上，往她身上砸的骂声不少，人不是铜墙铁壁，一般人遇到这种情况不可能不受影响。程弥自然也是，也不是不在意，只是不怎么让情绪绑架自己。

以前还小的时候，她也被这样诋毁过，处理方式跟现在无二，不会让自己被困在骂声里。

司庭衍将她送到机场，车停在隐蔽处，下车前程弥在司庭衍的唇上轻落了个吻，笑说："晚上记得来接我。到时候我肯定很想你了。"

这句话乍听主动权是在司庭衍手上，但实际上主动权还是在程弥那里。因为她的这句话里，"想他"两个字就足以让司庭衍发疯。

她只是一个眼神，都能把他勾到手。

司庭衍今天一身黑色长大衣，本就显白，外面天色又雾蒙蒙的，更加在他那份精致上笼上一层漠色。但他眼里不是，即使没有悦色涌溢，可那双黑色眼睛全让她映满。

司庭衍只把程弥装在里面，她是他的所有炙热。

他盯着从他的唇上退开的程弥。

程弥说："怎么？你这眼神，光天化日之下又想入非非了？"

司庭衍扫了她一眼，很坦荡："白天怎么了？我给你改签，如果你保证你不生气。"

再这么下去两个人真的会失控，司庭衍是能养她，她不工作他更开心，但程弥还要饭碗呢。她凑过去，在他的脸上轻吻了一下，眼里满是笑意："明天，明天白天我陪你玩。"

司庭衍浅吻程弥，过会儿伸手，打开了她那边的车门，外面冷空气一下钻进车厢。司庭衍理智地退开，没耽误她。

与此同时，她的手机铃声响起。

打开的车门外，也同时传进来开着扬声的等待电话接通声，声音近在咫尺。程弥下意识地回头，就看见站在路边的李鸣，握着手机看着车里的他们目瞪口呆。

应该是刚刚车门打开，他看到了某些画面。

程弥怀疑司庭衍是故意的，回过头看司庭衍："挺能的啊司庭衍，坏心思不少。"

司庭衍无比自在淡定。

李鸣是出来等程弥，恰巧在这里碰到他们两个，回过神来："程弥你快下车，去办理登机了。"

说完又闭嘴了，他本来就有点怕司庭衍，这"快下车"说得太顺嘴，怕车里程弥的那主儿不高兴。

程弥从车上下来，稍低身看车里的司庭衍："晚上见。"

李鸣在旁边左看右看，提防随时可能出现的镜头。

司庭衍点头，程弥关上车门，跟李鸣一起进了机场。

直到晚上程弥的拍摄才结束。在她拍摄过程中，李鸣闲着没事，也没人和他聊天，一直在旁边刷手机。但他这时候刷手机，除了积攒怒气，别的一点用都没有。

他们两个在电梯里，旁边没人时，李鸣的愤怒纷纷往外倒。

"这帮人是真有病！说你跟祁晟双双背叛蒋茗洲，怎么你跟祁晟的事，他们比你们当事人还清楚似的？这么能怎么不去当侦探呢，一个个的闲出屁了。"

网上舆论经过一夜又一天的发酵，像沸腾的热水渐渐降温，但火没完全熄灭，水仍不断往上腾腾冒泡。

即使有蒋茗洲出面澄清，热度到现在还是没完全下去。

已经有人让程弥甩证据澄清。

对于这个问题，说风凉话的网友不少，说她不可能澄清得了，证据确凿等。

一堆"明眼人"未卜先知，仅凭臆测，却仿佛已经断了一件大案，一副比当事人更清楚事情发展过程的样子。

李鸣已经跟了程弥很久，知道她的清白："这帮狗东西，骂声全是他们带起来的，没这帮人，我们的资源才不会丢掉那么多。"

程弥没说什么，电梯到达一层，他们一起往外走。

今天来的这座城市多雨，外面湿漉漉的，又正值冬季，气温不高，空气里的冷意带着湿，直往人骨子里钻。

程弥跟李鸣走出大楼，两个人在门口要分道扬镳。

李鸣昨天就跟程弥说了，他今天要顺便回趟老家，他爷爷三年前确诊胃癌做了手术，前几天又查出来复发了，他要回去看爷爷。

程弥当时让他直接从首都走，今天这拍摄行程他不用一起跟来。但李鸣没同意，执意跟了过来。

迎面扑来湿冷空气，李鸣那头染白的头发发丝都在抖："那我先去赶高铁了啊。"

程弥点头："路上小心。"

"这话你自己留着，口罩、帽子都捂紧一点！"

他们下午上飞机时，就有人把程弥认出来了，拿着手机拍了程弥，窃窃私语地说了不太好听的话。

程弥笑，跟他挥手。

她的航班没那么赶，要比李鸣悠闲很多。李鸣一走，耳边安静下来，程弥就想起司庭衍，虽然她这半天下来没少想。

她拿出一整天没看的手机，给司庭衍打了个电话。

雨雾蒙蒙，灯火繁华，马路上车水马龙。

她今天也是一身黑,黑色长呢大衣过膝,挺括有质感地罩在她身上,黑色皮质渔夫帽几乎遮住她的半张脸,露出白皙漂亮的下巴。

她按下司庭衍的号码,备注只一个字:婷。

程弥将手机放到耳边,站定到路边,面前车灯如水流,倏忽而过。耳边通话声"嘟嘟"两声过后,他接听了。

程弥还没听见他的声音,先出声:"接这么快?"

司庭衍那边环境似乎很封闭,有点安静。

"我想听你的声音。"

他说得很直白,在等她的电话,想听她的声音,所以接得很快。

程弥弯了下唇,故意跟他说了一句话:"司庭衍,我挺爱你的。"

通话陷入安静,彼此呼吸重叠,她能想象得到司庭衍的表情。

程弥又问他:"你在做什么?"

满耳繁荣车声里,司庭衍的声音跟这座城市的湿冷空气几乎融合,她浑身骨头被钻到发酸。他说:"你想知道的话,看你的九点钟方向。"

司庭衍这句话音一落,程弥一愣,而后抬眼。车流奔涌过路面,拥挤车河里,熟悉的那辆车影进入程弥的视线,越来越近。隔着挡风玻璃,程弥看到了司庭衍。

这可是别的城市,他肯定不是飞过来的,而是一路开车过来接她回去。而且,他从这里开车回首都,会一直开到天亮。

她看着司庭衍,突然问了一句:"你是不是看到网上有人在飞机上拍我了?"

司庭衍沉默着,没说话。

一道喇叭声和电话里传来的喇叭声重合,他将车停在了她面前,透过车窗,两个人视线相对。

天还黑着,可她总感觉,似乎只是一刹那间,她已经看到了白日。

他总让她感觉到天明。

一千多公里,从这座城市到首都,司庭衍折腾这么一趟,就为了接她回去,在这座城市停留的时间还不到一个小时。

车穿行过城市的钢筋水泥丛林，疾驰在车灯飞掠的高速公路上。程弥今天早上睡到挺晚，路上没犯困，跟司庭衍有一搭没一搭地聊着。

从月升开到月落，凌晨三点的时候，程弥扔在一旁的手机忽然亮了一下。车里没开灯，荧光亮起一瞬，极其刺眼。

程弥眼风探过去，不知道是谁大半夜还给她发短信，屏幕亮起又暗下。

司庭衍握着方向盘，也扫过一眼。

程弥伸手拿过手机，指尖点亮屏幕，屏幕上的短信跳进程弥的视线，来信人让她有点意外，是司惠茹。

凌晨三点，平时这个点司惠茹早睡了，现在收到她发来的短信，在程弥的意料之外。

程弥，看天气预报，你那边这几天降温了，出门要多穿衣服。还是找个暖和的地方旅游，去散散心。有什么需要阿姨帮忙的，可以跟阿姨说，阿姨最近很闲，没什么事做，可以到京城看你跟小衍。

司惠茹肯定看到网上那些关于她的言论了，这条短信话语温柔又谨慎，怕触及程弥的伤口，又忍不住关心。

她出事不仅影响她自己，也影响身边的人。

司惠茹应该已经辗转反侧好几天，担心她担心到现在还没睡。

心里泛过一阵暖意，程弥微弯唇，跟司庭衍说："阿姨给我发短信了。"

司庭衍说："我知道。"

他刚才看到了。

"这几天她经常跟我问起你。"

她怕程弥过得不好。

司惠茹心善，从高中她住进那个家开始，司惠茹便把她当成自己的孩子，待她如己出。程弥离开那个家，进入娱乐圈这几年，司惠茹也一直关注她的动向，时不时给她寄好吃的东西，嘱咐她注意身体。

"我能遇见你跟阿姨，挺幸运的。"程弥看着手机屏幕说。

司庭衍看了她一眼。

程弥又看他，笑问："阿姨是不是让你多关心我了？"

司庭衍："……"

程弥看他这沉寂的侧脸，就知道自己猜中了，又没忍住挑逗他："司庭衍，你看，你以前在家对我是有多冷漠，连阿姨都觉得你对姐姐不体贴。"

"姐姐。"

程弥说完这两个字，小她两岁的司庭衍理都没理她，跟没听到她说话一样。

不认。

程弥见状发笑，没再逗他，想让司惠茹放心，给她回了个电话。

两个人隔天清晨才到家，当日没行程，程弥睡了一个下午。暮色还没降临，她就从床上转醒，睁开眼没见司庭衍的影子。

程弥不知道他去公司了还是在家，手机一时翻找不到在哪里，她起身下床。

司庭衍这别墅不小，设施一应俱全，在楼下有个小型机器人实验室，平时司庭衍不在公司，在家偶尔泡在里面。

程弥坐电梯下楼，近实验室时，看司庭衍在忙，还是没打扰他，起身回楼上。

她去了司庭衍的书房，其实这几天程弥状态一般，虽然表面看不出低落情绪，但内心一直焦灼，因为某些事，没人比她更想澄清她跟祁晟的那个绯闻。

酒店监控视频只保存半个月，证明现在在网上流传的动图是三年前保存的。

爆出监控视频的人，大概率那天晚上也在美国，并且目睹过她那天晚上遭遇了什么，不然不可能从美国这么大老远的地方，这么及时地翻出这么一小段监控视频保存了三年。

如果她能找到爆出监控视频的人，也算是有一点翻身机会。

但程弥跟蒋茗洲并不是没有在这事上下功夫，她们找过那些爆料的狗仔营销号打探情况，但这些收钱办事的号，嘴严实到不行，拿钱都撬不开嘴。

在思路再次陷入死胡同时，程弥索性起身从司庭衍的书架上抽了本书看。她已经在司庭衍这里住了几天，之前从她的房子过来，一并顺了几本书放在司庭衍这里。

程弥从小爱听音乐、爱看电影、爱看书，这些习惯都是受程姿影响，从小耳濡目染，兴趣跟她妈一样。

看书能暂时让她平静，半本书看完已经暮色四合，程弥将书放到一旁，想拿手机玩会儿游戏，才发现手机不知道被她放哪儿了。

她想都没想，直接把主意打到司庭衍放在桌上的手机上。

程弥拿过手机，在看到手机外形时却一愣，这手机不是平时他跟她打电话的那部。

她这一停顿，手机却已经对着她的面容解锁。这手机程弥可没用过，却对着她的脸解锁了，上一个意外还没过去，又一个意外袭来。

但很快她又反应过来，虽然司庭衍面上不说，但很喜欢这些能彰显她跟他是情侣关系的细节，估计是哪天趁她睡觉时弄的。

程弥没见过这部手机，有点疑惑地点进名片，才发现号码不是她经常打给司庭衍的那个手机号码，是个新号。

他这部手机明显是用来处理工作的，通信录里是史敏敬的手机号，还有几个下属的手机号码，不是她从高中就保存的司庭衍的号码。

工作和生活分开，大多数人会这么做，但这事出现在司庭衍身上还真有点稀奇，程弥笑了一下，原本以为他应该是懒得分那么清的。

不过这手机双卡双待，程弥没明白司庭衍的两张手机卡为什么要分开放在两部手机里，拿两部手机挺麻烦的。想到这里，突然，她预感到什么，像无意间窥见司庭衍的秘密，滑着通信录的指尖一顿。

原号码还用着，他却又特意开了个新号，而且——

程弥打开最近通话记录，发现最近通话里有司惠茹的号码，司庭衍跟她联系也是用新号码。

司惠茹是除程弥以外，跟司庭衍最亲的人。

那么他的另一部手机，那个他从高中起就一直在用的手机号码，只用来联系谁、接谁的电话，不言而喻。

而现在那部手机，并没有在这里。

几秒后，程弥按下熟稔于心的十一个数字，拿司庭衍的这一部手机，拨通了他的另一个号码。

巧的是，司庭衍正好在这时进来了。

他知道是她打的，很快接听了。

程弥坐在转椅里，循声回头，看着司庭衍，司庭衍同样看着她。

两个人都没挂断电话，就放任手机这么通着。

对视几秒后，程弥问："你这个号码，是不是只用来接我的来电？"

她这句话音落地后，如果是别人，被窥见深藏到地底下卑微又病态的秘密，或许会不自在，不好意思。

而司庭衍没有，那些不见日光的东西被程弥连根拨起，他也丝毫没有任何躲闪和介意。他眼瞳深黑，毫不犹豫地将这份病态沉重的爱意，枷锁般套牢在她身上。

"是。"

程弥盯着他的眼睛，指腹擦过他的手机背部："为什么？"

她停顿了一下，继续道："你这个手机号码就算让其他人联系，也不会影响你接我的电话。"

司庭衍不认同她这句话："你要是打电话给我，他们的电话进来，会拦住你的电话。"

怕别人来电从而错过她的电话，程弥说："司庭衍，你数学比我强百倍，应该知道这个概率有多小。"

她说完这句话，司庭衍情绪阴阴的，一开始没说话。

程弥还没猜测出他这丝情绪从何而来，司庭衍已经冷声开口："是，你给我打电话的概率，不到千分之一。"

程弥的目光直落在他身上，眼睫轻颤了一下。

这几年司庭衍每天都在等程弥的电话，手机每天都会带在身边，怕错过她的电话，想要她给他打电话，可程弥没有。他说："但我不死心。"

程弥声音温柔："司庭衍，我不是这个意思。"

"我如果给你打电话——"她停顿了一下，而司庭衍那双眼睛已经深到要将她吸进去，"其他人也正好打给你的概率不是很大。"

可司庭衍不会放过任何一丝可能，这个概率不确定，就算这个可能小之又小，他也会彻底扼杀，不可能让它发生。

他连她会给他一丝爱意的可能，都紧抓着不肯放。

"程弥，你只要有一点可能给我打电话，我都不会错过。"

可事实证明她连侥幸都不给他，一个电话都没给他打，一点让他马上回到她身边的希望都不给他。

他声调如往常，就像在说今晚要带她去吃什么，却轻而易举地在程弥的心脏上砸上很深的印记，酸楚爬上她的每一根神经。

她问他："这几年，这手机你就天天带在身边？"

司庭衍只看她，没说话。

司庭衍这部手机这几年从没耗尽过电量，永远是百分之九十以上的电量，从没关过机，从没在除了接她的电话这件事以外的地方，有任何用处。

程弥从椅子上起身，走向他，到他面前后，慢慢停下来，纤指爬向他耳边的手机。

司庭衍指节又长又直，握着手机，程弥的手指碰上他的，十指温度相触。她的五指又和他分离，轻穿过屏幕下，隔开他的耳朵跟屏幕的相贴。

程弥隔掉了手机里发出来的声音，盯着司庭衍的眼睛。

"司庭衍，我现在就站在你面前叫你。"

她让司庭衍听到她的声音，真切地经过空气传进他的听觉里，而不是通过他耳边的手机。程弥字字坚定，告诉他："以后我都会站在你面前叫你。"

这是一句告白，但对司庭衍来说，它不只是告白，还是一句承诺。

司庭衍盯了她很久很久，某一刻指节用力，抓住她覆在他耳边的手。

程弥还没反应过来他想做什么，下一秒，司庭衍眼睛眨也不眨，她指节被他握得死紧，按进他的颈侧。

程弥没防备，指甲一下陷进他透着淡淡血管的白皙肌肤里。

她太了解司庭衍，一下知道他要做什么，她这句有分量的话，他要在自己身上，拿她弄出来的伤痕纪念。程弥意识过来，想要从他的桎梏里挣脱出来。

司庭衍却抓得很紧，还是看着她，眉心甚至都没抖一下。明明高不可攀，他却自愿陷落在她这张网里。

指尖下那片肌肤，痛感几乎爬到程弥的指尖，疼到她指尖微颤。察觉到司庭衍是真用了死劲，程弥急了："司庭衍，松开。"

司庭衍不松。

直到最后他觉得够了，才稍微松开她的手，却还是紧抓着她的指节，不肯放开一瞬。他仿佛感觉不到肌肤疼痛一般，看着她："这是你给我的第一个承诺，它替你记住。"

程弥的指尖沾着他的血，温度温热，却烫到她指尖蜷缩。程弥去抚摸他留下的印记："司庭衍，你疯了？"

司庭衍看着她。

他是疯了，十六年前就疯了。

程弥很快松开他，转身跑出书房，很快带着一个医药箱进来，拉他到一旁的沙发上坐下。

窗外夜色浓重，壁灯光线温柔，程弥给他消毒，但司庭衍不让她涂药膏，说什么都不让。

处理好伤口，程弥想起一件事："对了，去美国那天我明明给你打电话了，你当时可是挂了，怎么还说我没给你打电话？"

司庭衍幽幽地看向她："什么电话？"

程弥略微皱眉："你没接到？那天我在酒店被下药后，其实给你打过电话，但你按掉了。"

所幸她那天没完全失智，反应很快地打电话给了祁晟。

Chapter 17 漫天流言

司庭衍像想到了什么，眸色一下变沉。

程弥正想问他怎么了，这时她随手搁在腿上的手机亮起。是司庭衍的手机，她被亮度吸引，不经意间扫过一眼，视线却突然被屏幕上的字吸引住。

司庭衍的陈姓助理发来的信息。

药已经找渠道买好。

看到这条信息，程弥微皱眉，突然想到司庭衍这几天的异状。面对她这次在网络上所受的伤害，他显得过分平静。现在她恍然大悟，其实司庭衍干坏事一般不会让她知道，就像他以前瞒着她要悄无声息地报复陈招池。

司庭衍刚要回头，程弥回过神，立马凑了唇过去，等亮光熄灭，才松开他。她把医药箱递给他："我有点累，不想走，你把药箱放回去。"

司庭衍看了看她，还是起身出去了。

程弥打开他的手机，刚点进去，另一条更显眼的信息吸引了她的视线，对话框名称是某个这几天发她跟祁晟的黑料的大号。

放料的人给的钱多，而司庭衍给的钱更多，用的几倍高价。资金或许撬不开嘴，但如果是巨额资金，可以让嘴自动打开。

谁雇的我们不知道，他们自己嘴巴也紧得很，但那跟我们联系号，以前跟我们交涉过傅莘唯的炒作新闻。

而这时，司庭衍的助理又发来信息，接在药已经买好那条下面。

程弥点进去。

傅莘唯小姐最近都在 TW 酒吧。

人已经找好了。

一通信息看下来，程弥手发凉。

司庭衍手段偏激，因傅莘唯暗算她，他就要加倍奉还。

程弥因为看得太入神，一时没注意到司庭衍回来了，直到他回到她身边，程弥抬眼看他。

司庭衍肤色白到透着冰意，脸侧留着她刚才给他处理伤口时，指尖不小心蹭在他脸上的一小丝血迹。

程弥仿佛又看到了当年那个司庭衍。

五年前司庭衍出事，生死未卜的那个夜晚，到现在仍心惊胆战地映在程弥的脑海里。她的记忆不断跌摔，那个晚上的每一分每一秒，都犹如细碎石粒，在她的记忆里不断摩擦出血痕，每一道都不曾结痂，永远新鲜。

此刻看到司庭衍手机里的这些信息，每一个字都在她的警戒线上，程弥脑子里警报声连连作响。

她坐在沙发里，他的手机在她手里，她抬头看他。

司庭衍站在她面前，眼睫垂着，在他的下眼睑上落下一小片阴影，视线落在她手里的手机的屏幕上。

他看清内容，也清楚她看到了，两秒后，抬起眼睛看她。他深藏本性里的阴暗袒露在她面前，却没有一丝被她发现的慌乱和害怕，反而审视着她。

程弥知道他在试探自己害不害怕他，会不会离开他。

她不会，她了解司庭衍的性格，他的这些信息没有让她特别意外。

司庭衍性格一直这样，他从来都不是善茬，但只要别人不惹他，他也不会把阴招用在别人身上，可别人一旦碰到他的东西，他也会心狠手辣。

而激起司庭衍的罪恶因子的，一直是程弥。

沉默蔓延，程弥率先打破这阵沉默："就算监控视频是傅莘唯爆出来的，但那天在酒店里，有可能不是她下的药。"

司庭衍明显有自己的观点，但没表达，只启唇，极其冷淡地说了几个字："你别把她想得太好。"

程弥说:"我当然不会。我们都不是什么大好人,但随便毁掉一个人一辈子,我们这样做跟那些对我下手的人,是不是没有区别?"

司庭衍不言语。

而程弥最大的担忧其实还是司庭衍。

"司庭衍,我舍不得你去背上犯罪的罪名。"

司庭衍:"是他们犯罪。"

很明显,他没被程弥劝服。

程弥说:"当年下药的人没得逞,我——"

一句话没说完,她被司庭衍冷漠打断:"那如果他们得逞了呢?"

即使对方没有得逞,但只要想一想有可能发生的结果,都足以让他发疯。

程弥哑然,因为司庭衍说的是对的,但她不舍得司庭衍因此双手脏污,不想他去冒这个险。

跟他讲不通道理,只能利用司庭衍对她的爱意来压制他。程弥伸手牵过司庭衍的手,稍仰脸看他:"收手,我不想看你这样。听话。"

司庭衍的目光再次落到她的脸上。

这样阴郁到性情冷漠的一个人,却总是轻而易举地被程弥扼住死穴。

她只用两个字,就顺了他的毛。

程弥趁热打铁:"我当年没受到伤害,现在最主要的事是澄清我跟祁晟之间的关系,你聪明,跟我站在一起,帮我想想办法,不要一个人。"

她看着他的眼睛,话从红唇出口,很温柔:"陪着我,好不好?"

程弥很清楚,在如何处理这件事上,司庭衍的观点跟她的观点不同。

司庭衍不会让她动一根手指头去处理这些事,他喜欢事无巨细地帮她解决完。而且,他要的从来都不只是还程弥清白,还有报复那些妄图伤害她的人。

他的手机在她手里被握到温热,程弥将手机递给他,意思很明显,想让司庭衍去阻止这场安排。

司庭衍却不伸手去接。

程弥还牵着他,司庭衍抽开手,视线从她脸上移开,转身走去书桌后。

程弥看着他的背影，弯了弯唇。

他还不乐意了。

过一会儿，她摆弄一下他的手机后，从沙发上起身，走去他那边。程弥将手搭在转椅扶手上，稍弯身，唇碰了碰司庭衍的侧脸。

司庭衍不看她。

程弥亲完他，将手机放上他的书桌，然后离开书房。

程弥离开司庭衍的书房后，出门打车去了 TW 酒吧。

TW 是首都最火爆的酒吧，消费高，生意爆满，是富二代和豪车的聚集地，人多的时候甚至需要提前预订。酒吧二楼是包间，程弥运气不错，在车上抢到了一间包间。

刚才看司庭衍的手机时，她看全了他们上面发的消息，他的助理告知他傅莘唯偶尔会到舞池，但大多数时候会在二楼包间里，而且是固定包间。

车走到一半，黎楚给她打了电话，程弥接了。

黎楚说她这几天在这边有拍摄，刚下飞机，问她在哪儿，要跟她见个面。

又是个担心她，拐弯抹角地来关心她的人，程弥笑笑，说好，让黎楚一起来酒吧，后半程她一直在跟黎楚发消息。

程弥自上大学和工作以后很少来酒吧，一进酒吧音浪扑面而来，绿色、蓝色射灯交错，节奏感极强地烧灼人的双眼，舞池里气氛略显吵闹。

她径直去了二楼包间，进门前扫了眼斜对角那间包间。

里面的气氛明显很火热，包间门上嵌一小方玻璃，里面彩灯灯柱晃射，不时有人影晃过。

她推门进自己的包间，点了酒水，极其无聊地坐到点歌台前，没什么兴致地滑动屏幕。滑到一半，她无意间滑到自己的一首歌。

程弥这首歌节奏很有记忆点，刚发布那会儿，在很多平台都有一定热度，她自认不算太出色，但当时她的粉丝吹得天花乱坠，还因此引发了一场口水战。

当时程弥已经考进一本非艺术类大学，出了几首歌，又被大导挑中出演电影，有一批粉丝。但走她这个路线的不止她一个，艺人人设路线撞车的后果，就是粉丝互相拉踩辱骂，大家都看不起对方。

傅莘唯不算完全没后台，刚进圈就有几个小资源，演网络剧出身，同时和程弥在同一年考上一本非艺术类名校，都是"学霸"，且长相有点相似，两方粉丝在网上相遇时常互翻白眼讽刺对方。

一开始程弥在屏幕上看见傅莘唯，还有点意外，因为傅莘唯高中是个货真价实的学霸，跟司庭衍同一个理科尖子生班，毕业后不仅选了以她的实力轻轻松松就能考进的大学，就读文科专业，还整容进了娱乐圈。

她们两个人的粉丝，到现在仍水火不容，最近又因为一起演了一部电影，两个人的长相、演技、学历又被拉出来比较，两方吵得不可开交。这几天程弥出事，傅莘唯的粉丝最得意，跟他们的偶像一样。

傅莘唯推开包间门出来。她事业得意，那张整得很赏心悦目的脸上，眉眼在酒意的浸染下浮着生动的悦色。

程弥一直在留意她的动静，傅莘唯从包间出来后，程弥也紧接着拉开包间门，靠在门边上看她。

傅莘唯喝得烂醉，手撑在墙上东倒西歪地往洗手间走，酒精使她脚步不稳，无心顾及周围环境，走一步就得撑一步墙稳住身子。

程弥就这么倚靠在门边上等她，她经过程弥面前时，程弥轻飘飘地抬了下脚。傅莘唯根本没去注意有个人，脚步踉跄，慌忙借力，一手撑到她身上。

程弥顺势拽过她的手，往里一扯，然后门"嘭"一声摔上。程弥把傅莘唯拽进去后，把她甩到了沙发上，没有寒暄，问了她一句，语气不算急切。

"网上那些监控视频是不是你放出来的？"

傅莘唯突然被拽进陌生包间，被劈头盖脸问这么一句，发了下蒙。

等视线聚焦到程弥身上，反应过来程弥在说什么后，傅莘唯却因为喝了酒脑子迟钝，脸色没来得及掩饰好，那一丝做贼心虚的神色出卖了她。但她很快变脸，声音拔高："程弥你什么意思？！"

相比她，程弥要从容自在得多，语调甚至可以说得上很放松。

"就是我问你的那个意思。"

傅莘唯最烦看见她这副样子，酒精上头脸皮也厚，回怼："你自己狗眼睛，怎么看人都觉得不干净吧！"

"那你也要干净到让我抓不到把柄吧。"程弥指尖在屏幕上戳弄几下，点开她用司庭衍的手机发过来的截图，然后递到傅莘唯面前。

随着她俯身，长发从她肩头滑下，擦过傅莘唯的手背。

程弥拿着手机给她看，看着傅莘唯："下次爆料让你团队的人别用自己的号，狗仔可记得他是谁的团队。你以为你花钱雇他们爆料，他们转头不会因为钱出卖你吗？"

傅莘唯盯着那张截图，也不知道在看什么。

程弥本以为她会心虚、躲闪、狡辩，还得跟她耗上一段时间，才能把她绕到承认。

然而让程弥意外的是，这几样神情竟然一种都没出现在傅莘唯的脸上，像是被另一种情绪主导了神经，眉目间染上愤怒。她瞪视向程弥："司庭衍亲自出钱帮你挖的消息？"

这句话问得突兀，程弥的目光在她脸上审视了一遭。

傅莘唯脸上那丝生气是真的，火气使她眼里愤怒更深，语气沉了一个度："你配吗程弥？你凭什么？明明能让司庭衍这样做的人应该是戚纭淼，她喜欢他多久了？"

姐妹情深。

程弥看她："你没必要这么义愤填膺。"

她顺手弄开傅莘唯沾在唇上的发丝，语气里没有炫耀，只是告诉对方事实。

"没用的，司庭衍只爱我。"

傅莘唯："我才不是义愤填膺，是你太恶心了程弥。"

"我恶心？"程弥洗耳恭听。

"你不恶心？"傅莘唯水眸里闪过一丝嘲弄，"你在房间里可是待了半个多小时，谁知道你们有没有在里面乱搞？"

喝了酒的人，套起话来果然毫不费劲，程弥选择今晚过来找她没挑错时机。监控是傅莘唯放的，程弥知道她那天大概率看到自己被下药了。

"三年前你在场吧，不知道我被下药了？"

傅莘唯早就破罐子破摔了，她和程弥之间可不差这道坎，她又没冤枉程弥，有什么不好承认的？程弥跟祁晟确实是进房间了。她嗤笑："谁知道你有没有被下药？程弥，你口上说着爱司庭衍，私底下却跟别的男人牵扯不清，给自己找什么理由？"

程弥笑了笑："我如果跟祁晟有什么，那不还得谢谢你吗？"

这句话明摆着就是把她跟下药的人联系起来了，傅莘唯的脸色瞬时发沉："你什么意思？"

程弥说："你紧张什么？我又没说药是你下的。"

"你这话不就这意思吗？"

既然她这么说了，程弥就顺势问了："那你要不要跟我解释解释？药是不是你下的？"

傅莘唯的眼神都快把她吃了："程弥，你最好不要血口喷人。"

程弥则慢条斯理地说："傅莘唯，三年前你肯定看到我被下药了，不仅如此，肯定也碰到同个酒店里的祁晟去接走我了，不然你怎么会去调监控？"

她条理清晰，傅莘唯完全被她猜中，但没羞愧，也不承认，只说："监控里你跟祁晟进房间不是事实吗？"

程弥没对她这句话做回应，说自己的："而当时酒店里的酒吧监控坏了，工作人员还说监控不会调出来给人看，你却能拿到监控，你这么能耐，我该不该怀疑是你下的药？"

这一套激将法，瞬间把傅莘唯这个暴脾气的人激炸了，加上她喝了酒也没有平时那么谨慎。

"程弥你是不是有病？！你被下药关我屁事？我看到了就是我下的是吧？"

程弥紧跟着问："你这是承认看到我被下药了？那给我下药的人

是谁？"

"我怎么知道，你为什么要问我？"

这时，包间门突然被推开，黎楚的声音传进来："那你为什么知道程弥被下药了，还要断章取义地发这些东西？"

这几句话来往之间不过十几秒，问得又快，傅莘唯又被程弥气到炸裂，知道黎楚是程弥的朋友，直接朝她吼道："谁管她有没有被下药，她跟祁晟在里面待了半个多小时，不就是事实吗？！"她又没有冤枉程弥，发的那个监控视频，就是事实。

程弥看了黎楚一眼，没说话，黎楚的声音听起来冷冷淡淡的："一个被下药的人能做什么？"

"你这话去问祁晟呗，他是救了她，但谁知道他做没做什么事情！又关我什么事？我只发我看到的！"

话音落地，程弥捞过一直放在桌上的手机，终止了视频录制，笑了笑："挺好的，傅莘唯，你喝酒的样子我挺喜欢。"

挺好套话。

傅莘唯看她拿手机，一下子反应过来了，知道程弥刚才在干什么，酒意瞬间清醒大半。

"你干什么？！"

黎楚走过来，很无语："以后留个心眼儿，脾气收一收，别一两句话就被我们激起来。"

程弥听到她这句话，没忍住笑了一下。

确实，傅莘唯的性格要是像黎楚，她今天这招，就算黎楚再投胎八百年，她都没办法让对方中计。

傅莘唯脑子其实不笨，就是脾气太暴，酒意下头，她清楚她刚才说的那些话要是发出来对她有什么影响，起身就要去抢程弥手里的手机。

程弥却已经迅速编辑好视频，当着傅莘唯的面，毫不留情地发出去，让傅莘唯眼睁睁看着。

傅莘唯也不是什么好惹的主儿，一下扑过来要去抓程弥。

黎楚侧下身子挡住程弥，傅莘唯那美甲瞬间在她脸上抓下一道抓痕，她说程弥:"快走吧你。"

程弥发的是视频,背景在 TW 酒吧,待会儿肯定会有一帮人上来。

程弥看了眼她脸上的抓痕,跟她说:"你注意着点儿,晚点见。"

程弥发视频的账号是黎楚的摄影号。

刚才来酒吧的路上,黎楚让程弥别亲自掺和进接下来这场骂战中,网络上的人只喜欢完美人设,如果被人知道她今天也在场,口水怎么样都会溅到她身上。

所以套傅莘唯的话由她来问,也用她的账号发。

而视频发上去以后,像是有人一直盯着她的动静,砸了钱,她这段视频很快在网上疯转。

视频的角度是从桌上拍过去的,光影朦胧,傅莘唯坐在沙发上,五官有些醉态,怒意在她脸上嚣张跋扈。

"那你为什么知道程弥被下药了,还要断章取义地发这些东西?"

这道声音落下后,视频里傅莘唯朝门口吼叫道:"谁管她有没有被下药,她跟祁晟在里面待了半个多小时,不就是事实吗?!"

"一个被下药的人能做什么?"

"你这话去问祁晟呗,他是救了她,但谁知道他做没做什么事情!又关我什么事?我只发我看到的!"

视频到此,画面中断,短短几句话间,信息量爆炸。

网上那些监控视频是傅莘唯发的。

傅莘唯间接提供了网友质疑程弥拿不出来的被下药证据,她亲眼看到,证明程弥被下了药,是祁晟去救了她。而在她知道程弥被下药陷入昏迷,祁晟是去救她的情况下,仍旧断章取义地将监控视频发了出来,引导网友对程弥和祁晟进行攻击。

程弥下楼的时候,底下舞池依旧沸腾,卡座间欢声笑语,没人奔往楼上,视频还没发酵到这里。

她穿梭在人群里,只是扫一眼,视线定格在某一处,往吧台隐蔽处走去。

司庭衍在高脚凳上喝水，程弥走去他身边，没坐下，抬起一条手臂，指尖搭上司庭衍的后颈，摘下口罩，亲上司庭衍。

　　她知道她出门后，司庭衍一直跟着她。

　　她不让他做偏激的事，让他听话，他听话了。坐在这里等她，随时关注她的一举一动，已经是他做出的最大让步。

　　网络上她发的视频传得那么快，也都是司庭衍做的，他在这里接应她跟黎楚。

　　酒吧里，手机屏幕开始此起彼伏地在他们四周亮起，在漫天震耳的电音里，替程弥委屈的，诟谇傅莘唯的，人声逐渐波澜壮阔。

　　司庭衍跟程弥在这音浪光阵背后的黑暗里接吻。

自证清白

Chapter 18

Chapter 18 自证清白

程弥跟祁晟两个人流量都不小,被爆出来的关系又有出轨嫌疑,这几天事件热度一直在持续。

轩然大波从未停止,大家的好奇心和探知欲一直停泊在海面上。

现在风雨突然而至,傅莘唯被套话的那个视频发布不到半个小时,迅速席卷到网络的每一处角落。

网上的言论一下倒戈。

所以蒋茗洲说的是真的?

所以傅莘唯明明知道程弥被下药,跟祁晟是清白的,还故意把这监控视频发出来误导网友。细思极恐,这是陷害啊,傅莘唯的心怎么这么黑啊?

小道消息,傅莘唯最近好像接了程弥因为这事儿没谈成的资源。

无语,傅莘唯真坏啊,把这监控视频发出来让我们去骂人,把我们当猴耍呢。

网友一时七嘴八舌到网络沸沸扬扬。

程弥跟司庭衍从酒吧出来,将车停在外面等黎楚。

黎楚很快下来,程弥在电话里跟她说方位,黎楚找到他们后,打开车门坐进后座。

程弥也在车后座上,看黎楚坐进来,问:"傅莘唯怎么样了?"

黎楚说:"溜了。有人把地儿认出来了,跑楼上凑热闹去了。"

车已经开了，车窗外流光飞掠。

黎楚额角到脸侧的一道红痕有细血珠渗出，她皮肤很白，又干净，这几点血迹像溅上去的，有点刺眼。程弥从包里拿了张纸巾，伸手，雪白纸巾凑过去，帮她擦掉了抓痕上渗出来的细血。

"傅莘唯难不难搞？"

"还行，"黎楚评价，"脾气挺暴的。"

程弥说："所以你下次遇到这种人记得躲。"

黎楚一个眼神飘过来："我是为了挡谁啊？"

程弥笑，傅莘唯那道伤痕抓得不是特别深，擦一下后就没再出血。程弥放下手，问黎楚："你晚饭吃了没有？"

黎楚说："没，过会儿叫个外卖就行。"

程弥叫："司庭衍。"

司庭衍从车内后视镜看了她一眼，没等她开口，问："要吃什么？"

她一开口，司庭衍就知道她要说什么。

两个人真心有灵犀。

程弥的视线也落在后视镜上，看进司庭衍的眼睛里，她说："我平时爱吃的那些。"

黎楚吃东西的口味跟程弥一样。

司庭衍也没再问她了，她爱吃什么司庭衍了如指掌。司庭衍只说："先送你们回去，我去买回来。"

程弥："行。"

黎楚说："谢了。能不能带两听啤酒？"

司庭衍性子很冷，除了程弥对其他人都不热络，所以黎楚跟他没熟悉到无话不说。不过他们三个曾经一起生活在同一个屋檐下，黎楚跟司庭衍还差点成了继姐弟，所以也不算特别陌生。

程弥笑了一下，对黎楚说："这么客气做什么？啤酒司庭衍那里有。"

都是她喝的，司庭衍从小有心脏病，很少碰这些东西。

半路的时候，黎楚突然想起一件事，问程弥："后天去看程姿阿姨吗？"

程弥转头看她:"去,你要一起去?"

后天是程姿的忌日,往年这一天程弥即使有工作,也会推掉行程去看她。

黎楚跟程弥从小一起长大,到彼此家里蹭饭睡一张床是常有的事。黎楚的妈妈跟程姿又是好朋友,黎楚也算是程姿看着长大、宠着长大的。

她也年年不会缺席程姿的忌日,但程弥这几年比较忙,两个人时间凑不到一起,都是错开去的,今年总算能一起去了。

"去。"

程弥点了点头:"好。"

说完她没再说什么了,打开手机买明天的机票。

也就是这一刻,司庭衍握着方向盘,从后视镜里看了后座的她一眼。程弥没发觉,司庭衍很快漠然地收回目光。

司庭衍送程弥跟黎楚回他的住处后,放她们下车,去给她们买吃的。

司庭衍这套别墅里房间很多,黎楚图方便懒得上楼,程弥带她去一楼某间房间。

黎楚刚在床上坐下,程弥就拿着医药箱和两听啤酒进来。

黎楚在接电话:"它不吃东西?"

程弥正好走到她身边,隐隐约约能听到手机那边的声音:"对啊,闷闷不乐的,我把狗粮放到它面前它都不吃。"

黎楚说:"它爱吃牛肉干,那天我把它抱去你家,带过去的那个袋子里有牛肉干,你拿出来喂它。"

电话那边的人说:"喂了,还是不吃,天天就趴玄关那儿呢,估计是在等你回来。"

黎楚接过程弥递过来的冰啤酒,回话:"知道了,过几天我就回去了,这段时间先麻烦你了。"

挂断电话后,黎楚念了一句:"傻狗。"

程弥今晚这医药箱碰得很勤,黎楚坐在床上,程弥站着给她脸上那道抓痕消毒:"之前你在陈招池的楼下捡到的那条狗?"

黎楚闻言抬眼看她,明显不想提陈招池,点了点头。

当年那条狗被陈招池那个狼心狗肺的人欺负到奄奄一息，还呜咽着躲在他楼下，是黎楚把它带走的，这些年一直是黎楚养着它。

"好养吗？"

"挺好养的，"黎楚低着眸，单手玩着手机，"脾气很好，又黏人，挺傻的，在人类身上吃过亏还总是对人好。"

黎楚穿着一件低领毛衣，程弥这时注意到她胸口往上一点的地方有文身。两个字，言川。

程弥帮她处理伤口的手一顿。

言川，训，江训知的训。

她从文身上移开视线，目光重新落回黎楚的脸上："以后还找男朋友吗？"

黎楚还在玩手机，一开始没听懂程弥的意思，抬头对上她的视线后立马懂了。她没有忧伤，开了罐啤酒，回答得干脆和坦荡："不打算找了。我挺想江训知的，不过你放心，我不会做傻事，再想个几十年吧，等我死了再去见他。"

程弥将棉签扔进垃圾桶里，在她身边坐下，也开了罐啤酒，碰碰她的："那说好了，以后老了要一起去跳广场舞的。"

黎楚笑了："行，我再怎么四肢不协调，也要冲着你这句话活到老，挺想看你老了是什么样子。"

"老了还是跟你一起喝酒。"程弥说。

半个小时后，司庭衍买了热腾腾的吃食回来，拎到房间里给她们。

程弥让他坐下来一起吃，他不要，只看了程弥一眼，放下以后就走了。

连黎楚都看出了点猫腻，问程弥："你惹他了？"

程弥笑了一下："好像是。"

黎楚完全不担心他们两个吵架，即使吵架了，也不可能闹掰。因为这两个人里，总有一个人每时每刻都在对对方低头——司庭衍。

黎楚去拆筷子，对程弥说："你也是厉害，能让司庭衍在被你惹得不高兴的情况下，还去给你买吃的。"

程弥闻言弯唇，没去拿筷子，从地板上起身："你先吃，我去哄哄男朋友。"

程弥离开黎楚的房间，上楼到司庭衍的主卧。

她走进卧室，第一眼没找到司庭衍，环视一圈，衣帽间的灯亮着，程弥抬脚朝那里走过去。

衣帽间里灯束嵌在每层衣柜里，但现在只两处衣柜亮着，光束柔和不刺眼，司庭衍在那里。地上一只黑色行李箱大开，他从衣柜里拎了件上衣出来，一转身视线便对上门口的程弥。

程弥看他突然收拾行李，以为他明天有事："你明天要出差？"

她这句话说完，司庭衍落在她身上的目光更深不可测。再盯着她看了一秒后，司庭衍移开目光，没跟她说话。

他将衣服放进行李箱，转身又去衣柜那边。但这次他去的不是他自己的衣柜，而是她的。

程弥的衣柜就跟司庭衍的贴着，司庭衍站在她的衣柜前，拉开她挂衣服那层下面的柜屉。

程弥靠在衣帽间门边上看着，那层柜屉是她放贴身衣物的地方。司庭衍打开以后，垂着眼睫扫过，然后，极其熟练地拿出一件她的文胸，然后跟他的衣物，一并被放进了他的行李箱。

程弥这才发现行李箱里早就有她的衣服，两个人的衣物贴放在一起。她明天就要动身去嘉城看程姿，司庭衍无疑是在收拾明天去嘉城的行李。

行李箱里衣服色调极冷，放眼望去都是黑色系，程姿比较喜欢白色。程弥朝司庭衍走过去。

程弥走过去后，伸手想拿起行李箱里司庭衍的黑色上衣。

结果她刚碰到，还没拿起来，指尖一下就被司庭衍握进他的指节里。他握得很紧，紧到程弥想松动一下都没机会。

司庭衍看她要把他的衣服拿出来："不想让我去？"

程弥一下明白过来了，司庭衍这异样的情绪是因为什么，突然想起自己在车上买机票的时候，问都没问他一句。

司庭衍说:"你不让,我也会去的。"

他的声音冷漠又强硬,没有可商量的余地。

程弥看着眼睛里映着她的影子的他,鼻子凑近他的:"你为什么想去啊？"

看着她淡定的模样,司庭衍眼里暗念更深,他说:"我是你的男朋友,以后都是。我需要去见阿姨。"

他让她的指尖松开他的衣服,衣服重新掉回行李箱里。

"你不想带我去,我也一定会去。"

听到这里,程弥柔和的目光一寸一寸滑过他的眉眼,嘴角弯了弯:"你以为,我不想带你去见家长？"

她还是笑着的:"就因为我在车上买机票的时候没问你？"

只是一瞬间,司庭衍那股阴郁欲望又轻而易举地被她收服。

程弥打开自己的手机,递给他看:"喏,看到没有？"

司庭衍的视线落到她的手机屏幕上,是航空软件页面,程弥买了三张票。

程弥则紧紧看着他:"男朋友,飞机上你跟我坐在一起。"

司庭衍的目光落回她的脸上:"什么时候订的？"

"还能是什么时候？在车上的时候。"她说。

程弥是肯定会带司庭衍过去的,过去让程姿看看。

两个人离得很近,司庭衍长得真的很标致,程弥在想,如果程姿还在世,肯定会夸她这男朋友长得好看。

手机屏幕还亮着,程弥忍住想亲他的冲动:"你就不想亲我？"

司庭衍想了下,凝眸看她:"我找不出自己不想亲你的时候。"

包括刚才,她惹他不开心的时候。

司庭衍将她拥向自己,程弥攀上他的颈项,手机从他身后掉下去,弹在行李箱里。

浅尝辄止,司庭衍起身松开程弥。程弥问他:"怎么了？"

司庭衍说:"取消机票。"

程弥愣了一下,反应过来后笑了。自己没问他,他以为自己不想带他去，就自己买了机票收拾东西。

"你订了？"她笑着问，又低头逗他，"我这边取消就行。"

司庭衍第一次这么能抵挡住她的诱惑，扫了她一眼后说："不要。"

程弥轻碰了碰他的唇："因为是你女朋友给你买的是吧？"

明显被她猜到了。

司庭衍看了她一眼，没回她什么，打开自己的手机。

隔天，司庭衍从公司回来，去程弥的学校接上她跟去蹭课的黎楚赶往机场。飞机落地嘉城时已经是晚上，夜色浓得化不开，城市飘着小雨。

空气黏糊湿泞，和冷意一起为非作歹，钻进人骨头缝里肆意侵蚀。这天气很难让人有兴致出去玩，三人在餐厅吃完晚饭后，便下榻酒店。

程弥跟司庭衍一个房间，黎楚要自己住。

这几天，是程弥进入这圈子以后最无所事事的几天，晚上睡得很早，半夜却被一阵阵铃声吵醒。她艰难地睁开眼，去拿手机，是李鸣发来的无数条链接和消息，又问她怎么回事。

程弥不明所以，随便点开了一条链接。她刚点进去，跳进视线的便是"傅莘唯"三个大字，是傅莘唯的账号，博文底下评论数极高。

傅莘唯应该是疯了，用自己的账号发了张图片，图片背景是在某个酒店的洗手间，几面镜墙之间是壁灯。而照片镜头的聚焦点，是洗手台前的两道侧影。

程弥的腰靠在洗手台上，她的身前是一个男人，祁晟将她拥在怀里，两个人的侧脸格外清晰。

看到这张图片，犹如炸弹砰响，程弥困顿的脑子瞬间清醒。而她反应过来的第一瞬，便是回头看向身旁。

司庭衍不知道什么时候已经醒了，手机屏幕上亮着她的侧影。

他靠在床头上，屏幕冷光投在他的脸上，眸色晦暗不明。

傅莘唯挂在她的账号上的照片，短短几分钟之内满网飞速传播，震惊在每一双深夜还没睡的眼睛里，司庭衍跟程弥也算在其中。

隔着不足一米的距离，司庭衍手机屏幕上的光也映亮程弥的眼。

她收回目光，视线落向司庭衍脸上。

司庭衍还在看手机，屏幕冷光荒凉在他漆黑眼瞳里。

盯着他两秒过后，程弥抬起一条手臂，没有慌乱情绪，动作也从容不迫，伸手过去轻捂住司庭衍的眼睛。

司庭衍视线定格在照片上的眼睛，就这么被程弥的掌心捂住，被遮挡在她的掌纹温度里。她的声音贴近他的耳边："别信她。"

周边重归无边寂静，像耳陷泥沼，听不见半点声响。

司庭衍没有动作，在她的手掌心里沉默。

看不到司庭衍的眼睛，程弥猜不透他的情绪。他看起来像在沉静思考什么，但也不清楚是不是在隐忍情绪，夜色下对着程弥的侧脸白皙到极其冷淡。

从看到司庭衍看见这张照片开始，程弥一直很平静，之所以这么平静，是因为这是一个误会。她正想开口跟他解释，司庭衍比她先一步，声音泛着凉，拦断她已经到唇边的话。

"他是不是真的抱你了？"

这是事实，程弥不会狡辩欺骗他。她还看着他的脸："嗯。"

网上那张照片，没有P图，也不是网友错认。

程弥语气中带点温柔的无奈："但不是你想的那样，是他认错人了，后来他也道歉了。"

在说完这句话后，程弥原本以为以司庭衍这任何男人碰她一下，他都会压不住心魔的性子，后面还得哄很久。但司庭衍的下一句话，让她这个想法彻底消失。

"我相信你。"

司庭衍用无条件的四个字，无比平静又利落地结束了这场本该会激烈无比的质问。

这个回答出乎意料又猝不及防，程弥一直极其从容的神色一顿。她怎么都没想到，司庭衍就这么轻易放过了她这个话题。

跟司庭衍情爱纠缠这么久，他在对她的感情上是个什么样的人，程弥早就摸透。

在有关她的问题上，司庭衍眼里容不下半点沙子。不管是伤害她的人，还是觊觎她的人，他都喜欢让这些人在还没近她的身之前，就先在他手里吃够苦头。

更不用说在网上疯转的这张照片。这拥抱连网友都无法接受，更别说他是她男朋友。

如果他还是司庭衍，以他的性格绝对不可能这么平静。可司庭衍就这么轻飘飘地将话题揭过去了，看似平静理性，干脆又冷静。

但因为程弥足够了解他，只是稍微深想一下，就窥探到他反应的破绽。

司庭衍的冷静，是跳过重重疑点，不问前后事由，不深究这还纰漏百出的解释，不触及两个人之间的雷点，以此维持的平静假象。他不可能不介意，反而像是知道有纰漏，自欺欺人地故意不去追究这些纰漏。

司庭衍会这么做，动机不太难猜。只要她在他身边，他拥有她的人，他可以视而不见她所有可能背叛他的秘密。

他一开始就没把自己放在跟她对等的位置过。

没等程弥自己察觉出这样的司庭衍还有哪里不太对劲，他这种乖巧到近乎卑微的态度，先冲毁她的心防，震起她猛烈的心跳。

程弥手稍动，松开司庭衍的眼睛。

司庭衍话里再怎么向她屈服，眼神依旧犀利，在她松手过后，视线第一秒落到她的脸上。

手机屏幕已经熄灭，但他没去按亮，没再追究照片这个问题。

他对她的爱情已经丧失公平和道理。

程弥问他："司庭衍，就这么相信我会不会太草率了？"

司庭衍回："不草率。"

这座城市潮湿，空气里湿凉无孔不入，白色床单也处处泛凉。

听司庭衍说完那句话，程弥长腿稍抬，轻而易举地挑开被子一角，顺势起身跪坐在床被上，被子堆积在她白嫩的腿根。

程弥抬手，双手摸去他的脸侧，将他带往自己这边，让他的额头贴上自己的额头。

"司庭衍,我不烦你追问,也不气你发脾气。"她说,"这件事我也能给你一个不心虚的解释。我不可能会背叛你,比起背叛你,我先不在这个世界上更有可能。"

司庭衍却在下一秒拉近两个人的距离,吻上她的唇,她到唇边的解释就这么再次被他打断,像是把她接下来的解释故意堵住。

"程弥,比起你不要我,你背叛我无所谓。"

程弥看着他:"你是不是脑子烧坏了?"

司庭衍只说了一句:"没有。"

不管她背叛还是没背叛他,他这辈子都只有她这一个下场。

程弥唇上传来短暂一瞬的涩疼,但未及反应成她眉间略微皱起的褶皱,司庭衍放开了她。

因为不管程弥要不要司庭衍,司庭衍的归宿都只有程弥一个。她几次三番不要他,他也只会紧紧跟着她,不会让自己跟丢。

司庭衍从没说过谎,不管是在奉洵那段时光,还是他们互相缺席彼此生活的五年,司庭衍一直是那个攥着彼此那根断线不肯放手的人。

愧疚涌过心脏,程弥说:"所以即使我真的有什么过错,你也干脆不过问了是吗?"

司庭衍一句话带过,似乎不想多说:"我说了我相信你。"

一句话,他又将境地绕回原地。

房间里寒凉爆满,像冬天青橘未熟,挤出一丝让人骨头发酸的酸涩,从脚底爬到全身,钻得程弥骨头发酸。

司庭衍看着程弥:"与其跟我解释听不听都改变不了我什么的事情……"

程弥没打断他,等他说完。

司庭衍提要求,同时松开她:"我更想要你让我做一点我想做的事。"

程弥任他动作,问:"你想要什么?"

司庭衍看了她一眼,没说什么,而后起身下床。

程弥跪坐在床上没动,视线跟着他。司庭衍走向放着他们两个人的衣服的行李箱，从里面拿出一个方盒。

视线触及他手上拿着的盒子，程弥目光往他脸上看去。司庭衍拿好东西后，往这边走过来。

程弥就这么等他过来，而后后腰卸了点力，仿若无骨一般，双手撑在身后，后腰贴进床被里。

司庭衍在床边坐下后，没说什么，打开戒指盒。

里面躺着两枚戒指，一枚男戒，一枚女戒。

冷银色的两枚对戒穿套在一起。

女戒是实心指圈，带一颗碎钻。

而男戒是素银的，一圈成长方形状的指圈，中间镂空一小圈，可供程弥那枚钻戒穿过，有一个开口，开口一锁，两者便被锁扣在一起。

戒指很好看。

司庭衍拿出两枚戒指解开后，也没问程弥意见，不由分说地握起她的五指，将戒指套进她的指节里："跟我结婚。"

银白色戒指穿过她的指间，很快落到她的指根。

那枚女戒就这么无比顺利地套进她的无名指，程弥心里涌过一阵热意，将酸涩拍上眼角。

她逗他说："司庭衍，别人的求婚送花、下跪、承诺，你求婚怎么这么霸道，你问过我的意见没有？"

司庭衍抬眼，执拗地纠正："不是求婚。"

是他要跟她结婚。

他不是在征求她的意见，而是她必须跟他结婚。她这辈子只有他一个抉择，她这辈子也只能有他了，他不可能让她选择别的人。

程弥听完他这句话，还是笑，被他握在指节里的手，交叉过他的指节，两手交握，两枚婚戒瞬间相叠。

"我答应你。"

无比容易地从她嘴里听到这四个字，司庭衍盯了她好一阵。

程弥的注意力在戒指上，没注意到他的眼神，又问他："什么时候买的这对婚戒？"

对于这个问题,司庭衍沉默了一会儿后,还是说了:"我在国外赚的第一笔钱。"

去国外的第一年,司庭衍十七岁,卖了某个机器人专利,赚了第一笔数目不小的钱,找人设计了一对情侣对戒。

那个时间点,他们刚分开不到一年,两个人的未来遥遥无期。

不管是他这句话本身带来的沉甸爱意,还是她指上这枚婚戒,都在将她牢牢绑在他身边。

无名指上的戒指下方有血液流过,通往她为他跳动不止的心脏。

两个人无名指贴着无名指,程弥说:"我是可以领证了,可你还没到时候。"

她逗他:"你要怎么办啊司庭衍?"

戒指戴在她的指上果然很好看,司庭衍正享受这种把她绞进自己的血肉里的快感。闻言他抬眼看向她,锁视着她的脸。

"你会在明年的十一月八日,正式成为我的妻子。"

明年的十一月八日,司庭衍的生日,他正好二十二岁,会带她去结婚。

程弥一直看着他,跟他说:"有个好消息告诉你,你要不要听?"

没等他开口,程弥抬起戴着戒指的手,攀上他的颈项,将他搂向自己,在他唇上落下一记吻。

"司庭衍先生,你成功预约了程弥小姐的丈夫的位置。

"我等你。"

一夜之间,网上那张程弥跟祁晟相拥的照片如惊雷震响,引起雪山崩塌,雪团滚滚,越滚越大,越滚越乱。

网友们的评论如风中草,再次倒戈。

> 这两个人肯定有问题,抱得这么紧。
>
> 我们那天都只顾着骂傅莘唯去了,都忘了那半个小时他们在房间里,确实没拿出证据啊。傅莘唯说得也没错啊,谁知道他们两个在里面做什么?……

言论越来越离谱，愤懑的，看好戏的，落井下石的，趁乱造谣的，都有……

说不定这药就是祁晟下的呢，就把蒋茗洲蒙在鼓里，蒋茗洲也被耍了……

蒋茗洲不是挺信他们两个的嘛，风口浪尖还站出来替他们撑腰，现在被卖、被背叛，也是她活该咯。

……

这些言论，程弥一句都没去看。但即使不看，她也能知道网上谈论到她，关于她的一些字眼会有多不堪入目。

隔天细雨未停，程弥跟司庭衍都起得挺早，临出门去墓园前，程弥却在房间里先接到蒋茗洲的电话。

蒋茗洲昨晚肯定又是一个不眠夜。

程弥站在窗边，接起电话，蒋茗洲的声音先传了过来："现在在哪里？"

程弥说："嘉城。"

蒋茗洲说："我知道，具体位置。"

蒋茗洲毕竟带了程弥五年，程弥每到这天就会推掉工作去嘉城看程姿，她是知道的，今天是程弥的母亲的忌日。

程弥说："还在酒店，马上要去墓园。"

蒋茗洲说："把墓园地址发给我。"

程弥一愣："什么？"

"程弥，"蒋茗洲没卖关子，开门见山，"你一直知道祁晟是你父亲对吧？"

窗外雨丝细细，没有惊雷，没有闪电。这个五个年头以来大家从未提及过一个字，缄默不言的事实，就这么猝不及防地摊开在彼此面前。

窗户半开，雨丝透过窗缝挤进来，落在程弥拿着手机的手背上。

雨丝薄薄，却冻得程弥的手背一阵发麻。

"你以前那么轻易就答应跟着我,来到我跟祁晟的公司,其实我清楚你是为了什么。"

即使现在公司里一团乱麻,此刻面对的还是丈夫跟别的女人的女儿,蒋茗洲的声音却依旧如初见那般温婉又大气。

"我过来,是该给你讲讲你一直想知道的事了。"

至于为什么突然揭开这道本该沉默,大家就可以相安无事的结痂疤痕,因为这个秘密,被派上了用场。

"网上现在的风向对你们两个很不利,最直接的解决办法,"蒋茗洲告诉程弥,"就是拿出你跟祁晟的亲子鉴定证明来破除谣言。"

苍穹垂吊着白灰色幕布,笼罩沉闷乏味的大地。近山拥挤,山峰连绵,天顶灰云密布,底下亡灵沉睡。

这座墓园对程弥跟黎楚来说不陌生,程姿跟江训知都睡在这里。

这百级阶梯,她们走了无数遍,往后还有一遍又一遍。

三人皆穿黑色衣服,地砖冰冷肃穆,他们踏着阶梯往上走,最后停在一座墓碑前。

程弥站在中间,左侧司庭衍,右侧黎楚。

墓碑上的黑白色照片里,女人眉眼艳丽,嘴角弯着温柔笑意。

程弥看着程姿,弯身,将白菊花放到墓碑前。司庭衍跟黎楚也带了花,程弥放好白花后,他们随后也放下。起身后,像程姿还在世,程弥平常地和她对着话。

"一年来看你一次,是不是来少了?"

"这次是不是看见了一个新面孔?你应该不陌生,每年都给你看过照片的。他从国外回来了,我男朋友司庭衍,以后不用只给你看照片了。"

"我知道你不会催我结婚,但明年我要跟司庭衍结婚了,"她笑了一下,"比你还早。"

……

程弥跟程姿说着话,像要把自己这一年发生的事倒尽。

但其实除了司庭衍这个例外,她大多数时间被工作占据,忙碌是常态。

　　工作上实在没什么好讲，她其实运气不错，今年过得甚至比往年顺遂，但有起就会有落，就像最近，不断因为流言蜚语在山顶和低谷间往复颠倒。

　　而有关她的这些流言蜚语，跟程姿的男人，也就是她血缘上的父亲有关。

　　这也是程弥想尽办法也要澄清她跟祁晟的不正当关系的谣言的原因。

　　这些事，她一句都没跟程姿说，就跟程姿从来没跟她提过她父亲是谁一样。

　　看完程姿，他们没立即离开墓园，顺道去看江训知。

　　江训知是嘉城人，去世后也葬在这座墓园里。

　　程弥跟黎楚都对江训知很熟悉，但其实司庭衍对江训知也不陌生。司庭衍小时候在嘉城孤儿院待过的那阵子，除了程弥，还有一个人会照顾他。

　　那就是江训知。江训知生性温和，又是孤儿院里的阿姨的儿子，看没人跟他玩，自然会照顾一下这个弟弟。

　　虽然司庭衍跟程弥要熟一点，但对于江训知，他的印象没淡。

　　三个人去到江训知那里，没过多久，程弥外套兜里的手机振动，在泛凉的空气里嗡嗡发声。程弥拿出手机，屏幕上跳着蒋茗洲的名字，她接听了："到了？"

　　蒋茗洲："在墓园外面。"

　　程弥说："我下去。"

　　她这电话黎楚也听到了，早上蒋茗洲来电话那会儿，黎楚也在她的房间里。两个人毕竟是从小到大的好朋友，无话不谈，祁晟是程弥的父亲这事，程弥也跟她说过。

　　程弥挂断电话后，黎楚跟她说："你下去吧，我再在这儿待会儿，你们聊完了我再去找你。"

　　程弥点头："那我先出去，你一个人注意点。"

　　黎楚说："能有什么事？快去吧。"

程弥去到墓园外的时候，蒋茗洲的车已经停在路边。

程弥从墓园出来，蒋茗洲应该在车里看到了。她还没走近，蒋茗洲的车后座落下车窗。

司庭衍陪她到旁边，没再跟过去，在附近停下："我在这里等你。"

程弥情绪不高亢，但她的不悦很少放脸上，笑意照旧如常，摸摸司庭衍的脸："那我下来要第一眼看到你喔。"

司庭衍看她一眼，放她走了。

程弥走向蒋茗洲的车，神色稍敛。

车后座的车窗落着，蒋茗洲坐在另一边，透过这边车窗看向她："上车吧。"

蒋茗洲话音落地后，程弥打开车门，上车坐进后座。

车里有股烟味，味道不是很冲。

蒋茗洲脑后依旧绾着一个松散的髻，她指间夹着烟，指尖稍撩拨了一下掉下脸侧的烫卷碎发，看向程弥，弯了一下唇："要不要找个咖啡店坐坐？"

看来今天蒋茗洲要告诉她的事，两三句结束不了。

空气被雨气润湿，夹带着烟味，浸进程弥的呼吸里，她说："不用，在车上聊吧。"

蒋茗洲点点头，抬起指节，叩叩主驾驶座椅："你先下去等我。"

"行。"

听到陌生声音，程弥这才注意到蒋茗洲这次的主驾驶位坐的不是她的司机，而是一张年轻帅气的生面孔。

男生很快打开车门下车，没在车上打扰，找地方等去了，不多时消失在她们的视野里。

车上只剩她们两个人，一下显得有些安静。

蒋茗洲转眸看向车窗外，墓园寂静伫立，被肃穆气氛紧紧笼罩。

车里这阵沉默没保持多久，被蒋茗洲打破："这片墓园风水挺好，是你挑的？"

"不是，是我叔叔。"

蒋茗洲点点头，视线还放在墓园上："程姿去世多久了？"

她说的是程姿，不是"你妈妈"。

程弥竟然在她的话语里，听出了一丝旧识的味道。她闻言看向蒋茗洲，一秒后，告诉蒋茗洲："七年。"

"这么久了。"蒋茗洲在感叹，不是询问。突然，她问了程弥一句："她跟你提起过来嘉城之前的事情吗？"

程弥不是嘉城人，但从小在嘉城长大。她不是嘉城人不是程姿告诉她的，而是从当时接济过背井离乡的程姿的酒吧老板娘口中得知。

程姿是孤身一人，大着肚子来嘉城的。

但程姿仅仅知道这些。

程姿定居在嘉城之前，是在哪座城市生活，遇见了什么样的人和事，她一概不知。所以，她轻摇了摇头，对蒋茗洲道："没有，她从来没跟我提起过。"

蒋茗洲对她这个回答似乎没太意外，像是一早就知道是这样的答案。她问了程弥一句："她来嘉城，你想知道为什么吗？"

程弥看向她："如果我不想知道，现在不会坐在这里。"

蒋茗洲看向她，突然开了口："如果我没猜错的话，你应该了解过祁晟的家庭吧？"

程弥沉默。

四五岁的时候，她对"父亲"这两个字好奇不已过。她问过程姿，她的爸爸为什么不在家，每次程姿都只是笑笑，说"因为爸爸太喜欢我们宝贝，出去给我们宝贝摘星星了"。

程姿从来不提祁晟一个字，但人的爱意或许能缄默于口，却很难不让眼睛说话，一个眼神，就会泄露一腔爱意。

程弥在程姿日复一日不经意的爱意泄露里，知道了自己的父亲是谁。随着长大，她没再问过程姿她的父亲是谁，只是偶尔会在网上翻一下祁晟这个人的资料和新闻。

但有关他的资料，涉及他的家庭背景的，能搜到的并不多。还是后来进启明影业，程弥才知道祁晟的家庭背景，高不可攀。

蒋茗洲说："除开演员不说，他的身份你应该有所耳闻过。祁家嘛，算是比较开明的，祁晟要搞艺术，他们都没什么意见，只要他不仗家里势力出来胡作非为。"

在没必要出声时，程弥沉默不语，只听蒋茗洲说着。

"当然，还有一点，不忤逆他们帮他决定人生大事的安排。"

程弥已然猜到，这个答案从她屡次查不到祁晟的家庭背景时，就已经预设过了。

"所以呢，我妈跟他之间的事，是他家里拆散的？"

蒋茗洲没接着开口，车里便跟着安静。

香烟堆积烟灰，她将手伸去窗外，手腕搭在车窗上，敲了敲烟身。烟灰扑簌落下，在空气里打转，直至落进地上的水洼。

终于，她再次开了口，又像吐出了一口浊气："应该这么说吧，是因为我。"

在这句话话音落地之前，程弥从没想过会是这个答案，眼里闪过一丝惊怔。

蒋茗洲却没等她缓和情绪，声调像这阴天里的细雨，从容温和却蚀骨。

"我跟祁晟是大学好友，也是他的经纪人，他还没火之前，跟我的想法一拍即合，我们一起创办了启明影业。公司一路过来大风大浪不少，他拍大电影红了以后，公司也算是熬出了头。他当时很火，火到可以说每家每户都在放他的电影，但他在这名利双收的当口，想的不是进一步把自己经营下去，而是不管不顾地要冒大风险娶你妈妈。"

处事从容淡定的蒋茗洲，当时第一次跟脾性礼貌得体的祁晟发生争执，蒋茗洲不理解祁晟要结婚的想法，而祁晟也从没去仔细探究过自己这位经纪人的私心。

性格使然，两个人争吵得不剧烈，但那个时候，他们也不过二十多岁的青年男女，观点分歧难以化解。

"你跟了我这么久，我是个什么样的人，"蒋茗洲沉默了一下，看向程弥，"你应该多少知道一点。"

蒋茗洲是个什么样的人？

手段雷厉风行，处事却从容不迫，这两种相悖的气质同处她身上却没有冲突，而是形成强大气场。

被她带在手下这几年，程弥从没见过蒋茗洲有软弱的时候，虽然她从不发脾气，面容总是优雅温婉，但手腕实则强势。

蒋茗洲缓慢地浅吸一口烟："而我承认，在感情上我也是事业上那副做派。"

她强势，不卑微，会主动争夺，一场争执被自私的热油浇下，什么事都做得理所当然。

她唇边呼出薄雾："所以我毫不犹豫地下了最狠的一步棋。"

程弥靠坐在后座里，车窗落着，不知道从什么时候开始，外面毛毛细雨不再连绵，细刺一般，丝丝扎进她的手背。

她已经有预感，没有看蒋茗洲，只出声："直接断了他们的后路的一步棋子，是吗？"

蒋茗洲没回应她的这声质问，烟又伸去车窗外，抖掉烟灰。

"祁晟要跟你妈结婚这事，是瞒着他家里的，他是下定决心要娶你妈，想先斩后奏，"蒋茗洲说，"我嘛，做足了坏人，把他这打算捅到了他母亲面前。"

后面发生的事，不用蒋茗洲多说，程弥都知道是怎样一副牌面。

她指甲轻陷掌心中，忽而望向窗外。

雨势渐大，雨雾茫茫，她看不进墓园内，看不见程姿的墓碑。

蒋茗洲继续没说完的话："祁家要对付一个女人太容易了，根本不用费尽心思使手段，动动嘴皮子的事。"

"所以呢，"程弥说，"去找我妈了？"

"嗯，去了，祁晟他妈，还有我。"

程姿毫无背景，无依无靠，只是一个小镇上经营着一家小店的普通女人，多了几分姿色而已。

以祁家那种家庭背景,眼睛长在头顶,怎么可能下落到程姿身上。

祁晟的母亲亲自出马,找上程姿,没有给他们这段不适合的感情找借口,直言两个人家庭背景不般配,让程姿自动退出这段感情。

程姿自然没答应,但这在祁晟的母亲眼里,不是深情,只是有利所图,毕竟像他们这种家庭,常年有人妄图攀高枝。

而程姿不同意,祁晟的母亲也有的是对付她的办法,使出威胁手段,任何一个普通人都手无缚鸡之力。

而在被威胁的两个小时前,程姿刚从医院回来,得知肚子里已经有了个小生命。

但这让祁晟的母亲抓住了最大的死穴,她对程姿肚子里所谓的孙子或孙女毫无感情,甚至只要她一句话,后面这个孩子的一生都不会好过。

正是因为跟祁晟感情太深,程姿对肚子里的骨肉才会优柔寡断,反抗都变得无力。

祁晟的母亲只提出一个要求,程姿必须跟祁晟再无瓜葛,她的孩子打不打掉无所谓,生还是不生是她自己的选择,只要她保证今后不再跟祁晟有来往,自己不仅不会打压他们,还会给程姿一笔钱。

回忆像长满厚重青苔,蔓延在二十年后的空气里。

程姿当年的无力感,如藤蔓一样缠进程弥的每寸肌肤和血液。

这其实不是程弥第一次经历这种感受,早在五年前她在司庭衍的父亲厉承勋那里,已经尝了个遍。

蒋茗洲转目看向车窗外,像在看不远处的墓园。手里的烟已经燃到尾,星火脱离烟蒂,还没落地,彻底熄灭在雨里。她开口:"那笔钱程姿没要,自己一个人走了,也没再出现在祁晟面前过。"

她停顿一瞬,才说:"我也是后来才知道,她一个人好好把你养大了。"

蒋茗洲在十八年后,在赴约李深导演的酒局上,见到程弥的那一刻,立马认出了她是程姿的女儿,因为程弥跟程姿长得实在太像。

她也是那年见到程弥,才知道当年程姿原来真的把孩子生下来了。

听到这里,很多程弥一直以来的困惑,在这一刻解开了。

Chapter 18 自证清白

她终于知道为什么程姿从不在她面前提她的父亲。在她记忆里所剩寥寥无几的几个儿时片段里，她记得程姿总会抱着她看电影，而且只看祁晟的电影。

那时候，祁晟已经红遍大江南北，年纪轻轻众星捧月。

但程姿从来不哭，也从来不跟她说电视上这个演戏很厉害的男人，她这张稚嫩小脸某个角度神似他的男人，就是她的父亲。就这样日复一日，年复一年，直到她五岁那年，电视上出现了一则火爆的新闻。

影帝祁晟跟经纪人蒋茗洲结婚，这则新闻当时火遍南北，成一段佳话。

而自从这则新闻出现在电视上后，家里的电视机再也没放过这个男人的电影。

程弥还沉浸在铺满灰尘的回忆里，蒋茗洲的一句话把她扯回现实："你一直以为你父亲是因为事业跟我抛弃你妈妈，高三那年那么爽快地跟我签下艺人合同，是想拼着一口气往上爬，站到祁晟面前让他看看，程姿的女儿也可以很厉害，为你妈讨回一口气是不是？"

蒋茗洲原来什么都知道，程弥无所谓被她看出来，说："所以你为什么要签我？"

"为什么？"蒋茗洲的理由很简单，"因为你长得足够漂亮，演技能磨，唱歌这方面上，你的嗓音条件特别好，是个很好的苗子。"

她默了一瞬，抛出最后一个理由："还有，因为你是程姿的女儿。"

"程弥，"蒋茗洲靠在座椅里，看向程弥，说出从她口中说出来极有分量的一句话，"你妈妈是我很佩服的一个人。"

她坚韧又温柔，在当时被要挟那种极其艰难的境遇下，祁晟的母亲给她那笔钱，她接受是理所当然，不受诟病。

但祁晟的母亲提供的那笔钱不是在支援她，而是一种隐形的尊严羞辱。程姿当时怀有身孕，这笔钱对她来说十分重要，但即使如此，她也将她的腰脊挺得很直。

"对于你母亲，我年轻的时候做错过事，这点我也不会逃避。"

这也就是为什么她当时从李深手里保下程弥的理由。

而程弥也如愿被蒋茗洲签到手下，一路被她带至今天的红火位置，也站到了祁晟面前。

从进入启明影业到今天，整整五年，程弥有无数次机会可以谴责报复祁晟，可在这五年里，她一步也没迈出去。因为等她来到祁晟跟蒋茗洲身边后，才发现他们两个人之间跟她想的不一样。

祁晟跟蒋茗洲并不如外界说的那么恩爱，比起恩爱，他们更像是不亲但也不远的朋友，彼此尊重和配合，婚姻形同虚设。

"你跟祁晟怎么回事？"事到如今，她也没什么不好问的了，"以前的新闻不是说你们两个还有孩子了？"

蒋茗洲闻言笑了一下，很风轻云淡的一个笑："我跟祁晟确实有个孩子，当年结婚也就是因为这个孩子。"

程弥转眸看向她。

蒋茗洲："要不然，你以为他为什么会跟我结婚？"

她说完，迎上程弥的目光："程弥，你妈妈不见那几年，他可是找你妈找疯了。"

程弥有些漠然的脸色一顿，被一丝空白取代。

风从车窗进来，吹乱她的长发，发丝飘逸遮目，将程弥拉回神。

程弥抬手，五指穿过额前，将长发顺至后面："他去找过我妈？"

蒋茗洲点了点头："一直在找，如果我没猜错，他现在还是一直在留心程姿的消息。"

程弥觉得有一点可笑，说："一边找我妈的消息，一边结婚吗？"

她这句话说得平和，却略带讽刺，蒋茗洲的视线又落到她身上。她的手机在这时连环振响，有人在不停给她发消息。蒋茗洲收回视线，打开手机，低眸处理信息，估计是在处理网上她跟祁晟的事。

蒋茗洲右手斜撑着额头，一边处理事情，一边极其坦荡地吐出一句话："我年轻那会儿，挺喜欢祁晟的。"

程弥看着她。

蒋茗洲自顾自地说着，慢悠悠地："在爱情这事上，我对他有意思，自然会去争取，等男人回头没意思。"

她处理完信息,将手机收回掌心:"所以他喝得烂醉,脑子不清醒地把我认错的时候,我跟他上床了。"

蒋茗洲说这些话时,就像在跟程弥说工作上的事一样。

程弥一直以为蒋茗洲跟祁晟是两情相悦,毕竟蒋茗洲这样一个漂亮又很有本事的女人,即使是同性都会被她吸引。

蒋茗洲说:"那次之后我就怀孕了,祁晟不是个不负责任的人,我们两个顺理成章地奉子成婚。他跟我结婚,对我还不错,但也仅仅是尊重,如果说做夫妻的话,我们可一点也不像。再加上那段时间我工作强度大,不到两个月就流产了。"

闹到这种程度,双方理应关系一般,可现在蒋茗洲跟祁晟在外界看来仍是恩爱夫妻的状态。

程弥说:"你跟他现在关系不差。"

蒋茗洲笑了笑:"能差吗?我怀孕那段时间,他身为丈夫和父亲都没尽到责任,孩子流产了,他对我愧疚都来不及。"

因这份愧疚和昔日友情,祁晟待蒋茗洲一直很好,物质上从来不亏待她。对外他也跟她相敬如宾,不会让人因他有议论她的理由,对她极好。

但也仅仅如此了,再深的东西他给不了她。

所以如今他也渐渐隐退,长居国外,很少出现在公司。

关于自己的父亲,还有母亲跟父亲之间的情爱纠葛,在程弥的世界里模糊了二十几年的东西,如今面目终于清晰了。

有令人难以喘息的东西压在心脏上,程弥转头看向窗外,呼吸着车窗外潮湿的空气,透着心口的闷。

蒋茗洲的手机安静没几分钟,又开始振动,她指尖按着屏幕,既然往事说完,那么该说回正事了。

她收起手机,抬头。

车后座那头,风再次吹乱程弥的长发。

蒋茗洲伸臂过去,抬手替她理了理发丝,动作轻柔又缓慢。

她说:"现在网上你跟祁晟的名声一片狼藉,已经不是公关做得好就能解决的事了,是要彻底将你们两个的关系澄清。到时候网友再挖深点,挖到祁家,祁晟家里就会出面了,但也只是压压消息,解决不了这件事情的根源。"

蒋茗洲的指尖擦过程弥的额头,那一瞬,触感让程弥有点恍惚。

蒋茗洲继续说着:"我跟祁晟商量好了,这次就拿你们父女的亲子鉴定证明澄清。他现在在回国的航班上,应该快到了,你好好跟他聊一聊。"

程弥愣怔一下,回过头来。

蒋茗洲对上她的眼睛:"你是他跟程姿的女儿,我告诉他了。"

意外地,程弥竟然在此刻生出一小刻紧张情绪。

蒋茗洲说:"祁晟他很意外,也很高兴。"

程弥沉默。

突然,她问了蒋茗洲一句:"你怎么就这么确定我是程姿跟祁晟的女儿?我在公司这么多年,祁晟他自己都没往这方面想。"

程弥长得跟程姿很像,但她进入启明,祁晟对她的注意也仅仅是第一面见到她那张脸时,脸上显露过惊讶,除此之外并无其他动作。其实只要他深究一下,肯定可以揪出些他想知道的东西。但当年程姿怀孕祁晟并不知情,也没往她是程姿的女儿这事上想过。

蒋茗洲则是在签下她之前就认出来了。

被程弥问及这个问题,蒋茗洲说:"你长得是很像程姿,骨相美,五官也毫无瑕疵。但我记得我跟你说过,其实你某些角度有点像祁晟,不是我眼睛出问题,网上也有人这么认为。"

"还有,"她又提醒程弥,"时间过去太久,你可能忘了,当时我们签合同是在咖啡馆,你点的是美式。"

蒋茗洲跟她说:"你跟祁晟一样爱喝美式,一样对牛奶过敏。"

祁晟跟程弥是父女,这也是蒋茗洲在他们两个的绯闻这件事上,格外相信他们两个清白的原因之一。

到最后,蒋茗洲跟程弥说了一句话:"对不起,孩子,还有你妈妈。"

程弥无言。

车外雨渐小,天空阴着。

Chapter 18 自证清白

蒋茗洲主驾驶位上那个年轻帅气的男生回来了，手上带来了一束白菊花，走到车窗边，弯身两手搭上车窗，递给车里的蒋茗洲，顺势在她的脸上落下一吻："你短信里让我带的，我买对了没有？"

蒋茗洲接过，笑了下："是。"

她又看向程弥，跟她介绍："这是我男朋友。"

程弥没回过神，蒋茗洲跟祁晟是夫妻，哪来的男朋友："你男朋友？"

蒋茗洲："哦，对了，差点忘了跟你说，我跟祁晟在结婚后的第二年就离婚了。"

也就是说，他们在网络上表现出来的相敬和恩爱，都是离婚后的相互配合。

蒋茗洲要上去看程姿，程弥推开车门下车，上车一遭，心脏像被挖空一块。

下车后风拍打过来，始料未及地凶，卷着颈上项链撞上左胸口，微微生疼。她脚下一顿，也是这时不远处停下一辆车，声响引得程弥循声看过去。

后座车门被打开，迈下来一双黑色高定皮鞋。然后，程弥第一眼看到了一张熟悉的脸。

黎烨衡在忙，耳边接着电话，没看到她，助理抱着白菊花跟在他身后，往墓园里走去。

程姿去世那几天，程弥因为跟陈招池的事在看守所里，当时程姿去世后的后续琐事，都是黎烨衡亲手帮忙处理的，他会来看程姿很正常。

来不及收回目光，她的左手已经先被走过来的司庭衍紧紧攥住，他微泛着凉意的修长指节将她的手抓得很紧。司庭衍早已顺着她的目光看到黎烨衡，眸色阴沉。

程弥注意到了，看了他一眼，但她手里的手机在这一刻亮起，屏幕上浮着一串熟悉的手机号码。

是祁晟。

程弥从没给他的号码存过备注，但对这十一个数字却熟稔于心。

她静立盯着手机一会儿，指尖抬起又顿住，最后，指尖往下，接通了。

她抬手,将手机放到了耳边。

那边很快传来祁晟的声音,温润又得体:"程弥?"

程弥从嗓子里"嗯"了一声。

电话沉寂一瞬,很快祁晟说:"一起吃个饭吧,我们聊聊。"

凉意穿云过山,卷着发丝碰上程弥的鼻尖,她突然想起在车上蒋茗洲帮她理头发,那一刻,蒋茗洲让她想到了程姿。程姿也总喜欢这样帮她温柔理着头发。

她望着黛色苍山,回应了那边的祁晟:"好。"

祁晟问程弥要吃什么。

程弥说都可以。

祁晟便往她的手机上发了个地址。

在车上收到这条短信,看到地址是一家老字号火锅店时,程弥有一瞬间怔神。程姿生前喜好吃火锅,不知道祁晟约她在这里,是不是这个原因。

等去到那里,看到桌上那些已经点好的下锅菜时,程弥笃定了自己内心的想法。

辣到发红发热的麻辣汤底,旁边堆着瓷盘,毛肚、虾滑、肥牛、鹅肠等拥挤在桌上,这些全是程姿喜欢吃的。

但祁晟不仅仅点这些,还点了一堆其他的,量多到两个人根本吃不完。估计他是担心程姿喜欢吃的那些她不喜欢,几乎把所有菜点了个遍。

程弥推门进来后,祁晟见到她是紧张的,当然,开心也藏不住。

祁晟从小在礼仪教养良好的家庭长大,气质风度翩翩,带着得宜的绅士感。但这样一个在镜头前应付自如的男人,在面对自己的女儿时,明显能看出有点手脚不知该往哪里安放。

程弥反倒要比他平静许多。

两个人虽然已经以前后辈的身份认识五年,同处一个公司,但着实不熟。

两个人最深的一次接触,还是现在在网上疯传的那张照片。

当时的程弥在司庭衍生日那天跑到美国，正因为他发愁，不知道要不要给他打电话。

她从洗手间出来后，忽然被一股酒气包围，被人紧勒在怀里。当时程弥以为遇到了流氓，正想一膝盖顶上，却在听到男人颤声发出的两个音节后，浑身一僵。

男人喃喃低语，叫着程姿。

程弥也在那一刻看清了抱着她的人是祁晟。

但最后许是理智占上风，祁晟在酒精中挣扎出清明，认出她来，跟她道歉认错人了。而后可能是担心她心里不舒服，他补上了一句："介意的话，你可以公开严厉谴责我，我会真心诚意地再次跟你道歉。"

程弥说："没事。"

当时说完这句话后，程弥便快步离开。

现在网上那张拥抱照，也就是那时被偷拍的。当时程弥很慌乱，祁晟又喝了酒，两个人被偷拍都不知道。

两个人之间，是祁晟先开的口："最近还能适应？"

最近流言蜚语很乱。

程弥点了点头："嗯。"

沉默几秒后，祁晟又开口："程……你妈妈，离世前过得怎么样？"

他没有为自己缺席她们母女生活这么多年的过错开脱，也没有责问她们为何不去找他。

程弥看他一眼，说："挺好的，生活很用心在过，有很好的朋友，待人接物依旧很温柔，还有，很爱我。"

短短几句话，祁晟闪过目光，嘴角有了笑意："她……还真是一点都没变。"

这回轮到程弥问了："我妈跟你，是怎么认识的？"

祁晟有点讶异："她没跟你说过？"

程弥摇头。

"那她是不是连她以前开过一家书店，也没跟你提起过？"

是没有。

程弥："嗯，没有。"

祁晟说："我们是在那里认识的。"

当时祁晟在某个小镇上拍戏，某天没拍摄戏份，闲来无事出去逛了逛，误入了一家很有情调的书店。

而这家书店，不管是书籍还是装潢，都极得祁晟欢心。

当然，最得他欢心的，是柜台后的老板娘。

一来一往间，不到两个月两个人变得熟稔，很快风花雪月，爱欲热烈。

后来祁晟此在地的拍摄戏份结束，两个人依旧没断掉关系。祁晟一旦休息，就会赶回这个小书店，每时每刻都歇在这里。

直到后来某天，他跟往常一样回到这里，书店却已经人去楼空。

从那以后他没再见过程姿。

但这些年他从没停止过寻找她，一直在找。找的过程并不好受，但祁晟只简单几个字略过，问程弥："这些年，你妈妈带你去了哪里？"

程弥："嘉城。"

"过得好吗？"

"我挺好的，但我妈一开始很难，在酒吧给人唱歌，给酒吧老板娘的女儿上课。"

这些都是酒吧的老板娘告诉程弥的。

程姿当时怀着孩子，到哪儿人都不招她，老板娘看她可怜，长得漂亮又会唱歌，让她在酒吧给人唱歌，还让程姿给她的女儿上课。

但也是因为她在酒吧这份工作，使得程弥的身世也因此备受议论。

祁晟听完这些，隐忍着情绪。

程弥跟他说："她一直在等你。"

祁晟一愣。

"我妈，好像一直在等你回去。"

程姿虽然从来不跟程弥提她父亲，但程弥知道母亲其实一直在等，但最后没等来人，而是等来他结婚的消息。然后，他们之间的羁绊，从那天开始被程姿狠心地斩断了。甚至程姿在去世前，也不跟她提她父亲是谁，而是把她托付给好友的前夫黎烨衡。

一番话下来，祁晟已经心痛难当，却仍在苦苦支撑脸色。

程弥自知该给他空间，从座位上起身。

祁晟却出声拦住她："坐下来吃完再走。"

其实如果他们没闹出绯闻这个乌龙，蒋茗洲没告诉祁晟她的身份，程弥可能这辈子都不会认他这个父亲，今天他们还是在公司里只有点头之交的前后辈。

她说："我不饿，先走了。"

而后她从座椅里退出，往包间外走去。

程弥走出包间，司庭衍等在外面。差点迎面撞上站在门口的司庭衍，但她没刹车，直直撞进他怀里，司庭衍伸手帮她关上门。

一看到他，程弥就想起刚才在墓园司庭衍看到黎烨衡，情绪不太对劲。跟昨晚半夜在酒店，他看见她跟祁晟的拥抱照相比，完全是截然不同的面孔。

也就是这一瞬间，程弥突然找到昨晚她觉得司庭衍对于她跟祁晟这事的态度不太对劲的突破口。

司庭衍怎么可能无所谓她跟别的男人有关系，怎么可能让除了是她父亲之外的男人动她。而司庭衍对待她跟祁晟的事能那么冷静，只有一个可能，程弥笃定他知道他们的父女关系。

程弥问他："司庭衍，不跟我说说？"

"说什么？"

程弥稍歪头看他，耳环穿过侧发，眼睛看着他，用肯定的语气道："你知道我跟祁晟的关系。"

被她拆穿，司庭衍很淡定，没有半点羞愧。他假装不知道这件事，以此从程弥身上谋求的东西已经得逞，才不怕被揭穿。

"是，我一开始就知道。"

程弥问："怎么知道的？跟我说说。"

司庭衍看起来不是很想说，但还是开了口："高中就知道了，黎烨衡跟我妈说的时候,我路过他们的房间听到了。"

程弥愣了一下:"什么?"

司庭衍说:"你妈应该跟黎烨衡说过,他知道祁晟是你父亲。"

如果不是司庭衍告诉她这件事,程弥完全不知道程姿原来告诉了黎烨衡她的父亲是谁。大抵是在去世前,把她托付给黎烨衡的时候,程姿将她的身世告诉黎烨衡了。

"你刚住进我们家时,我妈跟他问你的喜好,还有不喜欢的东西。"司庭衍停顿一下,还是说了,"他说尽量不提起祁晟就行,他是你的亲生父亲,但你不喜欢他。"

这些,肯定都是程姿跟黎烨衡说的。

原来程姿也一直清楚,程弥知道自己的亲生父亲是谁。

而程弥住在司庭衍家那几个月,确实从没在家里看到过关于祁晟的任何影片和新闻,司惠茹真的把她照顾得很好。

黎烨衡有公事,看完程姿便回去了,黎楚则回了酒店。

程弥跟司庭衍坐车回酒店的时候,想起司庭衍昨晚看到网上她跟祁晟的照片,往她无名指上戴戒指前,那副乖巧又卑微的态度。

程弥侧头说:"司庭衍,昨晚对我那绯闻那么大度,原来都是装出来的呢。"

司庭衍看了她一眼,脸不红心不跳地承认了。

他就是装的。

昨晚祁晟跟她拥抱的照片被爆出来,司庭衍完全可以跟程弥坦白他知道他们的血缘关系。

但他没有,故意摆出只要程弥否认,他就无条件信任她,视而不见她背叛他的卑微姿态,不过是为了利用她的心疼,进一步得寸进尺地提要求,让她跟他结婚。

程弥当时还真狠狠心疼了一把,现在回头看,司庭衍这么做的目的显而易见。

程弥说:"所以说不介意我背叛你,阻止我跟你解释误会,就为了拿这招让我上跟你结婚的套吗？"

司庭衍说："你现在不答应我了也没有用。"

程弥弯了弯唇："司庭衍，我昨晚是傻了才信了你那套鬼话。"

就他这性格，他怎么可能让别的男人碰她？

程弥说："但我还是想告诉你，就算这个世界上谁对我都得用扮可怜这招，你也不需要。"

她抬起手，动了动自己戴着对戒的无名指："你什么都不做，我都会把戒指套到自己手上。"

司庭衍的视线落在她身上。

耳根软

Chapter 19

从嘉城回到首都的第二天，程弥跟祁晟去亲子鉴定机构，做了 DNA 鉴定。

抽完血后，祁晟问程弥饿不饿。

程弥摇头，说不饿。

亲子鉴定两天后才出报告结果。

程弥不是一个人来的，司庭衍全程陪着她，做完亲子鉴定，程弥跟司庭衍从机构出来。

天色已经发黑，程弥晚上学校里还有一节课，要回学校上课。

上车后，司庭衍说："不要去上课了。"

程弥知道他在担心什么，伸手摸摸他的脸，笑了笑："今晚这节课蛮重要的，我得回去上课，再说你今晚公司里还有事，我一个人在家多无聊。送我去学校吧，下课你过来接我。"

其实司庭衍的担心不是多余，这两天程弥没什么活儿，回来后过着两点一线的生活，在学校跟司庭衍家之间往返。

网上关于她的风波还没平息，祁晟跟她那张照片在网上爆发式疯传，舆论发酵得很厉害。

人人口头嚼着她的名字，恶意揣测她跟祁晟的关系，诬蔑她的道德，分析她跟傅莘唯的恩怨。她不仅仅活在网络的键盘上，还活在学校很多人的口舌里。

这两天，程弥一在学校里出现，周围就少不了窃窃私语和探究的目光，气氛带刺，余光里很多不带善意的眼神。

只是现实比网络少了点魔幻，没有人真走到她面前对她破口大骂。

可即使如此,司庭衍还是不太想让程弥去学校,不肯让任何一点恶意溅到程弥身上。

但程弥这学期已经临近期末周,许多课程要计算平时分,会有课堂小测,缺席的话可能会导致挂科。

所以即使在风口浪尖下,程弥依旧坚持到学校上课。

一开始说服不了程弥不去学校上课,司庭衍便执意要陪她去教室上课。程弥现在名声很烂,谁沾上谁也跟着烂,可司庭衍不怕。

但程弥怎么可能在这风口浪尖下,把司庭衍拉出来,连累司庭衍?最后还是她哄说好久,司庭衍才听话,没跟着她去教室。

今晚这节课虽然没有课堂小测,但课堂内容很重要,教授上节课已经提醒过,期末的闭卷考试会考这节课上讲的知识点。

在程弥的坚持下,司庭衍最后没说什么,开车送她去学校。

到了学校,车停在隐蔽处,程弥解开安全带,凑过去亲了司庭衍一下。

"你先去公司忙,我下课了你再过来接我。"

司庭衍看了她一眼,没说什么。

程弥说完,推门下车。她来晚了一点,到教室的时候,教室里已经乌泱泱坐满人。程弥从后门进教室,没从正门进,但仍吸引大片目光。

她刚进门,东张西望的唐语阳立马抬手,招手让她过去。她们宿舍四个人都选了这节课,唐语阳、阮雪、范玥她们帮她占了位子。

程弥走过去,在唐语阳旁边的座位上坐下。

程弥刚坐下,不少人回头望,唐语阳吐槽:"烦不烦啊这些人,真是有病。"

这学校里还明目张胆地对程弥好的,也就她这三个舍友了。

其实出事以来,这段时间程弥一直住在司庭衍那里,跟她们接触并不多。网上她那些谣言闹得沸沸扬扬,她们也没有利用舍友便利发短信叨扰她。

唐语阳骂完人,学霸阮雪也跟着骂。她跟程弥隔着唐语阳,语言犀利多了:"脑子都不大正常呗,不上这课还要来这里挤的人,不都以为自己有顺风耳，能产生这种幻觉的人能有几个智商？"

唐语阳跟范玥听完"扑哧"一笑，程弥也没忍住，微微翘唇。

教室人杂，上课后，她们用手机交流。

　　唐语阳：清者自清，网上那些人我们替你骂回去了。
　　阮雪：对，我们都骂了，范玥也一起骂了。
　　范玥：你就别去看网上那些东西了。
　　程弥：你们怎么就知道网上那些是假的？

她们三个一愣，被问倒，面面相觑，最后是唐语阳皱着眉回复。

　　唐语阳：不知道，你不是那种人，我一看他们骂你就来气。
　　阮雪：祁晟的生日不是十一月八日。

她们宿舍每年十一月八日都有蛋糕吃，这一天可能是程弥的男朋友或者前男友的生日，这是她们之间的一个小秘密。

　　唐语阳：还有，祁晟都能做你爸了。
　　程弥：你们怎么知道不是？

她发完这句话，一连串问号炸在群里，然后唐语阳反应过来后的第一句话就是——

　　唐语阳：终于能锤死傅莘唯了！！
　　唐语阳：快被她气死了，阴险狡诈的卑鄙小人。
　　阮雪：评价高了，是又坏又蠢，平时是挺会读书，但喝酒的时候智商可太低了。

傅莘唯用自己的账号爆程弥跟祁晟的拥抱照的那天晚上，是喝了酒，虽然几分钟后她清醒过来很快就删了照片，但照片还是很快在网上发酵了。

这种自爆式爆料，着实不聪明。她完全可以不蹚浑水，让程弥承受所有攻击，但她喝过酒后，就把自己拖下水了。

冲动误终生。

这节课傅莘唯也选了，但不见她的人影。

下课铃打响后，程弥跟唐语阳她们三个人打了声招呼，下楼等司庭衍来接她。

她没在教学楼下等，走了十几分钟的路程，绕到学校里人烟稀少的某栋楼，站去隐蔽的墙下。

枯枝败杈支在头顶，路灯孤零零地立在路边，照不到这里。

一安静下来，程弥莫名想起晚上去做亲子鉴定的时候，问她饿不饿的祁晟。原本做完亲子鉴定，一切都临近拨开云雾，她应该轻松不少。可程弥心里像是压着什么，很重，重到只要想起程姿跟祁晟，便会感觉憋闷，透不过气。

这时，附近某辆车突然有车窗落下的声音。

程弥一顿。她刚才根本没去注意周围，循声看去，才发现刚才被树丛遮挡的某个地方，停着一辆车。

车窗缓缓落下，附近有路灯，车里的黑暗被光色照亮一隅。车里的人肤若凝脂，白得晃眼，脊柱漂亮分明。只一眼，程弥就知道车里刚才在做什么，她想收回目光。

然而就在下一秒，车窗彻底落下，露出女生文在脊梁中间的刺青。

那是一把瑟，一种拨弦乐器。

暗处的程弥脚步一下顿住了，此刻映在眼里的这把瑟，瞬间和三年前在美国酒吧里的某个画面的文身重叠到一起，一模一样。

三年前，那个给她上了下药的酒，后来又莫名其妙地消失的服务生，递给她酒时，手腕内侧就文着这样一把瑟。

这时一阵风卷过，袭进车内，车里那个光裸着背的女生抖了一下，爆发出一句骂声。

"钟轩泽你有病啊,天这么冷你开什么车窗?"

程弥一怔。

那是傅莘唯。

暗夜庇护人影。

程弥立在楼体墙下,不远处的路灯下,车内的人没察觉到她的身影。

程弥看到傅莘唯身上那个文身后,从口袋里顺出手机,镜头对向那里。

傅莘唯指责钟轩泽开窗。

钟轩泽的声音紧跟着传出来:"散散味道,车里都是你的味道,我受不了。"声音温润,带着笑意。

傅莘唯像是怕被人看到:"有病啊你,冷死了,快把车窗关了,被人看到就完蛋了。"

钟轩泽:"关窗吗?那再来一次?"

傅莘唯的裙子早已套上脖子,她匆忙将裙子往下拉,脊梁中间那片刺青彻底被盖住。她说:"钟轩泽,我告诉你你别蹬鼻子上脸,我翘课来已经很给你面子了。"

就听钟轩泽回:"你以前可不是这么说的。"

他听起来好声好气,话里的每个字却都没有商量余地:"这是你拜托我做那件事的交换,你说过的,一个月五次。"

傅莘唯像被抓住把柄,大概是理亏,一下哑炮,又嘴硬地回:"这个月又还没到月底,你急什么?!"

她已经穿好衣服,怕被人看到,腾出手去关车窗。

车窗升起,彻底关上。

程弥占据有利位置,躲都不用躲,钟轩泽跟傅莘唯根本没发现她。她没出去正面对碰,就算现在冲过去质问傅莘唯,也问不出什么。

不多时车灯亮起,钟轩泽跟傅莘唯没久留,车子驶离这片寂静。而他们走后不久,司庭衍就来了。

程弥上车后,将手机递给司庭衍:"我去美国喝酒那个晚上,给我上酒的服务生手腕上有个文身。"

屏幕上是放大的刺青图案，司庭衍接过她的手机。

程弥说："是这个文身，二十五根弦，首端跟尾端分别有一个长岳山，三个短岳山，是一把瑟。"

司庭衍看着她不知道从哪里拍来的照片："怎么拍到的？"

程弥说："这是傅莘唯后背上的刺青，刚刚他们的车停这儿了，我拍到的。"

她又伸手，指尖在屏幕的刺青上点了点："当时给我上酒的是个男服务生，这么特殊的文身图案一模一样，傅莘唯跟他应该认识。"

程弥说完这些，司庭衍还是平常那副冷静样子，盯了屏幕刺青图案几秒后，将手机递还给程弥："嗯。"

两个人没深入这个话题。

程弥正觉不对劲，想说什么，看见司庭衍肤色透着比平时更容易破碎的苍白。

最近司庭衍很忙，团队的心脏手术机器人项目在紧张试验阶段，一天二十四个小时，他大多数时间在忙工作上的事。正常人超负荷工作都难以支撑，更不用说司庭衍动过心脏手术，但他看起来格外习以为常。

程弥问："不舒服？"

"没有。"

司庭衍将一旁带的一小块蛋糕递给程弥。

程弥接过："给我垫肚子的？"

估计他一直记着她今晚还没吃饭。

司庭衍问她："今晚想吃什么？"

程弥想了想，说了个餐厅。

司庭衍启动车子，带她离开学校。

吃完饭司庭衍送程弥回家。

司庭衍公司还有事，送程弥回家后又离开。

偌大的房子空荡无聊，程弥没闲着，明天有节必修课有考试，她在司庭衍的书房里翻看了会儿书。一个小时过去，她过完一遍书，伸手拿

Chapter 19 耳根软

过旁边的另一本课本。

程弥目光还停在书页上，没怎么去注意手上动作。她把书拖过来，一个不小心，桌上司庭衍的文件被她带翻在地，文件资料瞬间哗啦掉一地。

程弥从课本里抬起目光，看着满地狼藉，转了下转椅，从椅子上起身，蹲身去收拾。有几页纸从文件夹里飞了出来，飘散四处。

程弥将文件拿到手里，伸手去捡飘落到椅边的纸张，指尖稍停顿了一下。

司庭衍的大多数资料跟工作相关，但这张纸上的内容明显不是。

白纸夹杂在一堆晦涩难懂的术语里，文字浅显易懂，是一个女人的信息。女人叫钟瑟，年纪跟司惠茹相仿，但已经去世。

程弥将文件都拿到手里，起身坐进转椅，将文件随手放到面前的桌上。

下一秒，她的视线触及纸上的某行字。

钟瑟的儿子，钟轩泽。

程弥攥着文件的手突然一顿。

不是她神经过分敏感，而是当钟瑟跟钟轩泽这两个名字一起出现的那一瞬，她脑内某些零散的线索惊诧地在乍然间粘连到一起。

男服务生手腕内侧有"瑟"文身，傅莘唯后背上有"瑟"文身。

钟轩泽的母亲叫钟瑟，傅莘唯跟钟轩泽是情人。

瑟文身的含义，是代表钟轩泽的母亲？当年给她下药的男服务生就是钟轩泽？

结论有点震惊地浮现在程弥的脑海中。

但她没潦草定论。她跟钟轩泽一起拍过戏，不曾记得他的手腕上有刺青。

她放下手里的纸，伸手捞过手机，上网搜钟轩泽的照片。照片很多，但她都没能直观看到手腕。

程弥转而搜他的粉丝拍的一些图，点开没几张图，就找到一张钟轩泽跟粉丝打招呼的。

照片里男人笑容和煦，像春日暖阳。

垂在身侧的右手手腕上没有刺青，抬手的左手手腕上也没有刺青，但他的左手手腕上，有着一小片暗色的疤。

这种痕迹程弥并不陌生，是洗文身留下来的疤痕。

他的手腕处文过身，而且面积大小跟那把瑟差不多大。即使有了猜测，但当猜测被证实的时候，程弥还是有点难以置信。

当年，在美国给她下药的人就是钟轩泽。当年，她莫名其妙地被下药，服务生消失，监控又凑巧坏了，一切过于巧合。

但因为现在网上舆论他们早已有应对策略，当年她也没受到伤害，便没想去追究。如果今天不是她碰见傅莘唯，看见傅莘唯身上的文身，等她跟祁晟的亲子鉴定出来，这件事就这么过去了。

巧合的是，当年的谜团她都没去翻找，它就自己在她面前揭开了一小角。或者说，是谜团被司庭衍翻开的某一角，呈现在了她面前。

但程弥跟不上司庭衍的思路，完全不知道司庭衍怎么翻找出的钟轩泽。他会查钟轩泽的母亲，肯定早已先把目光放在了钟轩泽身上。

就像她今晚，即使见到傅莘唯跟钟轩泽两个人一起在车上，看到傅莘唯的文身，也没有将下药的人跟钟轩泽联系起来。

缓过神，她翻着面前司庭衍的这堆文件。

既然有钟轩泽的母亲的资料，那应该能找出其他的蛛丝马迹。但她翻遍整沓资料，全是他工作上的文件，满眼实验数据。

钟轩泽的母亲的这张资料，就像无用的一个环节，被他随手扔弃在这里。程弥又去翻他桌上的其他东西，连书桌抽屉都打开看了一遍，一无所获。

司庭衍的电脑和平板电脑都放在桌上，到最后程弥都不抱希望，随手打开平板电脑。

映入眼帘的东西却让她意外。

屏幕上是一家酒店的信息，这家酒店程弥熟悉得不能再熟悉，就是她去美国住的那家酒店。再然后，是收购了国外这家酒店的董事长，姓叶。

到这里程弥的思绪仍是一团乱麻，直到她翻到下面，视线里再次出现熟悉的名字，钟轩泽。

毕竟跟钟轩泽做过同事，据程弥所知，钟轩泽的身世一直捂得很紧，就连他的粉丝也只知道他是他母亲带大的，父亲一直是个谜。

而现在钟轩泽的身世背景就这么摊开在她面前，他竟然就是这位叶董事长的儿子。

线索就是钥匙，这条信息摆在程弥面前，她脑中的乱线突然解开了一半。

是了，什么人不是酒店服务生，却能在酒店里的酒吧给客人上下了药的酒，还能瞒天过海消失得无影无踪？又是什么人能让酒吧监控恰巧坏掉，却同时能让酒店走廊的监控正常运作，还能给傅莘唯她跟祁晟进房间的监控视频？

这只可能是在这个酒店有一定话语权的人。

程弥突然间跟上司庭衍在这个过程中的所想。

当时她被下药，清醒后跟蒋茗洲想报警，但由于没有造成伤害，又一头雾水找不到人，最后只能作罢。

而司庭衍总比一般人要聪明一点，就是从重重疑点里把钟轩泽跟傅莘唯一并揪了出来。

程弥扶着额，想起今晚在学校，在那辆车上钟轩泽跟傅莘唯说的话。他说，傅莘唯跟他的关系，是她拜托他做事的交换。

现在想想，十有八九他说的就是让他下药，调取监控这事了。

信息蜂拥而来，程弥被砸得发晕，指尖按了按额角。但下一秒，她合上的长睫停滞了一下。

她缓慢睁开眼睛，视线落在那张被司庭衍扔弃在一旁的钟轩泽的母亲的资料上。它被司庭衍随手孤零零地扔弃在这里，像是毫无用处的东西。

而今晚司庭衍去接程弥，她上车后，给他看了傅莘唯文在背上的那把瑟。

当年，男服务生的手腕上也有瑟的文身。

这张在司庭衍看来如废纸，钟轩泽的母亲叫钟瑟的资料，在程弥给他看文身的那一瞬间，都有了意义。

程弥直接证明了他所找的那些线索是对的。

她回想司庭衍当时看到瑟的文身的反应，他很平静，也很安静。就算程弥现在回想，也完全看不出他的情绪哪里有破绽。

而司庭衍送她回来后，就独自离开了，说是要回公司。

程弥一下清醒，拿过手机从椅子里起身。她怎么没想到呢？司庭衍怎么可能翻出放视频的人，用亲子鉴定澄清她的清白就让这件事结束了？他肯定会找出当年出手的人是谁。

程弥拽过搭在椅背上的大衣，往书房外走去，给司庭衍打了个电话。

等待接通的嘟音让人煎熬，单调又漫长。

程弥本来以为这通电话会落空，却在打过去的几秒后，司庭衍接听了。

"你去哪儿了？"程弥连忙问，"你是不是去找傅莘唯了？"

司庭衍那边停下一秒，很快反应过来她什么都知道了。

"我不会做什么。"他说。

程弥信他，但还是问："你在哪儿？"

司庭衍没说。他只说："我会回去的。"

听完这句话，她的电话被挂断。

灰暗苍穹下，楼宇林立，灯火璀璨。

中恒外科手术公司，落地玻璃窗外，车流四通八达，汇成银河。司庭衍到达公司，不少员工还在加班，楼层灯火通明，他径直回了办公室。

今晚公司里不只有加班的人，还有辞职要走了的人。

戚纭淼昨天递了辞呈，正一箱一箱往办公室外搬东西，办公室里一片糟乱，桌上文件凌乱，地上白纸一地。

傅莘唯从钟轩泽的车上下来后，就过来帮她收拾东西。傅莘唯站在沙发前，拿起上面的玩偶，往旁边的收纳箱里放。

"淼淼，你怎么放这么多东西在这里啊？这里是办公室，又不是家里，你看你这玩偶、睡袋，还装了个衣柜，真把家搬到这里了啊。"

戚纭淼立在壁柜前，拿出里面的手办放进箱子，语气有几分强硬地道："我工作劳模，不行？"

"当然行啦，"傅莘唯收拾完沙发那里，把箱子搬挪到一旁，然后顺势趴在箱子上，"不过你是真的下定决心要走了吗？"

戚纭淼背对她，还在收东西："我什么时候说话不算数过？"

傅莘唯迟疑地问："就……真不喜欢司庭衍了？"

戚纭淼又放一个东西进箱，回过身，视线直直落在傅莘唯的脸上："我不喜欢他了，跟我不帮他干活了，有什么必然的联系？"

傅莘唯狗腿子道："没有。"

戚纭淼回过身，开始收拾文件，一个一个扔进箱子里。

半途抽到某个文件，她翻了翻，叫坐在箱子上滑手机的傅莘唯过来："把这个拿去给史敏敬。"

傅莘唯起身过去："史敏敬吗？他在公司吗？"

"废话，他肯定在。"

傅莘唯接过："行，我拿过去。"

戚纭淼回国后，傅莘唯经常跟她混一起，来过中恒外科几次。她对办公室布局不陌生，知道史敏敬的办公室在哪儿，拿着文件过去。走到史敏敬的办公室，她拿着文件推开门进去。

办公室里烟雾缭绕，史敏敬坐在椅子里，两腿跷在办公桌上，正在抽烟。

傅莘唯刚推开门，他就抬眼看了过来。见是傅莘唯，他有些悻悻地耷下眼皮，烟头按灭在烟灰缸里："什么事？"

傅莘唯走进来，将文件放到他桌上："戚纭淼让我过来送个文件。"

史敏敬笑了一下："连送个文件她都不自己来？"

"她忙着呢。"

"行了，"史敏敬摆手，"你们收拾东西去吧，待会儿要搬东西下去你过来喊我一声，我先把手头这点工作忙完。"

"行。"

傅莘唯从史敏敬的办公室出来，下意识地往左边看了一眼，那边经过转角，就是司庭衍的办公室。

她收回目光，原路返回，要回戚纾淼的办公室。

手机有消息进来，是她的舍友在群里讽笑程弥，说她这回怎么也翻不了身了，很快又会沦为十八线小网红。

傅莘唯指尖点点屏幕，回复群里消息。

今天周五，她一出现，舍友纷纷在群里冒泡，问她今晚要去哪里玩。傅莘唯说帮朋友搬完东西，今晚要去酒吧。

她边走边回消息，没有看路，轻车熟路地往前走，转过走廊转角。

余光里出现阴影，正近距离迎面而来，傅莘唯手疾眼快地刹车，但因为太过猝不及防，且在抬眼那一瞬，视线里出现司庭衍的脸，她不禁一怔，手机霎时脱手。

在墙色的映衬下，司庭衍肤色透着一丝瓷白，黑色长睫垂下，凉眸下覆盖上一层阴影。

他看了她一眼。

傅莘唯愣了两秒后，手忙脚乱地要蹲身去拿手机，但她发愣了两秒，可司庭衍没有。

在傅莘唯没反应过来之前，他已经捡起她的手机，递给她。递给傅莘唯时，除了她手机屏幕上的酒吧名字，他也看到了上面几条骂程弥的话。

背后嚼人舌根，还被当事人的男朋友看到。

傅莘唯虽然觉得自己没错，但还是在那瞬间满脸涨红，而且知道司庭衍脾气不算特别好。

傅莘唯有些慌张地接过手机。

但让她意外的是，司庭衍什么都没说，连帮程弥反驳一句都没有。

司庭衍从她身侧经过，傅莘唯有些怔然，有点难以置信，回过身去看司庭衍，两秒后，心跳有点后知后觉地加速。

就是这时，一道声音插了进来。

"站在那里干什么？"

傅莘唯回神，循声回头。

走廊那头，戚纭淼在办公室门外，像是已经站在那里看了她很久。

傅莘唯说："没……没干什么。"

她很快恢复自然，朝戚纭淼那边走去："对了，史敏敬说过会儿搬东西下去叫他。"

戚纭淼："哪里用他？"说完转身进办公室。

傅莘唯跟在她身后进屋，探头环视办公室内："收好了没啊？"

戚纭淼走近沙发坐下："收好了。"

她伸手，去拿桌上傅莘唯给她带的奶茶。

戚纭淼很喜欢喝奶茶，从高中起傅莘唯基本上见她一次就要给她带一杯奶茶，这个习惯一直维持到现在。

傅莘唯看她去拿奶茶："哎？淼淼，别喝啦，都放凉了，而且我们待会儿要去喝酒了。"

戚纭淼却没放下奶茶，拿在手里，没看她，忽然问了一句："你把我当过朋友吗？"

"你在说什么啊？"傅莘唯哼了一声，在她身边坐下，就差抱着她在她脸上来一口了，"从高中到现在，除了你我还联系过谁啊？你可是我最好的朋友。"

戚纭淼看了她一眼，突然问："不是因为我手上有你的把柄？"

傅莘唯说："说什么呢？当时程弥跟祁晟在酒店洗手间里，是我叫屏幕那边的你录的屏，这哪叫把柄啊？"

戚纭淼收回放在她脸上的目光，撕开吸管膜，往奶茶里一插。

傅莘唯说："你还真喝啊？"

她们说着话，没注意到房门外离开的身影。

冷风过境，深墨晕染天幕。

程弥从家里出来，匆忙赶去中恒外科，路上没打通司庭衍的电话。她转而打通中恒外科的前台电话，问前台的人司庭衍在不在公司。

程弥去过司庭衍的公司,撇开她的名气不说,前台人员也知道她是司庭衍的女朋友,告诉她司庭衍在公司。

程弥到达楼下后,坐电梯直上到中恒外科。结果她刚去到楼上,前台人员就告诉她司庭衍出去了。司庭衍刚走的时候,她给程弥打电话了,但没打通。

那会儿她可能在打司庭衍的电话,程弥皱眉,问:"史敏敬在吗?"

"在的,史总还在办公室。"

程弥便径直找去史敏敬的办公室。

史敏敬刚从实验室那边过来,迎面碰上程弥:"来找司庭衍?"

程弥停在他面前:"你不知道他出去了?"

史敏敬一头雾水:"他走了?我正想去找他呢。"

史敏敬刚帮戚纭淼把东西搬下楼,回来后又到实验室里看了一眼,除此之外今晚没出过办公室,还是实验室里的人告诉他司庭衍来过实验室,他才知道司庭衍来公司了,现在正好要过去找人。

程弥想起傅莘唯跟戚纭淼要好,戚纭淼又在这里工作,便问:"傅莘唯来过吗?"

"你这还真问对人了,"史敏敬说着,看了眼手机,"她们走了有半个小时吧。"

程弥:"你知不知道她们去哪儿了?"

史敏敬看出她的着急了,脸色也稍微严肃了起来:"酒吧,刚才送她们下去,傅莘唯说的。"

"哪个酒吧?"

史敏敬说了个酒吧名。

程弥打着司庭衍的电话,转身就要走。

史敏敬伸手拉住她,他本来也准备过去:"我送你过去。"

酒吧。

射灯直晃人眼,音乐炸裂耳膜。

傅莘唯口罩戴得严实,跟戚纭淼到舞池里热了会儿身后,从人群里挤出来。

这家酒吧楼上有包间,两个人准备上去。

傅莘唯眼尖,也是这时候发现司庭衍的。

司庭衍刚从酒吧外进来,浑身矜贵冷淡的气质,跟燥热的酒吧格格不入。

下一秒,傅莘唯的视线直直撞进司庭衍眼里,傅莘唯心跳漏了一拍。

司庭衍眸色淡淡,但视线在她脸上停留了有一秒,然后移开。

这一秒对傅莘唯来说,极其长。因为司庭衍很少将目光落在除程弥以外的人身上。而且,他知道自己今晚来这里。

傅莘唯回过神的时候,戚纭淼正在看她。

她问:"怎么了?"

戚纭淼淡淡地收回视线:"你的眼影画脏了。"

两个人去到包厢后,一堆朋友玩得火热。

傅莘唯一直心神不宁,唱歌不想唱,游戏不想玩,酒也不是很想喝。即使她在内心给自己否定的暗示,但埋在身体里已久的某些东西,像在悄悄探头,芽尖撩拨着她的心脏。勉强喝了几口酒后,实在按捺不住,她从沙发上起身,跟旁边的戚纭淼小声说了声:"我去一下洗手间。"

就去看一下。

戚纭淼靠在沙发里,手里拿着酒杯,瞥了她一眼,没说什么。

傅莘唯从包间出去后,走廊冗长,空无一人。她说不清是什么滋味,有庆幸,又有失落。

她往洗手间走,走到一半,司庭衍正好从电梯里出来,傅莘唯脚下一顿。

司庭衍今晚穿着黑色长风衣,身材颀长,黑色和他肤色的白皙碰撞出视觉冲击,五官的精致被无限放大。

傅莘唯脚步顿了两秒都没重新抬起。

司庭衍走到她面前的时候,按断了手机上的电话。离得近,傅莘唯看得很清楚,是程弥的电话。

这是一种无声的信号。

傅莘唯心跳加快。

司庭衍跟她擦肩而过。

傅莘唯去了趟洗手间，没做什么，只是不停地在洗手台前洗手，中途戚纭淼给她来了个电话。

傅莘唯走出洗手间，脚步踏在地毯上。走道很长，包间一间挨着一间，门扉紧闭。

戚纭淼的声音从电话那边传来："回来叫个服务生过来。"

突然，傅莘唯脚步一顿，在关着门的众多包间里，有一扇门敞开着，像在安静地等着谁。

傅莘唯在那一刻，脚下感觉到发软。

许久，等不到她回答，电话那边的戚纭淼说："听到没有？"

傅莘唯稍微拉回神志："知道了。"

回完戚纭淼的话，傅莘唯正好走到那扇打开的门前。

包间内灯光从沙发的后墙壁透出光影，司庭衍坐在沙发上。

电话那边，戚纭淼得到傅莘唯的回应，挂断了电话。同一个瞬间，傅莘唯的目光落在司庭衍身上，脚步慢慢钉住。

她跟戚纭淼的包间，就在斜对面，不到四米。

像过了一个世纪那么久，傅莘唯脚步抬起，犹豫不决间，转向了身侧的门。

她进了司庭衍的包间，关上了门。

还未踏进包间，她的手心已经发热，紧张统领她的身体。

司庭衍淡淡抬眼，银白色光影像在他眼底投下一层薄冰，眸色和往常没什么两样，但又和以往有些不同。

司庭衍的目光是真的落在她身上，傅莘唯指尖下意识地抠掌心。她今晚右眼眼影画得不好，下意识地低了下头，用侧发稍挡，手心冒出薄汗。

寂静无限蔓延。

一如既往地，她面对他总是紧张到无措，跟高中一样，还是有点害怕他。

在经历几秒的安静后，傅莘唯强撑着笑，顶着那张神似某个人的脸，嘴角弧度把握得刚刚好，有着某个人的影子。

但其中的从容美艳，她只学到了三分，无比不自然，透着紧张。

傅莘唯拘谨地走过去，没直接在司庭衍身边落座，在他右边的沙发上坐下。

司庭衍看得出她在学程弥，声调带着丝冷清："别学她。"

傅莘唯愣了一下，眼中闪过错愕，司庭衍看出来了。

她像被他打回原形，一下有点手忙脚乱，不知该做什么。

"我……我没……学。"

傅莘唯本来以为司庭衍不满意她学程弥。但说完这句话后，她忽然想起今晚在中恒外科，司庭衍看见她的手机屏幕上诋毁程弥的信息时，那漠然冷淡的态度。

当时，屏幕上在说她跟祁晟两个人的关系。

这件事真的对司庭衍造成影响了？

傅莘唯猜他的话是另一种意思，他不想看见和程弥有关的东西。她试探地问道："你不想听到她吗？"

司庭衍沉默。

几秒后，司庭衍的视线落在她身侧。

傅莘唯刚才进来时手里握着手机，手机现在躺在她的腿边。或许是紧张的原因，她下意识地坐在沙发边，没发现身旁挤压着抱枕，也没发现手机屏幕亮着，有电话进来，来电人两个字。

淼淼。

司庭衍移开目光，几秒寂静后，推了杯酒过去。

傅莘唯听他开口，声调低冷。

"我记得你。"

他的酒推过来，指节碰在酒杯上。

傅莘唯只看他的手，都感觉脸颊发热，同时，很快倾身去接酒杯，像是怕让他多等一刻。也是这时候，抱枕随着她身体往前移位，边角擦过屏幕。

电话接通了。

司庭衍冷静地收回视线。

傅莘唯当然知道司庭衍记得她。她喝了下酒缓解紧张。最近在网上，她跟程弥闹成那样，他怎么可能不知道她是另一个主人公？而且高中的时候，戚纭淼追他追得热烈，她是戚纭淼的小跟班。

司庭衍却落下一句："高二你坐在我旁边。"

傅莘唯一愣，被这个答案砸得有点猝不及防。

司庭衍记住她了，不是因为她跟程弥纠葛颇深，也不是因为她是戚纭淼身边的小跟班，是记住了她是他的同桌。

傅莘唯有一瞬慌张，像不为人知的一本日记，突然被翻开一角。她喝酒掩饰："我……我以为你只会记得我是淼淼的朋友。"

她又问："你今晚怎么没跟她在一起？"

她指的谁，两个人都知道。

"我不想听她。"

他没看她，视线落在前方，冷冰冰的。

傅莘唯一怔，想起刚才在走廊外，司庭衍按断程弥的电话的情景。

而司庭衍对程弥这番冷漠的态度，还有司庭衍对她若有似无的暗示，都是落在傅莘唯心上的一把火。

"那，"傅莘唯停顿了一下，鼓起勇气说，"你今晚是专门来找我的吗？"

司庭衍看了她一眼。

"为什么会来找我？"她试探地问，"你一直知道我喜欢你吗？"

司庭衍看起来就像默认了，没否认。

但两秒后，他还是开口，语气里并没什么感情："你经常往我课桌里放牛奶。"

一句话，彻底让傅莘唯怔住。

因为司庭衍喜欢喝旺仔牛奶，高中的时候，她经常早早到教室，偷偷往司庭衍的课桌里塞旺仔牛奶。但她忘了，司庭衍也是会有早早去学校的时候。

　　傅莘唯完全没想到司庭衍会回头看她，一下眼眶发酸："我以为……以为你不会看到我的。"要看到，他也是先看到戚纭淼。

　　酒意上头，加上心绪飘然，傅莘唯话出口，比之前多了一分倾诉："其实喜欢你这件事，我做得比程弥跟戚纭淼都久，我是最早喜欢你的。"

　　她喜欢司庭衍，比跟戚纭淼做朋友更早。

　　高中时候的傅莘唯，皮肤很黑，长得不像现在这么好看，由于身世原因心思一直很敏感，内向自卑。

　　她是在那个灰暗的时候喜欢上司庭衍的，以致现在面对司庭衍，仍是当初那个自卑体。她跟高中一样，不敢跟他说话，不敢看他。而戚纭淼就是她的相反面，张扬高傲，漂亮又出色。

　　她们同样喜欢司庭衍，她是躲在灰暗里偷偷看着，戚纭淼则是爱意向阳，热烈地追求司庭衍。

　　后来她跟戚纭淼成了朋友，当着戚纭淼的小尾巴，开玩笑地说着司庭衍的事，光明正大地近距离看他。

　　她的性格也被戚纭淼她们那群人潜移默化，开始大大咧咧起来，她染发、打耳洞、穿超短裙，活成规矩里的一抹张扬，可也不曾吸引过司庭衍一眼。

　　她帮着戚纭淼追司庭衍。

　　私下里，她在学校论坛有关司庭衍的那栋高楼每天留着心事，昵称叫"UI"。

　　高二换座位，她跟司庭衍做了同桌，高兴了整个学期，即使司庭衍从没跟她说过一句话。

　　她给他送牛奶，偷偷帮他把作业本摆正，收藏他的小字条。她知道他有多喜欢程弥，处处学着程弥：学程弥考自己并不擅长的中文专业；母亲攀上高枝后，她跟程弥一样进了娱乐圈；学程弥的穿衣打扮；照着程弥的样子整容，她学着程弥的一切，只希望司庭衍能看她一眼。

　　而他真的回头看她了。

　　"我不像淼淼那么勇敢，一句话都不敢跟你说。"

喝了酒，傅莘唯敢说多了，对司庭衍甚至少了点无措，大大咧咧的语气漏出来一点，一点都不像程弥。

"我跟她做朋友，天天跟在她身边，每天听你做了什么，跟大家一起聊你，光明正大地提你的名字，还能每天看你。"

傅莘唯完全没意识到，这些话通通传去了手机的另一端。她说完，神色又黯淡了一下："可是你只喜欢程弥。"

傅莘唯去拿手机，动作有些迟钝。她摸到抱枕下的手机，掰开手机壳，拿出夹在后面的字条。纸张已经泛黄，上面是司庭衍的字迹。

程弥骗我。

她说要追我三十天，她没有。

她和别人在一起了。

程弥不喜欢我了。

这张字条是有一次轮到她打扫教室，她不小心碰掉司庭衍的课本，从他的书里掉出来的。

在她的余光会被他的每一个动作牵动的时光里，他在字条上写着他对程弥的喜欢。

这张字条傅莘唯藏了很久，藏了有多久，对程弥的羡慕和嫉妒就有多长。

这些东西都在往后的日子里凝成对程弥的针对。

高中的时候，戚纭淼跟程弥结仇，作为朋友，傅莘唯对程弥的讨厌来得比戚纭淼更剧烈，她永远冲在前头。而现在成为同行，她处处和程弥比，和程弥争，连恶意都来得无比汹涌。

可从没有人发现，她喜欢司庭衍。

后来又因为戚纭淼，她一直压着对他的喜欢。

司庭衍看着她拿在手里的字条。许久，他说了一句："所以我现在不喜欢她了。"

听到这句话时，傅莘唯心里难以置信的心思一闪而过。

换作以往,她信都不敢信。可今晚,很多在身体里压抑已久的东西,已经被无声煽动至曚昧。她让本能驱使着,有些没底气,又带着几分勇气,问他:"那你要接受我吗?"

她会比程弥更爱他。

但说完以后,她仍是不敢坐去司庭衍身边。

也就是在这时,她指尖碰到屏幕,屏幕亮起,页面显示在通话,而这通电话时长已经十几分钟。

傅莘唯一开始没反应过来,下意识地出口:"淼淼。"

下一秒她想到什么,脑子顿时"嗡"的一声,在混沌中裂出一丝裂缝。

她想起了戚纭淼今晚问她的话。戚纭淼问,有没有把她当过朋友。

而从她挂断电话,走进司庭衍的包间,跟他坦白接近戚纭淼是为了他的那一刻起,她已经背叛了戚纭淼。

背叛的下场是什么,戚纭淼告诉过她的,戚纭淼手里握着她的把柄。

电话那边,戚纭淼的声音阴郁又刺人:"傅莘唯,你去死吧。"

戚纭淼送完傅莘唯一句"你去死吧",挂断了电话。

手机和那边世界的联系,被一键按断,陷入了无边寂静。不仅手机那边,包间里亦是,一点声息都没有。

傅莘唯蒙了,手机还在耳边。

两秒后,她突然从沙发上弹起,想去找戚纭淼。她刚站起来,正要往外走,忽然一阵天旋地转,脚下所踩之处都是软的,一下跌回沙发里,浑身瘫软无力,意识逐渐被扯进混沌。

傅莘唯歪躺在沙发里,神情空白一瞬,反应过来身体不对劲。几乎在反应过来那一刻,她视线缓慢而确定地落向了自己面前桌上的酒。

司庭衍推到她面前的那杯酒。

傅莘唯的世界一下碎裂。

司庭衍以牙还牙,给她下了药!

她后知后觉地明白过来,嘴角扯起一抹惨淡的笑。难怪呢,他会主动递酒给她喝。

药效快,逐渐侵蚀傅莘唯的意识,她瘫在沙发里,呼吸急促到紊乱。

蓦地，她不甚清醒的神思一怔。

然后，她无比震惊又惊恐地看向了司庭衍。

司庭衍在她酒里下药，他知道了程弥当年的事是她动的手脚？

司庭衍坐在沙发里，沉默安静地看着她。他越冷静，越安静，越让傅莘唯感到不安。

傅莘唯想弥补在他面前已经碎裂到摇摇欲坠的人品。她啜泣道："不是我。"

可面对她的狡辩，司庭衍一言不发。

包间里越来越安静。

很快，傅莘唯垂下眼皮。没多久，傅莘唯彻底昏死过去。

司庭衍没走，也没再看她，就那么坐着。直到半个小时后，拖到某些消息在网上爆炸开来，他才起身离开包间。

爆料在网上炸开。

戚纭淼曾经是个网红，即使后来没进圈当明星，做了编剧，但那张脸依旧把粉丝吸得很牢，至今账号仍粉丝众多。

她平时往账号上发布东西，都有成千上万的人蹲着，更不用说她发的是极具争议性的东西。很快，她放出来的那些视频和语音，如蛛网一般延伸向四面八方。

程弥是在史敏敏的车上刷到的这些爆料，又看到了祁晟跟她自己。但这次和上次不同，上次是一张图片，这次是一个视频。

视频里是在洗手间，祁晟抱住她后很快松手，跟程弥道歉他认错人了，声音在空荡的洗手间里回响，又补上了一句："介意的话，你可以公开严厉谴责我，我会真心诚意地再次跟你道歉。"

然后是程弥回了一句"没事"，匆忙转身离开洗手间。

那张证明她跟祁晟有奸情的照片动了起来，澄清着前因后果，洗清了强加在两个人身上的混浊的诬蔑。

视频在车厢里播放，程弥指尖顿了顿，继续往下拖，听到了戚纭淼发的另一则爆料。

她听声音，第一句是傅莘唯的声音。

"我对姓程的挺不爽的，最近她的粉丝跟我的粉丝吵呢，说我处处不如她。我考进学校成绩比她高好吗？她那成绩她的粉丝也能吹，真是眼瞎了。她天天跟我抢资源，我听我的经纪人说，我最近一个网剧她又要抢，我烦死她了，可恨不得她翻不了身。"

然后，就是戚纭淼的声音："你要做什么？"

傅莘唯用有点不屑的语气接话："还能做什么？下药。"

这句话后面傅莘唯应该是还说了什么，但被不太自然地掐断了。

然后傅莘唯的话又接了上来："我找个人带她去房间，录个他们进房间的监控视频，她找不到证据澄清的。"

后面戚纭淼的声音没再出现，全是傅莘唯在说话。

傅莘唯说："我让人给她下药了，她居然把祁晟找来了，就刚才在洗手间把她认错了那个人。"

她声音里有忍不住的窃喜："她这是把自己送我们手上了啊！"说完，音频进度条到达最后一秒，结束。

戚纭淼这两条博文底下，评论不堪入目。

晕死，傅莘唯好恶心。我服了，断章取义害人，好狠毒啊，她真的不得好死。

程弥好惨，被算计，清白人最后还要被造谣一把，最近被骂了好久，据说还丢了好多资源……

祁晟也挺惨，救个人摊上这些事。

傅莘唯退圈吧，气死我了，我还替她说过话。

程弥拿着手机，手搭着车窗，单手撑着太阳穴。

她提前知道当年是傅莘唯陷害她，神情没多震惊，倒是开着车的史敏敏神色不断变换。

看完、听完从戚纭淼的账号发出来的视频和音频，车上，程弥跟史敏敏对视一眼，什么都明了了。

戚纭淼跟傅莘唯闹翻了。
史敏敬开口:"司庭衍这小子借刀杀人了?"
程弥沉默不语,收回目光。
两秒后,她开口:"开快点。"

色子沉寂,酒瓶孤立,热闹逃散到无踪影。
人走房空,戚纭淼一个人坐在包间里。
液晶显示屏无声放着影像,不断在她白皙的一张小脸上变换颜色。而她的手机,不断传出她跟傅莘唯的声音。
她在听她跟傅莘唯的对话。
那是三年前司庭衍生日的前一天,傅莘唯突然飞来美国看她。
戚纭淼让傅莘唯去她的房子住,傅莘唯推辞,说她跟朋友一起飞过来的,陪他一起住酒店。
那天晚上,傅莘唯去上个洗手间的工夫,意外撞见程弥跟祁晟那场认错人的乌龙。
当时录完屏,在程弥跟祁晟相继离开洗手间后,傅莘唯也出了洗手间。
两个人聊着天,戚纭淼问傅莘唯:"你们怎么最近都来美国?是有什么活动吗?"
傅莘唯说:"哪有什么活动啊!"
戚纭淼随口说了一句:"那你们两个怎么挑同一个日子过来了?"
她说得随口,傅莘唯却噎了一下。那时的戚纭淼没注意到她这点异样,现在想来,一切都有迹可循。
她保存下来的音频里,傅莘唯告诉她:"我来美国是想你好吗?想你立马就买机票飞过来了。"
她紧接着说了一句:"至于程弥嘛,你跟我说明天是司庭衍的生日,她来美国还能来干吗?"
戚纭淼说:"她还没给司庭衍打电话,要是给他打了电话的话,司庭衍不可能刚才还坐在那里跟我们开会。"

傅莘唯听戚纭淼这淡定语气,说:"你怎么就一点都不着急?她现在不打不代表零点不打啊,她要真去找人了怎么办?你就没戏了。"

傅莘唯从高中开始,就一直对戚纭淼追司庭衍的事很上心,但戚纭淼还是问了她一句:"你怎么一副看起来比我还急的样子?"

傅莘唯停顿一下,反应过来后自然道:"哼,还不是为了你,我高中不就一直这样?还有,我跟程弥有仇,你知道的,她高中把我按水里这茬我一直记着呢,现在也处处跟我过不去,跟我抢资源。"

"所以呢,你急有什么用?"戚纭淼慢悠悠地道,"程弥要想给司庭衍打电话,你拦得住吗?"

她又说:"就算你拦下来了,她回国不照样跟你抢资源?"

傅莘唯:"当然拦得住了,我要的可不只她不打电话给你的司庭衍,而是要她身败名裂。"

她说:"我对姓程的挺不爽的,最近她的粉丝跟我的粉丝吵呢,说我处处不如她。我考进学校成绩比她高好吗?她那成绩她的粉丝也能吹,真是眼瞎了。她天天跟我抢资源,我听我的经纪人说,我最近一个网剧她又要抢,我烦死她了,可恨不得她翻不了身。"

戚纭淼问:"你要做什么?"

接下来这句,不比网上傅莘唯说到一半被生硬掐断那句,从戚纭淼手机里播放出来的这句流畅无比。

"还能做什么?下药,伪造证据,一发出来她什么都完蛋了。"

听完她这句话,戚纭淼的话语一下变得严肃:"傅莘唯,不要用这种龌龊的手段,你这么做了跟陈招池有什么区别?你要真这么做了,我挺看不起你的。"

傅莘唯应该是想起她以前对陈招池叫人去弄程弥的肮脏手段嗤之以鼻,赶忙解释:"淼淼,淼淼我不是那个意思,我就找女人去拍个照,不动她的。"

戚纭淼笑了:"你是觉得这么做也行?"

傅莘唯有些拿不定主意了,顿了顿:"那我……那我找个人带她去房间,录个他们进房间的监控视频,她找不到证据澄清的。"

这些言论，比起网上被网友破口大骂那些，要肮脏恐怖得多。
而它们都被戚纭淼截掉了，突兀地接上了下面的话。
半个小时后，傅莘唯给她发了语音。
"我让人给她下药了，她居然把祁晟找来了，就刚才在洗手间把她认错了那个人。"她忍不住窃喜，"她这是把自己送我们手上了啊！"
音频终，又循环。
戚纭淼后颈靠上沙发椅背，望着天花板，长呼了一口气。

程弥跟史敏敬赶到了酒吧。
戚纭淼跟傅莘唯就喜欢挑有包间的酒吧玩。程弥跟史敏敬到酒吧后，直奔包间。跑至楼上，很巧，他们撞上了从某扇包间门出来的傅莘唯。
傅莘唯脚下不稳，东倒西歪地扶着墙。
程弥看着她，只一眼，立马知道她被下了药。
她知道，是司庭衍做的。
傅莘唯没看见他们两个，踩着高跟鞋，踉跄着走进了斜对面那扇门。
她进去不到两秒，里面爆发出了一声怒吼。
"戚纭淼，你为什么要这样对我？！"
紧接着，是东西噼里啪啦被扫落至地上的声音。
程弥跟史敏敬对视了一眼，朝那个包间走去。直到走近，他们听清了包间里的另一道声音。网上那些语音，被人用手机一遍一遍地放着。
傅莘唯被司庭衍算计，被戚纭淼背叛，心态已经崩溃。她怎么想都想不到戚纭淼会这么对她，尖叫质问着自己这个最好的朋友，为什么要这么对她。
戚纭淼坐在沙发上，照旧描着扎眼的眼线，目光仿佛要钉穿她："傅莘唯，你还有脸问我吗？"
她的脸色让人琢磨不透。下一秒她突然爆发，站起来，和傅莘唯面对着面："你没有把我当朋友！我凭什么不能这么对你？！"
傅莘唯也跟着吼了回去："我就是因为把你当朋友，才会告诉你这些东西！什么都跟你说的！"

在巨大的震怒里,她的声音忍不住颤抖。

"因为我从来没想过,我这些见不得人的东西,会在你手里变成我的把柄!"

戚纭淼盯着她。

她凭什么这么理直气壮?

暴怒在两个人互相不肯示弱的怒斥里不断膨胀,直至爆炸。

戚纭淼生起气来要比傅莘唯凶百倍。她抄过桌上的酒瓶,猛地往地上一砸。玻璃碎裂,声响清脆瘆人,碎片狰狞地在空气里炸开无数道弧线,蹦得到处都是。

不仅包间内,走廊也遭殃了。

一块半巴掌大的绿色玻璃凶猛地朝门外直飞而去,程弥反应极快地躲开,史敏敬也手疾眼快扯开她。

但来不及,玻璃边缘锋利,割划过程弥的手臂,倏忽扯出一道很深的血痕。

同时,包间内戚纭淼的声音随着酒瓶碎裂声响起:"傅莘唯!"

戚纭淼咬了咬牙,两秒后,阴阴地道:"装什么装,现在还在这里装什么朋友?你就是为了司庭衍接近我,这话可是你自己告诉司庭衍的。"

只一句话,如当头一棒,瞬间让傅莘唯想起了清醒之前的记忆。她如被击中,药效还没完全散尽,双腿发软,整个人蹲坐在地。

戚纭淼站在她面前,居高临下地看着她,一言不发。

许久,傅莘唯喃喃道:"可是我把你当朋友的。"

空气像被冻住一般。

戚纭淼用自己的声音在这片冰冻的空气里,撕开了一道扭曲的裂缝:"你如果把我当朋友,就不会在我今晚一次又一次的暗示下,进了司庭衍的包间!"

傅莘唯被她吼得眼睫轻颤了颤。

戚纭淼弯下身,去捏傅莘唯的下巴,看进她的眼睛里:"谁不知道你当初说要陷害程弥并拍照的事不是真的?你是真的打算找人弄她。"

她的美甲几乎想把傅莘唯的下巴掐断:"你以为你骗得了我吗傅莘

唯？程弭现在没被你毁了，都是她当时福大命大。"

液晶屏发着光，光影光怪陆离，打在戚纭淼的侧脸上，也映亮她眼睛。

挺翘睫毛下，是她红了的眼眶。

"换个人，我早把这种渣滓捅到网上了。"只因为她是傅莘唯。

如果今天不发生这些事，戚纭淼可能一辈子都不会把这些东西捅出去。

戚纭淼松开她，直起身，没再看她。

"傅莘唯，你记住，今天是我让你从我的世界里消失。"说完，戚纭淼经过她，踩着满地玻璃出去了。

戚纭淼出来，正面碰上程弭跟史敏敬。

包间里刚才动静那么大，戚纭淼知道他们肯定听到了。她看了眼他们两个，一句招呼都不打，从他们两个身边经过。

史敏敬看戚纭淼走了，想追上去，又顾虑程弭手臂上的伤口，迈出两步后又退回来："你没车，司庭衍看着也没在这儿等着，应该是走了，我送你去医院。"

史敏敬会跟她一起来酒吧，可不是专门来给她当司机的。他冲着谁来的，都写在脸上。

程弭看他又往戚纭淼远去的背影瞥了眼，没耽误他。

"追人去吧，我打电话给司庭衍。"

史敏敬没多坚持，点了点头："行，反正我送你去医院，司庭衍也会去，不白跑这一趟了，那我先走了。"

程弭点头。

史敏敬很快消失在电梯门后。

而傅莘唯——

程弭的目光落向包间里。

傅莘唯仍坐在地上。

程弭收回目光，正想拿出手机给司庭衍打电话，走廊转角处走出来一个人影。

人影闯进程弥的余光,她抬起眼,侧眸看去。

是司庭衍。

司庭衍像是外出了一趟,沾带一身凛冽气息,走到她身边。她想问司庭衍去哪儿了,被司庭衍抢先开口。

他脸色淡淡地说:"手为什么流血了?"

司庭衍出声,程弥余光里明显察觉到傅莘唯脊背一僵。

然后,司庭衍也注意到了她。

包间里碎玻璃溅一地,傅莘唯背对他们。

司庭衍目光短暂扫过一眼,移开,牵上程弥的手走了。

那满地碎酒瓶玻璃碴,还有蹦到走廊上的玻璃片,司庭衍应该是一眼就知道发生了什么,明白她的伤口怎么来的,没再多问。

离开酒吧后,他带程弥去了医院。

在车上程弥看了眼手机,才发现网络上又炸了。她跟祁晟的亲子鉴定证明,明晃晃地挂在网上。

程弥微愣,一方面,是看到她跟祁晟的血缘关系被证实;另一方面,程弥记得,亲子鉴定机构说两天后才出结果,让他们两天后再去领证明。

而这张证明在网上传开的时间,正是司庭衍不在酒吧的时间。

程弥转头看向司庭衍。

车窗外路灯灯光游走,一明一暗经过司庭衍的侧脸。看他两秒后,程弥叫他:"司庭衍。"

司庭衍侧眸看她一眼。

程弥微歪头,看着他:"应我。"

司庭衍的目光又落到她脸上。他转回目光注意路况,半晌,"嗯"了一声。

程弥弯了弯唇,然后问回他正事:"你刚才不在酒吧,是去机构拿鉴定证明了?"

他声音平静地说:"不可以吗?"

"可以,"程弥声调有起伏,故意笑说,"是你,什么都可以。"

司庭衍看了她一眼。

程弥问他:"不过不是让两天后再去拿?"

司庭衍告诉她:"可以加急。"

"不连夜加急去取也没事,"程弥说,"现在网上那些谣言不用这张亲子鉴定证明,也都澄清了。"

其实她跟祁晟的不实绯闻,不管是今晚戚纭淼的视频、音频,还是她跟祁晟这张血缘证明,单拎出一个都能澄清。

而司庭衍把两者一并扯了出来。

程弥知道司庭衍所想。

他不会多耽搁一秒,不会让人再多说她一句。

程弥说:"司庭衍,就这么喜欢我?"

等司庭衍转过头那一瞬,她抛过去另一句话:"我也挺喜欢你的。"

她说:"即使你不帮我做这些事。"

她特别特别喜欢司庭衍,爱他这个人。

程弥知道司庭衍跟她不一样,他少说多做。

而她,情话信手拈来,说得也多。可每次她告白,司庭衍仍是会有意外,然后沉默珍视。

程弥感觉司庭衍到老,都会一清二楚地记着她对他或逗或真的每句喜欢。

对她,司庭衍的耳根子真的很软。

程弥微侧着头,抬起手,伸过去,指尖抚摩司庭衍的耳郭,笑:"司庭衍,怎么办啊?你这耳根子要软一辈子了。"

一个没什么调情意味的动作,可司庭衍还是漠然着一张脸,把她的手抓了下来。

早点喜欢我

Chapter 20

医院急诊灯火不熄，脆弱灵魂寂寥行走。

司庭衍帮程弥挂完号，手机有电话进来，负责心脏手术机器人临床试验的医生有事要跟他交流。

心脏手术机器人的临床试验就在医院进行。

司庭衍挂完电话，程弥不会耽误司庭衍的正事，跟他说："去吧。"

司庭衍这种时候也拎得清："事情解决好，我下来找你。"

他的视线经过程弥受伤的手。

程弥知道他在想什么，笑："怎么？我处理伤口你还想盯着啊？又不严重。"

司庭衍被她拆穿，一点都没不好意思。

司庭衍走后，很快叫到程弥的号，她进诊室处理伤口。

伤口不是很深，没什么大碍，医生处理包扎好伤口后，开了点药。

程弥从诊室出来后去了趟洗手间。

急诊深夜人比白天少，迎面没碰上几个人，程弥进洗手间洗了个手，出去时差点撞上一个人。

她稍往后退了一下，对方也是，程弥正想开口说不好意思，抬眼看到人那一刻，唇边的话登时一顿。

两个人都戴着口罩，但在看见蓝色医用口罩上那双眉眼的第一刻，程弥就认出对方了。

那双清冷孤傲的眼睛世界上没几双。

程弥视线往下落，对面的人一身白大褂，左胸口上别着卡牌。

普外科实习医生，初欣禾。

果然。

而程弥眉眼太过漂亮，大家曾经又是同学，初欣禾也一眼认出了她。

初欣禾试探地问："程弥？"

程弥驻足在她面前，笑："好久不见。"

程弥最后一次见初欣禾，应该是在奉洵医院大门口，当时初欣禾去看受伤的厉执禹。

两个人退去走廊，摘了口罩透气。

见程弥手上缠着绷带，初欣禾问："手怎么了，受伤了？"

程弥说："划了道口子，没什么。"

初欣禾点点头，说了一句："注意伤口别碰水。"

程弥从容地点了下头："好。"又问她，"这几年过得怎么样？"

初欣禾说："还可以。"

她的路规规矩矩，高考，上好大学，进入医院实习。

"你呢？"

问完初欣禾又觉得没必要问，程弥的生活天天都能在网上看到。

两个人都还没聊几句，初欣禾的手机振动，她拿出来，正想看消息。

这时楼梯间忽然一个人影冲出来。

程弥跟初欣禾站在楼梯间门外死角处，从里面冲出来的人匆忙莽撞，没看到她们。

程弥没被撞到，躲过一劫。

但初欣禾那位置没那么幸运。

来人直接撞上初欣禾。

初欣禾往外踉跄一步，手机脱手，"啪嗒"一声脆响落地。

好在人没事，没摔坐在地，很快站稳了。

但对方有点惨，因为怕撞上人躲了一下，脚下打滑，人高马大的，直接摔去了地上。

初欣禾的手机脱手的时候，刚才发进来的语音不小心被按到，外放了出来。

但初欣禾没去管，立马过去扶人，程弥也过去帮扶。

Chapter 20 早点喜欢我

初欣禾的手机里的语音刚飘出来一个字音,程弥就知道是谁了。

奉洵高三年级主任的声音,也就是初欣禾的母亲,这几年过去声音完全没有一分苍老。

"你学业和工作上的事情做得很好,我不干涉,但相亲的事你也要考虑考虑了,这几天抽空去跟李叔的儿子见个面。他跟你一样在首都那边工作,已经把他的联系方式发给你了。"

空荡的走廊上回响着初欣禾的母亲的声音。

程弥跟初欣禾把摔趴在地的男人扶了起来。

在看见对方的脸的那一瞬,程弥手一顿。

四目相对,对方看到她也愣了一下。

是郑弘凯。

郑弘凯比以前黑了,脸比这个年纪的人有风霜许多,磨去了高中时吊儿郎当的戾气,手掌长茧粗糙,缠着绷带。

双方都沉默。

下一秒,郑弘凯先从她两个手中挣脱,起身,一句道谢都没有,捡起掉地的纸张就走了。

程弥看着他的背影,以前她跟初欣禾、郑弘凯都是一个班的。

她说:"我没看错吧?是郑弘凯?"

他变了挺多,以前遇事咋呼叛逆,现在看起来沉闷寡言。

初欣禾过去捡起手机:"没认错,我今天刚帮他处理过伤口。"

难怪初欣禾看到郑弘凯一点也不惊讶。

"他怎么会在首都?"程弥听起来是在问初欣禾,实则也是自问。

按理来说,郑弘凯当年捅了司庭衍一酒瓶,进监狱蹲了几年,现在出来,大好时光早就被荒废掉了,他连个高中文凭都没有,在首都找工作很难。

且这里房价物价高,怎样都不适合他的发展。

初欣禾却回答了她:"你没在高三(4)班的群里,可能不太了解。"

程弥看向她。

奉洵高三(4)班的班群,程弥当年转学到奉洵高三(4)班,被拉进去过，但后来谣言泼身，她就被人移出去了。

印象中那群挺吵的，每天几百条消息，八卦又嘴碎。

初欣禾说："那天我跟朋友去吃饭，她们在群里聊天，说到郑弘凯，他好像在半年前出狱了。"

半年前，程弥的神思卡顿了一下。

郑弘凯在监狱里待了四年半？

程弥微皱眉。她记得郑弘凯只被判了三年，怎么被关了四年半？

当年郑弘凯暴力伤人蹲监狱这事，奉洵没人不知道，更何况他伤害的人是司庭衍。

初欣禾："他出来后应该是去工地干苦力活了，今天来医院时，伤口是溃烂的，手的伤势应该就是在工地受伤的。听说他工作的那个地方没什么安全保障措施，郑弘凯被包工头坑了一把，没拿到赔偿。"

程弥问："他在这边的工地干活？"

初欣禾摇了下头："奉洵。"

她说："他来这边医院不是一个人，早上我看见他父亲了，状态不太好，应该是带他父亲来看病的。"

程弥当年跟郑弘凯起冲突，双方被叫家长，她在老师的办公室里见过郑弘凯的父亲。郑弘凯的父亲也是个工人，工服泥泞满身，对郑弘凯嘴硬又凶狠，郑弘凯当时因为猥亵她进看守所蹲了几天，出来后他父亲把他赶出了家门。

现在看来，郑弘凯从监狱里出来后，他父亲应该是让他回家了，到头来还是最疼爱儿子的那一个。

程弥看着郑弘凯消失的那个楼道口，若有所思。

这时初欣禾的手机响起，铃声急促，带她的住院医师在找她。

程弥注意到，说："去忙吧，我也要走了。"

初欣禾点了点头："那我先走了。"

"留个号码吧。"程弥递给她自己的手机，"下次有空一起出来吃饭。"

初欣禾微弯了弯唇："好。"

医院临床试验研究室。

心脏手术机器人的临床试验进行得十分顺利,目前第一批经手术机器人做完心脏病手术的志愿者,大多手术效果良好,也没有产生后遗症。

司庭衍跟医生从试验研究室出来。

大厅亮堂宽敞,灯光在瓷砖上反着光。

他刚走出试验研究室,走廊那头动静骚乱。

司庭衍跟医生们循声看过去,是几个年轻点的医生跟护士拦着一个男人。

医生有些手忙脚乱地拦着人:"这里不能大声喧哗,请您注意一下。"但那人仍要继续闯过来。

司庭衍旁边的主任医师见状皱眉,问那边的医生:"发生什么事了?"

年轻医生立马跑过来,把手里的资料递给了主任医师。

他推推眼镜,告诉主任医师:"有个家属想替他父亲报名临床试验的志愿者。"

主任医师接过资料看了一眼,司庭衍在这里,又递给司庭衍。

也就是这时,走廊那边忽然一阵惊讶声响起。

像是谁做了什么让人意想不到的事。

大家都循声看了过去,只一眼,皆愣住。

那个来替父亲报名这场临床试验的男人跪在了地上。

男人皮肤晒得黝黑,右手缠着绷带,已经污浊不堪。

他拳头握得死紧,似乎在忍受什么痛苦屈辱,微低着头,跪立在地上,脊梁却死死地挺着。

空气仿佛凝固一般,夹带护士们的窃窃私语。

司庭衍话比较少,只在专业技术问题方面话多一点。

他看着手里的志愿者填报资料。

因他气质冷淡,话又少,他们这方空气本就有些流动不通,这下更如凝滞了。

而走廊尽头,男人隐忍沉默地跪立着。

司庭衍看着资料,薄唇微启,落下一句:"条件不符合。"

病人的条件不符合临床试验的病人筛选标准。

即使这是没办法的事，大家都清楚。

但司庭衍这句话话音落地的瞬间，仍像在这安静的走廊里下了死刑。

隔着一段距离，跪立的男人脊梁如被打断。

其实只要细看，司庭衍就会发现这张脸很眼熟。

但他没有。

司庭衍将手里的资料递还给医生，对主任医师说："先走了。"

"哎，好，小孙，去送送司总。"

"不需要。"

司庭衍往另一个方向离开了。

走廊对面，郑弘凯跪着，神情隐忍又痛苦。

程弥跟初欣禾道别后，没去打扰司庭衍，先行回了车上等他。

她等了有一会儿，司庭衍才回来。

司庭衍上车，带回来一瓶水跟一块蛋糕，原来是去给她买吃的了。

两个人没在停车位久待，司庭衍将车开出地下停车场。

途中经过医院急诊门口，人声吵闹一团乱，像在寂寥深夜里燃起的一簇焰火。

程弥透过车窗望了过去。

急诊门口有老人倒地，抱着倒下身躯的人侧影惊慌，口中不断叫喊的声声"医生"快冲破云霄。

白大褂医生从急诊大厅里冲了出来。

很快，那两道人影被淹没。

他们的车快驶离医院，程弥的视线快被建筑物遮挡，即将什么都看不见。

就是在这一瞬间，在那些走动的人影间，程弥看到了那张刚见过不久的脸。

郑弘凯大喊着"爸"，试图吼醒失去意识的人，大惊失色，满脸泪水。

两天后,程弥接到蒋茗洲的电话,通知她去公司。

周一白天有课,程弥下午上完课,从学校离开,打车去了公司。

到公司,程弥径直去了蒋茗洲的办公室。

办公室门关着,程弥停下,抬手敲了敲门。

蒋茗洲在里面出声,让她进去。

程弥推门进去,蒋茗洲在办公桌后,正低眸处理事务。

程弥关门,走进去:"在忙?"

蒋茗洲抬眸看到她,笑了一下:"来了?"下巴又朝沙发那边示意了一下,"坐吧。"

程弥走过去沙发那边坐下,蒋茗洲从办公椅里起身,走进办公室内的小茶水间里,接了两杯喝的出来。

她走过来,放一杯冰美式在程弥面前:"前天那场舆论战打得挺漂亮。"

程弥知道她说的是她跟傅莘唯那事。

蒋茗洲在程弥对面的沙发上坐下:"很多资源现在抢着回头找你。"

她的指尖在面前桌上的合同上敲了敲:"这是第一个。"而后朝程弥这边推过来,"戚纭淼的新剧本。"

听到"戚纭淼的剧本"这几个字,程弥有那么一瞬间怀疑自己听错。

她靠在沙发里,指尖钩在咖啡杯柄上,视线落在上面,而后又抬眼,看向蒋茗洲,问:"戚纭淼?"

蒋茗洲点头:"嗯,戚纭淼。"

程弥的视线又落回剧本上。

她之前翻看过剧本,戚纭淼的这个剧本照旧是机器人题材,但这次带了点科幻色彩,讲的机器人男主角和人类女主角的故事。

程弥之前确实打算去试镜,但如果她没记错的话,前段时间她丑闻不断,这个剧本制片方似乎定了傅莘唯。

她放下咖啡,将剧本拿了过来。

蒋茗洲浅啜一口咖啡:"这个剧本我替你定下来了。"

程弥点头:"行。"

有她感兴趣的好剧本,她当然会接。

蒋茗洲看着程弥。

她带程弥这些年,程弥不像一些女演员有野心却装淡泊名利。

她一向如此,一个隐藏的工作狂,有野心但不会袒露得让人不舒服,可也不会欲盖弥彰。

戚纭淼的这个剧本,程弥之前打算去试镜前看过,又粗略翻了一遍:"有说什么时候定下来?"

"那边在拟定合同,很快会发过来。"

突然,蒋茗洲说:"不出意外的话,这应该是你在我手里接的最后一部戏。"

程弥翻看剧本的手停了一下。

明年她的合约到期。

在这几日之前,她从未想过不在蒋茗洲手下继续这条演艺路。

短短几日,翻天覆地,父辈那些恩怨,彻底在程弥跟蒋茗洲之间生出隔阂。

蒋茗洲说这是程弥在她手里接的最后一个剧本。

几秒后,程弥抬眼,也坦诚地回:"嗯。"

这些年,蒋茗洲尽心尽力地带着程弥,该严厉时严厉,该给予的好处也一分不漏她的,是个很有能力的经纪人。

程弥说:"谢谢你这几年的栽培。"

蒋茗洲笑笑,也不强求程弥留下,跟她说:"可以物色下家了,到时候你跟启明不续约的风声一出去,肯定会有很多公司给你抛橄榄枝,我猜纵盛影业应该就是其中之一。"

纵盛,跟启明名气不相上下的一家公司。

蒋茗洲说:"依我的建议的话,下家签纵盛,他们老板在造星这方面很有一手,签他家对你的自身发展不错。"

即使启明跟纵盛同处一个利益圈子,算得上是对手,但真正有气度的强者,对于能跟自己匹敌的对手,不会恶意贬低,反而是抱着赏识的态度。

程弥说:"你的建议我会考虑。"又说,"谢谢。"

蒋茗洲:"不客气。"

毕竟程弥合约还没到期,重新签公司前,还是蒋茗洲带她。

她跟蒋茗洲又谈论了一会儿一些接下来的代言和剧本,还有自己已经准备一年最近快要发布的新歌,才起身离开蒋茗洲的办公室。

天色已经擦黑,公司的人已经走了不少,走廊有点空。

坐电梯到一楼,电梯门开,程弥走了出来。

大厅宽阔,灯火通明。

程弥的对面,隔着一整个大厅的距离,祁晟跟人面对面站着,在交谈。

在启明影业这几年,程弥其实很少在公司里见到祁晟,这几天却频频碰面。

她的视线落在那里。

那边祁晟似乎察觉到什么,抬眼看了过来。

程弥没躲,但脚步也没停,几秒后,她移开目光,走向大门外。

祁晟只远远站在那儿,看着女儿走远。

程弥从公司离开后,去了司庭衍的公司。

司庭衍最近很忙,今天一天都在公司。

程弥到他的公司的时候,司庭衍在实验室。她没去打扰他,径直去了他的办公室。

司庭衍的办公室收拾得很整齐,墙边贴着立柜,放置了不少模型。

程弥在他的办公室沙发里窝着,司庭衍不在,她竟然找不到什么事做。

她忙的时候想司庭衍,无聊的时候也想司庭衍。

程弥轻声勾了下唇,觉得自己真魔怔了。

她打开购物软件,随意逛了逛,买了不少东西,给司庭衍也买了一堆,各种衬衫、卫衣、T恤,灰、黑、白色为主。

没过多久,办公室的门被打开,司庭衍从实验室回来了。

程弥跷腿窝在他的沙发里。

他一进来，程弥就抬眼看他。

司庭衍走过来："来多久了？"

程弥没给他打电话。

程弥抬脸看他，抬起一边手，就那么懒懒地抬着，而后指尖动了动："弯个腰，让我看看你。"

司庭衍看着她。

程弥也看着他。

不到两秒，司庭衍俯下身。

程弥看他俯下身，手臂垂下，手覆上他的后颈，拉近，歪着脸，含上他的唇。

这是一个缱绻绵长的吻。

这时门外忽然有声响，有人轻敲办公室的门。

咚咚声传进他们的耳膜，没斩断他们对彼此的欲望。

程弥理智未退，亲吻一阵后，稍稍退开，对上司庭衍黑色琉璃一样的眼睛，往办公室门示意："去忙。"

司庭衍看着她，几秒后起身。

司庭衍让员工进来，是助理过来送文件。

他们谈着事，程弥照旧在他的沙发里玩手机。

几分钟后助理离开办公室，司庭衍处理完工作，又回到程弥身边。

程弥正好看中一件T恤，拿给司庭衍看："好看吗？买个情侣装。"

司庭衍垂眸，看她的手机屏幕。

是一件肺部X光涂鸦T恤。黑色的，有点酷。但司庭衍的目光落在底下另一件T恤上，他要这件："这件。"

程弥看他选的这件，这件图案形状是千纸鹤。

她笑了笑："眼光挺不错。"

"但这件比较适合我们。"程弥点开之前给他看的那件。

她说完这句话，司庭衍看了她一眼。

而程弥没察觉。

她说起明天的事："你说，明天阿姨生日，我们亲自做饭怎么样？"

司惠茹明天生日，可至今司惠茹没给他们打过电话，没跟他们提过她的生日半句。

程弥想都不用想，就知道司惠茹是担心他们忙，不想耽误他们工作。

但她跟司庭衍记着。

两个人昨天已经买好回去的机票，准备明天回去。

程弥已经买好礼物，还想两个人一起给司惠茹准备顿饭。

她问完司庭衍，司庭衍没说话。

程弥转过头，才发现司庭衍在看她。

她隐约察觉到他有哪里不对劲，但捉摸不出什么。

"怎么了？"程弥放下手机，伸手摸摸他的脸，"谁惹你不开心了？"

司庭衍却转开眼睛，回答了她的上一个问题："她不会让你做的。"

司惠茹会自己下厨，不会让程弥动手。

程弥说："明天阿姨是寿星呢，怎么能让阿姨自己下厨？"

程弥会做饭，至于司庭衍……

程弥笑着，手还摸在他的脸上，手痒，碰碰他的长睫毛："我们的小王子呢，就给我打下手。"

司庭衍淡淡地看了她一眼。

程弥开完他的玩笑，笑得花枝乱颤。

但她让司庭衍给她打下手是真的，知道司庭衍不会有异议。

因为她知道，她让司庭衍做什么都行。

事实也确实如此，司庭衍一句异议都没有，问起她晚上要吃什么。

程弥："火锅。"

司庭衍从沙发上起身，去拿车钥匙。

程弥跟司庭衍行程安排得很好，结果隔天出状况，司庭衍的团队的临床试验临时碰到点棘手的事。

程弥只能先行回去，司庭衍改签。

首都飞奉洵，时长两个多小时。

这一路从北到南，机舱外灰蒙蒙的土地渐渐冒出绿色，又被厚云层遮挡不见。

就如那些此时此刻突然在这片天空下开始滋生，无限庞大起来的谣言，遮天蔽日。

而在这两个小时里，程弥与外界封锁，完全不知道这地底下发生了怎样的风起云涌。

下午三点半，突然一条新闻跃至网络这片混浊的水面上。

"中恒外科无良团队，因私仇，临床试验不肯救治贫困病人，放任患者死亡，公德心何在？"

中恒外科不是无名小卒，因前段时间《手术》这部电影的宣传，它的 ATCM 外科手术机器人广为人知。

资本家欺凌弱者，且已致人死亡，这一罪名一下子激起众怒。

大众的愤怒情绪经过一小时发酵，挖出了更多的信息。

爆料者姓郑，叫郑弘凯，跟中恒外科总裁司庭衍是高中校友关系。

高中时郑弘凯跟司庭衍有私人矛盾，而近段时间郑弘凯带父亲参加心脏手术机器人的临床试验报名，中恒外科却因这点私仇，拒收郑弘凯的父亲，致使他父亲当晚心脏病病发身亡。

这份私仇，便是高中时两人之间的矛盾，中恒外科司姓总裁，还校园暴力过这位受害者。

下午四点多，在舆论已经沸腾的情况下，又一个重弹砸了出来。

一个已经退出 ATCM 心脏手术机器人临床试验的志愿者，出来声讨中恒外科，曝光其黑心手段。

志愿者爆料中恒外科只为捞钱，而不是真正为患者服务。中恒外科不仅道德方面有问题，技术方面也漏洞百出。

志愿者为男性，在动了手术以后，恢复状况极差，出现后遗症的苗头，因此跟中恒外科和医院进行沟通，要求中恒外科对手术机器人带来的问题进行妥善处理，继续跟进后续治疗。

结果对方强行让他退出了临床试验，意图拿钱堵口，志愿者强烈谴责这种行为。

这条爆料一下子将此事推至最高潮,舆论被风吹得一边倒。

一时间,中恒外科从家喻户晓的医疗机构,变成了人人喊打的过街鼠。

而司庭衍首当其冲。

下午五点多,一架从首都飞往奉洵的航班,在奉洵机场落地。

程弥下飞机后,还未来得及回复工作上的信息,已经先看到了那些新闻。

程弥不知道自己的脸色瞬间凝重。

她想起那天晚上在急诊门口,郑弘凯抱着他父亲声嘶力竭的那一幕。

郑弘凯的父亲去世了?

而在这之前,司庭衍跟他见过面?两个人还有过冲突?

程弥取上行李,往机场外走去。

她很快找了个隐蔽的地方,给司庭衍打了个电话过去。

奉洵的空气潮湿扑面,灰云挤挡苍穹,冬雨细细绵绵,湿答答地挂在树梢上。

雨滴挂在叶尖,叶子承受不住重量,"啪嗒",一滴透明直落,砸落在地面上,四分五裂。

紧接着,第二滴雨滴就快落下——

电话被接了起来。

刚接通,程弥就叫了司庭衍一声:"司庭衍,网上——"

司庭衍的声音比程弥还冷静:"不要信。"

程弥回答得很快:"没信过,我知道他们是在诬蔑。"

她从没怀疑过司庭衍哪怕一秒。

她问:"那天去医院,你见过郑弘凯?"

"嗯。"司庭衍回答她。

静一秒后,他补了一句:"确切来说,不知道是他。"

他在告诉程弥,他没有因为郑弘凯,对他父亲做见死不救的事,像是怕她害怕他。

可能是潮气触鼻,程弥鼻尖微微发酸。

司庭衍开口:"不会有事,我会解决。"

司庭衍的声音在程弥心上打了一支镇静剂,面对自己的谣言,司庭衍是最不可能做到冷静的人,却比任何人都冷静。

程弥说:"好。"

她又问他:"还回奉洵吗?"

"嗯,"他说,"马上去机场。"

他照旧会回来给司惠茹过生日。

"好,"程弥跟他说,"司庭衍,回来见。"

首都华灯初上。

司庭衍离开中恒外科,准备去机场,却在写字楼底下遇到了一个不速之客。

双方并不陌生,司庭衍认识对方,对方也认识司庭衍。

因为对面西装革履的男人,是一直跟在厉承勋身边的人。

厉承勋跟司庭衍毕竟是亲生父子,司庭衍隐藏在血肉里的某些东西甚至有点像他,父子对彼此了如指掌。

厉承勋会找上门,并不会让司庭衍意外。

今天网上闹了一整天中恒外科的事,肯定传到了厉承勋那里。

就像司庭衍回国后,他跟程弥的一举一动,肯定都会传到厉承勋那里一样。

对面西装革履的男人像位长辈,但对司庭衍没少了毕恭毕敬:"二少爷,厉总让你上车一趟。"

厉承勋的助理等了许久,司庭衍都没动作。

他以为司庭衍不上车,正想再提醒一句,还没开口,司庭衍有了动作。司庭衍经过他,往厉承勋的车走去。

黑色轿车停在夜色下。

司庭衍径直走向后座上车。

厉承勋坐在车里，西装革履，在看文件。

听见开车门的声音，他没抬眼，也没将文件放至一旁。

等司庭衍在身旁坐下后，他看着文件，直接问了："今天你摊上这事，怎么一回事？"

空气安静几秒。

司庭衍薄唇动了动："你是觉得做事留给人把柄，这么蠢的事会是我做的？"

网上那个出来爆料的受试者，说中恒外科的心脏手术机器人临床试验出现问题，不想着解决，而是意图拿钱堵受试者的嘴。

这种会留人把柄的事，就不是司庭衍会做的。

他做事，从来不会给人留把柄。

厉承勋照旧翻着文件，说："这个社会上，多的是这种表面功夫做得好，没把柄给人抓的人。但能通过笑面虎的表面，就看清他的本性的人，才能算得上是狠角儿。"

他说完这番话，说司庭衍："你是觉得我身为你父亲，不知道你是个什么德行的人？"

司庭衍没开口。

厉承勋从文件里抬起眼："说吧，这事你打算怎么解决？我想就网络上现在这架势，舆论背后有推手这点，你不需要我告诉你。"

司庭衍确实清楚。

谣言突然一起喷涌出来遍布网上，舆情汹涌，这肯定不是巧合。

他直说："出钱，能收钱办事的人，也能用钱让他变墙头草。"

他这是说的那个半路退出临床试验的受试者。

这个受试者所说并非事实，不管是他控诉的内容，还是晒在网上的资料，皆是捏造。

如果这人不是拿钱受人指使，又还想治病活命的话，不可能做这么蠢的事。

而这种人，为了钱能昧着良心颠倒黑白，拿更高价钱给他，他也能背信弃义地变成墙头草。

但解决了这个麻烦，还有另一个。

"另一个呢？"厉承勋解了一颗袖扣，说，"跟你有过私人恩怨，控诉你因此致使他父亲去世那个？"

司庭衍说："不难解决，他父亲有很明显的不符合临床试验的特征，资料医院还保留着。"

郑弘凯的父亲因有不符合试验的特征，所以才会被立马排除，连后续受试者筛选期都进不去。

厉承勋点点头，分明认可他的解决办法。

但下一秒，他话锋一转说："如果你准备的这两个解决方法，都失败了怎么办？"

这个可能微乎其微。

但司庭衍懒得反驳。

话都不兜圈子，像一秒钟都不想浪费，他开门见山："要说什么直接说。"

司庭衍刚才上车时，厉承勋的助理后脚也上了车。父子俩的对话他听得一清二楚，听到这里，见司庭衍对厉承勋这态度，他都替司庭衍捏一把汗。

厉承勋却没计较，本来就没准备跟他兜大圈子："郑氏集团的千金在国外见过你，对你有意思。郑氏是出了名的大慈善家，在公益这方面炒作很有一手，那边也愿意给你打配合帮你渡过这个难关，你跟他家千金联姻不失为一个好办法。"

司庭衍脸色阴冷，但没什么波动，明显听到这番话，他一点也不意外。

"但这只是一个建议，你喜欢的那个孩子如今走到这个位置，是她自己争气。"

厉承勋在说程弥。

司庭衍的黑色长眼睫有了点伏动。

厉承勋说："我也不会食言，她有能力站到你身边，我很欢迎。"

司庭衍闻言，看了厉承勋一眼。

这趟过来，厉承勋该说的话都已经说完。

司庭衍打开车门："主意别再打到我身上。"

他的声音落在这寂静的车厢里，坚定到有些冷硬。

"我的选择只会是她。"

他十六岁选择的是她。

二十一岁也是她。

车门彻底被关上，司庭衍走远。

周围重归宁静，车内亮起一道屏幕荧光，厉承勋挂断了电话。

与此同时，不远处一辆车蛰伏已久，从黑暗里开出。

不消片刻，那辆车来到厉承勋车旁缓缓停下，车身与其持平，车后座对着厉承勋的车后座。

厉承勋继续翻看着他的文件，话是说给另一辆车里的人听的："都听到了？他不同意跟郑氏联姻。"

而旁边那辆车里，就是厉承勋的妻子常湄。

常湄脸色有些严肃，说道："你以为他不知道是我让你来的？你这儿子可不是个善茬，清楚得很，在这儿等着给我一刀。"

厉承勋的东承集团如日中天，五年来仍旧一家独大，目前仍没有哪个集团能撼动其位置。

但厉承勋再有钱有权，常湄也没有就这么被他养着。一开始他们两个会结婚，就是因为双方对彼此有利用价值，不过是两个野心勃勃的人凑到了一起。

常湄自己有一个高奢品牌，最近正遭遇危机，想靠司庭衍联姻来拴紧自己的利益。

但因她在司庭衍幼时伤害过他，抛弃过他，退一万步讲，就算司庭衍今天答应帮她这个忙，以司庭衍这记仇性子，他也会把她的事搞黄。

厉承勋说常湄："你知道是这个结果，今天还差使我过来跟他说这事？"他盖上文件，"他不会听话，联姻这事你用脚趾头想想都知道。"

当年常湄把五岁患有心脏病的司庭衍带到车站丢弃。从那一刻起，常湄对他来说就是外人了。

常湄丢弃司庭衍，这事夫妻双方其实心里一直跟明镜一样，可谁都没戳破。

而常湄丢弃司庭衍后，厉承勋一直在找自己的儿子，常湄也没有阻挠他，夫妻表面一派平和。

常湄说话都开始放纵："就你那纵容的态度，天塌了他才会答应。"

厉承勋听完，好笑道："我这是帮你白跑一趟，不仅捞不着好，还得罪你了？"

常湄脸色沉沉，一句话都未再理他，升上车窗。

厉承勋见状："教训你一句，你还不听了？"

他的最后一个字落下，常湄的车窗彻底关上。

黑色车窗玻璃不透物，她表明不想交流，然后车开走了。

厉承勋瞧着笑了一下。

助理在副驾驶座上问："厉总，常总这事怎么办？"

厉承勋从车窗外收回目光："让她折腾去。"

程弥离开奉洵机场，打车去司惠茹的住处。

司惠茹几年前已经换了新房子，换了个离单位更近的房子。

当年程弥跟司庭衍、司惠茹一起挤着住的那栋老房子，已经人去楼空很多年。

再回奉洵，程弥感觉熟悉又陌生。

五年光景，城南那条老街区没变样，路边依旧有推小车的小贩，熟悉到如同从未离开过。

而有些平地立起高楼，繁华四起，已经不复往日旧败模样。

到小区楼下后，程弥推着行李箱走去一旁。

小区安保比较严，外来人进不去。

程弥停在小区外，拿出手机拨司惠茹的号码，想让她下来接自己。

今天阴天，天色暗得愈快。橙黄路灯下，细雨绵绵如薄雾。

耳边通话声响了许久后，自动挂断，司惠茹没接电话。

程弥感觉有些许奇怪。

司惠茹平时因为怕错过他们的电话，经常会注意着手机，他们给她打电话，她都会很快接听。

程弥又打第二遍，这一遍又响很久。

就在程弥以为又要落空的时候，司惠茹那边接通了。

程弥一边手拿着伞，叫她："阿姨。"

司惠茹那边似乎有细微的喘气声："程弥，怎么了？"

有车要进小区，地上积了水洼，程弥往后退了一点："我在楼下，进不去，阿姨你出来接我一下。"

她这句话说得很是自然，却让电话那头的司惠茹愣了一下。

像是呆滞两秒后，司惠茹柔柔的声音里夹带震惊："你在楼下？"

她说完，下一秒话里不自知地带上后知后觉的惊喜。

"你来奉洵了？"

程弥被她这情绪感染，弯了弯唇："是。"

她转头看了眼小区门："但没人来接，进不去小区。"

司惠茹连忙道："你等等阿姨，阿姨马上回去。"

她不在家？

这个点了，不应该，司惠茹应该早下班在家了。

程弥问："你没在家？"

她刚问完这句话，这时电话那边传来一阵嘈杂声，紧接着传来叫人的声音。

"家属——"

后面那人说了什么程弥听不太清，但粗略能听出是在医院。

程弥："怎么了？你在医院？"

司惠茹可能是知道自己一时走不开，想回来又纠结，像是犹豫了几下后，开口说道："你叔叔这两天到奉洵这边来出差，刚才路上被车撞了一下。"

她的叔叔除了黎烨衡，没有别人。

程弥微皱起眉："没事吧？"

"现在刚进手术室,应该不是很严重的,你不要担心。"

她让程弥不要紧张,声音却比程弥紧张百倍。

程弥听她明显在紧张的声音:"阿姨,你别紧张,在哪个医院?我现在过去。"

司惠茹说:"市人民医院。"

"好,我过去。"

小区离医院不远,程弥打车去医院不到半个小时。

她赶到急诊后,黎烨衡还没从手术室里出来。

司惠茹在急救室外面的椅子上坐着,双手十指绞放在大腿上。

看程弥来了,她连忙起身,朝程弥走过来。

走近后,看到程弥肩上的雨滴,司惠茹愣了一下后伸手就去帮她拍掉,焦急道:"怎么没打个伞?"

程弥说:"雨不大。"

她又问司惠茹:"阿姨你没事吧?"

司惠茹摇了摇头:"我不在车上,没事的。"

程弥扫了眼手术室:"我叔叔还没出来?"

司惠茹点头:"还没,应该快了。"

"肇事者呢?"程弥问。

"也在急救室里。"

程弥点点头,看司惠茹身上沾带血迹,应该是黎烨衡的,扶了司惠茹一下:"过去坐吧。"

两个人没坐多久,手术室的门被打开。

黎烨衡被从里面推了出来,肝脾破裂,还有脑震荡,情况不算特别差,已经脱离了危险,但还需观察。

黎烨衡被安排到急诊病房。

琐事不少,程弥跟司惠茹忙前忙后,等闲下来回到黎烨衡的病床边的时候,已经晚上八点多。

程弥看司惠茹帮黎烨衡掖被子,说:"阿姨,我出去买个饭。"

司惠茹闻言连忙起身，说："阿姨去买就好了，你坐着。"

程弥拦了她一下："我去吧，你看着我叔，正好我还有点别的东西要买。"

司惠茹犹豫了一下，这才答应："那路上要小心一点，外面现在路面很滑。"

"知道。"

奉洵市人民医院，程弥不是第一次来。

五年前司庭衍出事，也是在这里急救。

当年司庭衍住在重症监护室里，程弥几乎寸步不离病房外，三餐大多数时候在医院外面的小店解决。

几年过去，医院外的超市、饭店、水果铺大多没变样子，被那些每天不间断的被送往医院的病人的家属们养活着。

程弥到一家熟悉的饭店打包了两份饭、几样小菜，又撑伞走到附近一家面包店，到里面柜里拿了个小蛋糕。

程弥回到了急诊。

急诊病床紧缺，病床拥挤，隔着病床帘，哀叫声凄惨起伏。

司惠茹紧紧守在黎烨衡床边。

程弥走过去，将打包好的晚饭放在一旁的桌上，顺手将小蛋糕单独递给司惠茹："阿姨，生日快乐。"

看到送到眼前的蛋糕，司惠茹愣了一下。

程弥说："本来今天跟司庭衍想一起给你做顿饭，看来今天没办法了，以后我们给你做。"

足足三秒，司惠茹没有动作。

反应过来后，她仓促地接过蛋糕，低头擦了擦眼角："不用，阿姨做给你们吃就好了，怎么能让你们做呢？"

"怎么了这是？"程弥笑，在她旁边的椅子上坐下，抽了张纸巾递给她。

司惠茹接过。

程弥看了眼病床上的黎烨衡,说:"我叔也是来给你过生日的吧?"

司惠茹:"他没说,就打电话跟我说今晚一起吃个饭。"

黎烨衡跟司惠茹这些年断断续续会联系,但司惠茹都没跟他更进一步。

程弥笑:"我叔挺好的,你也该找个伴了。"

司惠茹看了她一眼,而后有点不好意思,赶紧伸手去拿桌上的饭,递给程弥:"吃饭吧,待会儿冷了。"

吃完饭后,程弥去了趟洗手间。

这期间她偶尔会瞥一眼手机,注意着来电,但司庭衍没给她打过电话。

他应该是还在飞机上。

洗手间里人来人往,完全没有因为入夜变得冷清。

程弥洗好手,离开洗手间,到走廊尽头的窗边透气。

她这会儿才有空看手机。

结果她刚打开手机,就发现网上已经变天。

她两三个小时没看手机,网上已经多了一些新爆料。

而这次的爆料不只针对司庭衍,把她也拉下水了。

网上各处都布满她跟司庭衍的接吻照。

而照片里的地点程弥并不陌生,是在她大学附近那家水吧的侧巷里。

照片里他们接着吻,当时司庭衍刚从国外回来,他们两个还未和好。

在漫天讨伐司庭衍的声音中,她跟司庭衍的这一张接吻照,被扔至这片火池里,引起一片哗然。

这种情况下,程弥也未能在这场骂声中幸免。

原来这么早就认识了呢,狗男女。

别这样,结果没出来之前,先别骂人啊……你们忘了程弥之前被陷害的事了吗?

捞钱狗，滚啊。

程弥被一起拖了出来，说跟司庭衍有一腿，就无视隐患，只顾着捞钱拍她的戏。

制片方同样没躲避得了骂声，网友认为制片方也可耻，只顾着赚钱，拍这种无良科研团队的垃圾，还利用国家情怀煽情，让人盲目投入这个无良科研团队的临床试验。

而舆论明显经过人引导，才引到了她跟制片方身上。

程弥太阳穴有些嗡嗡作响，她指尖轻压了压太阳穴，脑海里也隐隐约约浮现某个人的脸，有了点对此次事件背后推手的预设。

她不想再看，这事只能交给司庭衍那边解决。

她现在不管说什么，都只会添乱。

程弥回到黎烨衡的床位边，黎烨衡还没醒，司惠茹不在。

程弥走过去，桌上的纸巾下压着一张字条，她随手抽了出来。

是司惠茹写的，说手机没电，没办法联系她。她下楼买矿泉水了，让程弥帮忙看一下黎烨衡的点滴，吊瓶如果快空了，叫一下护士换吊瓶。

程弥看完字条，抬头看了眼吊瓶，还有一截液体。

她顺势在椅子上坐下，而后看了一眼病床上的黎烨衡。

这些年程弥跟黎烨衡联系得其实比较少。

她工作忙，黎烨衡工作也忙，跟黎楚三个人吃顿饭都难凑到一起。

黎烨衡这些年沧桑不少，眼角明显有了细纹，但不失风范，温文尔雅、沉默内敛，气质和以前差不了多少。

难得的是，她想起对黎烨衡有过意思的那段日子。

程弥其实很清楚，自己当时心智再怎么比同龄人成熟，在四十岁的黎烨衡面前仍是无所遁形。

她那点心思黎烨衡心里肯定门儿清，但从不戳破，也不越界，除开作为长辈必要的关心再无其他，以这一种方式给那个年纪的她最体面的拒绝，留足小姑娘情窦初开的尊严。

程弥别开视线，将长发别去耳后。

手机开着静音，她久久看着屏幕。

司庭衍没给她打电话。

也不知道他到奉洵没有。

想着，她指间那张字条，就被无聊的她无意识地折了只千纸鹤。

隔几米，司庭衍站在不远处。

侧发落一边在颊边，露出高挺好看的鼻尖，长睫垂着，满脸安静的美艳，把玩着手里的千纸鹤。

有一瞬间，这样的程弥跟多年前在嘉城，那个扎着高马尾的少女重叠在一起。

八年前的嘉城医院，程弥总在黄昏来看黎烨衡。

她总喜欢拄着下巴看黎烨衡。

有一次她抬手，指尖点了点他眉间皱起的褶皱，笑了。

那天她拿烟盒纸随手叠了一只千纸鹤，黎烨衡不让她抽烟，她故意拿烟盒纸给他叠，被黎烨衡看到后，得来他的一声责怪。

她拿烟盒纸叠千纸鹤，也够显眼到让黎烨衡记住。

可那张千纸鹤并没有被黎烨衡拆开，而是被隔壁的司庭衍藏了很多很多年。

它本该被毁于司庭衍之手，里面写着她对黎烨衡的喜欢。

但没有。

因为那是她的东西，被她动过，被她拿过，它被留了下来。

那只千纸鹤里，写着九个字，两个标点符号。

"身体健康，早点喜欢我。"

司庭衍也想要。

她又折了一只千纸鹤给他。

程弥因想着事,差点忘记看点滴,抬起头,注意到液面快到底了。

程弥起身,要去叫护士,刚转过身,就和司庭衍对上视线。

他黑色的眼睛像深潭一般,安静地看着她,手里还拎着铁板烧。

那是她很爱吃的奉洵城南那家的铁板烧。

程弥，二十笔

Chapter 21

司庭衍站着，一言未发，只看着程弥。

外面阴天，细雨连绵，微溅一点在他黑色的额发上。

程弥第一眼注意到，稍回身，随手将千纸鹤放上桌。

她伸手拿过包包，指尖摸向包里，先是摸出一包香烟。

程弥随手将香烟换到另一边掌心里，而后摸出纸巾，将烟重新放进包里。

把包放回桌上后，她打开纸巾，边抽纸巾边朝司庭衍走过去。

司庭衍立在原地，看着她靠近。

程弥走到他面前，抽出纸巾。

她抬起手，帮司庭衍擦去黑色短发上的细雨滴。

眼尾也遭殃，白皙肌肤上细溅上一滴水珠。

程弥的视线落在上面，用纸巾帮他擦去，随后目光落回他的眼睛里。

"去给我买铁板烧了？"

"自己晚饭是不是还没吃？"

司庭衍没回她的话，话音沾带一丝冷冽，提醒她："药水没了。"

程弥回头看了一眼，吊瓶里的药水快滴尽。

她说："我去叫一下护士。"

"你等我一下。"

程弥戴上口罩去叫护士过来换输液瓶。

护士应好，拿上沉甸甸的输液瓶，去往急诊病床。

程弥也要回去，刚要跟上，司庭衍来了，朝她走过来。

他拿上了她的包包，还有她随手挂在椅背上的大衣。

司庭衍走到她身边，牵过她的手："回去了。"

"回哪儿？"

"我妈那里。"

"黎烨衡那里我妈回去了。"说这句话时，司庭衍一直看着她的眼睛。

黎烨衡那里需要有个人看着，司惠茹在，他们确实没必要再回去凑热闹。

程弥便紧紧回握司庭衍的手，跟他往急诊外走去。

寒风灌进来，程弥贴近司庭衍。

司惠茹的新房子是司庭衍买的，四室一厅，价格不便宜。

程弥这几年回奉洵看过司惠茹，来过两三次。

这新房子里也有她的房间。

司惠茹没跟黎烨衡结婚，程弥没真正成为她的"孩子"，司惠茹却一直给她留着房间。

回去的路上，程弥在车上吃了司庭衍给她买的铁板烧。

司庭衍买得有点多，程弥没吃完。

到家下车后，司庭衍帮她拎在手里。

两个人从停车场坐电梯上楼，一进门，程弥没回自己的房间，径直回了司庭衍的房间。

司庭衍跟在她身后，帮她推行李箱进去。

这趟过来奉洵，程弥只带了一两套外换的衣服，没带睡衣。

她进司庭衍的房间，直接到他的衣柜里拿衣服去洗手间洗澡。

程弥洗完澡从浴室出来，穿着司庭衍的纯色T恤，晃着两条长腿，去吧台那边倒水回屋。

今天，司庭衍的团队的心脏手术机器人被泼脏水，网上到现在还闹得沸沸扬扬。

事不算小，会影响公司运作和后续临床试验，司庭衍回了奉洵也事务缠身。

程弥进司庭衍的房间，他在跟史敏敏通话。

他们动作很快,不是在商量怎么解决这次事件,而是已经在解决的路上。

听对话内容,司庭衍早已让史敏敬找上那位收钱诬蔑团队机器人的临床受试者,史敏敬也已经去了。

司庭衍跟史敏敬,分工明确,合作默契,两人都术业有专攻。司庭衍智商极高,技术策略上他更胜一筹。但人际交往上,司庭衍话少冷淡,史敏敬那张嘴皮子要厉害许多。公司有需要出面沟通的事,司庭衍一般都扔给史敏敬。

但最近史敏敬自己私生活也焦头烂额,程弥也是前段时间才从舍友唐语阳她们口中知道,范玥怀了史敏敬的孩子。范玥要偷偷打掉孩子,但史敏敬没让,这段时间双方一直在拉扯。

程弥没打扰司庭衍,上床,靠在床头回复蒋茗洲的信息。

网上那些她跟司庭衍的接吻照,公司那边打算暂不回应。

没过多久,司庭衍挂了电话。

程弥抬眼看他:"事情进行得怎样?"

"解决得了。"

两个人稍谈过后,司庭衍起身去浴室。

程弥今天早起上课,一下课马不停蹄地赶来奉洵,到奉洵后在医院里又忙前忙后,一通折腾,身体已经疲惫。

没等司庭衍出来,她已经睡过去。

这一睡她没再醒,司庭衍也没叫醒她,直至凌晨,枕边手机忽然铃声大作。

程弥转醒,去摸手机放到耳边。

是黎楚打来的电话。

司惠茹跟黎楚说了黎烨衡出车祸的消息,黎楚今天正好在隔壁省拍摄,接到消息连夜赶过来了。

但天气差,又已经是凌晨,她在网上死活叫不到车,附近拉客的都是乱要价的黑车。

黎楚让程弥过去接她,顺便两个人一起去趟医院。

程弥回黎楚:"你等着,我去接你。"

她挂完电话后,司庭衍说:"我去接。"

话说完,司庭衍不合时宜地冒出一句:"医院那边我已经找了护工。"

"这么贴心呢?"程弥夸他,也没怎么放心上,"一起去。"

司庭衍没回什么,只看了她一眼。

程弥没赖床,起身下床,去了衣帽间。

在衣帽间换好衣服,程弥出来,边抬手穿进大衣,边朝房间外走去。

走到房间门边,她伸手去开门,没拉动。

程弥又按了下门把,丝毫没动静。

她终于发现,她被司庭衍反锁在房间里了。

程弥一阵惊诧:"司庭衍。"

司庭衍没回应。

程弥不明缘由:"为什么锁门?司庭衍,开门。"

外面半点回应都没有,司庭衍像是走了。

程弥拿出手机,打电话给司庭衍。

手机单调的铃声却在外面响起。

程弥抬眼看向门外,视线却被拦断,只落到门板上。

空气里只有铃声振动的声音,司庭衍不接她的电话。

程弥又叫了他一声:"司庭衍。"

突然,司庭衍出声:"你就这么想去见他?"

程弥一愣。

只一句话,她立马悟出他话里说的人是谁——黎烨衡。

是刚才黎楚打电话过来,说接上她后两个人顺便去趟医院,她急着去接黎楚,司庭衍误会她了?

程弥拿下耳边的手机:"我是要去接黎楚。"

"我说了我去就行。"

程弥一时也无言。

这话刚才司庭衍已经说过了,他去接就行。

司庭衍态度很坚决,铁了心不让她出去。

隔着门板，程弥被锁在门内。

她不做无所谓的挣扎，也没有气急败坏，转身走回床边坐下。

司庭衍不抽烟，而程弥有偶尔抽烟解闷的习惯。

司庭衍床边的床头柜上，帮她放着一个玻璃烟灰缸。

程弥稍歪头，目光落在烟灰缸上，指尖摸上去。

沉默许久过后，她开口："你认为我凌晨起这个床，不是为了去接黎楚。司庭衍，你信任过我吗？"

她话音落地过后，司庭衍的声音也响起："程弥，你能不能只看我？"

以往两个人起争执，除了那次电影首映礼，她误会司庭衍跟戚纭淼的关系之外，程弥其实很少生司庭衍的气，大多数时候温柔又包容。

而此刻，她烦意闷在心头，声音不如往日温柔，但也没有震怒，只是平平静静的："司庭衍，你能不能自信一点？"程弥说，"我的眼睛没瞎，这些年知道自己只看得到谁。"

"你为什么给他折千纸鹤？"

司庭衍这句话有些突兀。

程弥一开始没反应过来："什么？"

几秒后，掩埋在记忆里，早已被遗忘的某个片段忽然被拍开灰尘。

泥迹斑驳，虽然千纸鹤那段记忆早已模糊不清，但她仍是看清楚了原来具体的模样。

而今晚她在医院，折了一只千纸鹤。

程弥一顿，终于知道了司庭衍今晚这么不对劲是因为什么。

在他们两个之间，黎烨衡的问题不是消失了，而是几乎被回避，所以迟早会爆发。

门外，司庭衍坐在客厅沙发上。

窗边落地玻璃窗夜色蔓延进来，爬在他白皙的脸侧。

他很安静，垂着眸，蹂躏着指间那只千纸鹤。

他曾经跟程弥说过，在梦里她流血了，这些都是真的。

在他的梦里，程弥时常是戴着锁链的。

她好像要跑，锁链下的肌肤都是血，她说她流血了，让他放开她。

而他一寸一寸帮她亲吻掉血珠,告诉她,不流血了,将她拥进自己的身体里。

他的梦在蠢蠢欲动,即将变成事实。

司庭衍从沙发上起身,没有打开卧室的门,往外走去。

"如果你不能做到只想着我,我会帮你。"

卧室里灯没开,程弥的视线里是混沌夜色。

许久,玄关传来关门声。

程弥在房间里待得不是很久。

半个多小时过去,卧室外传来了声响。

有人进了屋,脚步声匆匆忙忙。

这阵脚步声由远及近,很快到卧室门前,外面的人打开了卧室门。

是司惠茹。

程弥指间夹着烟,将烟头架在烟灰缸旁,闻声看向房门,没有意外,也没有难过。

司惠茹站在房间门口,应该知道是司庭衍锁的程弥,一脸惊慌失色地进屋走向程弥。

"程弥,发生什么事了?"

在这半小时里,程弥情绪早已冷静,她将烟摁灭在烟灰缸里,对司惠茹笑了一下:"没什么。"

她已然猜到:"是司庭衍让你来开门的?"

司惠茹握着手,有些手足无措,在对面沙发上坐下,点了点头:"小衍……小衍给我的钥匙。"

程弥问:"他接到黎楚没有?"

司惠茹点头:"黎楚现在在医院,烨衡醒过来了,黎楚在那里陪着,护工也在那里。"

程弥"嗯"了一声,起身走到卧室门口,把门开得更大了些,散掉卧室里的烟味。

她重新回到床边坐下。

司惠茹试探地开口："程弥，小衍……小衍要是什么事做得过分了，阿姨替他先给你道歉。"

程弥说："阿姨，他没对我做什么。"

司庭衍这辈子算是折她手上了，他根本就不舍得对她做什么。

这次也毫不例外。

程弥说司庭衍没伤害她，司惠茹又像不是很意外。

不得不说，司惠茹真的很了解司庭衍。

"小衍虽然性格不好，但只要人不先惹急他，他是不会对人不好的。"

司惠茹说完，又继续说："你们两个高中那会儿，小衍就很喜欢你，阿姨真的很开心。"

这句话让程弥愣怔，她看向司惠茹。

司惠茹知道她跟司庭衍高中的事？

她问了："阿姨，你一直知道？"

司惠茹笑了一下："小衍小时候就不爱跟人说话跟人玩，对一个人好，喜欢一个人，很直接，很容易看出来的。"

程弥安静。

司惠茹原来一直知道他们两个人之间的事，但从来没戳破他们，也没阻止过他们。

"还有——"司惠茹有点局促，像是在犹豫接下来的话要不要说。

但只犹豫了两秒，她还是说了："以前你们还是高中生，你黎叔叔跟小衍比起来，比他成熟，比他成功，脾气也比他好，在小衍自己眼里，他也是这样想的。"

司惠茹突然一并提起司庭衍跟黎烨衡。

如果不是知道些什么，司惠茹不会说刚才这一长段话，不会把司庭衍跟黎烨衡放在一起说。

而司惠茹知道她喜欢过黎烨衡，还有司庭衍介意黎烨衡，只有一个可能。

程弥看着司惠茹："阿姨，司庭衍住院那段时间，我们两个在病房闹，你听到了是吗？"

司惠茹有点不好意思，点了点头。

那段时间司庭衍刚从重症监护室里出来，她那天晚上回家给程弥做饭，久等程弥没回家，又担心儿子，很快又回了医院，然后就碰上两个孩子吵架。

也是那天晚上司惠茹才知道程弥喜欢过黎烨衡，也终于知道了为什么一直以来司庭衍那么不待见黎烨衡。

"小衍他正是知道你叔叔有多好，你喜欢的是一个什么样的人，才一直迈不过去那个坎。"

他一直深信不疑着，程弥喜欢黎烨衡。

因为黎烨衡有让程弥喜欢的能力。

司惠茹接下来又开口："小衍做完手术转去首都后续治疗那年，其实病危过。"

她话音落地，程弥摩挲烟灰缸的指尖突兀一顿。

"当年他转不了院，被迫在奉洵医院动了心脏的大手术，做完手术后，厉先生才带他回首都进行后续治疗。"

程弥安静地听着司惠茹的话。

"但小衍当时身体不好，身上还有伤，后来转去首都治疗，在重症监护室里又住了一段时间。"

烟灰缸里堆积的烟灰，像布满在程弥的呼吸里，她有一点呼吸不顺畅。

那段时间太艰难，也频频让身为母亲的司惠茹崩溃，她眼眶有点发红："当时小衍醒过来好几次。"

每一次，他都在找程弥。

而直到他后来从重症监护室里出来，程弥也没有去看他。

接下来这些话司惠茹没说，程弥却一清二楚她要说什么。

程弥摁在烟灰缸边沿的指尖逐渐发白。

"但阿姨跟你说这些，不是为了把你绑在小衍身边。阿姨很喜欢你，小衍跟你在一起，阿姨当然是最高兴的。"

司惠茹及时止住情绪，声音很温柔："但如果小衍也因此伤害到你了，阿姨希望你能把他当普通男生看待，凡事要先考虑你自己。"

程弥沉默了一会儿，说："阿姨，这件事不只我一个人在做，还有司庭衍。"

他偏执，不讲道理，有时候甚至霸道又不听话，可从没做过一件真的伤害到她的事。

每一个时候他都在听她的话。

"阿姨，我很喜欢司庭衍。"

"可能现在连司庭衍他自己也不信。"程弥看向司惠茹，"但我喜欢他，已经喜欢到我接受不了别人做我男朋友。"

司庭衍因为团队离不了他，先行回了首都。

凌晨这通折腾，程弥再睡也睡不着，也想回去找司庭衍，索性也买了回程机票。

她发短信跟黎楚说了一声，拉上行李去了机场。

程弥刚下飞机，就接到了一个陌生号码的来电。

程弥推着行李到机场外，接听："你好。"

那边很直接，也没有自我介绍："方便吗？见个面。"

程弥听出了对方的声音。

戚纭淼。

她问："什么事？"

戚纭淼直说："我有点事要跟你聊，你过来一趟。"

对方一如既往地嚣张，跟程弥说话一点也不客气。

既然她已经把话说到这种程度，程弥也没拒绝："行，你把地址发我一下。"

挂完电话，她很快收到戚纭淼发来的信息，果然又是酒吧。

程弥昨天来机场是自己开的车，停在停车场，于是去取车。

戚纭淼约的地方在一家高档酒吧，挺有名，富二代和明星爱来的地方。

现在已经是清晨，酒吧已经歇业，戚纭淼发来短信让她直接推门进去。

程弥推门进酒吧，里面空荡荡的，一个顾客都没有。

前台有一个男人正在调酒，优哉游哉的，看起来不像服务生，应该是老板。

程弥推门进去，他闻声看过来："找戚纭淼是吧？"

男人往楼上抬了抬下巴："楼上呢，你自个儿上去找她。"

程弥点了点头，上楼。

她走了没几步，男人问她："喝点什么？"

程弥说："不喝酒，开车。"

程弥往楼上走去，宽阔的顶楼露台上，半包围沙发圈着玻璃酒桌。

戚纭淼指尖端酒，靠坐在某台沙发里，侧头眺望楼外。

程弥上来，她看过来。

程弥走过去，在她对面坐下。

戚纭淼看着程弥，小脸上妆容精致，一双丹凤眼本身看着冷淡，她又不是善茬，一看人总让人觉得有点不好惹。

那张脸看起来对程弥一贯不友好。

戚纭淼开门见山，连点铺垫都没有："我跟傅莘唯吵了一架。"

程弥不明所以地看着她。

戚纭淼说："我那个剧本给了你，她认为她这次翻车，是我跟你联手一起坑的她。"

程弥闻言，笑了一下。

傅莘唯不知道怎么想的，就戚纭淼跟她这水火不容的关系，就算是天塌了，戚纭淼都不可能跟她联手。

戚纭淼晃了晃酒杯："她认为我背叛她，你跟我联手，司庭衍又对她使了计——"

程弥等着她接下来的话。

戚纭淼看着她的眼睛："所以她转头跟郑弘凯联手了。"

司庭衍、程弥、戚纭淼、傅莘唯、郑弘凯，大家都是年少的同学，郑弘凯高中那会儿还追过戚纭淼。

戚纭淼这句话抛得太直接,即使程弥自己也有猜测,但思绪仍是停顿了一下。

程弥其实早猜到了,昨晚她跟司庭衍接吻的照片被爆出来,她当时就已经猜到是傅莘唯做的,在这种混乱中还不忘把她拉下水,大概只有跟她恩怨颇深的傅莘唯。

而戚纭淼直接证实她所想:"中恒外科医疗事故的丑闻,还有你跟司庭衍的恋情,都是她跟郑弘凯干的。"

有人上来露台,两个人看过去,是刚才在楼下调酒的男人。

戚纭淼说他:"你上来干什么?"

"你的朋友来我这儿做客,我总得尽点地主之谊不是?她不喝酒,我给她端杯水上来。"

估计又是个栽戚纭淼身上的人,跟史敏敬一样,只不过史敏敬跟戚纭淼应该是不可能了。

这位酒吧老板走过来,把白开水放在程弥面前。

程弥笑了一下,说:"谢了。"

"不客气。"

酒吧老板下去以后,程弥看向戚纭淼,继续之前的话题:"所以呢,你为什么要告诉我傅莘唯跟郑弘凯的这些事?"

"问得挺好,"戚纭淼说,"你应该知道,我没那么好心,我跟你说这些可不是要帮你们。"

程弥去端面前的白开水:"说说。"

"傅莘唯就是在找死,就司庭衍跟史敏敬这两个人的德行,早晚能揪出面的人是谁,"戚纭淼喝了口酒后继续说,"今天我坦白跟你说这事,就是想让你们后面别去对付傅莘唯了。"

程弥看着她,等她接下来的话。

戚纭淼也直言:"因为傅莘唯临阵前反悔了,不想害你们两个。"

"为什么?"

"还能为什么?她喜欢司庭衍那么久,心肠可比我软得多。"

"你俩不是闹翻了？"程弥说，"你怎么知道的这些？"

"昨晚我们在一个场子，没一起玩，后来玩着玩着，郑弘凯找来酒吧，把她打了。"

程弥微皱起眉："郑弘凯打了傅莘唯？"

戚纭淼不屑地笑了一下："孬种，别的不行，只会对女人用拳头解决事情。"

戚纭淼说："就因为傅莘唯临时反悔，不肯跟他联手把东西发网上。"

郑弘凯真是疯了。

程弥看了眼露台外，凌晨楼厦间灯火寥寥。

戚纭淼说："所以这事，放过傅莘唯吧。"

程弥收回目光，看向她。

戚纭淼只一句话带过，话题从傅莘唯身上离开："还有，你们注意点郑弘凯，那疯子挺疯的，昨晚搅得整个场子的人都知道，后面会不会做什么偏激的事也不知道。"

程弥点点头，而后抬了下手里的玻璃杯，以水代酒："还是要跟你说声谢谢。"

戚纭淼没说什么。

安静过后，程弥问了一句："最后怎么会同意把剧本给我？"

"别搞错，"戚纭淼说，"这事我后来没管了，都推给了制片方。"

"那剧本你是捡漏的，如果傅莘唯没有背叛我，这个剧本，我砸钱都会帮她把这个资源砸出来。"她说，"不过她没有把我当朋友，就该料到这个下场。"

程弥笑了笑："她怎么没把你当朋友了？"

"她要是把我当朋友，就不会去勾引司庭衍了。"

说完，应该是想到自己以前也做过类似的事，她甚至比傅莘唯大胆得多。

戚纭淼理直气壮地说："当然，我跟你可不是朋友，我爱做什么做什么。我如果能勾引到司庭衍，那也是我自己的本事。"

程弥又笑了笑："确实。"

戚纭淼将酒杯放回了玻璃桌上,直言不讳:"但司庭衍就是个眼睛瞎了的傻子。"

程弥抬睫,视线落到她的脸上。

戚纭淼靠回沙发里:"司庭衍五年完成了本硕连读,正常的话需要七年时间,你猜他为什么会五年修完所有课程,同时不要命地搞科研,然后这么快就带着他的团队回来了?"

她看向程弥。

"程弥,我为了他出国,他为了你回国,为了你,他搞得命都不要了。"

程弥没作声。

她定睛看着戚纭淼,指尖摩挲着水杯,突然问:"你的新剧本为什么写那个结尾?"

戚纭淼的新剧本,是一个机器人男主角和人类女主角的故事。

女主角是一位机器人科研者,男主角便是从她手下出来的AI。

后来进展意外失控,男主角AI有了自主意识,有了自己的神志和感情,对女主角从对主人的态度到产生了爱慕情愫。

在这期间,男主角越来越频繁失控,甚至有崩溃死亡的迹象,女主角难以接受和驾驭,在即将和对象步入婚姻礼堂的压力下,彻底抛弃了男主角。

也就是这个时间点,女主角被男主角囚禁,女主角从一开始的愤怒,到不久后和机器人男主角爱恨沉沦。

男主角这具躯体早晚会被毁灭,临近结尾,男主角时限将近,闭上眼睛的那一刻,女主角的眼泪从眼圈里掉下。

而剧本里的最后一幕,是病床上的男主角听见遥远的乐声。

场景闪现,是女主角和未婚夫结婚的礼堂,女主角洋溢在幸福里,与未婚夫携手走进了婚姻殿堂。

一切美好只是男主角做的一场梦。

当时程弥看完这个剧本,只觉有东西在看完的那一瞬,压在了胸口。

而写这个剧本的人,回答了她为什么会写这个结尾的问题。

戚纭淼说:"你意难平了?是因为看不得悲剧,还是说,你在这部剧身上看到你跟司庭衍了?"

程弥看向她。

戚纭淼笑了一下:"这是我的剧本,我操控的世界,我想让它怎么结尾就怎么结尾。

"我为什么要这么结局呢?因为这是我想看到的结果,他跟你一点可能也没有。如果可以的话,我希望那个陪在他身边的人是我。"

如果可以的话,她希望程弥和司庭衍再也见不到面,而她一直在司庭衍身边。

可司庭衍这辈子就死杠在程弥身上了。

而司庭衍甚至走到神志不清那一步,戚纭淼记得,那段时间司庭衍不死心地做着无意义的事。

他妄图滥用他所擅长的那些复杂盘错的手段,一字一字"编"出一个叫程弥的机器人。

当时司庭衍在实验室里,戚茗淼心口像被撕了个口子,吹进窗的风一头直扎进去,冷得她唇瓣打战,对司庭衍催生出言语利剑。

"司庭衍,抛开压根儿不可能成功不说,你觉得再弄出来的那个'人',还会是她吗?"

"她已经跟你分手了。"

戚纭淼永远记得,当时司庭衍没动,半晌,望了过来。

他没有被她揭疤撒盐的震怒,也没有认清现实的哀悲,只是无波无澜,静静看着她。

戚纭淼把这些都跟程弥说了。

戚纭淼:"我挺佩服你的,能把他搞疯。"

程弥的心脏,一缩一缩地泛着疼。

戚纭淼很快会回美国,继续尚未结束的学业。

她不会再为司庭衍留在国内。

今晚这番谈话不代表和解。

不管程弥还是戚纭淼,两个人都心知肚明,踏出这个酒吧,她们依旧老死不相往来。

对话只短短几分钟，该说的说完后，两个人分手。

程弥离开酒吧。

凌晨天色发沉，空气凉意渗骨，跟戚纻淼方才所说的关于司庭衍的种种，一样无孔不入地钻进她的躯体。

程弥深吸一口气，想见司庭衍的那阵欲望变得越发强烈。

车停在门口，她走下台阶，拉开车门上车。

不多时，车灯亮起，程弥的车驶离酒吧。

周围街巷交错，路灯依旧亮着。

不远处的暗树下，一双眼睛透过挡风玻璃，紧紧盯着程弥。

很快，车灯亮起，车子跟上程弥。

司庭衍从奉洵回来后回了公司。

泼中恒外科脏水的那位受试者，在史敏敬的"钱"的沟通下，那张嘴已经开始松动。

这事急不来，他们只能等鱼上钩。

司庭衍一点也不急，回公司以后，进了实验室。

史敏敬也是一样的德行，跟司庭衍一样清楚澄清胜券在握，在办公室里拧眉，犹豫是否在戚纻淼出国前打个电话，最后将手机扔回了桌上。

一帮员工急得像热锅上的蚂蚁，觉都睡不好，两个头儿却一个比一个悠闲。

司庭衍一进实验室便是两个小时。

再出来凌晨已过，但天还没亮。

司庭衍径直回办公室，推门进去。

昏暗的办公室里，落地窗外仍有不灭灯火，沙发区桌上堆着几个快递。

下午送来的，程弥昨晚买的。

司庭衍目光落在上面，朝那里走过去。

包裹堆放得整齐，司庭衍看着最底下那个袋子。

他知道这个快递里面是两个人一人一件的情侣装，是程弥买的。

静立几秒过后，他抽出袋子，拆开包裹，里面叠放着两件黑色 T 恤。

两个人闹别扭了，可他仍爱沾染她的每一丝气息。

司庭衍拿出大的那一件，换上程弥买的这件情侣装 T 恤。

黑色和涂鸦攀缠在他那身冰冷上，很吸睛。

程弥说过这件比较适合他。

这时，办公室里突然突兀地响起手机铃声。

司庭衍看向桌上的手机，屏幕亮着荧光，是司惠茹的来电。

他伸手拿起手机接听，刚接通，司惠茹那边问："小衍，你接到程弥没有？"

这话问出口，司庭衍抬起眼："她回来了？"

司惠茹一愣："程弥没跟你说？"

司庭衍不知想到什么，眸色发冷，很快问："她什么时候回来的？"

司惠茹说："三四个小时前，她应该是到那边了。"

司庭衍："我联系她。"

跟司惠茹结束通话后，司庭衍正要打电话给程弥，手机突然跳进来一个陌生号码。

是一条短信。

司庭衍没有任何停顿，点进去，短信里是一张照片。

发件人在跟车，镜头透过沾着脏污的挡风玻璃，拍下了前车的车牌号。

这辆车、这串数字，司庭衍比谁都熟悉。

程弥的车。

司庭衍黑色的瞳眸瞬时冰寒至极。

手机没有安静，下一秒，跳进来一则文字。

"不想要她死的话，现在立马过来。"

信息后面跟着定位。

"别动歪心思，不然我真的会弄死她。"

对方像是拿捏住了他的软肋，废话都没再浪费一句，连自报家门都没有。

是鬼是人，是哪只鬼，彼此心里都清楚——

郑弘凯。

司庭衍情绪阴沉到周围空气都能让人战栗。

今天司庭衍跟程弥起矛盾，有几分故意成分在，他是故意把程弥留在奉洵的，打算在程弥在奉洵这期间，解决掉郑弘凯这个隐患。

郑弘凯还苟活在这个世界上，只靠对司庭衍的仇恨支撑，早晚会找上门。

冲动驱使下，郑弘凯会偏激行事，肯定有无数把柄能让司庭衍直接送他蹲监狱，且再也别想见天日。

但他近乎天衣无缝的准备，就在上一秒，被一个弱点击碎成凌乱碎片。

他失去了天生冷静聪明的本能。

郑弘凯发完短信的下一刻，司庭衍面色沉静，一秒都没停顿，穿上外套，拿上车钥匙离开了办公室。

程弥的车直往司庭衍的公司开。

城市还未完全苏醒，黑夜无所畏惧，吞着探头的日光。

路上车少，不比白天拥挤，视野开阔，前后车辆无车可遮蔽。

从酒吧离开，车行驶不到十分钟，程弥便察觉出异样。

她抬眼看向后视镜，一辆破旧银灰色面包车不远不近地跟在后面。

如果她没记错的话，出酒吧后不久，在后视镜里看到过这辆车。

对方也是隔着这样不远不近的距离。

有点可疑。

程弥稍加了下油门，瞥了眼后视镜。

对方像咬鱼饵，车速几乎同时加快，追回稍拉开的距离。

恰逢红绿灯路口，信号灯变绿。

程弥打方向盘右转，车流畅无比地驶过路口。

她没忘留意后面的车。

她的车右转，面包车也右转，车影很快又出现在程弥的后视镜里，紧追不舍。

很明显，对方在尾随她。

距离她跟戚纭淼谈话，还没有半个小时。

对方那句小心郑弘凯的叮嘱，浮现脑海。

车里的手机突然振动起来，打断她的深思。

程弥转眸瞥了一眼，是司庭衍的来电。

她伸手按了接听。

她接起电话第一刻，司庭衍的声音冷静到让人紧绷。

"后面有人在跟车，车往人多的地方开。"

程弥听他开口便是这句话，微皱起眉。

她才发现有人跟车，还没来得及报警跟告诉司庭衍，司庭衍却知道她被尾随。

而她没告诉司庭衍，只会是后面车里的人告知。

后面跟车的人是谁，程弥心下已经断定。

只会是郑弘凯，只有郑弘凯知道拿她来威胁司庭衍。

程弥看了眼后视镜，后面的面包车仍不远不近地跟着："是郑弘凯？"

司庭衍没回答她这个问题，时间一秒都不想浪费。

"已经报警了。等我过去。"

程弥问："他打电话给你了？"

话音刚落，手机有电话插进来，屏幕亮起一个手机号码。

程弥将手机开了扬声，这阵等待接通声，司庭衍那边也听到了。

手机号码归属地是奉洵。

程弥已经有预感这通电话是谁打过来的，司庭衍那边自然也是。

后面的面包车的车前灯开始闪。

来电不依不饶，车灯不罢休地频闪，是在示意她接电话。

司庭衍说："接。"

程弥知道司庭衍为什么让她接这个电话。

郑弘凯高中时就是疯子，现在看来依旧本性难移，这两天他心火又正旺，如果她不接他的电话，他指不定会做出什么事来。

她现在很危险，被郑弘凯拿捏着，不能刺激他。

程弥注意着路况，一边手伸向手机："嗯，我这边先挂了。"

她接通了郑弘凯的电话。

打通了电话，后面的车像安分下来的兽，车灯不再远近交替闪。

人也在手机那头出声。

"没想到我们大明星的手机号码从高中用到现在都没换。"

"程弥，我们好久没聊了。"

如她所料，是郑弘凯。

程弥弯弯唇，声音冷静："想聊什么？"

郑弘凯说："跟你叙叙旧。"

饱经风霜的声音，带着熟悉的吊儿郎当气。

"你说我们是不是特别有缘分？我出来跟卖私油的卖主买个汽油的工夫，就让我撞上你了。"

他大半夜买汽油，明显意图不轨。

程弥又抬眼看了眼后视镜。

她有条不紊地把着方向盘，在回郑弘凯话的同时，伸手切开手机聊天软件。

"是吗？那这么巧，要不要找个地方喝一杯？"

她点开司庭衍的聊天框，发了几个字。

"郑弘凯车上放着汽油。"

郑弘凯听她说找个地方喝一杯，语气讽刺："我们很熟吗？"

他又突然发问："不问问我买汽油做什么？"

他车上有汽油的消息，程弥刚发出去。

她不露声色，指尖从手机屏幕上收回，说："你想买就买，我还能干涉你不成？"

很没意思的一个答复，就是因为普通，才不戳人怒点。

郑弘凯："你怎么变这么没劲？以前上高中那会儿，我就摸了一把你的胸，你不是一巴掌就往我脸上扇吗？什么时候这么怂了？"

程弥不打算惹毛他："年少无知，你多原谅。"

她这句话，郑弘凯听完却不屑，从鼻孔里出了口气，显然不信。

他说："你不问，那我告诉你。"

郑弘凯的声音有点阴晴不定，上一刻还是晴，此刻已经是阴。

"司庭衍那破公司，我要全部浇上汽油，然后一个打火机，'啪'的一下，"他的声音阴森森的，"把他的人，把他那堆机器，全部放火烧了。"

郑弘凯心里扭曲的恨意，释放到手机这端。

一股寒意自程弥心底蔓延开来。

她知道郑弘凯说的是真的，他买汽油，是真打算这么做，置司庭衍于死地。

她短暂性地丧失了一下语言。

郑弘凯说："所以我警告你程弥，你最好听话，别想着跑，我租的这车已经挺破了，车上还放着汽油，到时候你死我死，看谁能活命。"

他这句话话音落地，正好已近路口。

程弥没先打转向灯。

郑弘凯在后面命令："左转。"

左转，是去司庭衍的公司的方向。

程弥说："我家走右边那条路。"

郑弘凯说："我说左转。"

眼下这情形不能惹他，程弥没跟他犟，车子转向路口左边。

两车一前一后转向。

后面程弥的行程一直被控制着，从繁华街路，到郊区荒野。

走到中途，程弥的手机屏幕亮起，弹出一条运营商短信，响起一声短信提示音。

电话一直通着，郑弘凯那边听到："在通风报信让人来抓我？"

程弥腾出一只手，关掉手机铃声："你想多了，是运营商发的短信。"

郑弘凯却不信："你觉得我会怕警察？程弥，我可是个要死的人，我命都不想要了，蹲局子算什么？"

程弥安抚郑弘凯："你冷静一点，我没有报警，也没有想送你进局子。"

"是吗？"郑弘凯冷笑一声，"可你们嘴上这么说，心里可不是这么想的。"

确实如他所说，司庭衍早已经报警。

程弥却没有一丝心虚。

"蹲监狱"这三个字大概是郑弘凯脊梁骨上一道狰狞的疤。

单单提字眼，他像已经被戳到神经，一阵暴怒："我这条命可差点就让你们当狗一样折磨死在监狱里了！"

程弥的车厢里也弥漫了他的不甘和愤怒。

当年郑弘凯自首，理应被减刑，但没有，他反而在里面多蹉跎了些日子。

郑弘凯并不无辜，他当年用酒瓶捅在司庭衍身上的那一下，在程弥这里，早已被她定下重罪。

这一切某种程度上来说，是他罪有应得。

但郑弘凯不觉得。

郑弘凯情绪暴动："上高中那会儿，你让我读不成书，家不能回。

"你以为如果不是我爸让我自首，他司庭衍能有今天？我早回去一刀把他捅死了！"

程弥听得不舒服，食指弯曲抵在唇上，轻咬着指节。

她再坚持一会儿，警察应该就来了。但在这之前，司庭衍先到了怎么办？

郑弘凯这种状态，司庭衍跟他撞上，到时候肯定会出事。

郑弘凯在程弥耳边发泄情绪："结果呢，结果司庭衍做了什么？他把我爸害死了！我跪他，求他，可他就因为是我！把我爸的命放在地上踩！

"我从监狱里出来，连个朋友都没有，只有我爸，那老头脸臭得要死，却连房间都给我收拾好了。我进去那段时间他得了病，我出来没文凭、没经验，干苦活就是为了给他治这病。我这么努力，想把老头子从阎王那里拽回来，司庭衍凭什么把他的命不当命？！"

程弥说："不是司庭衍不救你父亲，临床试验需要筛选受试者，你父亲有比较明显的不符合试验的特征。"

双方早没有信任。

程弥知道她说的话,郑弘凯不会信。

果然,郑弘凯说:"你以为我会信?那天我跪着求司庭衍救我爸,他可是亲眼看到了。"

但事实是,那天司庭衍并不知道他是郑弘凯。

即使郑弘凯不信,但程弥仍是准备跟他讲清楚,那天司庭衍并不清楚那人是他。

但她未开口,郑弘凯已经出声。

"程弥,不管以前还是现在,你们不是一直想把我搞死吗?"

荒野辽阔,植被枯干,长长的公路望不到尽头,就像人生里每一个绝望得看不到希望的瞬间。

程弥听见郑弘凯说:"我让你们如愿以偿。"

说完,他撕开了本性里带恶的一面。

"但你看,要不要给司庭衍一个机会,让我带上他?"

程弥一下警惕,但仍保持冷静:"你要做什么?"

"是我说得不够清楚?"郑弘凯几乎咬牙切齿,一个字一个字地道,"我郑弘凯,要拉着司庭衍,让他陪葬!"

程弥浑身被冷意侵蚀,试图让郑弘凯冷静:"郑弘凯,活着也不差,如果你需要帮忙的话,可以跟我说。"

郑弘凯却决绝地回绝:"我不需要帮助。"

他说完这句话,那边隐隐传来窸窣声,像在翻拿什么东西。

程弥听见了手机按键声。

郑弘凯说:"程弥,要我说,其实搞死司庭衍挺容易的。"

再然后——

那边传来了拨出视频通话的声音。

程弥心里警铃霎时作响:"郑弘凯,你要做什么?"

郑弘凯说:"搞死司庭衍的话,你就是最好的那把凶器。"

"你说,拿你来杀死司庭衍,怎么样?"

她最担心的事发生了。

等待视频接通的声音，像一刀刀在程弥的心脏上凌迟。

她的冷静开始坍塌："郑弘凯，你是不是疯了？"

她内心祈祷司庭衍不要接视频。

不能接。

但——

不出两秒，等待接通声消失，司庭衍接了视频。

程弥的呼吸在那一瞬间被短暂掐断。

郑弘凯说："我让你带的刀带了没有？"

程弥握着方向盘的十指一下收紧："司庭衍，听着，别听他的任何话。"

空气安静了一瞬，像是司庭衍听见她的声音，顿了一下。

然而下一秒，司庭衍直接忽略了她。

通过手机，程弥听见了他直接略过她，回应郑弘凯，只简洁一字："说。"

郑弘凯要让他做什么，说。

声音冷淡，简洁平静。

两通通话的声音交织在一起。

程弥："司庭衍！"

司庭衍却像没听见一样。

见这场景，郑弘凯像是享受到了变态的快意，笑了起来。

他说："很简单，你当年弄断了我的三根手筋，现在我要你还回来。"

郑弘凯的声音变得令人恶寒："现在拿起刀，往你手上扎一刀。"

夜色依旧浓重，路灯灯影如流水，滑过司庭衍的侧脸。

郑弘凯说让他往自己手上扎一刀。

手机那边传来他的名字，程弥在叫他，在阻止他。

司庭衍却一秒也没有犹豫，右手拿过一旁的刀。

然后，他眼也不眨，刀尖往下，直直扎入握着方向盘的左手背。

金属扎入血肉，血瞬时流出，从司庭衍筋络分明的手背往下落，沾上方向盘，滴落在程弥崩溃哭喊的声音里。

而这个过程里,他从没往手上看一眼,沉默注意着路况,车速未曾慢下,一秒也没有耽误。

程弥指节紧紧握在方向盘上,指尖都发白,眼泪滴落在手背上。

郑弘凯放肆作恶,笑声里满是快意,又一次拿她要挟司庭衍。

下一秒,程弥的方向盘忽然一阵打转,轮胎疾速摩擦柏油路面,发出刺耳声响。

她没再对着电话那边叫司庭衍。

程弥掉转车头,直面郑弘凯。

风声呼啸着卷过车窗,掀过她的长发。

透过挡风玻璃,程弥长发飞扬,眼神坚毅又冷漠,眼眶发红地盯着郑弘凯。

柏油路很长,仿佛通向天边。

这时,公路上射来一道车灯光。

空寂的公路上本只有两辆车,忽然有其他车闯入,一下子动静惊人。

程弥的神经跳了一下,视线随之落向车窗外的后视镜。

来车从她后面奔来,车速快到仿佛快要撕裂空气。

车还未驶近,程弥已经认出,是司庭衍。

郑弘凯在,让司庭衍过来了,这里对司庭衍来说,就会是一场大灾难。

只两秒,程弥便从后视镜上收回目光。

她不会再让郑弘凯拿她要挟司庭衍。

如若能保他一生平安,她愿意为了他,让自己这副身躯为了他死。

程弥直踩油门,开着车,直冲郑弘凯驶去。

程弥的车跟郑弘凯的车疾速相对。

司庭衍发了疯一般,油门踩得死紧,直追程弥。

程弥的车头跟郑弘凯的车头在缩短距离。

司庭衍的车跟她的车的距离，也在争分夺秒地急剧缩短。

在程弥撞上郑弘凯的车的那一刻，司庭衍的车头终于与程弥的车头齐平，帮她冲掉了不少撞击力。

最后，三者交集于一点。

寂静的公路上爆发出巨响。

车身凹陷，轮胎摩擦声刺耳。

三辆车天旋地转，撞向四面八方。

紫红天际，天快要破晓，日光扯出一道微弱的分界线。

生命在消逝，像硝烟过后的战场。

车厢里弥漫着汽油味，血光模糊程弥的双眼。

时光仿佛开启了隧道，这一瞬间，程弥的记忆恍惚和五年前重叠。

她闻过车祸后的汽油味，也被血色模糊过双眼。

司惠茹告诉她，司庭衍转去首都医院病危那天，一直在等她，没有等到她。

其实她去过的。

那段时间黎烨衡跟司惠茹还有联系，大家都在担心司庭衍，司庭衍在医院是什么情况，黎烨衡跟黎楚一清二楚。

而程弥每天都会跟黎楚打电话，听她转述司庭衍平安的消息。

五年前司庭衍在这座城市病危那天，程弥接到了黎楚的一个电话。

她撂完电话，拖着二十四小时未睡的躯体，不断紧揪着心脏直奔机场，在出租车上拿着手机手抖地买了飞机票。

她心里汹涌着向着他的想念，呼啸着担心和惊惧。

最后，在凌晨酒驾猖獗的十字路口，这些情绪和她乘坐的那辆出租车，一起被撞得支离破碎。

那天城市下着小雨，程弥也躺在这样一个世界颠倒、汽油满鼻、血污溅地的车厢里。

那天，几天前程弥文在左边胸脯的心脏之上的文身，在一场大火里消失，刻骨铭心地被洗刷掉了。

一个月前司庭衍吻她时，问她为什么会有这块疤。

程弥有点难过当时没告诉他，那是文身。

是他，她文了一个他。

STY，三个字母，安静地盘踞在她的胸口上。

她爱他，他统领她的心脏，她的心跳为他热烈。

那天她不幸运，碰上出租车车祸后汽油泄漏，电瓶短路，车身自燃。

那场大火，将他从她的心脏上生生拽离，又被植皮覆盖，悄无声息。

那天她躺在漫天血泊和火光里，轻念他的名字，像是只要叫他，他就会出现在她血色模糊的视线里。

她想他平安，想他健康，想见他。

她想见他，很想很想，特别想他。

……

程弥特别希望，今天这一切只是做了一场噩梦。

他们还在五年前，刚分手，还没有重逢。

他不用再经历苦难，不用再舍身护她。

可没有如果，这一次，她躺在这片血泊里，还是很想见他。

而这一次，天神仿佛降临。

司庭衍满身血污，精致脸庞白皙病态，左侧额头染血，跪伏在她面前。

车里汽油味越发浓烈。

司庭衍受伤了，隐忍着剧痛，将她抱了出来。

他再一次将她从死拉向了生。

每一次，他都在将她从地狱拖向光明。

程弥不知道的是，在此之前，郑弘凯临死时，还要置躺在车里奄奄一息的她于死地，以此折磨司庭衍。

司庭衍将她从车里抱出来之前，刚从再次跟郑弘凯撞击的车上下来。

司庭衍将她抱靠在路边的路灯下。

那里明亮，显眼，很安全，会有人来救她。

晨光和夜色交织，远处一丝丝橙红光芒攀爬在灰暗天际。

荒野枯草上，破旧的面包车，汽油燃起熊熊火光。

郑弘凯已经疯了，整个人被火团包围，车里爆发出的却不是惨叫，而是扭曲疯魔的笑声，还有即将往这边撞来的引擎声。

程弥看着面前的司庭衍，指尖试图拉住他的衣角。

可她抓不紧。

司庭衍甚至一句话都没跟她说。

他眉骨眼角上挂着血痕，黑瞳注视她，起身。

好像一直如此，他从不会给人伤害她的一丝机会。

司庭衍的衣角快从指尖抽出，程弥攥紧，指甲几乎要嵌进肉里。

最后，他的衣角彻底离开了她的指尖。

他脚下已艰难，脊背却挺直，沾了血污，却依旧干净如冰霜。

程弥只看得到他的背影，毅然决然地走向将要报废的车。

天将明未明，阵风肆虐，荒野尽头，乌云朝霞混涌。

两车快速逼近，司庭衍的车跟郑弘凯的车直直相撞。

天空之下，荒土之上，爆炸起朝阳般的火团。

还有程弥撕心裂肺的哭叫声。

黑烟滚滚，车身扭曲。

司庭衍挣扎出一丝清明，思绪在不断翻涌，像灵魂出窍。

剧痛的神经和身体在叫嚣着毁灭。

他有点舍不得了。

他想程弥了。

司庭衍将快要游离的灵魂死死拽在身体里，眼睛很快找到她。

她哭了，哭得撕心裂肺。

这是他第一次看见这样的她。

可他不想她哭。

程弥，二十画。

撇横竖撇点，竖横折横横竖横，横折横竖折折钩，撇横撇竖钩撇点。

　　他想把这些笔画重复刻在他的两百零六根骨头上。

　　他的骨头，会刻着他一生的铭文。

　　如果有下一生，它们会告诉他，他还想喜欢她。

　　他还会来找她。

尘埃落定

Chapter 22

Chapter 22 尘埃落定

一场重大车祸,一死二伤。

司庭衍重伤,程弥重伤,郑弘凯当场身亡。

抢救室的灯破晓亮起,直至白日,抢救灯也未灭。

医生的刀剪钳在和死神较量,同一片天空下,网上舆论腥风血雨。

早上七点,司庭衍跟程弥遭报复出车祸的消息,在网上引起轰动。

早上八点,中恒外科放出郑弘凯的父亲不符合临床试验受试者条件的证明,澄清并非中恒外科总裁司庭衍因私仇见死不救。

网友得知真相,唾沫瞬间变向,对偏激报复社会的死者郑弘凯疾恶如仇。

早上九点,网上再现重磅消息,某账号发表了一张照片。

傅莘唯跟郑弘凯在车上见面。

照片里傅莘唯穿戴严实,眼神鬼鬼祟祟,但网友仍能认出是她。

郑弘凯已被骂声淹没,在这个风口浪尖,傅莘唯和他出现在同一张照片里,难逃怒骂与猜测。

最近傅莘唯在网络上也不清净,因给程弥下药,诬蔑程弥跟祁晟的关系的肮脏手段暴露,自身已经被网友的口水淹了一半。

网友对她有偏见,怒火烧起猜测。

中恒外科被曝丑闻那时,程弥正好被爆和司庭衍的接吻照,也被一起拖下水。

现在又爆出傅莘唯深夜会面郑弘凯,这般巧合,网友怀疑是傅莘唯对程弥怀恨在心,跟郑弘凯联手陷害司庭衍和程弥,各取所需。

早上十点,之前与郑弘凯一同谴责中恒外科的控诉者出来致歉了。

这位半途退出心脏手术机器人临床试验的受试者，解释其在临床试验过程中没出现过后遗症，自然也没有中恒外科因此强行让他退出临床试验一说。

是他收钱受傅莘唯和郑弘凯指使，诬蔑抹黑中恒外科，并为这种行为道歉。

此消息一出，网友对傅莘唯联合郑弘凯陷害司庭衍跟程弥的猜测，直接被证实。

网上一片哗然。

网友痛斥郑弘凯，怒骂傅莘唯。

只转眼间，傅莘唯彻底身败名裂。

而原先背负着骂名的人，罪名被洗去、被摘下。

天光终于大亮。

昏迷一个星期，从重症监护室到普通病房，对程弥来说，从闭眼到睁眼，却只是做了一个长长的梦。

梦里红光冲天，火舌燎原。

她没寻找到出口，在火热灼痛里永无止境地奔寻，哭喊，经受一遍又一遍暗无天日的绝望。

然后，她重见光明，眼皮终于感觉到刺激。

程弥被拽着逃离了没有出口的梦，在黑暗里怔了几秒后，终于睁开了眼。

入眼全是白，白墙，白床，白被单。

还有在帮她掖被子的司惠茹。

司惠茹对上她的视线，眼神里的哀伤担忧，转瞬转为惊喜。

但下一秒她脸上的笑便凝住了。

恢复意识后，只几秒，程弥已经眼睛发红，目光紧紧盯着她。

她眼神迫切，痛苦，焦急。

只一眼，司惠茹意会她的意思，在她的凝视下，鼻尖渐渐发酸。

她知道，程弥在找司庭衍，在问她要司庭衍。

司惠茹最近几天日日眼睛通红，她压下眼眶的酸意，稍俯身，抚了抚程弥的额发，声音温柔："小衍很平安，不用担心。"

程弥刚醒，她需要立马去叫医生。

她说："阿姨去叫医生。"

司惠茹走后，程弥才发现病房里还有人，黎楚也在，应该跟司惠茹一样从她出事后便一直在这里。

看她看过来，黎楚朝她趴伏近了一点："有没有感觉哪里不舒服？"

程弥轻摇头，然后看着黎楚，明明很累，却强撑着眼睛不闭，向黎楚固执地要一个答案。

黎楚知道她要问什么，几秒后，说："惠茹阿姨说的是真的，司庭衍平安。"

她没隐瞒程弥："只不过被他父亲接去了国外治疗，别害怕，他现在平安着。"

程弥信司惠茹说的，也信黎楚说的。

这一天，程弥只是短暂醒来，很快又沉沉睡去。

再后来，程弥身体一天一天好转，每天醒来的时间越来越长。

彻底清醒后，她得知那天凌晨只要司庭衍来晚一步，同归于尽的会是她跟郑弘凯。

司庭衍没给她这个机会。

她也得知司庭衍伤势很重，直至她醒来，他也没完全度过危险期，几天后便被厉承勋接往国外治疗。

但他在哪个国家、哪个医院，连司惠茹都不知，更何况程弥。

程弥甚至给躺在列表里从没联系过的厉执禹发消息询问。

司庭衍是被厉家人接走的，厉执禹是司庭衍的哥哥，肯定知道司庭衍在哪里。

但厉执禹闭口不提，只让她自己先养好伤。

这期间来看她的人源源不断，祁晟、蒋茗洲、史敏敬、舍友，还有圈内一些同事。

半个月后，程弥已经能起身坐靠床头。

这天蒋茗洲来看她，带了花和水果，水果都是她爱吃的那些。

司惠茹不在，回家给她熬粥去了，病房里只有她、蒋茗洲和黎楚。

这种场景并不是第一次。

五年前那次，也是在医院，也是她们三个人。

五年前司庭衍被转去首都医院再次病危，程弥彻日未睡，连夜赶车去机场。

那天天气恶劣，程弥所坐的出租车中途出了车祸。

她受伤严重，被送进医院治疗，后来做了植皮手术，胸口那块疤痕便是这么来的。

出事那段时间程弥还未火，车祸的消息没在网上满天飞。

她没让蒋茗洲告诉除黎楚以外的任何人，住院那段时间，只有蒋茗洲跟黎楚经常在她的病房里。

当时正值高三，她因养病休学了几个月，后来康复出院重读高三。

她还因此丢了个本子，那阵子蒋茗洲给她接了个合适的本子，高三毕业后开拍，只等签下合同，却因这场车祸，剧本最后没签下。

蒋茗洲削了个苹果，递给程弥："记不记得我以前跟你说过一句话？"

程弥接过苹果。

蒋茗洲看着她，说："不能失控，不能发疯，理智一点。"

程弥明艳的五官鲜少地泛着苍白，长发散在身后。

她记得。

这句话，司庭衍刚回国那阵，蒋茗洲提醒过她。

因为她一遇司庭衍便失去分寸。

蒋茗洲看她这表情是想起来了，说："但我苦口婆心地跟你说的这些，你都当耳旁风了？"

程弥住的单间病房，空荡病房里蒋茗洲的声音清晰。黎楚在沙发上看手机，听蒋茗洲教训程弥，没说什么。

蒋茗洲说："这次是你连自己的命都不当命了，你清不清楚，这次如果不是司庭衍，你不会躺在这里？"

她会当场丧命在那场车祸里。

话虽重，但有理。

程弥则从未后悔车祸当下的那阵冲动。

她以一种轻松口吻道："如果可以，其实我不希望自己躺在这里。"

换一个结果，她不在这里，司庭衍安然无恙。

病房中陷入一阵沉默，蒋茗洲看着她。

黎楚也是，停了手中的游戏，抬眼看向程弥。

她们都知道程弥是认真的。

程弥则笑笑揭过话题，拿过床头的手机，问她们："中午要吃什么？我给你们点。"

蒋茗洲："不用，我马上要去机场。"

黎楚跟程弥之间一向不客气："帮我叫个炸鸡。"

蒋茗洲对程弥说："以前挑中你到我手下，有一点是你比你大多数同龄人成熟懂事，事实也确实是这样，但我当时认为你对你身边那个男生也一样。"保持理智，保持清醒。

程弥滑着手机屏，帮黎楚叫外卖。听蒋茗洲说完，她慢慢停下指尖。

蒋茗洲看着她。

程弥高中那会儿蒋茗洲签下她，是知道司庭衍的存在的。

见第一面时蒋茗洲便知司庭衍这个小孩不一般，但当时她认为，程弥面对这个比她小两岁的男生，不会落下风，不会被桎梏。

但事实是，程弥被他拿捏得很死。

一碰上司庭衍的事，她准疯，准失控，准不理智。

程弥没否认，但也没说什么，看向蒋茗洲，只笑了一下。

对于司庭衍，她早就没救了，从多年前在奉洵那座城市开始。

蒋茗洲没在这个话题上继续下去，看了眼时间，起身拎过包。

程弥问她："要走了？"

蒋茗洲笑了一下："得去机场了，你好好养伤，回来再来看你。"

程弥点头说好。

刚要走，蒋茗洲又停下，回头告诉程弥："你一年前就在准备的那首歌，这次出院应该就能发行了，好好调整身体状态，到时候还有很多工作在等你。"

程弥说好。

蒋茗洲走后,黎楚不知在手机里刷到什么,问了程弥一句:"你看到网上的消息没有?"

"怎么?"程弥帮她叫完外卖,手机早放回桌上。

黎楚从沙发上起身,走过去,将手机递给她:"傅莘唯跟钟轩泽好像被扒出来了。"

虽没有闲情看八卦,也没有心情,但程弥仍是接过手机。

傅莘唯跟钟轩泽是一对,程弥早知道。所以黎楚把他们两个的名字放一起时,她没有惊讶。

但等看到爆料详情,程弥还是愣怔了一下。

爆料称傅莘唯跟钟轩泽是情人,且不仅是情人,还是继兄妹。

起因是一张裸照,昨晚半夜,一张床照突然在网络上开始疯传。

照片里的人很好认,女主角就是傅莘唯。

男主角不露脸,不露身,人人不知他是谁。

但网络是张大网,拔出萝卜便会带出泥。钟轩泽跟傅莘唯曾经被狗仔拍过同行,网友想扒这张照片是谁拍的,自然会先把目光放到他身上。

可能是找对了人,网友翻出来的东西也越来越多。

钟轩泽被扒出父亲是某位叶姓知名企业家,他父亲出轨,母亲经受不住打击,早已去世。

他母亲一走,"小三"翻身上位。

这位"小三",便是傅莘唯的母亲。

钟轩泽长着副温煦皮相,表面上对这对光明正大进入他的家庭的母女温和有礼,实则睚眦必报。

他从不跟她们正面起矛盾,而是暗地里毁掉妹妹,把这对母女一起拖下地狱。

不知道谁放出来的风声,说昨晚傅莘唯的床照一出来,她母亲有身孕,被继子钟轩泽气到怒火攻心流产。

还有人说钟轩泽已经将傅莘唯母女扫地出门。

事情太过离谱，不少人质疑真假。

知情人说，钟轩泽的母亲名叫钟瑟。

早年钟轩泽的手腕上有"瑟"的文身，并透露傅莘唯的后背也有"瑟"的刺青，且图案一模一样。

好奇者纷纷找图，不到半个小时，傅莘唯某张穿半裸背礼裙的照片被找出。

照片里裸背礼裙未能遮背，文身露出一半，是一把古代弦乐器，瑟。

图片里，傅莘唯像是不愿意被人看到，后背在躲避镜头。

有人说，文身文在背脊中间，是背着罪名忏悔。

钟轩泽在让傅莘唯母女为他死去的母亲忏悔。

还有人说网上那张傅莘唯跟郑弘凯会面，使傅莘唯身败名裂的照片，是钟轩泽放出来的。

这种只靠网友臆测没有实证的事，本不应该信。

程弥却莫名想起，之前她疑惑自己在国外酒吧被下药这件事，只知下药人的手腕上有"瑟"的刺青，却仍不明下药人是谁的时候，钟轩泽去他们学校，跟傅莘唯在车上约会。

她就那么轻易地看到了傅莘唯背后的文身，抓到了线索，翻出了蛛丝马迹，知道了当年的下药人是谁，而她被下药是傅莘唯指使。

事情很巧。

当时她不过是站在楼下，就恰巧碰上钟轩泽跟傅莘唯的亲密场面，恰巧碰上钟轩泽降了车窗，让她看到傅莘唯背后跟下药人一样的文身。

她那时正愁，钟轩泽就这么把答案送到她面前了。

一切都过于巧合，让人在某个瞬间不得不怀疑这一切是钟轩泽的用意。

但程弥无心追究，钟轩泽跟傅莘唯的爱恨情仇，她也没兴趣知道。

黎楚明显也不感兴趣，只是程弥跟傅莘唯有纠葛，她刷到消息时，便顺道提一嘴。

程弥揉揉额角，将手机递还给黎楚。黎楚接过，看都没再看八卦，继续打游戏去了。

一个多月后,程弥的病房来了一位不速之客。

冬天的清晨,空气里淌着凉意。

白色病房里,薄光静谧,浮尘起起沉沉。

程弥安静地躺在带着酒精味的白色病房里。

她一夜短睡,天破晓时醒,静靠在床上许久,已经挂完一瓶水。

护士推门进来,将快空瓶的吊瓶拿下,换了瓶新的,又帮她调整了下滴速,才从病房出去。

护士前脚刚出病房,后脚病房门又被推开。

司惠茹回家熬汤去了,程弥以为是她回来了,循声看去。

进来的人不是司惠茹。

看到来人,有种时光恍惚的交错感,程弥有丝惊讶。

厉执禹西装革履,身材高挺,高中时便标致到锋芒毕露的五官,随着时间推移,越发出色到锋利惹眼。

他带了水果,看程弥落在他身上的目光,说:"怎么,几年不见,人都不认识了?"

程弥看到他,很难第一秒不想起司庭衍,开口第一句话便也问了:"司庭衍在哪个医院?"

厉执禹看了她一眼,随后随手关上门,拎着东西走向她:"这么久没见,好歹先说句好久不见。"

他走到病床边,将手里的水果放上桌,然后在椅子上坐下。

受伤情折磨,又或者其他,程弥最近瘦了不少,病号服穿在身上有点空荡,长发散在身后,脸色苍白,但这抹病态仍未能压住她五官的艳媚。

她稍扬唇,对厉执禹笑了一下:"是好久不见了。"

她这真心诚意的一笑,厉执禹反倒不知道接什么好。

厉执禹盯着程弥,知道程弥想从他嘴里听到什么。

"最近你天天在手机上问我,"厉执禹稍往前俯身,双肘靠搭上腿,"司庭衍是什么情况,我不是都跟你说了?"

司庭衍半个月前脱离危险,最近状态有好转。

这些在手机里厉执禹都跟程弥说过。

但程弥想知道的不仅仅是这个,她回看厉执禹:"他在美国?"

厉执禹抬眼,眼皮上压出一道深褶,目光锐利,程弥却丝毫没能从他眼睛里试探到什么。

他没说是,也没说不是。

"你就算现在知道他在哪里,"厉执禹下巴指了指她,"就你这身体,有办法去找他?"

程弥对上他的视线:"身体总有好的时候,我就想知道,他现在在哪儿?"

厉执禹看了她一会儿,双肘离腿,直起身,照旧只抛给她一句话。

"你自己先把伤养好吧。"

他说完,掏出手机看了眼时间,像是急着要去见什么人,收回手机,欲起身。

"我还有点事,先走了,改天再来看你。"

程弥的目光跟着他。

厉执禹丝毫没有在走前告诉她司庭衍在哪个医院的意思。

病床旁放着张桌柜,他站起来,起身没注意,手肘碰到桌沿。

程弥的手机放在上面,靠近桌沿,被他带落掉下桌。

厉执禹反应快,手机滑下桌,还没落地,他从兜里伸出手,单手接住手机,而后将手机往程弥面前一递:"差点要赔你部手机。"

程弥的手机在他的掌心里背面朝上。

刚说完,厉执禹注意到夹在手机壳里的东西,垂眸。

那是张字条,纸张已经泛黄,上面写着几行字。

  程弥骗我。
  她说要追我三十天,她没有。
  她和别人在一起了。
  程弥不喜欢我了。

厉执禹看着这几行字。

程弥伸手，要接过手机。

厉执禹没松手。

高中那会儿，程弥要三十天拿下司庭衍这话，论坛里没少传。

当时厉执禹后知后觉地发现这事，还跟程弥起了争执。

所以这字条谁写的，看起来显而易见。

程弥没抽动手机，厉执禹抬眼看向她："这字条是司庭衍写的？"

程弥顺着他的话，目光落到手机背面的字条上。

这字条是司庭衍写的，写的关于她的事，但不是司庭衍亲手给她的。

是程弥捡到的。

司庭衍得知在她酒里下药的人是傅莘唯，独身前往酒吧找傅莘唯那天晚上，程弥追去酒吧，没找到他，正撞见包间里戚纭淼跟傅莘唯吵架。

她是当时在走廊上捡到的这张字条。

从傅莘唯身上掉落的。

兜兜转转，物归原主。

她没费劲从厉执禹手里抢回手机："嗯，他写的，怎么了？"

看厉执禹的表情，她说："你不会到现在还不同意我去招惹你弟弟吧？"

厉执禹松开手机，还给程弥："你爱不爱招他随你便，他就爱让你招，你不招他他也会去招你。"

"不过这字条，"他皱眉，指节在上面弹了一下，"应该不是他写的。"

程弥不知道厉执禹为什么会这么说。

但她敢肯定，这字条就是司庭衍写的。

她说："不会，这是他的字体。"

程弥曾经还学过他的字，帮他做了试卷，就为了找他搭话。

厉执禹听完她的话，却不以为然："司庭衍打小跟我妈学书法，我妈走后，我的另一个妈也教过他，他五岁的时候写的字都比这字漂亮了，你说这玩意儿是他写的？"

但这确确实实就是司庭衍的字迹。

程弥懒得跟他辩解。

这哥当得挺不称职，他弟弟的字迹他都没认出来。

这时，病房门被打开。

程弥看过去，一道白大褂身影从门口进来。

初欣禾长发高束，脸上戴着口罩，露出万年清冷疏离的眼睛。

她开门发出的轻响也早已引厉执禹看过去。

视线对上，病房里流动的空气缓缓凝滞。

厉执禹紧盯着她，初欣禾很快转开眼，目光落向病床上的程弥，仿佛从未认识这人一般。

她走向程弥，能透过眼睛，看出口罩下温柔地笑了一下："今天头晕的症状好点没有？"

初欣禾不是程弥所在科室的医生，但程弥出事住进这医院后，她每天都会过来看程弥。

程弥对她笑了一下："今天好多了，你快下班了？"

"嗯，刚跟着带教老师查完房。"

难怪，刚才某人那么着急要离开病房。

厉执禹一直手插兜站旁边看着，也不作声。

初欣禾还想问程弥什么，白大褂里手机铃声作响，她接起电话，带她的主治医师找她有事。

挂完电话，初欣禾说："那我先走了。"

程弥笑了笑："晚上见。"

初欣禾没再看厉执禹，转身往病房外走去。

厉执禹的目光跟着她。

程弥从初欣禾的背影上收回目光，看了他一眼。

厉执禹回头对她说："改天再来看你。"

说完，他不紧不慢地迈步上去，跟在初欣禾后面。

没几步他便追上初欣禾，手从兜里伸出，牵过她的手腕，拉着她往病房外走。

初欣禾没挣脱开。

门被关上，病房里重归寂静。

安静使人长在骨头里的东西无所遁形。

程弥深吸一口空气，凉意袭进肺部，四肢百骸都清醒。

她转头看向窗外。

灰白苍穹笼罩城市丛林，鸣笛悲鸣着直指天际。

黯淡悄无声息地降落进瞳孔。

冬天的第四场雪过后，程弥出院了。

她出院的这一天，厉执禹终于告知她，司庭衍在哪个国家的哪座城市。

他在美国某个城市的医院。

得到这个消息的下一秒，程弥打开手机，立即买了机票。

上午出院，下午程弥预约了文身师，重新把司庭衍文上了心口。

文身机在肌肤上游走振动，灼烫针尖燃烧下印记。

STY，他的姓名再次长在她心跳的位置。

她从文身馆出来时，天色已经黄昏。

晚上九点多的飞机，程弥准备回去收拾行李。

回去的路上她接到史敏敬的电话，史敏敬问她在不在司庭衍那里，他要过来家里的实验室取个东西。

司庭衍不在，团队都是史敏敬在管。

程弥应好，让他到了按门铃就行，司惠茹在家，她还在路上。

但史敏敬动作比她慢，程弥回去的时候，史敏敬还没到。

司惠茹熬了骨汤，程弥一回来，她立马盛了一大碗让程弥喝。

程弥喝得很干净。

她住院这段时间，掉秤的肉慢慢被司惠茹养回来一点。

喝完一碗骨汤，楼下门铃声响起，程弥下楼开门，是史敏敬。

史敏敬进门，跟她说："恭喜出院。"

程弥笑了笑："谢了。"

实验室在二楼，史敏敬来过，自行过去按电梯。

司庭衍不在，团队失去一个主心骨，重担自然全落在史敏敬肩上。

没司庭衍共同作战，事事都是史敏敬经手，明眼看得出他消瘦许多。

按电梯的时候，史敏敬蹙眉，下意识地按了按胃，然后松手，没管了。

程弥看他脸色不太行，想去厨房拿个三明治给他。

厨房里司惠茹已经盛好一碗骨汤，正准备端去给史敏敬。

史敏敬跟司庭衍是合伙人，也是兄弟，平时见司惠茹嘴又甜，早在司惠茹面前混了个脸熟。

司惠茹知道他来，给他盛了碗汤。

程弥正好还要回去，没让司惠茹多走一趟，顺便接过她手里的汤。

"阿姨，我端过去吧。"

司惠茹说好，又不忘叮嘱："小心一点，不要烫到手。"

"不会。"

二楼有会客厅，程弥没把三明治和汤送进实验室，搁在会客厅的桌几上。

她走向实验室，想进去跟史敏敬说一声，桌上放了吃的。

她走近实验室时，自动玻璃门朝两边打开。

未走进去，程弥先瞥见旁边的一个房间。

余光里的余晖吸引她看过去。

实验室旁边的房间，门扉轻开一条小缝，夕阳漏在地面上，像是某次主人外出，急匆匆未关门。

实验室楼层程弥不算少来，但从未注意过这个房间，也没见司庭衍来过。

房间不是很起眼。

房门没关好，程弥走过去，想把门带上。

她来到门前，手放上门把，临关门，目光无意间扫过门内。

只是随意扫过，她还没来得及看仔细。

视线却像有条件反射，对曾经深入过身体里的绵麻针刺触觉敏感，已经先被什么东西刺中。

程弥转开的视线，重新移回房里。

小时候她送司庭衍的那个变形金刚，照旧被他放在壁柜上。
变形金刚已经有些年头，塑料失去了光泽。
掉漆的地方，一处都没增添，和五年前一模一样。
程弥看着变形金刚，空气安静两秒后，她推开了门。
房间里，余晖西斜进方格玻璃窗里，壁柜贴墙而立，夕阳染橙了实木，也昏黄了空气。
司庭衍的强迫症跟以前一样，东西收拾得很整齐，也比程弥想象的多。
他的秘密沉默静谧地立在这座房间里，渐渐现形，被程弥窥探。
程弥看到了很多东西，关于她的东西：
她当初转学初到奉洵，某天突然失踪的铭牌。
她十八岁的班级和姓名，现在好好地被他藏在这里。
——高三（4）班，程弥。
对于这块铭牌，程弥在脑海里翻找出了跟它和司庭衍都有关的记忆。
她记得，她的铭牌不见的那天早上，身为值勤生的司庭衍也没戴铭牌。
然后他把自己的名字跟她一样记在了记名板上，跟她一起被教导主任罚去操场跑一千米。
这里放着的不仅有这块铭牌，还有她帮他抄了黑板上的作业在上面的试卷。
这张试卷程弥对它印象也极其深刻。
她为了追司庭衍，第一次到他的教室等他放学。
司庭衍不在教室里，她坐在他的座位上等他，帮他抄了黑板上的作业在试卷上。
当时她拿给司庭衍，司庭衍看起来不领情，背地里却偷偷藏起，一藏至今。
除此之外，还有她为了搭讪，学他那不太好看的字迹，擅自帮他做好的化学试卷。
她高中拍的那本《GR》杂志、她的学生一寸照。

……

这些大多是被程弥随手扔弃在角落的东西，却全被司庭衍当宝一样藏起来了。

每一样平平无奇的东西，都以程弥之名，被他默默放进他的生命里。

房间弥漫满夕阳的光，这里每一处空气，都是司庭衍呼吸过的，可全都是她的气息。

程弥站在房间中央，呼吸进心口的氧气，司庭衍的气息所剩无几。

她闷得快喘不过气，目光在这个房间里扫视，下一秒，被放在角落的电脑吸引。

那是司庭衍高中放在房间里的那台台式电脑。

台式电脑笨重庞大，显示器外壳右边，用2B铅笔涂画着几道潦草线条。

图形半个巴掌大，是司庭衍的侧脸漫画人头像。

寥寥几笔，碎刘海、长睫、鼻梁、鼻尖，勾勒出他精致侧脸的简约线条。

那是以前程弥在司庭衍的房间做作业，走神时照着他侧脸乱涂乱画的。

因为她在上面画了东西，所以这台落后又笨重的电脑一直被他带在身边吗？

之前有一次，程弥想开他的电脑打游戏，司庭衍死活不让。

后来她在他的这台电脑上查过资料，打过游戏，没看见什么东西，便没去深想。

现在她想都不用想，当时他不让她开电脑，肯定是屏幕上有什么。

电脑里肯定有关于她的东西。

而她想知道。

程弥离开原地，走过去打开了主机。

台式电脑显示器运作，屏幕由黑色渐渐转亮。

圈圈打转，不过几秒，进入桌面。

桌面是一张黑色壁纸，只两个游戏软件，是程弥当年玩的游戏。

许是没想过她还会再碰这台电脑，司庭衍没有藏起他那些可能让光畏惧的黑色东西。

程弥没见过的一个文件，安安静静地躺在桌面上。

文档没有名称，只有一个符号——句号。

程弥将鼠标移到这个文件上，双击。

文件被打开，屏幕空白一秒后，显示出文件夹里的东西。

即使知道可能会看到和自己有关的东西，但程弥还是一怔。

司庭衍存着很多她的照片。

她在嘉城生活、上学，没来奉洵认识他之前，做某个女装品牌的专属模特，拍的一些硬照。

照片很多，有些程弥甚至已经没有印象拍过。

她往下滑，没等她回神，握着鼠标的手滞了一下。

光标停留的地方，是那套使她走红成网红的夕阳天台图。

这套头像图，比她做女装品牌模特拍的硬照还要早。

司庭衍早已偷偷看了她很久，在她来到奉洵住进他家之前。

当时他不让她看电脑，是因为怕她知道。

他早就喜欢她，看着她，藏着有关她的一切东西，她会因此害怕他吗？

程弥的视线停在那套图上，猜测之际，她觉得视线落在上面的那张照片有点眼熟。

自己这套图她很少回看，对它的熟悉度，还没有对司庭衍的头像照片深。

所以这一刻，她发现自己盯着的这张照片的某一角，跟司庭衍用了很多年的头像很像。

程弥拿出了手机。

她打开置顶对话，点开司庭衍的头像。

司庭衍的头像，是放在地上的一罐可乐，瓶身上面还泛着水珠。

她这组在傍晚天台上拍的照片里，地上就放着一罐冰可乐。

她喝了几口的可乐，瓶口处还沾了点她的口红印。

司庭衍的头像，跟她的照片角落里那罐可乐，底下的粗糙水泥地面、瓶身角度、水珠位置、不明显的口红印，全都一模一样。

这罐可乐丝毫不起眼，口红不仔细也看不出，所以以往程弥看司庭衍的头像，才完全没发现过他的头像就是她这套图里某一张照片的一角。

程弥认识司庭衍的时候，他的头像就是这罐可乐了。

她甚至不知道在此多久前，他就已经用着这张头像了。

程弥看着司庭衍的头像，情绪复杂，酸涩感更浓。

司庭衍的头像旁边的昵称，很快也引起了程弥的注意。

程弥从加上司庭衍的好友开始，他的昵称一直是 S，很多年一直没变过。

直到两个多月前，某天他的昵称突然变了，是一个字母——T。

两个多月前，正值司庭衍学成归国，他们的矛盾未消，折磨着彼此的时候。

司庭衍改昵称那天，正是她跟他生气摔坏手机那天。

程弥已有预感，四处张望房间里，可没有看到她想找的那个东西。

她看他的壁柜，翻他随手放在桌上的一沓书，最后在拉开书桌抽屉时，手登时一顿。

那次首映礼，她误会他跟戚纭淼的关系，生他的气摔在他面前的那部手机，被司庭衍端端正正地放在书桌抽屉里。

当时碎裂成蛛丝网的手机屏幕，早已经完好无损，被他修好。

程弥拿出手机，按下，锁屏解开，跳出这个手机锁屏前，司庭衍看的界面。

屏幕上是她的手机通信录，显示着他的手机号码的联系人页面。

她给他的备注，只有一个字——婷。

程弥鼻尖微微泛酸。

司庭衍大抵是不喜欢"婷"这个字的。

但因为她给他的备注这么叫他，他把昵称改成了 T。

他应该知道了，她已经知道他们小时候在孤儿院的事。

他应该知道，她早已认出他以前的房间里那个变形金刚是她送给他的了。

程弥把目光放去了壁柜里的变形金刚上。

当时七岁的她从没想过，她送出的变形金刚，那个脾气不好、不爱理她的五岁的弟弟，会这么喜欢她送的礼物，会把它带在身边这么久。

壁柜在旁边，她抬起手，把变形金刚拿了下来，摩挲她刻在上面有点稚嫩的两个字体。

"婷婷。"

想起司庭衍五岁时那张稚嫩白皙的脸，程弥在满心酸涩里，慢慢弯起了嘴角，指尖照旧在"婷婷"这两个字上徘徊。

渐渐地，程弥盯着这两个字，嘴角的弧度慢慢回落。

半个月前，厉执禹在她的病房里说的没被她放心上的话，也在这一刻重重砸回她的脑海里。

厉执禹说，司庭衍从小学书法，字写得很好看。

程弥的眼瞳里的情绪，渐渐被震惊和难以置信取代。

从进入这个房间开始，司庭衍每一处病态执拗的秘密，都在将程弥击碎，心脏已如一面岌岌可危快要破碎的玻璃。

受波及，指尖也轻轻发颤。

她掏出了自己大衣里的手机，情怯一般，两秒后，才翻转过手机背面。

手机壳里夹着司庭衍字不太好看的字条。

上面"她"字的"女"字旁，跟变形金刚上"婷婷"两个歪歪扭扭的字的"女"字旁，字体的笔锋走向一模一样。

司庭衍的字，是学程弥七岁时，刻在变形金刚上的"婷婷"两个字的字体。

程弥的心脏那面碎玻璃彻底坍塌。

晶莹碎碴溅向四处，溅进她的血液，钻破她的皮肉。

司庭衍的喜欢，不会管对方对他付出与否，只认他自己喜欢。

程弥感觉呼吸不太通畅，深吸一口气，眼眶通红，紧紧握着变形金刚，苦苦支撑住快要支离破碎的身体。

房间里光线越来越暗淡。

夕阳快燃尽，在蓝黑夜色里，拖曳着快枯死的红芒。

一个人影出现在门口，敲门声打破这方死寂。

是史敏敬，他从隔壁实验室出来了。

史敏敬从实验室出来，看旁边房间门开着，估摸着程弥在这里面，便走到门前。

程弥果然在。

他敲门，告诉程弥：“程弥，我要走了啊，跟你说一声。”

天色还未全暗，残存一点亮色，足以让人眼睛视物。

史敏敬随意环视了一下屋内，眉间蹙起，神色不解："司庭衍怎么回事？在国外房子自带杂物间就算了，怎么回国家里也要弄个杂物间？"

他说完这话，程弥背后微僵。

然后，她又深吸了一口气，转回头看向史敏敬，问："他在国外也有这么一个房间？"

史敏敬没看清她脸上的情绪，说："何止，我还嘲笑过他呢。我们在国外那会儿，他捣鼓机器人那实验室旁边就是卧室，他不睡卧室，天天跑楼上那杂物间里睡，经常在那里面一待就是一晚上，我寻思着卧室就在实验室旁边——"

话没说完，史敏敬终于察觉出不对劲了。

微弱光线里，他看到了程弥面对他平静的神色下，似乎在艰难呼吸。

他的话像是刺到了程弥。

没等史敏敬反应过来怎么回事，程弥终于没忍住，眼眶中滚下一滴泪。

史敏敬惊怔，看程弥突然哭了，手忙脚乱同时想上前询问。

"没事。"

程弥压制住胸口翻涌的情绪，转过头，声音正常。

这句"没事"，不是字面意义上的没事，是她不需要安慰，想一个人独处。

史敏敬听懂她的意思了，迈出一步的脚收住了。

而后他问她:"需要给你空间吗?"

程弥点了下头。

几秒后,房间内重归寂静。

黄昏散尽,夜幕彻底降临。

随着最后一丝黑色降落,万物沉寂,程弥沉进这座囚笼里。

这里锁着司庭衍病态扭曲的爱意。

他自缚了一座囚笼。

半夜零点。

一个需要转机两趟的国际航班在首都起飞。

程弥乘坐国内航班,从首都机场出发。

这趟国际航班在国内转机一次,三个小时后落地南方的一座城市。

在这座城市的酒店短暂休息一晚,隔日中午,程弥出发去机场。

办理好登机手续,在航站楼临登机前,她接到了蒋茗洲的电话。

今天程弥的新歌发行。

中午十二点,一首《特症》遍布全网。

作词、作曲、歌手,三栏都是程弥的名字。

这首歌写于前年的十一月八日,司庭衍在国外留学第四年的生日,是程弥给司庭衍准备的一份礼物。

当时司庭衍还没回国,在国外上学。

程弥在十一月八日的零点给他点起生日蜡烛,而后一夜没睡,躺靠在阳台的躺椅里,在满城沉睡的寂静里一字一音地写下了这首歌。

程弥那年大二,已经决定好下一年大三出国做交换生,去找司庭衍。

只不过司庭衍比她先回来了。

而她这首歌当时也没如期发行,发歌过程中出了点问题,便被暂时搁置,现在顺利发行了。

这座城市有艳阳天。

飞机起飞,程弥的耳机里放着《特症》。

搭上夜的车无意闯赴美梦,
撞见神明精奏的诗颂,
只偷一眼春心蠢动,
点支烟却不及你呛我眼深,
烟唇对坐缺氧亲吻,
做对昏医共生,
不愈这特症,
你不是飞蛾扑火,
我殉身遁入黑暗同你惹祸,
与你孤宙里陷落,
爱至惊天动地起焰火,
浪倒灌星河坠落,
偎热永恒在宇宙残存的体温里,
心脏长了你姓名,
你瞳孔解我的瘾。

机舱外,飞机闯入了一个蓝色世界。
海天一色,无边湛蓝涌动着粼光,白云如飞鸟群掠过境。
程弥对司庭衍的告白,在六千米高空振翅,飞向他的所在地。

飞机跨越大洋,途经两个国家,掠过无数城市,最后降落在西半球。
航班时长累计三十多个小时。
飞机到达这座城市上空,繁华灯火渐渐闭眼,城市已经陷入沉睡。
程弥下了飞机,城市遭低温侵袭,空气冻到人浑身结冰。
程弥却不觉得。
从她踏上这片他在的陆地,和他共呼吸一片空气,血液里的躁动都被唤起回应,从心脏开始复苏,蔓延至四肢百骸,浑身都发烫。
雪落下肩头,程弥拖上行李箱,离开机场,赶往医院。
她只想着去见他,快点见到他。

零摄氏度以下的气温，黑天里雪花纷洒，覆盖上斑斓大地，视野里一片白茫茫的雪景。

街道上人车稀疏到寂静，楼房被染白头，拥挤在这个冬天里。

从机场到医院，车窗外，发白的街景流水一般往后倒退，程弥靠坐在车后座，脑后束了高发，雪色映衬下，精致五官凝了一层冷色，体内却不是天寒地冻。

时间缓慢流逝，每一分每一秒都似焦灼啃咬上她的心脏。

程弥的视线落在窗外，出租车驶过的建筑、街道，她都熟稔于心。

景色和她想象的相差无几。

她甚至知道接下来出租车要驶进哪条路。

从厉执禹告诉她司庭衍在哪个医院那一刻开始，从机场到医院的路线，她查看了一遍遍，已经眼熟到能默背。

车穿行在夜色中，驶过无数条雪街，最后刹停在程弥心潮卷涌的目的地。

她隔着一扇车窗看去，医院大楼庞大璀璨，近在咫尺。

他就在这里。

程弥没有一丝停顿，伸手推开车门。

下车后冷风裹挟雪粒扑面而来，身体被冷气包围，鼻尖气息都快冰冻，一路熨烫的心脏却越发发烫。

满腔心火都在急涌着想看到他，牵引着她一刻不停地往医院走去。

雪地广袤无垠，立着璀璨高楼，竖着枯枝灰杈。

程弥一身黑色大衣，黑色长靴，推着行李箱朝医院大门走去。

世界很寂静，寂静到只有她这黑色身影，行走在这满地白色里。

可她并不孤独。

在她走向医院大门，还没走近门口的同时，医院大门走出来人影。

坐在轮椅上的男人，被身后的人推着走出医院。

雪花在程弥面前纷扬，视野模糊不清。

视线触及某个模糊的轮廓，只一眼，她的某根已紧绷两月的神经被挑动，脚步被惊怔牵扯住，眼睛紧望着那处。

轮椅上的男人，一身黑衣大衣，肩身笔挺。

他身后的男人推着轮椅，后面跟着两个推行李的人。

他们像是要离开医院，马上去什么地方。

程弥所在的位置不显眼，对方并没看见她。

距离在缩近，双方在靠近。

模糊五官在渐渐清晰，不明神情也在渐渐明晰，然后，他们走到了雪下。

坐着轮椅的人的面容彻底清晰。

司庭衍坐在轮椅上，身姿笔挺颀长，黑色大衣禁束无数情绪，脸色冷淡，白皙到如凝一层病态冰霜。

他并未抬起那双黑色眼睛，略微垂眸，不知在看手机里的什么。

司庭衍没有看到她。

七十多天。

她七十多天没见到他，从火光爆炸，和他近乎生离死别那一刻开始。

风吹过她的发尾，吹酸她的眼角。

程弥看着他，眼眶渐渐红了，鼻尖也泛酸。

时间只流逝过一秒。

程弥的手握在行李箱拉杆上，嘴角漾起一点笑意，她出声道："司庭衍。"

程弥以为司庭衍会听到的。

可她叫他的名字的声音，像无形消弭在这场大雪里。

不远处，轮椅上的司庭衍依旧垂着眸，并未察觉她叫他。

但是——

程弥叫出司庭衍的名字那一刻，推着司庭衍的轮椅的厉执禹，应声抬头。

看见她，厉执禹眼里闪过惊诧之色。

她才刚出院，立马跨洋过海找到这里来了，让厉执禹吃惊。

程弥叫司庭衍的名字，司庭衍没听到，厉执禹听到了。

她看着司庭衍，已经预感到什么，眼睫轻颤了颤。

厉执禹看到程弥的眼睛，就知道她意识到了。他没有隐瞒，抬手指了指自己的耳朵，摇了摇头。

双方距离不是很远，但厉执禹没惹大动静惊扰司庭衍，只用唇形说了两个字：暂时。

程弥看懂了。

厉执禹说，司庭衍的耳朵暂时听不到。

耳朵听不到。

他们出事那场车祸情况很惨烈，程弥自知司庭衍不可能完全没事，现在能平安，已经是最大的幸运。

可她得知他听力暂时丧失，酸涩还是在那一瞬间涌上心头。

厉执禹刚停下，司庭衍又听不见，还在看手机，没发现她。

程弥正欲走过去，忽然注意到司庭衍的手机屏幕。

手机屏幕发亮，上面是一个听歌软件，屏幕正中央，转动着一个白色色调的封面。

这个封面程弥再熟悉不过，这两天在飞机上，她已看过它转动了无数遍，是她写给司庭衍的那首歌的封面。

从刚才从医院里出来，直到现在，他还一直在看手机。

程弥鼻尖难忍冷意，略微发红。

但心房里这波酸涩还没下去，下一秒，另一波已经涌上。

程弥看见司庭衍的右耳上戴了耳机。

即使音量满格，他也听不到她的声音的耳机。

程弥的呼吸都快要不通畅。

雪地白茫茫，司庭衍就那么孤独又安静地坐在轮椅里看着她的歌。

程弥知道，这对司庭衍来说，是她第一次真正意义上对他的告白。

可他什么都听不到。

他戴着耳机妄想听清，可明明什么都听不到。

程弥垂在身侧的指尖轻颤了颤。

几秒后，司庭衍像是有所察觉，抬起了眼，和程弥的视线正对上。

司庭衍黑色的瞳眸看着她。

Chapter 22 尘埃落定

程弥亦紧紧回视。

风都像静止，世界寂静无声，雪飘落在他们的对视里。

热烈脱腔，一个眼神，能融化冰冻天地。

厉执禹走了，走进附近一家店，给他们两个留出了空间。

程弥的手机传来信息，是厉执禹发给她的，告诉她司庭衍的伤势的短信。

车祸那天情况有点复杂，郑弘凯的车肇事后爆炸了，司庭衍的车离得太近，受了点波及。

别太担心，听力好好治疗能恢复。

已经联系好国内这方面的医生，因为司庭衍想回国。

他刚醒不久，身体还不方便走动，所以暂时得坐轮椅。

我们今天也准备回国了，早晨六点的飞机。

司庭衍刚醒不久，便要回国。

但这一次，程弥比他先一步来找他了。

程弥黑靴踩在雪地上，朝司庭衍走去。

司庭衍脸色苍白如薄纸，浸在这寒凉白色里，几乎快与其合二为一。

他看着她靠近。

程弥来到他面前，俯下身，视线与他平齐。

而后她看向他的唇，抬手覆上他的颈后，将他拉向自己。

热吻落向他的双唇。

万物都为他们屏住声息，周围安静到像陆地陷落，剩他们这座岛屿，只有从耳机漏出的细微声响。

你不是飞蛾扑火，

我殉身遁入黑暗同你惹祸，

与你孤宙里陷落，

爱至惊天动地起焰火，
浪倒灌星河坠落，
偎热永恒在宇宙残存的体温里。

程弥对司庭衍的告白，缱绻在他们这场热吻里。

程弥稍离司庭衍的双唇，却没退后，额头贴上他的额头，鼻尖碰着他的鼻尖。

司庭衍五官天生冷相，神情冷静，没有委屈，没有难过，只是安静地跟程弥说了一句话。

"我听不到。"

他听不到她说给他的表白。

程弥心尖发酸，指节覆在他的颈后，呼吸里热气氤氲。

"以后你会听到一千遍，一万遍，无数遍。"

刺在胸口的文身，伤口还灼痛着，她的心脏上跳动着他的名字。

因为她会用她的这辈子，往后无数个日子来告诉司庭衍。

"我真的特别爱你。"

司庭衍跟她说过，他这辈子在她这里，就走到头了。

而她的这辈子，也只肯停在他这里了。

狐狸叼住玫瑰，飞奔过星穹。

惊落满海面的月光和星陨。

玫瑰浸一身月晕，漆红枪身已上膛。

我凑吻上你的枪口，心房迸射满你的枪火银星，献祭你瞳孔我最热烈模样。

为你跳动的心脏不死在一千零一年后的大地上。

直至地老天荒万物毁灭，也不会万籁俱静。

——正文完

他的秘密

Special Episode 01

Special Episode 01 他的秘密

司庭衍从小学习成绩好，每次考试都是年级第一，除了有心脏病、不爱说话不爱交朋友这两点，平时也算安分乖巧，从不惹是生非。

唯一一次被请家长，是在小学三年级。

不是因为成绩，也不是因为纪律，而是因为他的字写得不好看。

当时老师把司惠茹请到办公室，捧了杯热茶给她，对着桌上司庭衍的作文纸一筹莫展，满脸痛心地对她说："司庭衍的成绩是非常好的，每次考试都是年级第一，多好的省状元苗子啊。就是这字啊，有点拖后腿，这次语文作文就因为这字扣了两分，这很危险，以后要中考高考了这字写得老师都认不出来，那可就完了，这大考差一分都是几百人的事。"

最后老师苦口婆心地对司惠茹说："我从上学期就一直跟他说要练字，把那字练好点，不求多好看吧，但总不能写得像个幼儿园的小孩写的。这孩子也不知道把话听进去没有，这字就没见变好看过，您看看给他买点字帖，让他每天写完作业练练，对他以后没坏处的。"

这是司惠茹第一次被老师请去喝茶，还不是因为司庭衍的成绩，是因为他那手写得不太过得去的字。

当晚回家，司惠茹就上书店买了字帖，给司庭衍练字。

司庭衍倒是很听话，字是每天都在练，就是见效不大，字还是长得像幼儿园小朋友写的字。

连司惠茹也跟着着急，倒不是因为担心又被叫家长着急，是也想为司庭衍好。

后来临近小升初考试，司庭衍又被叫了家长，还是因为他这字。

那天不巧赶上司惠茹正发烧，但她还是撑着病体去了学校，回家路上也没说司庭衍什么，只记得给他买一个他喜欢吃的小蛋糕。

晚上司庭衍在房间做作业，司惠茹端水果进去给他吃。没送牛奶，司庭衍很讨厌喝牛奶。

司庭衍作业早写好，在书桌前练字。

他的书桌桌角放着的不是书，而是一个玩具——变形金刚。

这变形金刚司惠茹不陌生，当年她把司庭衍从孤儿院接回家，他攥在手里带回来的。

司庭衍很喜欢这个变形金刚，即使他从来不说，但这个变形金刚一天都没离开他身边。

司庭衍七岁那年，那阵子司惠茹一个同事经常上家里坐。

女人是司惠茹的同事，离异，带着一个七岁的儿子。司惠茹身边没男人，跟她一样也带着一个儿子，比较有共同话题，于是两人走得比较近。

有一次女人带儿子来家里做客，小男孩性子活泼泼辣，溜进司庭衍房间，抢过他书桌上的变形金刚就跑了。

司庭衍跟出来了，那时年纪虽小，但五官精致已显，一张英俊小脸格外冷漠，冷冷看着小男孩："还给我。"

小男孩顽皮，朝他吐舌头做鬼脸："不还不还就不还，它是我的了！"

那时司惠茹跟女人在厨房包饺子，包一半，冷不防地，客厅爆发一声哭叫。

两人扔下饺子皮出去，就看见小男孩被推倒在地，哭声凄厉。

司庭衍那阵子刚做过一次心脏治疗，小脸透着稚嫩，白得病态。

他站在小男孩对面，冷冷地看着小男孩。

手里拿着抢回来的自己的变形金刚，手背上的针孔还贴着医用胶布。

小男孩的母亲推了他一把，指着他破口大骂，说我儿子就玩玩而已，一破玩具犯得着这样吗，又跟司惠茹说你这小孩有病。

那天，一向温柔的司惠茹把人赶出了家门。

她红着眼眶，回到客厅，蹲下身把司庭衍搂进怀里，一下一下摸着他的头，告诉他，不是你的错，我们小衍今天做得很好，以后别人欺负你，也不能让别人欺负。

也是那天司惠茹才知道，这个变形金刚对司庭衍很重要，摸一下都不肯让别人摸。

那个变形金刚上刻着两个字——婷婷。

这两个字写得不算好看，司惠茹一直以为是司庭衍自己刻的，因为司庭衍那手一直被请家长的字，跟这两个字字迹一模一样。

她把水果放上书桌，看到司庭衍今晚练的字，很是惊讶。昨天晚上怎么练还都是幼稚的字体，今天晚上字甚至已经比字帖上的还要漂亮了。

从这天司惠茹发着烧，又被老师叫去学校之后，司庭衍的字一夜之间变好看不少，写在语文试卷上的字甚至被老师贴在公告栏上让同学学习，再也没让司惠茹被老师找。

但当时班里喜欢跟司庭衍做小同桌的小女孩们，细心的就发现了，司庭衍写在语文试卷上的字，和写在数学英语试卷上的字是不一样的。

语文试卷上的字，很漂亮很利落。

而数学英语试卷上的字，跟以前一样，有点幼稚。

但数学老师英语老师跟语文老师不一样，他们从不叫家长。

也是那个时候，班里的女孩子们发现了司庭衍一个秘密，他会写两种字体，一种字很漂亮，一种字很丑。

但他好像更喜欢写丑的字。

真奇怪。

执念

Special Episode 02

那场事故之后，司庭衍在美国治疗了两个多月，恢复得还算不错。

但离痊愈还有很长一段时间，他睁眼便动身回国，需在国内继续治疗。

国内的一切司家早安排妥当，就等厉执禹把人接回去。

可还未到机场，一众人便更改了航班，本应该降落在首都的航班，改成了降落在奉洵的航班。

这是司庭衍的意思，他执意回奉洵治疗。

奉洵的医疗条件不比首都，专家和设施等都略逊一筹，司庭衍现在的身体状况，明显回首都治疗比较好。

不只厉执禹，程弥也这么认为，司庭衍该回首都治疗。

但司庭衍不同意，谁也没说动司庭衍。

连程弥都说不动，厉执禹也懒得费口舌了，这会儿连程弥都不管用，在司庭衍那儿就什么都不管用了。

最后他们还是搭乘了从美国起飞飞往奉洵的飞机。

落地奉洵后，司庭衍对去哪个医院治疗有要求，甚至连住哪个病房也有要求。

大家对此都摸不着头脑，只有程弥，她隐隐感觉到了他是为什么。

司庭衍住的医院，正是当年他在奉洵病危住的医院。

当年司庭衍被郑弘凯捅了一酒瓶子，心脏病复发，正是在这里去鬼门关前走了一遭。

如果他点名要在这家医院治疗，大家还挺理解，毕竟这是奉洵最好的医院。但让人匪夷所思的是，连住去几楼住哪个病房，司庭衍也有要求。

也是当年他从重症监护室出来后转进的那个普通病房。

病房所在的楼层，没有拥挤的床位，也没有疲劳奔走的家属。病房里清幽安静、干净整洁，空气里弥漫着淡淡的消毒水味道。

这间病房程弥太过熟悉，闭着眼睛都能准确摸向司庭衍的床。

当年司庭衍出事躺在这里，在两人没分开前，她也几乎是寸步不离，时间都耗在这里。

几年后的今天也是，司庭衍在这里，她也在这里。她自己也刚出院不久，没急着工作，这些天在休假养身体，有不少时间，天天在这里陪着司庭衍。

白天在病床边跟他一起浪费时间，傍晚回家给他做饭带来医院，晚上跟他一起挤在床上。

再平常不过的事，甚至有点无聊，但司庭衍似乎很喜欢，虽然他没说。

程弥隐约能感觉到他喜欢的原因，但她开心不起来。

窗外近黄昏，橙阳斜照在高楼和路灯上，暮色里飘摇着冷空气，吹晃枝杈和叶子。

病房里静悄悄，司庭衍刚合眼休息，点滴缓慢滴着。

程弥坐在病床沿，正在织毛衣。

给司庭衍的，他不缺衣服，但程弥猜，她织了送给他，他肯定会喜欢。

她可能天生学什么都有点天赋，跟司惠茹请教后，上手得很快，几乎用不了多久就能完工。

不过程弥得承认，她高三学习都没这么认真。

当然，再怎么认真，都没有她看着司庭衍的时候认真，什么事遇到司庭衍，她都特别爱干分心这种事。

程弥放下毛衣，转而伸手，指尖摸出了烟。

但她没抽，只是夹着，桃花眼垂着，漫不经心地打量司庭衍。

他最近似乎很开心，睡觉也安稳了些。

程弥知道，是因为她在他身边。

她微闭眸,仰头,微微吐出一口浊气。

桌上静音的手机亮起,程弥拿过手机,是纵盛影业某个知名经纪人打来的电话。

她起身去外面接,程弥不久后将和蒋茗洲的启明影业解约,最近不续约的风声放出去,很多公司找上门。

这位经纪人这几天刚好在奉洵,想跟程弥见一面,看有没有机会做同事。

程弥应下,看司庭衍在睡,打电话跟司惠茹说了一声,然后出去了。

这一趟出去,来回就是几个小时,等回到医院的时候,夜已经很深。

程弥回来的路上手机已经没电,没打出电话,也接不了电话。

今天是回到奉洵以来,程弥第一晚没在司庭衍身边。

她独自站在电梯里,电梯壁上映着她窈窕纤细的身影,也映着她冷静艳丽的脸。

她面无表情,垂在身侧的指尖却不自觉地一下一下地点着。

有点焦虑。

程弥从电梯出来后,在走廊迎面碰上从病房出来的司惠茹。

"阿姨。"

司惠茹见她回来,明显有点喜悦,不知道是不是程弥的错觉,她觉得司惠茹看她回来,似乎是松了口气。

"回来了?"司惠茹面容素净,眉眼柔和舒展着,"家里带过来的饭菜冷了,我们给你重新叫了饭,阿姨下去给你拿上来。"

"我去拿吧,阿姨,把号码给我。"

司惠茹没让:"阿姨去就好了,这外面冷,快进去吧,小衍也在等你。"

司庭衍没睡在等她,程弥并不意外,她问了一句:"他什么时候醒的?"

司惠茹声音轻轻柔柔的:"你刚出去我就过来了,来的时候小衍已经醒了。"

这是她刚走他就醒了。

程弥站在这条走廊上,想起当年跟他分开,从他病房里出来,也是在这样的走廊，这样的凌晨。

外卖打电话催司惠茹，司惠茹应声马上下去。

就在司惠茹快跟她擦肩而过的时候，程弥突然叫住了她："阿姨，我出去这段时间，他在干什么？"

可没等司惠茹回答，程弥自己已经开口。

"是不是……"程弥呼吸有一瞬停滞，又开口，"是不是就一直坐着等我回来，什么也没做。"

司惠茹一愣，已然知道程弥为什么会这么问。

她微张了张嘴，却什么都没说出口。

是的，程弥不在的这段时间里，司庭衍什么都没做，就一直安安静静地靠着床头，到了入睡时间也没按时休息。

司庭衍是司惠茹养大的儿子，即使他什么都不说，司惠茹也知道他在想什么。

他在等程弥回来。

这条走廊过了几年还是老样子，走廊安静，灯光冰冷，窗外城市沉寂。

一如他们分开那年。

像当年他们分开后，无数个司庭衍独自在这里的夜晚。

程弥深吸一口气，空气冰得肺部都发颤，她问司惠茹。

"当年我们分开后，我没再来医院看他。"她心脏有些钝疼，发现一句话说完都有些艰难，"他是不是就是这样一直等着我？"

司惠茹早料到程弥要问这个，今天等程弥回来的司庭衍，和当年十六岁的他如出一辙。

司惠茹想起那时候的司庭衍也鼻尖发酸："那时候他谁的话也不听，也不跟人说话，就那么没日没夜地醒着，不肯睡。"

不理人，不肯睡觉，白天晚上每一分钟都醒着。

"他怕你来找他，他睡了不知道。"

怕见不到她，怕错过她来找他。

程弥感觉喉咙被人掐住，有一瞬间透不过气。

那个时候她已经不在奉洵，他很清楚她不会来了。

当时两个人分开，他也说了，如果她走，不管什么理由，他们两个算完。

明明知道她不会再来找他了，却还是在等她，等她回来看他。

可他没有等到她。

直到他最后情况危急转去首都治疗，都没有等到她来见他。

所以这次回国治疗，他非要在当年治疗的这家医院，住当年住的那个病房，程弥知道是为什么。

当年在奉洵这个病房里，他一直在等她，她却没再来找过他。

而这一次住在这个病房里，他能等到她来找他了。

每一天她都会来找他，每天都能看到她从曾经那个让他失落了无数次的病房门口出现。

这是她的司庭衍的执念。

病房里没开灯，窗外月色落进来，映凉一室洁白。

程弥走到病房门口，对上了病床上司庭衍的目光。

……

凌晨四点，城市正沉睡着，万籁俱寂。

程弥也早已沉沉入睡，但司庭衍没有，他把程弥抱在怀里，安安静静地看着她。

眼前这个人，即使她不爱他，他也爱她。可是如果她爱他，那就更好了。不爱的话，也没关系，他对她好，好到让她离不开他就好了。

可是——

她好像是爱他的。

他以为对他来说，她可以不爱他，但现在不了。

他好贪心，因为被她爱的感觉很好。

她再也不会不要他了。

黎明知晓

Special Episode 03

今天十一月九日,这日期不是重大节日,也没特殊含义。

施睿觉得黎楚大摄影师今天有点奇怪,手机看个不停,堵车这种见惯不惯的事,也难得地在她身上感觉到了不耐烦。

她向来是个冷性子,平时就算去喝酒,隔壁桌有人抡着酒瓶子干架,她看一眼就移开,眉头都懒得皱一下。

什么事都很难让她情绪有大动荡。

包括有次她窝在副驾驶,低头专注地翻着相机里刚拍的片子,指间夹着一根烟。

细指修长白皙到冰冷,香烟猩红呛人到热烈。

见状,施睿被蛊惑,鬼使神差掰起她下巴,吻了她。

施睿年纪比她小,长着一张讨姐姐喜欢,妹妹也心动的人畜无害脸。性格却不是那么回事,除了不玩弄感情,酒局家常便饭,极限运动拿命玩,什么刺激玩什么,野得没边。

就这种性情的一个弟弟,接吻自然冲动莽撞。

施睿觉得黎楚就是迷情药,他吻她双唇,贪婪夺掠她呼吸,浑身都发热。

他的吻狂热、年轻、动情,能唤醒人欲望。

而在他的亲吻下,黎楚无动于衷,眼里一丝情绪都没有,就那么平静地看着他。

最后,她连推开他都嫌费劲,骂都懒得骂他,直接平静无比地把烟头按他小臂上。

施睿手臂上就这么留下一个烟疤。

车窗外正是黄昏，夕阳铺满盘山公路。

公路上水泄不通，车堵成长龙，他们的车已经在这里堵了一个小时。

开车的施睿又从后视镜里看了黎楚一眼。

黎楚要赶飞机，她窝在车后座，一遍一遍按亮手机，也不解锁，只看一眼屏幕上的时间，又按灭。

每过一秒，她眉间的焦躁就多一分。

施睿从后视镜移开眼。

认识她以来，什么时候见她这么不耐烦过。

不对劲，很稀奇。

施睿说："前几天雪山那趟拍摄，你不也没赶上飞机？那次也没见你这样。"

黎楚抬眼，目光跟后视镜里的他对上："哪样？"

"丢魂样儿。"

施睿丢下这四个字后，黎楚盯着他看了两秒。

然后，没反驳，没解释，转开了眼。

跟以往那副你爱说什么说什么，懒得跟你掰扯的样子不一样，这次她的反应看起来像是默认。

默认了施睿说的那句她丢了魂的话。

不知道为什么，施睿看她这样子，反倒不舒心起来。

他又开口："也就盯着我看那两秒有点人气，我说，黎楚——"

施睿止住话头，明显有话想对着她眼睛说。

黎楚的视线从车窗外收回。

施睿一个字一个字，认真地说："让我跟你在一块儿吧，我不能保证能让你喜欢上我，但能让你活得像个人，至少开心一点。"

黎楚看着他那张清秀的脸，没说话。

施睿："我会天天把自己魂儿挂你身上，这样你就不孤独了。"

既然她的灵魂跑别人身上了，那么，他的灵魂就去她身边，陪她那具孤独躯壳。

黎楚终于开了口："施睿，你有病吗？"

"爱跟你勾搭的女孩那么多,耗我身上浪费。"

施睿这会儿倒是不看黎楚了,望向前面没有尽头的红色车尾灯,话出口吊儿郎当,语气像开玩笑。

"我是有病,没病能从自信地觉得肯定能追上你,到现在知道你永远都不会对我有那种意思,还上赶着热脸贴你冷屁股这步。"

但其实,这话他是说真的。

说完这话,他指尖有一搭没一搭地敲打在方向盘上,有点紧张。

但明显黎楚没把这番对话放心上,因为下一秒,她看着手机屏幕上的时间,脸色变得有点难看,没再跟他说话。

黎楚赶不上飞回嘉城的航班了。

其实施睿早料到赶不上,就算不堵车,现在这个点他们畅通无阻去机场,也不能赶上登机。

交通恢复正常是在半个小时后,黎楚没打道回府,仍直奔机场。

回嘉城还是能回的,只是没办法在今晚零点前到。

去机场的路上,黎楚一言不发。

施睿好几次挑起话题,都没把气氛活跃起来。

她以往是平静,话不算特别多,但也会跟人聊天,今天算反常。

黎楚想安静一会儿,闭上眼睛,头枕靠在车后座上。

施睿见状,也不说话了。

飞机于清晨降落嘉城,日期已经是十一月十日。

直到黎楚跟出租车司机说去墓园,施睿才知道昨天是她前男友忌日。

因为急着赶回嘉城,黎楚加班加点完成拍摄,连昨晚睡觉的时间都没放过,加上在飞机上处理了些照片,她已连轴转了二十几个小时,完全没闭眼。

等上车后闭上眼睛,才发觉眼皮很沉重。

但她脑子很清醒。

阳光发烫,晒在脸上,眼皮一阵热疼。

黎楚嫌烦,翻了个身,脸埋进被子里。

房间门被推开，脚步声响起，来人应该是注意到了她的动作，走去窗边，拉上了窗帘。

眼皮下白茫茫的混沌瞬间转暗了些，黎楚迷迷糊糊地想，自己未免睡太死，下飞机后施睿改道送她回酒店，她竟然完全不知道。

脚步声从窗边来到了床边。

黎楚实在太困，连睁眼的力气都没有。

裸露在被子外的手臂发凉，床边的人握上她的手，将她的手放进被里。

黎楚能感觉到，这只手骨节的触感明显，指节修长到轻轻松松圈住她手臂。

然后，他帮她掖了掖被角。

顺着没掖紧的被角溜进来冰得她浑身激灵的空气，瞬间被阻隔在外。

黎楚很舒服，睡意正浓，正要沉沉入睡。

帮她盖被子的人没有走开，弯身，在她额头上温柔印下一吻。

黎楚下坠进梦境的意识突然被这个落在额头上的动作扯住，清醒几分。

她以为施睿趁她睡觉动手动脚，正要发作，就要去抄旁边的枕头甩他脸上。

手刚伸出被窝，还没摸到枕头，指尖就被握进温热掌心。

"吵醒你了？"

再普通不过的一句话，不是动人表白，不是山盟海誓，却一下把黎楚砸蒙。

对方声音清冽，带着轻浅的温柔笑意。声线熟悉到黎楚瞬间清醒，她猛地睁开眼睛，眼神震惊而清明。

黎楚看到了江训知。

视线和他对上，她没反应过来，眼睛里还全是震惊，就这么怔怔看着他。

江训知看她这样子，没忍住弯了唇，抬手轻捏了下她鼻子。

"过来看你，没忍住碰了碰你额头，被吓到了？"

是梦？江训知怎么会出现在她面前？

他清俊好看到让人过目不忘的脸清晰印在她瞳孔里。

在无数个她沉睡的骨头都在叫嚣着想念的夜晚，从来不肯来她梦里见她的这张脸。

他在她眼前，睫毛根根分明，对她笑。温柔带着热气，说着话。

她知道自己在做梦，却一点都不想醒。

很真，真到黎楚不想去捏自己一把，看看会不会疼。

如果掐自己一把，肯定会疼吧，她这么想。不然现在胸腔发着疼，自己怎么能感觉到？

所以，肯定不是在梦里。

江训知见她这副魂不守舍的样子，温柔溢弯眼角，声音清冽："还没从哥哥女朋友这个身份上转换过来？"

他呼吸的温热气息落在她眉毛、眼睛、双唇上。

哥哥女朋友？这是如果那天江训知没出事，接下去顺理成章会发生的事？她如愿被他接去游乐园听到他告白，然后成为他女朋友的第一个早上？

黎楚没有质问，没有歇斯底里，也没痛哭流涕，这种没意义又浪费时间的事，她不干。

比起这些，她更想入戏。

黎楚收起脸上的惊怔，脸色恢复自然，回忆江训知说的那句是不是还没从他女朋友这个身份上转换过来。

她从被窝里伸出手，搂上他颈项。

"如果我说，你女朋友这身份，我在梦里已经适应了不下百次，你信不信？"

很直白，跟他坦白她早觊觎他这人了。

她这副眼神话语里都是钩子的样子，肯定跟她十几岁时暗恋江训知那会儿的慌乱劲儿不一样。

可江训知没问什么，好像她什么样，江训知都很喜欢。

他笑笑，像是无可奈何，又纵容无度："挺好的，早点适应，哥哥能早点跟你正正经经谈上这个恋爱。"

黎楚穿着一件黑色吊带，两条手臂挂在他脖子上，指尖懒懒垂着，若有似无摩挲在他后颈那块肌肤上，感受他存在的实感。

她手臂白皙纤细，款款的从容劲儿和线条都很勾人，连空气的凉意都按捺不住，往她手臂肌肤上贴。

江训知抬手，将她手臂从他身上拿下，握在手里，掌心熨烫着她冰得发凉的手臂。

他觉得她这样会冻感冒，把她手臂重新放回被窝，习惯性地掖了掖她被角："天气冷，别冻着。"

又拿她没办法似的，轻声笑了下："昨晚就那么高兴？三点还不睡觉给我打电话。"

黎楚知道他口中那让她高兴得睡不着，半夜三点还打电话骚扰他的事，大概就是梦境里他如约接她去游乐园，跟她表了白。

她问："你怎么跟我表的白？"

江训知闻言瞥向她床头柜，黎楚也顺着他视线看过去，上面放着一支黑色录音笔。

她了然："你录了？"

江训知好像很喜欢捏她的鼻子，黎楚闻到了他修长指节上，清新好闻的洗手液香气。

他笑着，伸手又捏一下她鼻尖："嗯，虽然我女朋友很酷，但好像很喜欢我这次表白。"

"她这么喜欢听我跟她说这些话，当然得录下来。"

黎楚觉得江训知这人，心都是水做的，是经过寒风霜雨也依旧挺拔的高竹。

他身上有男大学生的干净朝气，也有着一个年长哥哥的成熟稳重。

而她在他这里，永远能是个小孩。

如果当年没有那场车祸，如果江训知如约去接她，他会是怎么跟她说喜欢。

黎楚特别想听，也特别想知道，她的江训知，表白起来是什么样子。

她手从被子里伸出,想去拿录音笔,却被江训知拦下,手又被他塞回被子里:"以后有的是时间听,不仅平时能听,以后婚礼上也能听到。"

听到他说婚礼,黎楚一愣。

江训知看着她眼睛,清澈双眼里有认真:"黎楚,哥哥的喜欢不只是一天两天,有长久性。"

"跟你这段恋爱,是奔着到老去的。"

"所以这录音,不只是让你一个人知道,也会让你爸爸,程弥,所有认识你的人知道。"

所有人都会知道,他的小姑娘是被他偏爱的,江训知喜欢黎楚。

他说着说着笑了:"以后如果哥哥敢对你不好,你就让你爸把这录音摔哥哥脸上。"

黎楚知道他是在开玩笑,江训知这人,就算是被狗咬了一口,他都不可能对狗不好,更别说是她。

黎楚一只手从被子里伸了出来,抬手抚上他脸侧,看着他:"你说的,跟我这段恋爱,是奔着到老去的,那如果我说,到死呢?"

她说:"不管以后发生什么,我到死就你这么一个人了。"

她眼里有梦里这个年纪不该有的严肃和平静。

恰逢江训知手机铃声响起,他似乎只当她在开玩笑,没多琢磨这话,看了眼手机,没立即接,拿过空调遥控器帮她调高暖气:"别乱说,温度帮你调高了点,现在是还困着吧,再睡会儿。"

黎楚突然问:"要走了?"

江训知放下遥控器,眉眼是漾着无奈温柔笑意的:"怎么就要走了?我只是去接个电话。现在是在酒店,把你一个人扔在这里不太放心,我房间就在隔壁,不会走。"

黎楚听着他的电话铃声:"接完电话回我这里。"

江训知说:"好。"

黎楚声音是平的,听起来无情绪起伏,目光却是紧摄在他身上:"你跟我说你不会走。"

江训知没有敷衍她,虽语调平和,但没有答应她是因为迁就的意思,而是很认真地回视她。

"不走。"

那天江训知打完电话回去,一直在黎楚床边守着,直到她睡醒睁眼。

黎楚没有很意外,因为江训知从来不会骗她,他答应她的从来不会食言。

这个梦很长,长到黎楚感觉不真实。却又很真实,真实到跟他牵手能清晰感觉到他掌心的纹路,跟他拥抱能感觉到他心脏温热有力的跳动,跟他接吻能切实感觉到他的温柔和好闻的气息。

他们做着所有情侣会做的事,牵手,拥抱,接吻,在热汗中毫无保留又热烈地爱着对方。

黎楚不知道江训知谈起恋爱来是这个样子。

他牵她手时不喜欢十指相扣,喜欢紧紧攥握住她整个掌心,每次去牵她手,总会扯动白皙掌背上的筋骨,掌骨上的青筋冷淡又生动。

他接吻总喜欢先轻柔厮磨她唇瓣,待到她情迷意乱,彼此呼吸滚烫,空气发热,再温柔又有力地给她深吻,动情到她脊椎骨都发麻。

在江训知面前,黎楚总会不自觉耳红,心跳加快。

完全不像她对其他对她有意思的男生那么冷漠。

有回黎楚刚放暑假,在家被黎烨衡念叨,嫌烦,买了车票去江训知工作的城市。

到他公司楼下时正值下班,黎楚迟迟不见江训知下来,一通电话打给他。

江训知要加班,下来接她上楼,下班人潮挤满电梯,江训知带她走楼道,问她冷不冷,饿不饿,想吃什么。

黎楚已有大半个月没见他,别的不想做,只想和他接吻。

她就这性子,想做就做,拉着江训知进男洗手间,直接把江训知按在了隔间里亲。

江训知诧异一瞬,很快双眸被无奈笑意柔化,将她拢到自己怀里和墙之间,没让她站得太难受,反客为主,给了她一个她会很喜欢的吻。

那个吻轻柔，却又灼热，热到结束时黎楚耳郭都发红。

江训知也是，眼角曳着一抹很浅的红。

他垂眸，黎楚发觉自己害羞，有点不自在，没看他。

见她这样，江训知笑笑，又俯身，轻啄了一下她双唇。

一边修长指节绕去她身后，帮她系好胸衣排扣。

他就是这么一个人，一个跟她接了吻后，还会帮她系好胸衣排扣的好情人。

黎楚大一那年，江训知从公司辞职，自立门户。

他聪明又有能力，公司很快有起色，但同时他也越来越忙，加班家常便饭，应酬也源源不断。

黎楚没在学校住宿，在外面跟他住在一起，经常等到三更半夜江训知才回来。

那晚也是如此，凌晨三点，江训知刚结束一个应酬回家，黎楚听到动静，从床上起来。

黎楚打开房门，扑面的酒气，江训知应酬喝了不少酒。

但他酒品很好，不会喝到烂醉，也从不发酒疯。

看到黎楚从房间出来，他解下腕表放在柜上，捏了下她鼻尖，温声道："吵醒你了？"

黎楚摇头，其实是一直在等他，而且凌晨这个时间，晚餐早消化完了，她饿了，不过吃不吃无所谓，顶多胃里难受点而已。

她闻着江训知身上的酒味："我去给你煮个醒酒汤。"

江训知明显很了解她，知道这个点她会想吃东西，把她拉了回来："不碍事，睡一觉起来就没事了。"

又笑着说："饿了吧，哥哥去给你煮个面。"

说完也没等她回答，脱下外套，把衬衫袖挽至小臂，带着一身酒气去给她煮面。

黎楚一直都很喜欢吃他煮的面。

江训知应该是酒喝得有点多，加上工作强度大，整个人显得有点疲惫。

他靠在料理台上，耐心地等水开。黎楚进去，他抬眼，眉目染着尚能坚持清醒的醉意，但看着她的目光并不敷衍。

他对她笑笑，朝她伸手。

黎楚走过去，江训知动作很轻地将她拉到怀里，下巴轻靠在她肩膀上。

厨房里很安静，有淡淡的酒味，料理台上热水闷滚。

江训知手从她后脑勺顺至背上，一下一下的，像挠猫一样，舒服得赖在他身上的黎楚想眯眼。

他问："最近有没有拍到什么好照片？"

黎楚搂着他腰："当然。"

她歪在他肩膀上，侧头去看他："有拍得特别特别好的。"

江训知稍直起了身，笑笑，一边伸手将面条下至水里，一边说："这么棒啊？那待会儿吃完饭可得让我看看。"

黎楚顺着他的动作朝料理台看过去。

跟她聊着天，还很细心地关心着那碗要煮给她的面。

明明眼皮已经被工作和酒意拖得有点倦疲，却仍是在担心她肚子饿不饿，给她做消夜。

黎楚吃饱喝足，连汤都喝得一干二净。

江训知从浴室出来的时候，她已经把面吃完，坐在床上看相机里的照片。

她靠着床头，翻看今天拍的照片。

江训知走过来，问她："今天拍的什么让你这么喜欢？"

黎楚翻看照片的手指停下。

江训知已经来到床边坐下，身上是清新干净的沐浴露味道。

黎楚把相机递给他："看看。"

江训知接过，下一秒，脸色微顿了下。

相机里的照片，是一个文身。

白皙的皮肤上刺着两个字——言川。

黎楚身上穿着他的衬衫，扣子松松散散扣着，衣摆及腿根。

她拉下一边衬衫，露出胸脯上面那块地方，白皙的肌肤上，扎眼地刺着"言川"两个黑字。

轮廓还微微泛着红，明显刚文的。

她坐去江训知身上，双手搂上他脖子。

"我很喜欢。"声音里有一丝坚定。

没问他喜不喜欢，而是说我很喜欢。

他家小孩就这样，特立独行，做事不爱看别人目光，只管自己喜不喜欢。

包括他，就算他不让文这个身，估计也拿她没辙。

江训知目光落在她胸口那两个字上，到最后，只笑了笑，看回她眼睛里，问了一句："痛不痛？"

黎楚十指攀在他颈后："痛。"

江训知拿她没办法了，只能佯装教训："受罪了吧？"

黎楚很理直气壮："我喜欢就不是受罪。"

他伸手抚上她后脑勺，将她额头贴近自己颈侧："怎么不跟我说一声？"

"那如果你下午在文身店，会让我文吗？"

江训知都不用考虑："不会。"

黎楚睫毛扫着他颈侧，声音里是离经叛道和肆无忌惮："那你也没办法，我文上去了。"

江训知不知道在想什么，目光无定处，像落在虚空。

黎楚错过了江训知这个表情。

他说："文身皮肉少不了疼，你少受份罪，哥哥去文。"

他去文身。

黎楚抬头，看他："文我吗？"

江训知低眸，看着她，唇角是上扬的细浅弧度，语气很肯定。

"嗯，只文你。"

天将明未明，黎明折翼在窗外，照不进房间。

黑暗里，黎楚躺在床上。

她没睡，睁眼看着天花板。

身侧空荡荡，床单有睡过的痕迹，但人不在。

准确来说，他今晚不算在房间里睡过。晚上躺下没多久，江训知便起身离开房间，去了客厅阳台。

阳台门关上后，一直到现在，都没打开过。

他大概以为她已经睡了，可从他从她身边离开那一刻开始，她就是醒的。

跟他一样，到现在都没睡过。

黎楚起身，下床，朝房间外走去。

江训知在阳台，背对着她，手肘拄在栏杆上，白衬衫袖子挽了两折搭在手臂，指间夹着烟。

夜里燃着一点猩红。

似在沉迷，又似清醒。

黎楚站在房间门口，静静看着他背影。

从小到大，黎楚从没见江训知抽过烟，他向来循规蹈矩，是父母的好儿子，是老师的好学生，是她跟程弥的大哥哥。

他理智又温柔，从来不做出格的事。

唯一做过的出格的事，就是那场出乎所有人意料的车祸。

所有人都以为他是最理智最有力的后盾，靠他撑着，靠他护着，靠他收拾烂摊子。

到最后，却是他把仇恨那把火烧到最旺。

对于那些伤害她的人，那次他没再做她们冷静的大哥哥。

而是坐在驾驶座里，车头果决又平静，直冲那群意图从对她犯下的罪行里逃窜的恶魔。

也是那个时候，黎楚才知道，江训知也是个爱恨分明的人。

只是他的恨从不为自己，而是因为爱，他爱的那些人。

阳台上的江训知像是察觉到什么，回过头。

那瞬间，风吹过，拂过他额前黑色额发，清秀的眉眼意气风发。

面相干净好看，双眼一弯起，碎星都骤亮。

一如当年。

很耀眼，耀眼到黎楚眼睛都开始发酸。

她立在原地，安安静静，隔着阳台门遥遥和他对视。

很久很久过后，江训知对她笑了下。

然后，起身朝她走了过来。

黎楚光脚踩在瓷砖上，面朝向江训知。

他也走向她，随着他每走近一步，黎楚鼻尖越来越酸。

最后，江训知停在了她面前。

黎楚眼眶和鼻尖都忍到通红，眼睛硬是没蓄上一滴泪，琉璃一般依旧澈净。

江训知似是心疼，无奈伸手，指腹触上她眼角，轻轻摩挲。

"现在是哥哥也不能让你在我面前放心哭了是不是？"

黎楚倔强到眼也不肯眨，像是在抗拒什么东西闭上眼就会消失一样，就那么看着他。

到最后，江训知叹了声气："是哥哥不好。"

话落，酸意直冲黎楚鼻腔，她眼睫轻颤。

江训知从来没对她不好过，那么，他口中这句是他不好的话，只会是因为接下来即将要发生的事。

她看着他，声音是冷静的："接下来的话能不能不说？"

阳台门没关，风溜进来，吹过黎楚右颊那缕细长碎发，勾缠上挺翘的鼻尖。

江训知伸手，将这缕碎发别去她耳后。

"程弥说得对，我们黎楚是个美人胚子。"她耳朵有点凉，他指节下意识想给她熨热，可他的指尖也是凉的，"什么发色都招架得住，现在黑色也好看。"

黎楚曾经挚爱染奶奶灰，因为江训知夸过她的奶奶灰发色好看。

现在他跟她说，黑色也好看。

碎发搔在耳后,他触着她耳郭的指节,是冷的。

胸腔涌起冲喉的哽咽,黎楚试图冷静,一开口音节却仍旧有点磕磕绊绊。

"黑色。"她问,"喜欢吗?"

江训知笑:"喜欢。"

"奶奶灰?"

"喜欢。"

"那满头五颜六色呢?"

问完这句,黎楚根本想都不用想,就知道他的回答是什么。

他说:"喜欢。"

他音色很干净,有种清透冷冽感。这把熟悉彻骨的声音,话里是黎楚熟悉无比的无奈纵容和真诚。

她说:"江训知,也会有别人喜欢我满头五颜六色的。"

江训知看着她,眉眼弯了下:"嗯。"

黎楚强撑的平静碎了一角,深深呼吸了一口。

"可他们哪个都不是你。"

颇有些艰难地蹦出这几个字后,黎楚终于忍不住,一滴泪"啪嗒"落下。

她匆匆转开眼,想去掩饰眼里的痛苦。

可她右耳上的耳钉,都没有她那滴眼泪刺眼。

江训知伸手扣住她后背,将她拉到怀里。

这是他抱她时的习惯,手会习惯性地放在她后背,将她往怀里按一下,每个拥抱都很认真。

"黎楚,要找个爱你的,而不是像哥哥的。"

他的手抚摸着她后背,声音还是和平时一样温柔:"忘了哥哥。"

黎楚的镇定彻底瓦解,眼泪溃堤一般,回搂搂紧了他,抓紧他衣角。

她哭起来没声音,眼泪无声,晕湿了江训知肩膀的布料。

江训知无奈,笑了笑,还是抱着她,指节去擦她眼泪。

"想对你不好一点,让你忘了我,可哥哥舍不得对你不好。"

"总是忍不住对你好,是哥哥不好。"

他指尖满是她泪水,指腹摩挲她脸侧,哄着她。

"但哥哥还是想要对你好,这点哥哥自私一点,我们黎楚努努力好不好?

"努努力,把哥哥忘掉,好好生活。

"这样我才放心。"

黎楚已经一句话都说不出来。

没有歇斯底里,情绪无声,却不平静。眼泪不断下坠,紧抓江训知衣摆,指尖用力到发白。

江训知眼里是浅淡笑意,似是拿她这流都流不完的眼泪没办法,帮她擦着眼泪。

世界是一座海市蜃楼,像倒置的沙漏,在温柔地坍塌陷落。

她听见他跟她说。

"黎楚,忘掉哥哥。

"听话。"

阳台消融于天光里,他们相拥挤过的沙发失了形状,一起躺过的卧室渐渐消失于无形。

……

我的酷小孩要百岁无忧,健康快乐长大。

而我永远爱你。

再睁眼,是静止的出租车车顶,和车窗外雾蒙蒙的墓园。

天色灰沉,薄雾浓重,苍山绵延起伏,墓园坐落在这冬日料峭里。

黎楚坐在车后座,一身黑色长风衣,侧头看着车窗外的墓园,她这才反应过来自己是在来墓园的路上睡了过去。

冰冷的现实和温热的梦境交织,恍如隔世。

她推开车门,下车。

施睿和出租车司机站在一旁抽烟聊天,司机手里捏着几张施睿塞的红色大钞,才同意把车停在这里等黎楚醒。

施睿清秀的眉眼和手里的烟格格不入,黎楚看着他这张脸,想起江训知。

她往山上走,路过施睿,施睿叫住她。

"我不求你把那男人忘了,但能不能在心里挪个位置给我。"

黎楚没回头看他,重新抬脚,走向墓园。

天际遥远,阶梯很长,没有尽头。

黎楚踏上第一级台阶,想起脑海里清晰到刻骨的梦。

江训知去世那年,车祸现场有一支黑色录音笔。

梦里,他们确认在一起的隔日早上,那支黑色录音笔放在她的床头。

——"嗯,虽然我女朋友很酷,但好像很喜欢我这次表白。"

——"她这么喜欢听我跟她说这些话,当然得录下来。"

……

踏上第十级台阶,黎楚想起他修长干净的手。

他掌心的纹路,他指节的触感,她掌心现在还留有记忆。

他牵她手时不喜欢十指相扣,喜欢紧紧攥握住她整个掌心,每次去牵她手,总会扯动白皙掌背上的筋骨,掌骨上的青筋冷淡又生动。

……

踏上第二十级台阶,她想起胸口的刺青。

他的名字刺在她身上,言川。

梦里她把这个文身拍了下来,把相机拿给他看,他佯装教训她,又不舍得。

——"文身皮肉少不了疼,你少受份罪,哥哥去文。"

……

踏上最后几级台阶,她想起他那双温柔眉眼。

他把她拉到怀里,心脏跳动的声音犹在她耳边,替她擦掉眼泪。

——"黎楚,忘掉哥哥。"

——"听话。"

……

穿过无数墓碑，黎楚终于站定脚，立在一块墓碑前。

墓碑上的字肃穆沉静，墓前放着八枝白菊花。

——江训知之墓。

照片里的人生相好看，眉眼清秀，唇角总含着温柔的笑。

好像刚见不久。

——全文完

磨牙（全2册）

MOYA QUANERCE

舒虞 著

图书在版编目（CIP）数据

磨牙：全2册 / 舒虞著. —— 成都：四川文艺出版社，2022.6
ISBN 978-7-5411-6361-6

Ⅰ. ①磨… Ⅱ. ①舒… Ⅲ. ①长篇小说－中国－当代 Ⅳ. ①I247.5

中国版本图书馆CIP数据核字(2022)第073169号

出 品 人	张庆宁
出版统筹	刘运东
特约监制	王兰颖
责任编辑	李小敏　刘芳念
特约策划	薛天舒
特约编辑	薛天舒
营销编辑	刘雪华
封面设计	白如川
责任校对	良 敏
出版发行	四川文艺出版社（成都市锦江区三色路238号）
网　　址	www.scwys.com
电　　话	010-85526620
印　　刷	北京市松源印刷有限公司
成品尺寸	145mm×210mm　　开　本　32开
印　　张	26.75　　　　　　　字　数　770千字
版　　次	2022年6月第一版　　印　次　2022年6月第一次印刷
书　　号	ISBN 978-7-5411-6361-6
定　　价	69.80（全2册）

版权所有·侵权必究。如有质量问题，请与本公司图书销售中心联系更换。010-85526620